中國古典文學基本叢書

蘇軾詩集

第七册

〔清〕王文誥輯註
孔凡禮點校

蘇軾詩集卷三十九

古今體詩八十二首

【誥案】起紹聖二年乙亥正月，在寧遠軍節度副使惠州安置不得簽書公事貶所，至十二月作。

寄鄧道士并引〔一〕

羅浮山有野人，相傳葛稚川之隸也。鄧道士守安，〔查註〕鄧守安，字道立，時居羅浮山中。見本集《與王敏仲尺牘》中。山中有道者也。嘗於菴前，見其足迹長二尺許。紹聖二年正月二日〔二〕，予偶讀韋蘇州《寄全椒山中道士》詩云：今朝郡齋冷，忽念山中客。澗底束荆薪，歸來煮白石。〔王註〕《抱朴子·内篇》云：引石散，以方寸匕投一斗白石子中，以水合煮之，立熟，如芋子，可食以當穀。遥持一樽酒，遠慰風雨夕。落葉滿空山，何處尋行迹。乃以酒一壺，依蘇州韻，作詩寄之〔三〕。

一杯羅浮春，〔王註次公曰〕羅浮春，先生所自造酒名也。以惠州有羅浮山，而得名云。遠餉采薇客。〔王註厚曰〕《文選》嵇叔夜《幽憤》詩：采薇山阿，散髮巖岫。遥知獨酌罷，醉卧松下石。幽人不可見，清嘯聞月夕。聊戲菴中人，空飛〔四〕本無迹。〔王註〕柳子厚詩：飛鳥無遺迹。

上元夜〔五〕

〔公自註〕惠州作〔六〕。

前年侍玉輦，〔王註韓駒曰〕前年侍端門，癸酉年春也。去年中山府，甲戌年春也。今年江海上，乙亥年春也。〔查註〕《癸酉上元侍宴樓上》詩，見三十六卷。〔合註〕潘安仁《籍田賦》：天子乃御玉輦。端門萬枝燈。〔王註次公曰〕端門，宣德門也。元夕，皇帝登端門，以宴羣臣。璧月挂罘罳，珠星綴觚稜。去年中山府，老病亦宵興。牙旗穿夜市，鐵馬響春冰。〔王註次公曰〕中山府，定州也。牙旂，府帥之旂。鐵馬，是定州有之。〔李註〕《南部新書》云：軍前大旂，謂之牙旂。又先生《定州》詩云「鐵騎曉出冰河裂」二句，正指帥定武軍時事。今年江海上，雲房寄山僧。〔合註〕《芥隱筆記》：樂天詩：去歲暮春上巳，共泛洛水中流。今歲暮春上巳，獨立香山下頭。東坡用之爲海上詩。【誥案】原註作「海外詩」，誤，今改「海上」。但其説附會。如此類句，必欲搜尋藍本而後有作，此小兒語也。亦復舉膏火，松間〔七〕見層層。【誥案】紀昀曰：兩兩相形，不着一語，寄慨自深。散策桄榔林，林疎月鬅鬙。〔王註次公曰〕桄榔木，廣南皆有之，其株徹頂，而後有葉鬅鬙覆下也。〔合註〕《嶺表録異》：桄榔樹葉下，有鬚如麤馬尾。【誥案】其花實並在鬚中，凡一周而更發，則舊鬚落矣。使君置酒罷，簫鼓轉松陵。狂生來索酒〔八〕，〔公自註〕賈道人也。一舉輒數升。浩歌出門去，〔王註厚曰〕李太白《南陵別兒童入京》詩：仰天大笑出門去，我輩豈是蓬蒿人。我亦歸瞢騰。〔合註〕韓偓詩：去帶瞢騰醉，歸因困頓眠。【誥案】紀昀曰：委順之意，言外見之。

正月二十四日，與兒子過、賴仙芝、王原秀才、僧曇穎、行全、道士何宗一同遊羅浮道院及棲禪精舍，過作詩，和其韻，寄邁、迨一首〔九〕

〔王註十朋曰〕棲禪寺，在惠州豐湖上。〔查註〕賴仙芝，虔州布衣，時從東坡游，見《詩話總龜》。王原，字子直，亦虔州人，號鶴田山人，見《年譜》中。【誥案】曇穎，乃羅浮寶積寺僧。何宗一，乃廣州何德順之弟兄行。德順之子苓之，從宗一爲道士。賴仙芝爲公言黃僕射事，有記。王原爲呂大防薦於朝，而未及用，後送子由回許，與公重遇虔州。已上並見本集。

斷橋隔勝踐〔一〇〕，〔合註〕唐楊炯序：極人生之勝踐。脱屨欣小揭〔一一〕。〔王註次公曰〕揭，音去訐反，言褰衣也。〔李註〕《詩註》：攝衣涉水曰揭。瘴花已繁紅，官柳猶疎細。斜川二三子，悼歎吾年逝。〔王註〕陶淵明《游斜川·詩序》云：悲日月之遂往，悼吾年之不留。淒涼羅浮館，風壁頹雨砌。黃冠常苦飢，〔合註〕韓退之詩：臣非黃冠師。迎客羞破袂。仙山在何許，歸鶴時墮毳。〔合註〕白樂天詩：鶴毳變玄髮。崎嶇拾松黃〔一二〕，〔王註〕《本草圖經》：松花上黃粉，名松黃，山人及時拂取，作湯點之。欲救齒髮弊。坐令禪客笑，一夢等千歲。棲禪晚置酒，蠻果粲蕉荔。〔王註〕韓退之《羅池廟碑》：荔子丹兮蕉黃。齊廚釜無羹，野餉籃有蕙。嬉遊趁時節，俯仰了此世。猶當洗業障，更作臨水禊。〔王註〕應劭《風俗通》：《周禮·春官》：女巫掌歲時，以祓除釁浴。禊者，潔也。《尚書·堯典》：以殷仲春，厥民析。言人解療生疾之時，故於水上釁潔之也。

寄書陽羨兒，並語長頭弟。〔王註次公曰〕陽羨兒，言邁也，長頭弟，則言迨也。二子在常州也。迨之長頭，先生《前集》有詩，可見其實。門户各努力，先期畢租税。【誥案】紀昀曰：後四句，乍讀似不貫，細玩語意，乃言在此甚適，不必更以爲念，惟應專力支門户辦租税耳。

正月二十六日，偶與數客野步嘉祐僧舍東南野人家，雜花盛開，扣門求觀。主人林氏媪出應，白髮青裙，少寡，獨居三十年矣。感歎之餘，作詩記之〔三〕

〔王註〕《白鶴故居圖》：嘉祐寺在歸善縣西。【誥案】縣西倚城皆山寺，與松風亭相近，今其址不可考矣。

縹蔕〔四〕緗枝出絳房，〔王註厚曰〕杜牧之詩：醉折梨園縹蔕花。李商隱詩：晴暖感餘芳，紅苞雜絳房。〔次公曰〕緑白色曰縹，淺黄色曰緗，大赤色曰絳。王僧達詩：緗葉未開蕚。〔合註〕《説文》：縹，青白色；緗，淺黄色；絳，大赤。《釋名》：縹，猶漂，漂，淺青色也。緗，如桑葉初生之色也。絳，工也，染之難得色，以得色爲工也。張九齡《荔枝賦》：黛葉緗枝。緑陰青子送春忙。涓涓泣露紫含笑，〔合註〕《家語》：涓涓不止。焰焰燒空紅佛桑。〔王註〕《晉安海物異名記》：佛桑，其花丹，重敷柔澤，葉如桑，花五六出，大如蜀葵。有蕊一條長如花，葉上綴金屑，日光所爍，凝爲焰。朝生暮落。〔李註〕余皇日疏：佛桑出嶺南，枝葉類江南槿樹，花類中州芍藥，而輕柔過之。有深紅、深紫、淺紅數種，剪插於土卽活。〔查註〕《南方草木狀》：朱槿花，莖葉皆如桑葉，光而厚。樹高止四五尺。自二月開花，至仲冬。其花深紅色，大如蜀葵，上綴金屑，日光所爍，疑若焰生。【誥案】佛桑，即槿。白雲山景泰寺僧，嘗於山中見白花金邊淡紅心者一株，咤爲希有，乃移植韻山堂下。閱數年，開落既多，金紅日減，遂變爲白花矣。一日，僧至，見而訝之。誥曰：「并花不發即槁，吾欲縱使還山，以全其天。」僧感歎不已，爲移歸故處，又數年復見之，則金紅如故矣。落日孤烟知客恨，〔王註子仁曰〕杜牧之詩：孤烟知客恨，遥起泰陵傍。短籬破屋爲誰香。主人白髮青裙袂，子美詩中黄四娘。〔王註子仁曰〕先生嘗書子美詩云：此詩雖不甚佳，可以見子美清狂野逸之態，故僕喜書之。昔者齊魯有大臣，史失其名，黄四娘獨何人哉，而託此詩以不朽，可以使覽者一笑。

龍尾〔一五〕石硯寄猶子遠

〔合註〕蘇籀《雙溪集·雪堂硯賦引》云：伯祖父東坡先生，琢紫金石爲硯，圭首箕製，置雪堂中，先生以遺先人，藏於家，亂後不知所在。或即此硯，故賦中用「點黭」字，本先生詩也。【誥案】子由謫筠，惟遠一房從行，時遠在筠州。

皎皎穿雲月，青青出水荷。文章工點黭〔一六〕，〔王註〕《晉書》：衛恒《四體書勢》：或𪐴黊點黭，狀似連珠，絶而不離。〔查註〕黭，音儼。《草書勢》：黭，相連也。忠義老研磨。偉節何須怒，寛饒要少和〔一七〕。〔王註〕《前漢書》：蓋寛饒自以行能清高，而爲凡庸所越，愈失意不快，數上疏諫争。太子庶子王生，高寛饒節而非其如此，予書寛饒，不納。竟被害。吾衰安用此〔一八〕，寄與小東坡。〔公自註〕遠爲人類予。【誥案】紀昀曰：竟不出硯字，古人詠物多如此。

惠州近城數小山〔一九〕，類蜀道〔二〇〕。春，與進士許毅野步，會意處，飲之〔二一〕且醉，作詩以記。適參寥專使欲歸，使持此以示西湖之上諸友，庶使知予未嘗一日忘湖山也

〔合註〕《東坡題跋・書天慶觀壁》云：飲酒此室，進士許毅，甫自五羊來，邂逅一杯而別。【誥案】此詩施編不載，查註從邵本補編。

夕陽飛絮亂平蕪，〔合註〕高適詩：春色亂平蕪。萬里春前一酒壺〔二二〕。〔馮註〕《吳志・孫權傳註》：鄭泉性嗜酒，臨卒，謂同類曰：「必葬我陶家之側，庶百歲之後，化而成土，幸見取爲酒壺，實獲我心矣。」鐵化雙魚沉遠素，〔查註〕《南史・林邑國傳》：范文，本日南西卷縣夷帥范稚家奴。嘗牧牛於山澗，得鱧魚二，化而爲鐵。〔合註〕何焯亦云倒用范文事，然玩詩意，又用尺素書也。劍分二嶺隔中區。〔合註〕陸機《文賦》：佇中區以玄覽。花曾識面香仍好〔二三〕，鳥不知名聲自呼。〔合註〕《能改齋漫録》云：《北山經》，蔓聯之山，有鳥名曰交鳥，其名自呼。見《山海經》。何焯曰：二句，詩話作「花非識面常含笑，鳥不知名時自呼」。夢想平生消未盡，〔馮註〕《世説》：衞玠總角時，問樂令夢，樂云是想。衞曰：「形神所不接而夢，豈是想耶？」樂云：「因也。」滿林烟月到西湖。

二月十九日，攜白酒、鱸魚過詹使君，食槐葉冷淘〔二四〕

〔王註陳無己曰〕子美有《槐葉冷淘》詩。〔李註〕杜子美《槐葉冷淘》詩：青青高槐葉，采掇付中廚。

新麫來近市，汁滓宛相俱。

枇杷已熟粲金珠，桑落初嘗灩玉蛆。〔王註〕《水經注》：民有姓劉名墮者，宿擅工釀，采挹河流，醞成芳酎，懸食同枯枝之年，排於桑落之辰，故酒得其名矣。杜子美《九日楊奉先會泉崔明府》詩：坐開桑落酒，來對菊花枝。〔李註〕《霏雪錄》：河東桑落坊有井，每至桑落時，取水釀酒，甚美。庾信詩：蒲城桑落酒，灞岸菊花天。〔合註〕《唐書·百官志》：良醞署〔三五〕，供酴醾、桑落之酒。玉蛆，卽浮蛆之意。暫借垂蓮十分盞，〔王註〕白樂天詩：不似杜康神用速，十分一盞卽開眉。〔查註〕白樂天詩：酒鈎送盞推蓮子。一澆〔三六〕空腹五車書。青浮卵椀〔三七〕槐芽餅，〔王註子仁曰〕槐芽餅，卽敍所謂槐葉冷淘也，蓋取槐葉汁溲麪作餅，卽鮮碧色也。紅點冰盤藿葉魚。〔王註〕《禮記·少儀》曰：牛與羊魚之腥，聶而切之爲膾。註云：聶之言牒也，先藿葉片切之，復報切之，則成膾。〔查註〕按，牒，直輒切。《廣韻》：牒，細切肉也。醉飽高眠真事業，此生有味在三餘。〔王註〕《三國志註》：董遇，有從學者，遇不肯教，而云：「必當先讀百遍，其義自見。」從學者云：「苦渴無日。」遇言：「當以三餘。」或問三餘之意。遇言：「冬者歲之餘，夜者日之餘，陰雨者晴之餘也。」

和陶歸園田居六首〔二八〕并引〔二九〕

〔施註〕東坡曾孫叔子，名峴。刻所藏真迹於泉南舶司，間與集本不同。所作類多晚歲，當是集本有誤，今從石本。【誥案】峴，乃過之孫也。

三月四日，遊白水山佛迹巖，沐浴於湯泉，晞髮於懸瀑之下，浩歌而歸，肩輿却行。以與客言〔三〇〕，不覺至水北〔三一〕荔支浦上。晚日葱曨〔三二〕，竹陰蕭然，時荔子〔三三〕纍纍如芡實矣。

有父老年八十五〔三四〕，指以告余曰〔三五〕：「及是可食，公能攜酒〔三六〕來遊乎？」意欣然許之。歸臥既覺，聞兒子過誦淵明《歸園田居》詩六首，乃悉次其韻〔三七〕。始，余在廣陵和淵明《飲酒二十首》，今復爲此，要當盡和其詩乃已耳〔三八〕。今書以寄妙總大士參寥子〔三九〕。

其一

環州多白水，〔施註〕《文選》劉公幹《雜詩》：方塘含白水。際海皆蒼山。以彼無盡景，寓我有限年。東家著孔丘，西家著顏淵。〔施註〕《魏志》註引《邴原別傳》：嘗遊學，詣孫崧。崧辭曰：「君鄉里鄭君，學者師模也，君乃舍之，所謂以鄭爲東家丘也。」原曰：「君爲僕以鄭爲東家丘，君以僕爲西家愚夫邪？」市爲不一價，農爲不争田。〔施註〕《說苑》：虞人與芮人質其成於文王。入文王之境，見其人民之讓爲士大夫，入其國，見其士大夫讓爲公卿。二國相謂：「此其君亦讓以天下而不争矣。」未見文王之身，讓其所争，以爲閑田〔四〇〕。周公與管、蔡，恨不茅三間。〔施註〕《漢·劉向傳》：周公與管、蔡並居周位。《宋·武二王傳·論》曰：襄陽龐公謂劉表曰：「若使周公與管、蔡處茅屋之下，食藜藿之羹，豈有若斯之難。」我飽一飯足，薇蕨補食前。門生饋薪米，救我廚無烟。〔施註〕白樂天《題李山人》詩：廚無烟火室無妻。斗酒與隻雞，酣歌餞華顛。禽魚豈知道，我適物自閑。悠悠未必爾，聊樂我所然。

其二

窮猿既投林，〔施註〕《晉·李充傳》：褚裒引爲參軍，充以家貧，苦求外出，曰：「窮猿投林，豈暇擇木。」乃除剡縣令。疲馬初解鞅。〔施註〕《文選》謝玄暉《京路夜發》詩：無由稅歸鞅。心空飽新得，境熟夢餘想。【誥案】紀昀曰：二句乃似昌黎。江鷗漸馴集〔四一〕，蜑叟已還往。南池綠錢生，〔施註〕杜子美《絕句漫興》詩：點溪荷葉疊青錢。北嶺紫筍長。提壺〔四二〕豈解飲，好語時見廣。春江有佳句，我醉墮渺莽。【誥案】紀昀曰：此種是東坡獨造。

其三

新浴覺身輕，新沐感髮稀。〔施註〕引白樂天《新沐浴感髮》詩。【誥案】見《楚辭·漁父吟》。風乎懸瀑下，却行詠而歸。仰觀〔四三〕江搖山，俯見月在衣。〔施註〕杜子美《泛溪》詩：衣上見新月。步從父老語，有約吾敢違。【誥案】紀昀曰：極平淺而有深味，神似陶公。

其四

老人八十餘，不識城市娛。〔施註〕《史記·律書》：文帝時，人民樂業，自年六七十翁，亦未嘗至市井。造物偶遺漏，同儕盡丘墟。〔施註〕杜子美《五盤》詩：流落墮丘墟。〔合註〕用「零落歸山丘」之意。【誥案】紀昀曰：質朴入古。平生不渡江，水北有幽居。手插荔支子，合抱三百株。莫言陳家紫，〔施註〕蔡君謨《荔支譜》云：興化軍，風俗園池勝處，惟種荔支，尤重陳紫。富室大家，歲或不嘗，雖別品千計，不爲滿意。陳氏欲採摘，必先閉户，隔牆入錢，得者自以爲幸，不敢較其直之多少也。君謨所述閩中諸郡荔子，以陳家紫爲第一。〔查註〕蔡襄《荔支譜》：福州陳姓者，因治居第，平窊坎而樹之，或云厥土肥沃之所致。今傳其種子者，皆擇善壤，終莫能及。甘冷恐不如。君來坐樹下，飽食擕其餘。〔施註〕《禮記・雜記下》：君子既食，則裹其餘乎。歸舍遺兒子，懷抱不可虛。有酒持飲我，不問錢有無。【誥案】此首代老人語，曉嵐眼下，不應漏過。

其五

坐倚朱藤杖，〔合註〕白樂天有《朱藤杖吟》。行歌《紫芝曲》。〔施註〕杜子美《題李尊師松樹障子歌》詩：松下丈人巾屨同，偶坐似是商山翁。悵望聊歌《紫芝曲》，時危慘淡來悲風。不逢商山翁，見此野老足。〔施註〕杜子美《絶句漫興》詩：野老牆低還是家。願同荔支社，長作雞黍局。教我同光塵，〔施註〕《後漢・張奐傳》：不能和光同塵，爲讒邪所忌。月固不勝燭。〔公自註〕《莊子》云〔四四〕：月固不勝火。郭象曰〔四五〕：大而闇，不若小而明。陋哉斯言也。予爲更之曰：明於大者，必晦於小，月能燭天地而不能燭毫釐，此其所以不勝火也。然卒之火勝耶？月勝耶〔四六〕？〔合註〕《莊子・外物篇》原註作：大而闇則多累，小而明則知分。霜飆散氛祲，〔合註〕李太白《酬崔五郎中》詩：是時霜飆寒。《晉書・阮孚傳》：氛祲既澄。廓然似朝旭〔四七〕。

其六

昔我在廣陵，悵望柴桑陌。〔施註〕顏延年《靖節徵士誄》：淵明卒於潯陽縣柴桑里。長吟《飲酒》詩，〔施註〕淵明有《飲酒》詩二十首。頗獲一笑適。當時已放浪，朝坐夕不夕。〔施註〕《左傳・成公十二年》：百官承事，朝而不夕。矧今長閑人，一劫展過隙。〔合註〕《隋書・經籍志》：一成一敗，謂之一劫。【誥案】此詩及原敘，乃公惠州《和陶》諸作始於《園田居》也。王、施註本並以此六詩，系《飲酒》二十首之後，遺意猶存，其後不知何以亂也。江山互隱見，出没爲我役。斜川追淵明，東皐友王績。〔施註〕《唐·王績傳》：遊北山東皐著書，自號東皐子。詩成竟何爲〔四八〕，六博本無益。〔施註〕《楚辭》宋玉《招魂》：箟蔽象棋，有六簙些。註云：投六箸，行六棋，故謂之六簙。【誥案】公之和陶，但以陶自託耳。至於其詩，極有區別。有作意傚之，與陶一色者；有本不求合，適與陶相似者；有借韻爲詩，置陶不問者；有毫不經意，信口改一韻者。若《飲酒》、《山海經》、《擬古雜詩》，則篇幅太多，無此若干作意，勢必雜取詠古紀游諸事以足之，此雖和陶，而有與陶絶不相干者，蓋未嘗規規於學陶也。又有非和陶而意有得於陶者，如《遷居》、《所居》之類皆是。其《觀棋》一詩，則駕陶而上之，陶無此脱淨之文，亦不能一筆單行到底也。誥謂公《和陶》詩，實當一件事做，亦不當一件事做，須識此意，方許讀詩。每見詩話及前人所論，輒以此句似陶，彼句非陶，爲牢不可破之説，使陶自和其詩，亦不能逐句皆似原唱，何所見之鄙也。唐時以歐、虞、褚摹《蘭亭》爲佳者，正取其各有己意，如必毫髮似之，而後爲工，此卽雙鉤填廓，治木石者皆能爲之，而歐、虞、褚之所不屑也。書且如此，而況詩乎？子由作敘，以陶爲拙，公删去之，蓋其意既以陶自託，又豈肯與之較事功論優劣哉。查註引韓駒、洪邁諸説，紛然辨陶《歸園田居》六首之是非，所見甚陋。公但用其韻，以紀游白水山事，又豈暇爲陶較得失哉，此尤非知公者也。今盡删去之，而附論於後。

次韻正輔表兄江行見桃花〔四九〕

【誥案】查註改編與程正輔唱和諸詩，皆其臆見。今以其所編紛亂，而施註僅有目録，原註皆缺，無從知兩家之得失，因盡棄其所編，考本集別爲排次，此其十詩之第一首也。餘詳案中，題下不再見。〔案〕總案有「之才江行，有《桃花源》之作，出以示公，爲和《江行見桃花》詩」條。總案引本集與程正輔書云：別來三辱書，想已達詔。《桃花源》詩再蒙頒示，誦詠不能釋手。書後誥案云：此書正輔再作《桃花源》詩以寄，乃別後事。則其出初作以示公，因以索和，乃相見時事矣。查註改置於後，合註從誤。今重定爲第一首，改編，餘詳後（「詳後」各條標以「誥案」，分別列入各有關詩篇）。〔查註〕《齊東野語》云：老蘇與妻黨程氏，大不咸，有《自尤》詩述其女事外家不得志以死，其怨隙不平久矣。其後東坡兄弟以念母之故，相與釋憾。程正輔於坡爲表弟，坡之南遷，時宰聞其先世之隙，遂以正輔爲本路憲，將使之甘心焉。而正輔反篤中外之義，周旋甚至，坡唱和中，亦可槩見也。〔合註〕按，正輔乃公母舅程濬之子，公姊嫁之，此時提刑粵中。【誥案】此二註，原列《聞正輔表兄將至詩以迎之》一首題下，蓋查註以其詩爲第一首，而合註復從誤也。今既改列於後，應移註於前云。

曲士賦《懷沙》，草木傷莽莽。〔王註〕《史記》：屈平既絀，乃作《懷沙之賦》，其辭有云：陶陶孟夏兮，草木莽莽。傷懷永哀兮，汩徂南土。德人無荆棘，坐失嶺嶠阻。我兄瑚璉姿，流落瘴江浦。淨眼見桃花，〔王註〕《維摩經》：遠塵離垢，得法眼淨。紛紛墮紅雨。〔王註〕李賀《將進酒歌》：況是青春日將暮，桃花亂落如紅雨。蕭然振衣裓，笑問散花女。我觀解語花，粉色如黃土。〔王註〕《長恨歌傳》：玄宗駕幸華清宮，內外命婦，焜燿景從。上心油然，恍若有遇，顧左右前後，粉色如土。詔高力士潛搜外宮，得楊玄琰女於壽邸。杜子美《玉華宮》詩：美人爲黃土，況乃粉黛假。【誥案】紀昀曰：語意灑然，不同禪偈。一言破千偈，況爾初不語。〔王註次公曰〕謂一言尚可以破千偈，況如維摩之默乎。〔合註〕何焯曰：「不語」，用「桃李不言」及息夫人爲桃花夫人事。可憐一轉話〔五〇〕，他日如何舉。〔王註次公曰〕禪家謂一段話爲一轉語。故復此微吟，〔王註〕《漢·中山靖王傳》：雍門子壹微吟，孟嘗君爲之於邑。聊和鷗鴉櫓。〔合註〕蘇舜卿《聯句》詩：繁聲過沙頭，上下謳鴉櫓。【誥案】紀昀曰：清出和意，轉轉利便。江邊閑草木，閑客當爲主。爾來子美瘦，正坐作詩苦。袖手焚筆硯，〔王註〕陸雲《與兄機書》云：君苗能文，每見兄文，輒欲焚其筆硯。〔查註〕按君苗焚硯事，出《晉書·陸機傳》，而不著其姓。《困學紀聞》云：君苗姓崔。〔合註〕《陸雲集》别有《與兄平原書》云：前登城門，作《登臺賦》，極未能成，而崔君苗作之。此《困學紀聞》所本也。清篇真漫與〔五一〕。〔查註〕杜子美《江上值水如海勢聊短述》詩：老去詩篇渾漫與。顧兄〔五二〕理北轅，〔王註〕《左傳·宣公十二年》：王病之，告令尹，改乘轅而北之。六轡去如組。上林桃花開，水暖鴻北翥。〔合註〕曹子建《七啓》：翔爾鴻翥。【誥案】紀昀曰：結稍落應酬。考此詩乃作於釋憾之始，故有此意。但查註已顛倒亂編於後，而曉嵐能於亂編之中指出之，此是其眼力見到處也。

追餞正輔表兄至博羅，賦詩爲别〔五三〕

【誥案】本集與程正輔書云：「《桃花源》詩再蒙頒示，菅字韻拙句，特蒙垂和，句句奇警。『一字』雖戲劇，亦人所不逮也。某十九日遷入行衙。」與正輔寄和菅字及作一字韻，皆三月事，後有「三月十九日遷入行衙」句作證。是《和江行見桃花》一詩，《追餞菅字韻》二詩，又《和一字韻》一詩，凡四篇皆當編於三月。（按，總案紹聖二年三月，有「十九日遷合江樓」條，引本集《遷居詩敍》。）

孤臣南遊墮黄菅，〔王註次公曰〕孤臣，先生自謂也。字出《孟子》，而韓退之詩：孤臣昔放逐。〔合註〕黄菅即黄茅之意。君亦何事來牧蠻〔五四〕。艤舟蜑户龍岡窟，〔王註次公曰〕龍岡，惠州江之處所也。〔李註〕韓退之詩：衙時龍户集。註：即今蜑户也，謂採珠者。《一統志》：惠州有九龍岡，在長樂。置酒椰葉桄榔間。〔李註〕《吳都賦》：檳榔無柯，椰葉無陰。《南方草木狀》：椰樹葉如栟櫚，高五六丈，無枝條。高談已笑衰語陋，傑句尤覺清詩孱。博羅小縣僧舍古，〔查註〕《名勝志》：博羅縣有泊頭墟，距羅浮十五里，廣、惠二州舟楫及自陸路至者，皆於此登岸。有圓照堂。【誥案】此指博羅香積寺，查註誤。我不忍去君忘還。君應回望秦與楚，〔合註〕秦當指之邵，楚當指之元。見前《送知泗州、楚州》詩註。夢涉漢水愁秦關。我亦坐念高安客，〔王註次公曰〕高安客，指言筠州。時子由分司南京、筠州居住也。神遊黄蘗參洞山〔五五〕。【誥案】公所謂黄蘗曰有全，卽道全禪師。子由有《全禪師塔銘》。洞山曰有文，卽克文禪師。子由有《洞山文長老語録敍》及《洞山黄蘗二禪師相訪》詩，並載《欒城集》，乃子由筠州監酒時相與往還者也。王、查、合三註所引《傳燈録》之希遷、良玠、希運，徒滋訟説。若欲爲之數祖，卽又不止此三人也。今皆刪。何時曠蕩洗瑕謫〔五六〕，〔王註次公曰〕曠蕩，言赦恩也，史有云「曠蕩之澤」。與君歸駕相追攀。梨花寒食隔江路，〔王註〕《雲齋廣録》：侯穆有詩名，因寒食郊行，見數少年共飲於梨花之下。穆長揖就坐，衆皆哂之。或曰能詩者飲，乃以梨花爲題。穆遂吟云：共飲梨花下，梨花插滿頭。清香來玉樹，白蟻泛金甌。妝靚青娥妒，光凝粉黛羞。年年寒食夜，吟遶不勝愁。兩山遥對雙烟鬟。歸耕不用一錢物，惟要兩脚飛孱顔。玉牀丹鏃記分我，〔王註〕《本草圖經》：丹砂，辰州者最勝，生深山石崖間。土人采之，穴地數十丈，始見苗，乃白石耳，謂之朱砂。辰砂生石上，若箭鏃，紫黯鐵而光明瑩徹者，真辰砂也。助我金鼎光爛斑。〔王註〕《大丹祕契圖》：《金鼎篇》云：金鼎者，上應天，下應地，中應人民。〔查註〕《雲笈七籤》造金鼎銘云：后土金鼎，生死長七，神室明三，圓五陰一，混沌徘徊，天地五里，陰陽兩頭，狀如雞子，形具莫差，黄白在裏。訣曰：金者太白之名，呼之爲鉛。

再用前韻〔五七〕

樂天雙鬟〔五八〕如霜菅，始知謝遣素與蠻。我兄綠髮蔚如故，已了夢幻齊人間。蛾眉勸酒聊爾耳，處仲太忍〔五九〕茂弘孱。〔王註〕《晉書》：王敦，字處仲。王導，字茂弘。王愷使美人行酒，客飲不盡，輒殺之。導素不能飲，恐行酒者得罪，遂勉强盡觴。三杯徑醉便歸臥，海上知復幾往還。連娟六幺趁蹋踘，〔王註次公曰〕「蹋踘」字，出《衛青傳》，今之蹴踘也。於六幺言之，則舞有蹴踘六幺也。〔邦衡曰〕《琵琶録》：唐崑崙彈新翻羽調綠腰。註：綠腰，卽録要也。本自樂工進曲，上令録出要者，乃以爲名，後又譌爲綠腰、六幺也。杳眇三疊縈《陽關》。〔合註〕司馬相如《大人賦》：紅杳眇以眩滑兮。酒醒夢斷何所有，落花流水空青山。【誥案】紀昀曰：常情常語，寫來别有姿韻。忽驚鐃鼓發夜半〔六〇〕，明月不許幽人攀。〔王註〕李白《把酒問月》詩：人攀明月不可得，月行却與人相隨。贈行無物惟一語，莫遣瘴霧侵雲鬟。羅浮道人一傾蓋，【誥案】羅浮道士，謂鄧守安也。時見程正輔於博羅，方議建惠州船橋事。欲繫白日留君顔。〔王註〕李白《惜餘春賦》：恨不得挂長繩於青天，繫此西飛之白日。白樂天詩：恨無長繩繫白日。應知我是香案吏，他年許綴蓬萊班。〔查註〕結韻前作「斑」，此作「班」，義各不同，不應通用。【誥案】當日和韻詩，凡此類通用不論，亦有换一韻删一韻者，今則絶無其事矣。查註乃以今律古也。

遊博羅香積寺〔六一〕并引

〔王註〕《白鶴故居圖》：香積寺，在惠州南博羅縣西山下。〔查註〕《九域志》：廣南東路惠州，領縣四，博羅縣在州北四十五里。【誥案】公以送程正輔始至香積寺，使作水磨，其後復送正輔至寺，觀林朴所作碓磨，見之於詩，前後踪跡，確然可考。施註能以《游香積寺》詩系於《追餞》二詩之後，尚不失送正輔之踪跡也。

寺去縣七里，三山犬牙，夾道皆美田，麥禾甚茂。寺下溪水，可作碓磨。若築塘百步閘而落之，可轉兩輪舉四杵也。以屬縣令林抃，使督成之。〔王註江曰〕抃，字天和。

二年流落蛙魚鄉，〔王註〕《國語》：范蠡對王孫雄曰：「昔我先君，固周室之不成子也，故濱於東海之陂，黿鼉魚鼈之與處，而蛙黽之與同渚。」朝來喜見麥吐芒。東風摇波舞淨緑，初日泫露酣嬌黄。〔合註〕薛能詩：嬌黄新嫩欲題詩。汪汪春泥已没膝，剡剡秋穀初分秧。誰言萬里出無友，見此二美喜欲狂。〔查註〕二美承上文，指麥禾也。三山屏擁僧舍小，一溪雷轉松陰涼。〔王註〕《白鶴故居圖》：三山者，大北山、象頭山、白水山，皆在水南。一溪者，即東江也，在山之北。要令水力供臼磨，與相地脈增隄防〔六二〕。霏霏落雪看收麪，隱隱疊鼓聞春糠。散流一啜雲子白，〔王註續曰〕杜子美《與鄠縣源大少府宴渼陂》詩：飯抄雲子白，瓜嚼水精寒。〔次公曰〕《漢武帝外傳》：太上之藥，則有風實、雲子、金精、玉液。〔合註〕《文選》枚乘《七發》：摶之不解，一啜而散。炊裂十字瓊肌香。〔王註〕《晉書》：何曾性奢豪。每燕見，不食大官所設，帝輒命取其食。蒸餅上不坼作十字，不食也。豈惟牢丸〔六三〕薦古味，【誥案】丸原本作九。〔公自註〕束晳《餅賦》云：饅頭〔六四〕薄持，起搜牢丸。〔李註〕按束晳《餅賦》，有「饅頭薄壯起溲牢丸」之名，而先生詩用作牢九，又自註中薄壯作薄持，起溲作起搜。又《真一酒歌》亦用起搜事，想别有所據。〔合註〕《歸田録》：饅頭至今名存，而起溲、牢丸，皆莫曉爲何物。薄持，荀氏又謂之薄夜，亦莫知何物也。陸錫熊曰：方以智《通雅》段成式食品有籠上牢丸、湯中牢丸。徐文靖《管城碩記》：盧諶《祭法》曰，春祠用饅頭、餳餅、髓餅、牢丸，夏秋冬亦如之。《祭法》及《餅賦》，皆有饅頭，又皆有牢丸，則牢丸非饅頭可知矣。大抵籠上牢丸者，蒸米丸也；湯中牢丸者，煮米丸也。【誥案】牢有二義，《史記·平準書》「牢盆」註：如淳曰，牢，廩食也，古人名廩爲牢也。又《後漢・董卓傳》「搜牢」，牢，讀去聲。考撈字，亦有去聲。又，牢，漉也，即讀平亦可通，猶言漉出者也，即今之湯糰也。薄壯，言餅之薄者，壯，傷也，醫家以艾灸爲三壯、五壯，後乃譌作層累之通用而餅有疊砌者也。起溲，即麵起也。《禮・内則》「糗餌粉酏」，已該米麥屑粉之食，酏，即餈也。至公以牢丸作牢九，乃傳本之譌也。今已更正。

要使真一流天漿〔六五〕。〔王註次公曰〕此言造真一酒法，用麥與米也。詩成捧腹便絶倒，書生説食真膏肓。【誥案】紀昀曰：水磨是利民正事，縣令督成，頗爲鄭重，不得以游戲了之。後半語雖工而意則未協。其説誤甚，兩輪四杵，豈能利民，此乃爲寺僧作者，觀本詩詩敍甚明也。

戲和正輔一字韻〔六六〕

〔查註〕《蔡寬夫詩話》：聲韻之興，其變日多。四聲中，又別其清濁以爲雙聲，一韻者以爲疊韻。蓋以輕重爲清濁爾。所謂前有浮聲，則後有切響。王融《雙聲》詩云：園蘅眩紅蘤，湖荇燡黄花。迴鶴横淮翰，遠越合雲霞。以此求之，可見。按《南史・謝莊傳》：王元謨問莊：「何者爲雙聲？何者爲疊韻？」答曰：「互護爲雙聲，磝碻爲疊韻。」云云。蓋雙聲者，同音而不同韻，疊韻者，同音又同韻也。今所云一字韻，乃古之雙聲也。【誥案】此詩施編不載，查註從邵本補編入之，今改編於此。

故居劍閣隔錦官，〔馮註〕《劍閣記》：梁山之險，蜀所恃以爲外户，大劍山與小劍山相屬。秦欲伐蜀，而道不通，乃造五石牛，以金置尾下，言能糞金，將以遺蜀。蜀主負力而貪，令五丁開道，引入之。秦因架閣爲棧道，司馬錯由此伐蜀。《蜀志》：錦官城，萬里橋南，一名錦里。柑果薑蕨〔六七〕交荆菅〔六八〕。奇孤甘挂汲古綆，〔馮註〕韓退之詩：汲古得修綆。僥覬〔六九〕敢揭鈎金竿〔七〇〕。〔合註〕句未詳，似用金雞竿事，言妄希逢赦也。已歸耕稼供藁秸，公貴幹蠱〔七一〕高巾冠。改更句格各謇吃〔七二〕，〔馮註〕《世説》：頭責秦子羽云：「此數子者，或謇吃無宫商。」《管子》：行年六十而老吃。《史記》：韓非爲人，口吃不能道説，而善著書。姑固〔七三〕狡獪加閒關。〔公自註〕王方平謂麻姑云：姑固少年，吾老矣，了不喜復作此狡獪變化也。

次韻定慧欽長老見寄八首并引〔七四〕

蘇州定慧長老守欽，〔王註〕《吴郡圖經續記》云：定慧禪院，本萬歲子院，在長洲縣東，祥符中改今額。〔查註〕《吴郡志》：定慧寺，在萬壽院之西。使其徒卓契順來惠州，問予安否，且寄《擬寒山十頌》。〔王註〕《傳燈録》：天台寒山子者，本無氏族，始豐縣西七十里，有寒、暗二巖，以其於寒巖中居止得名也。有頌三百餘首，傳布人間。〔查註〕《天台國清寺碑記》云：豐干禪師，垂迹國清寺。有一貧士，從寒巖來，曰寒山子，干稱爲寒山文殊。後，天台守訪之，與拾得遁入巖穴，其穴自合。有詩頌散題山林間，寺僧集之成卷。語有璨〔七五〕、忍之通，而詩無島、可之寒。〔李註〕三祖，僧璨鏡智禪師。五祖，弘忍大滿禪師。賈島初爲僧，名無本。可，即僧可明也。舊云郊寒島瘦。吾甚嘉之，爲和八首。

其一

左角看破楚，南柯聞長滕。〔王註次公曰〕高祖破項羽。《左傳·隱公十二年》：滕侯、薛侯來朝，爭長。卒長滕侯。鈎簾歸乳燕，〔王註李厚曰〕杜子美《題桃樹》詩：簾户最宜通乳燕。〔合註〕杜子美《水閣朝霽奉簡嚴雲安》詩：鈎簾宿驚起。穴紙出癡蠅。〔王註〕《傳燈録》：古靈神讚禪師，其師在窗下看經。蜂子投窗紙求出，師覩之曰：「世界如許廣闊，不肯出，鑽他故紙，驢年出得。」〔次公曰〕古靈見窗上蠅，曰：「空門不肯出，投窗也太癡。百年鑽故紙，未見出頭時。」韓退之詩：癡如遇寒蠅。爲鼠常留飯，憐蛾不點燈。崎嶇真可笑，〔王註林子仁曰〕李太白書云：「白崎嶇歷落，可笑人也。我是小乘僧。〔合註〕《魏書·釋老志》：初階聖者，有三種人，其根業各差，謂之三乘，聲聞乘、緣覺乘、大乘。取其可乘運以至道爲名。此三人惡迹已盡，但修心盪累，濟物進德。初根人爲小乘，行四諦法；中根人爲中乘，受十二因緣；上根人爲大乘。

其　二

鐵橋本無柱，石樓豈有門。〔王註次公曰〕此兩句羅浮山事，而以禪語言之，山有鐵橋石樓，故云「本無柱」也。又有二石樓，而延祥寺在南樓之下，相傳石樓有門可往，故云「豈有門」也。舞空五色羽，〔王註李厚曰〕先生在儋州，有《五色雀》詩云：粲粲五色羽。是也。〔李註〕《一統志》：五色雀，出羅浮山，有貴人至，則先翔集。吠雲千歲根。〔王註程縯曰〕千歲根，言枸杞也。枸杞千歲，其根如犬之狀。白樂天詩云：不知靈藥根成狗，怪得時聞吠夜聲。〔李註〕《續神仙傳》：朱孺子，一日忽見二花犬，相趂入枸杞叢下，因異之，尋掘得二枸杞，根形狀如犬。〔合註〕杜子美《滕王亭子》詩：仙家犬吠白雲間。松花釀仙酒，〔王註〕《原化記》：有老人雪中訪崔豈真，獻松花酒。老人云：「花澀無味。」乃取一丸藥投之，味頓别。〔合註〕岑參詩：五粒松花酒，雙溪道士家。木客餽山飧。〔王註次公曰〕木客，廣南有之，多居木中，野人之類也。我醉君且去，陶云吾亦云。〔王註次公曰〕「亦云」字，祖出《晉語》叔向曰：「今我以忠謀諸侯，而以信覆之，荆之逆諸侯也亦云。」

其三

羅浮高萬仞，下看〔七六〕扶桑卑。默坐朱明洞，〔王註〕《白鶴故居圖》云：朱明洞在麻姑峰之北。玉池自生肥。從來性坦率，醉語漏天機。相逢莫相問，我不記吾誰。

其四

幽人白骨〔七七〕觀，〔王註次公曰〕《楞嚴經》：優婆尼沙陀悟白骨微塵，歸於空虛，謂之白骨觀也。大士甘露滅。〔王註〕《維摩經》：始在佛樹力降魔，得甘露，滅覺道成。〔查註〕什公註《維摩經》云：梵本寂滅，甘露即實相也。肇公曰：大覺之道，寂滅無相，至味和神，喻若甘露。根塵各清淨，〔王註〕《楞嚴經》：若復一切世間根塵陰處界等，皆如來藏清淨本然。〔李註〕《楞嚴經》：根塵同源，縛脱無二。心境〔七八〕兩奇絶。真源未純熟〔七九〕，〔查註〕《維摩經》：久於佛道，心已純熟。習氣餘陋劣。譬如已放鷹，中夜時掣紲。〔王註次公曰〕「已放鷹」之義。蓋鷹養而未放，則猶未知掣紲。已曾放之，每夜在韝紲，輒有往意矣。紲所以係鷹。張華《鷦鷯賦》云：蒼鷹鷙而受紲。〔合註〕杜子美《去矣行》詩：君不見韝上鷹，一飽即飛掣。

其五

誰言窮巷士，乃竊造化〔八〇〕權。所見皆我有，安居受其全。〔王註次公曰〕凡萬物在前，我皆見之矣，則莫不備於我，可以安坐而全受之也。戲作一篇書，千古發争端。儒墨起相殺〔八一〕，〔查註〕《莊子·在宥篇》：

今世殊死者相枕也，桁楊者相推也，形戮者相望也，而儒墨乃始離跂攘背乎桎梏之間。又《天運篇》：天下大駭，儒墨皆起。予初本無言。

其六

閑居蓄百毒，〔王註次公曰〕百毒，百藥也。藥謂之毒，出《周禮》。〔李註〕《周禮·春官》：醫師掌醫之政令，聚毒藥以供醫事。註：毒藥，五毒也。疏：藥之辛苦者。又，韓退之詩：醫師加百毒。救彼跛與盲。依山作陶穴，〔王註次公曰〕陶穴，以塼砌穴也。《詩·大雅·緜》云：陶復陶穴。〔合註〕鄭箋：陶其壤而穴之。疏：土室耳。原註則以近代築墳解之，故云。掩此暴骨橫。〔王註〕《左傳·襄公二十六年》：三軍暴骨。〔李註〕《左傳》載：宣公十二年，楚子曰：「今我使二國暴骨，暴矣。」區區效一溉，豈能濟含生。力惡不己出，〔王註〕《禮記·禮運》：大道之行，力惡其不出於身也，不必爲己。時哉非汝〔二〕爭。〔王註〕《尚書·泰誓上》：時哉弗可失。

其七

少壯欲及物〔三〕，老閑餘此心。微生山海間，坐受瘴霧侵。可憐鄧道士，〔王註次公曰〕鄧道士，名守安。嘗造橋，見後《兩橋》詩敘。攝衣問呻吟。覆舟却私渡〔四〕，斷橋費千金。【誥案】鄧守安見程正輔於博羅，始議建船橋事，今改定此八詩於正輔既去之後，乃因卓契順去在正輔之後也。及復讀此詩，乃知尚有鄧守安事可據，因取原本檢對，則施註原編本在正輔去後，並未誤，查註置於正輔未到之前，反誤矣。

其八

淨名毗耶中，〔王註〕《維摩經》僧肇註云：維摩詰，秦言淨名也。妙喜恒沙〔五〕外。初無來往〔六〕相，二土〔七〕同一在。〔王註〕《維摩經》：佛言有國名妙喜，佛號無動，是維摩詰於彼國没而來生此。〔次公曰〕「土」字當從佛書言國土之土，音徒故切。〔查註〕《維摩經》：維摩詰現神通力斷取妙喜世界置於此土，妙喜世界雖入此土，而不增減，於是世界亦不迫隘，如本無異。云何定慧師，尚欠行脚債。請判維摩憑，〔合註〕《燕翼貽謀録》：先是選人不給印紙，遇任滿，給公憑，到選以考功過。往往於已給之後，時有更易，不足取信。太平興國二年，詔曰：今後州府録曹，縣令簿尉，吏部南曹並給印紙歷子外，給公憑者罷之。一到東坡界。

贈王子直秀才〔八〕

〔查註〕王子直，卽王原也。【誥案】呂大防嘗薦王原於朝，據此詩，似已放歸矣。

萬里雲山一破裘，杖端閑挂百錢游。五車書已留兒讀，二頃田應爲鶴謀。〔王註次公曰〕爲鶴謀，緣子直住鶴田山也。先生舊有本註云爾。〔合註〕《壘莊漫録》：《松陵唱和》皮日休詩註，吳都有鶴料案。水底笙歌蛙兩部，山中奴婢〔九〕橘千頭。〔查註〕按《苕溪漁隱叢話》：《石林詩話》云：蘇子瞻嘗兩用孔稚圭鳴蛙事，如「水底笙歌蛙兩部，山中奴隸橘千頭」，雖以笙歌易鼓吹，不碍其意同。至「已遣亂蛙成兩部」，則不知謂何物，亦是歇後語，蓋用事寧與出處語小異而意同，不可盡牽出處語而意不顯也。幅巾我欲相隨去，海上何人識故侯。

江漲用過韻〔九〇〕

草木生故墟，牛羊滿空瀆。春江園草市，夜浪浮竹屋。〔王註〕唐房千里《竹室記》云：予環堵所棲，率用竹，以結其四周。植者爲柱楣，撐者爲榱桷，破者爲留，削者爲障。已連漲海白，〔王註〕《南史》：浮南東界，卽大漲海。尚帶霍山緑。〔王註次公曰〕霍山，惠州江所出也。〔李註〕《一統志》：霍山在龍川縣，有三百六十峰，按東江過龍川入惠州界，故云。〔查註〕《廣東舊志》：霍山在龍川縣北一百里。《舊經》云，高七千餘丈，周迴三百六十里，峰有三百六十，可居者七十二。《遊名山記》云：秦時有霍龍者，龍川人，避亂隱此，遇真人授以金液還生丹，功成仙去。後人因以霍名山。曹松詩：七千七百七十丈，丈丈藤蘿入九天。卽指此也。坎離更休王，〔李註〕《周易·說卦》：坎爲水，離爲火。《漢書音義》：五行有王相死囚休廢，卽五行相勝之意也。魚鼈横陵陸。得非崑崙囚，欲報陸渾衂。〔王註次公曰〕陸渾，縣名。皇甫湜爲令，有《山火》詩，韓退之和之。其詩盛陳山火之熾勢，以爲火官用事，而水官告之於帝。帝謂之曰：「此蓋時行使然，汝於申酉之月，然後可騁。」乃溺火官之邑，已而囚火官於崑崙，以報怨也。衂，敗也。〔李註〕韓退之《陸渾山火》詩：女丁婦壬傳世婚，一朝結讐奈後昆。又：月及申酉利復怨，助女五龍從九鯤，溺厥邑囚之崑崙。按此，正申上句坎離休王之意。〔合註〕衄，俗作衂。《廣韻》：挫也。曹子建《求自試表》：師徒小衄。行看北風競，〔王註〕《左傳·襄公十八年》：晉人聞有楚師。師曠曰：「不害，吾驟歌北風，又歌南風，南風不競。」來救南國蹙。〔王註〕《左傳·成公十六年》：南國蹙，射其元，王中厥目。長驅連山燒，一掃含沙毒。〔王註厚曰〕《山海經》：大荒南有蜮，處水中，含沙射人，影中則成瘡。〔合註〕《山海經》云：有蜮山蜮民之國，射蜮是食。註云：蜮，短狐也，含沙射人，中之則病死。孤吟慼造化，何時停倚伏。〔王註〕《老子》：禍兮福所倚，福兮禍所伏。當憐水旱眊〔九二〕，不作〔九三〕舟車蓄。〔王註〕《史記》：旱則資車，水則資舟，物之理也。江流倘席卷，社酒期茅縮。〔王註次公曰〕古者以茅縮酒，如《左傳·僖公四年》「楚貢包茅不入，無以縮酒」是也。

連雨江漲二首〔九三〕

其一

越井岡頭雲出山。〔查註〕《南越志》：天井岡下，有越王井，深百餘尺，云是趙佗所鑿。《太平寰宇記》：天井岡，在南海縣北四里。吳萊《南海古迹記》：越井岡有趙佗井，一曰鮑姑井。鮑姑者，稚川之妻，善灸贅疣。唐崔偉遇姑，得越井岡茶。南漢劉龑時，改名爲玉龍泉，禁民間不得私汲。牂牁江上水如天。〔王註〕柳子厚詩：林邑東回山似戟，牂牁南下水如湯。〔李註〕《後漢·西南夷傳》：楚遣將莊豪伐夜郎，軍至且蘭，椓船於岸而步戰。既滅夜郎，以且蘭有椓船牂柯處，乃改其名爲牂柯。註：繫船杙也，亦作牂牁。〔查註〕《名勝志》：西江，在廣州城西北五十里，源自牂牁，合灕江，過肇慶，亦曰桂水，與滇水匯入於海，亦三江之一也。牀牀避漏幽人屋，〔王註〕杜子美《茅屋爲秋風所破歌》：牀牀屋漏無乾處。浦浦移家〔九四〕蜑子船。〔王註〕鄭谷《淮上漁者》詩：白頭波上白頭翁，家逐船移浦浦風。〔李註〕類書：蜑人瀕海而居，以舟爲宅，辨水色，知龍居，又曰龍人。〔查註〕《北史·蠻獠傳》：南方曰蠻，其流曰蜑、曰獽、曰獠、曰㐌。《太平寰宇記》：蜑户生在江海，居於舟船，隨潮往來，捕魚爲業。陳師道《談叢》：二廣，居山谷間，不隸州縣，謂之猺人。舟居，謂之蜑人。〔合註〕鄺露《赤雅》：蜑人浮家泛宅，能知龍所在，自稱龍神，籍稱龍户。龍卷魚蝦〔九五〕并雨落，人隨雞犬上牆眠。〔王註〕韓退之《宿曾江口》詩：犬雞俱上屋，不復走與飛。只應樓下平階水，長記先生過嶺年。

其二

急雨〔九六〕蕭蕭作晚涼，卧聞榕葉響長廊。〔王註〕柳子厚詩：山城過雨百花盡，榕葉滿庭鶯亂啼。〔李註〕《南方草木狀》：榕樹，南海桂林多植之，葉如木麻，實如冬青，枝條最繁，其蔭十畝。微明燈火耿殘夢，半濕簾櫳〔九七〕浥舊香。〔合註〕謝惠連詩：升月照簾櫳。高浪〔九八〕隱牀〔九九〕吹甕盎，〔王註次公曰〕隱牀，義同殷牀也。杜子美《大雲寺贊公房》詩：鐘殘猶殷牀。凡聲徹於牀榻者，皆是已。暗風驚樹擺琳琅。先生不出晴無用，留與〔一〇〇〕空堦滴夜長。〔王註〕何遜詩：曉燈闇離室，夜雨滴空堦。

四月十一日初食荔支〔一〇一〕

〔查註〕《荔支譜》：六七月時，色變緑。又火山本出廣南，四月熟，閩中近亦有之。東坡所云四月十一日，是特廣南火山者耳。《太平寰宇記》：火山直對梧州城，山上有荔支，四月先熟。以其地熱，故曰火山。核大而味酸。

南村諸楊北村盧，〔公自註〕謂楊梅、盧橘也。〔王註〕《臨海異物志》：楊梅，其子大如彈丸，正赤，五月中熟。又《廣州記》：盧橘皮厚，氣色大如柑，酸多，至夏熟，土人呼爲壺橘〔一〇二〕。〔合註〕《能改齋漫録》：梁蕭惠開云：南方之珍惟荔支，楊梅、盧橘自可投諸藩溷。故坡詩云云。白華〔一〇三〕青葉冬不枯。垂黄綴紫烟雨裏，特與荔子〔一〇四〕爲先驅。海山仙人絳羅襦，〔王註〕蔡君謨《七月二十日食荔支》詩：絳衣仙子過中元，別葉空枝去不還。紅紗中單白玉膚。〔王註次公曰〕中單，今之汗衫也。《唐·輿服志》：凡祀天地之服，皆白紗中單。〔李註〕《古今注》：中單，襯衣也。漢高祖始改名汗衫。〔查註〕《漢書·江充傳》：衣紗縠禪衣。師古註：禪衣，今之朝服中禪也。《演繁露》：禪之字，或爲單。古之法服、朝服，其内必有中單，正如今人背子。《事物紀原》謂：漢高與項羽戰，汗透中單，遂有汗衫之名。非也。〔合註〕白樂天《荔枝圖序》：殼如紅繒，膜如紫綃，瓤肉瑩白如冰雪。不須更待妃子笑，風骨自是傾城姝。不知天公〔一〇五〕有意無，遣此〔一〇六〕尤物生海隅。〔王註〕《左傳·昭公二十八年》：叔向欲娶於申公巫臣氏。其母曰："夫有尤物，足以移人，苟非德義，則必有禍。"雲山得伴松檜老，〔查註〕《梁溪漫志》：東坡《荔支》詩云「雲山得伴松檜老」，嘗疑此句似泛，後見習閩廣者云，福州至於海南，凡宰上木，松檜之外，雜植荔支，取其枝葉陰覆，所以有此語。霜雪自困樝梨〔一〇七〕麤。〔李註〕《禮記·内則》：樝梨曰鑽之。先生洗盞酌桂醑，冰盤薦此赬虯珠。〔王註次公曰〕赬虯，赤龍也。韓退之《柿》詩：然雲燒樹火實駢，金烏下啄赬虯卵。似開〔一〇八〕江鰩〔一〇九〕斫玉柱〔一一〇〕，〔李註〕《臨海異物志》：玉珧柱，美如珧玉。《晉安海物異名記》：肉柱膚寸，美如珧玉，即江瑶也。一云，江瑶即海月。〔查註〕郭璞《江賦》：玉珧海月，土肉石華。《江鄰幾雜志》：四明海物，江鰩柱第一。介甫云，鰩字當作珧，如蛤蜊之類，韓文公所謂馬甲柱也。《能改齋漫録》：紹聖三年，始詔福唐與明州歲貢車螯肉柱五十斤，俗謂之紅蜜丁，即東坡所傳江鰩柱是也。更洗河豚烹腹腴。〔公自註〕予嘗謂〔一一一〕荔支厚味高格兩絶，果中無比，惟江鰩柱、河豚魚近之耳。〔王註子仁曰〕腹腴，魚腹下肥肉也。《禮記·少儀》云：冬右腴，夏右鰭。疏云：謂魚腹，冬時陽氣下在魚腹，故右腴。黄魯直謂魚腹下肥處。燕人膾鯉，方寸切其腴，以啗所貴，蓋古風也。杜子美《設鱠歌》：遍勸腹腴愧年少。〔李註〕《藝苑雌黄》：河豚，水族之奇味。《本草》：吴越人，春月甚珍貴之，尤重其腹腴，呼爲西施乳。我生涉世本爲口，一官久已輕蓴鱸。人間何者非夢幻，南來萬里真良圖。〔合註〕左太冲詩：夢想騁良圖。

桄榔杖寄張文潛一首，時初聞黄魯直遷黔南、范淳父九疑也〔一一二〕

〔查註〕本集《與張文潛尺牘》云：屏居荒服，無一物爲信，有桄榔方杖一枚，前此土人不知以此爲杖也。《宋史·黄庭堅傳》：哲宗立，召爲《神宗實録》檢討官。紹聖初，章惇、蔡忭論《實録》多誣，貶涪州别駕、黔州安置。《山谷年譜》：章惇、蔡卞論《實録》詆誣，俾前史官分居畿邑以待，黄庭堅書鐵爪治河，有同兒戲，至是首問焉。《宋史·范祖禹傳》：元祐中，拜翰林學士。宣仁太后崩，紹述之論已興，有相章惇意。祖禹力言惇不可用。言者論摭，連貶武安軍節度副使，昭州别駕，安置永州、賀州，徙賓、化而卒。〔合註〕《山谷年譜》：紹聖二年正月，范公安置永州，趙公澧州，山谷黔州。蓋十二月降旨，次年正月聞命，故與本紀不同，而趙公者，即趙彦若也。《太平寰宇記》：黔州黔中郡，今理彭水縣。【誥案】九疑在道州，而永州接壤，故云九疑也。

睡起風清〔三〕酒在亡，身隨殘夢兩茫茫。江邊曳杖桄榔瘦，林下尋苗蓽撥香。獨步倘逢勾漏令，遠來莫恨曲江張。〔王註次公曰〕《唐書》：張九齡，韶州曲江人。天下稱曰曲江公而不名。曲江爲相，建言放臣不宜與善地，故八司馬之竄，皆在醜地。劉禹錫有詩追恨之，今詩戒以無如劉禹錫也。〔李註〕《唐書·劉禹錫傳》：作《問大鈞》、《謫九年》等賦。又敍：「張九齡爲宰相，建言放臣不宜與善地，悉徙五溪不毛處。議者以爲開元良臣，而卒無嗣。豈枝心失恕，陰責最大，雖他美莫贖耶！」欲感諷權近，而憾不釋。遥知魯國真男子，獨憶平生盛孝章。〔王註次公曰〕《會稽典録》云：盛憲，字孝章。有天下大名，孫策欲誅之。孔文舉《與曹公書》，意欲曹公致書救之，書未至，而已誅矣。初，憲爲臺郎，路逢童子，容貌非常，憲怪而問之。曰：「魯國孔融。」憲異之，乃載歸，結爲兄弟。其云「魯國男子」，使《楊彪傳》：融謂曹操曰：「孔融，魯國男子也。」

眞一酒〔一四〕并引

〔查註〕本集《寄建安徐得之真一酒法》云：嶺南不禁酒，近得一釀法，用白麪、糯米、清水三物釀成玉色，絶似王駙馬碧玉香。白麪乃上等麪，如常法起酵，作蒸餅，蒸熟後，以竹篾穿挂風中，兩月後用。每料不過五斗，每米一斗，炊熟，急水淘過，控乾，擣細白麪末三兩，拌勻入甕，使有力者以手拍實。按中爲井子，上廣下鋭，於三兩末中，預留少許糝蓋醅面，候漿水滿其中，以刀劃破，更炊新飯投之。每斗投三升，令入井子中，以醅蓋合，每斗入熟水兩碗，更三五日，可得好酒六升。日數隨天氣冷暖，自以意候之。若天大熱，減去麪半兩。

米、麥、水，三一而已，此東坡先生真一酒也。

撥雪披雲得乳泓，蜜蜂又欲醉先生。〔公自註〕真一色味，頗類予在黄州日所醞蜜酒也。〔合註〕先生《蜜酒歌》：南園采花蜂似雨，天教釀酒醉先生。故此云又也。稻垂麥仰陰陽足，〔查註〕唐竇苹《酒譜》引《春秋説題辭》曰：爲酒，據陰乃動。麥，陰也。黍，陽也。先漬麴而後投黍，是陽得陰，而沸乃成。王魯齋《造化論》：麥受六陽之全，故就實而昂；稻分陰陽之半，則未實而俯。器潔泉新表裏清。曉日著顔紅有暈，春風入髓散無聲。人間〔一五〕真一東坡老，與作〔一六〕青州從事名〔一七〕。

次韻程正輔遊碧落洞〔一八〕

【誥案】本集與程正輔云：「比日履茲炎燠，暑雨不常，蒸燒可厭。曲江想少清爽否？……因柯推官行，上問不宣。」此書作於〔紹聖二年〕六月。本集與程正輔云：「違别忽復數月，示諭《碧落洞》詩，却未寄貺，必封書時忘之也，竊望寄示。老弟却曾有一詩，今録呈也。」又書云：「近指使柯推及郡中兵士，三次奉狀，一一達否？新什此篇尤有功，咄咄逼鮑謝矣。不覺起予，故和一詩，以致欽歎之意。」此二書，緊接指使藍生推官柯常賚書赴韶之後，信六月書也。公《和正輔碧落洞》詩，有「詩成輒寄我，絶妙陶謝并」句，與書中意合，信六月詩也。查註編四月十一日詩前，合註從誤，今定爲第五首，改編於此。

空山不難到，絶境未易名。〔王註〕白樂天《水齋》詩：絶境應難别，同心豈易求。何時謫仙人，來作鈞天聲。胸中幾雲夢，餘地多恢宏〔二九〕。〔合註〕《莊子·養生主篇》：恢恢乎其於遊刃必有餘地矣。薛道衡《弔延法師書》：志度恢宏。長庚與北斗，錯落綴冠纓。〔王註〕曹子建《與陳琳書》云：披翠雲以爲衣，戴北斗以爲冠。黄公獻紫芝，〔王註〕崔琦《四皓頌》：昔商山四皓者，蓋甪里先生、綺里季、夏黄公、東園公是也。秦之博士，遭世闇昧，道滅德消，坑黜儒術，《詩》、《書》是焚。於是四公退而作歌，曰：「莫莫高山，深谷逶迤。曄曄紫芝，可以療飢。唐虞世遠，吾將何歸。駟馬高蓋，其憂甚大。富貴畏人兮，不如貧賤之肆志。」按《本草》：紫芝，味甘温保神，益精氣，久服輕身不老。赤松饋青精。〔王註〕《真誥》載：霍山有學道者鄧伯原，受服青精石飯之法。溪山久寂寞，請續《離騷經》。抱枝寒蜩〔三〇〕咽，〔合註〕李義山詩：吸風蟬抱枝。繞耳飛蚊清。謫仙撫掌笑，笑此羽皇銘。〔查註〕唐周夔，字羽皇。曾游碧落洞，作《到難篇》，公詩正用此事。〔翁方綱註〕英德縣西南十五里巖前村，羣岫環互，長溪縈紆，窮阿盡源，呀然成洞。唐元和六年，周夔羽皇撰《到難篇》，所謂「碧瀾之下，寸寸秋色」者也。按，建安李華，寶慶三年丁亥上元游碧落洞，而其詩有「十載南游纔一到，不妨重補《到難篇》」之句，是則羽皇之銘，南宋時已泐矣。我頃嘗獨遊，自適孤雲情。君今又繼往，霧雨愁青冥。感君兄弟意，尋羊問初平。玉牀分箭鏃，不忍獨長生。詩成輒寄我，妙絶陶、謝并。〔王註〕杜子美《夜聽許十一誦詩愛而有作》詩：陶、謝不枝梧，風騷共推激。孤鴻方避弋，老驥猶在坰。〔王註次公曰〕在坰，以言其閑散也。《詩·魯頌·駉》：駉駉牡馬，在坰之野。鳥獸如可羣，永寄槁木形。何山不堪隱，飲水自修齡。〔王註〕白樂天詩：我心既無苦，飲水亦可肥。〔合註〕阮籍詩：修齡適余願。

荔支歎〔一〕

【誥案】紀昀曰：貌不襲杜，而神似之，出沒開闔，純是杜法。

十里一置飛塵灰，五里一堠〔二〕兵火催。〔查註〕《史記》：田横至尸鄉廐置。註云：謂置馬以傳驛也。《風俗通》：漢改郵爲置，唐時十里爲雙堠，五里爲隻堠。顛阬〔三〕仆谷〔四〕相枕藉，〔合註〕《漢書·酷吏傳》：尹賞守長安，修治獄，爲虎穴，百人爲輩，皆相枕藉死。知是荔支龍眼來。〔李註〕《交州記》：龍眼樹高五六丈，似荔支而小。《廣州記》：荔支大如桂樹，實如雞子，甘而多汁。飛車跨山鶻横海，〔王註〕韓退之詩：誰能駕飛車，相從觀海外。〔龜父曰〕鶻横海，言船也。《兵書》：海鶻頭低尾高，前大後小，如旂之狀。風枝露葉如新採。宮中美人一破顔，驚塵濺血流千載。〔王註次公曰〕上四句，以言漢和帝 時交州貢荔支。下四句，以言唐明皇時涪州貢荔支也。【誥案】紀昀曰：精神飛舞。永元荔支來交州，天寶歲貢取之涪。至今欲食林甫肉，〔王註次公曰〕以言林甫爲相，專事諂諛，無一言救其弊也。〔合註〕《唐書·李林甫傳》：以楊國忠爲御史大夫，林甫薄國忠材孱，無所畏，又以貴妃故，善之。《國語》：重耳以戈逐子犯，曰：「若無所濟，吾食舅氏之肉，其知厭乎。」無人舉觴酹伯游。〔公自註〕漢永元中，交州進荔支龍眼。十里一置，五里一堠，奔騰死亡，罹猛獸毒蟲之害者無數。唐羌，字伯游，爲臨武長，上書言狀。和帝罷之〔一三五〕。唐天寶中，蓋取〔一三六〕涪州荔支，自子午谷路進入。〔李註〕謝承《後漢書》：唐羌上書云：伏見交趾七郡，獻生龍眼等。鳥驚風發，南州土地炎熱，惡蟲猛獸，不絕於路，至於觸犯死亡之害。死者不可生，來者猶可救也。此二物升殿，未必延年益壽。〔合註〕《猗覺寮雜記》：荔支，唐天寶取之涪，元和中取之荆南。見元微之《論海味表》。我願天公憐赤子，莫生尤物爲瘡痏。雨順風調百穀登，民不飢寒爲上瑞〔一三七〕。【誥案】此二句，王本所有，他本亦有無者，紀曉嵐以爲誤增，非是。題既曰歎，自應落到此二句，且轉韻歇處，非《虢國圖》前半用一韻可比。若痏可叶疣，其説尚可通，而疣、痏音義全别，更以後一段合全篇論之，其前必當有二仄韻，是曉嵐全未看清楚也。君不見武夷溪邊粟粒芽，〔王註次公曰〕武夷山，在建州。粟粒芽，茶之極品者也。天下以建茶爲第一。〔查註〕《輿地廣記》：淳化五年，升建州崇安場爲縣，有武夷山。《太平寰宇記》：武夷山，在建陽縣北。蕭子開《建安記》云：山高五百仞，顧野王謂地仙之宅，傳云昔有神人武夷君居此。梅堯臣《建溪新茗》詩：粟粒烹甌起，龍文御餅加。《武夷山記》：山産茶如粟粒者，初春芽茶也，品最貴。前丁後蔡相籠加。〔公自註〕大小龍茶〔一三八〕，始於丁晉公，而成於蔡君謨〔一三九〕。歐陽永叔聞君謨進小龍團，驚歎曰：「君謨士人也，何至作此事！」爭新買寵各出意〔一四〇〕，今年鬭品充官茶。〔公自註〕今年閩中監司，乞進鬭茶，許之。〔李註〕范希文《鬭茶歌》：年年春日東南來，建溪水暖冰微開。溪邊奇花冠天下，武夷仙人從古栽。〔查註〕范仲淹《鬭茶歌》：北苑將期獻天子，林下雄豪先鬭美。【誥案】紀昀曰：波瀾壯闊，不嫌其露骨。吾君所乏豈此物，致養口體何陋耶。〔合註〕《易·頤卦疏》：離其致養之至道。洛陽相君忠孝家，可憐〔一四一〕亦進姚黃花。〔公自註〕洛陽貢花，自錢惟演始〔一四二〕。〔王註次公曰〕「忠孝家」，以言錢惟演，蓋錢王則忠孝王也。〔厚曰〕歐陽《牡丹譜》：姚黄者，千葉黄花，出於民姚氏家。〔查註〕《埤雅》：牡丹之名，以姓著者，姚黄、左黄、牛黄、魏華。姚黄者，出姚氏居，曰司馬坂，地屬河陽，而花傳洛陽，一歲不過數朶。錢思公嘗言人謂牡丹爲花王，今姚黄真爲王，而魏紫乃后也。【誥案】紀昀曰：又帶一波，更長言不足。查初白謂耳聞目見，無不倍其揮霍者，樂天諷諭諸作，不過以題還題，那得如許開拓。

六月十二日，酒醒步月，理髮而寢〔一三〕

羽蟲見月争翾翻〔一四〕，我亦散髮虚明軒。〔王註〕杜子美《夏夜歎》詩：昊天出華月，茂林延疎光。仲夏苦夜短，開軒納微涼。虚明見纖毫，羽蟲亦飛揚。千梳冷快肌骨〔一五〕醒，〔查註〕賈島詩：頭髮千梳下。風露氣入霜蓬根。〔王註〕《真誥》《太極緣經》云：髮當數櫛，血液不滯，髮根常堅。【誥案】紀昀曰：鬱律之中，清氣吞吐，老子興到之作。起舞三人漫相屬〔一六〕，停杯一問終無言。〔王註〕李太白詩：青天有月來幾時，我今停杯一問之。曲肱薤簟有佳處，〔王註〕白樂天《寄李蘄州》詩：笛愁春盡梅花裏，簟冷秋生薤葉中。註云：蘄州出好笛，并薤葉簟。夢覺瓊樓空斷魂。〔王註〕《拾遺記》：翟乾祐與人翫月，人問：「月中何所有？」乾祐曰：「隨我手看之。」月規半圓，瓊樓玉宇滿焉。良久乃隱。〔李註〕先生有詞云：祇恐瓊樓玉宇，高處不勝寒。亦同此意。

和子由次月中梳頭韻〔一七〕

〔王註十朋曰〕子由詩敍云：轍有白髮，近二十年矣，然止百餘莖，不增不減。虔州道人王正彦，教令拔去，以真水火養之，當不復更生。從其言，已數月，而白髮不出，更年歲不見，豈真不生邪？

子瞻兄示我《月中梳頭》詩，戲次來韻，言拔白之驗。詩曰：水上有車車自翻，懸流如線垂前軒。霜蓬已枯不再緑，有客勸我抽其根。枯根一去紫茸茁，珍重已試幽人言。紛紛華髮不足道，當返六十過去魂。

夏畦流膏白雨翻，北窗幽人卧羲軒。風輪曉長〔一三八〕春筍節，露珠夜上秋禾根。〔公自註〕或謂予曰〔一三九〕：草木之長，常在昧明間〔一四〇〕。早作而伺之，乃見其拔起數寸，竹筍尤甚。又夏秋之交，稻方含秀，黄昏月出，露珠起於其根，纍纍然〔一四一〕忽自騰上，若有推之者，或入於莖心〔一四二〕，或垂於葉端。稻乃秀實〔一四三〕，驗之信然。此二事與子由養生之説契，故以此爲寄。從來白髮有公道，〔王註〕杜牧《送隱者》詩：公道世間惟白髮，貴人頭上不曾饒。始信丹經非妄言。此身法報本無二，〔王註次公曰〕法報，以言法身、報身也。〔查註〕《維摩經》註：佛有三身，曰法、報、應。法、報二身，佛自受用。他年妙絶兼形魂。〔公自註〕《傳燈録》：有形神俱妙者，乃不復有解化之事。〔查註〕太靈真人存三魂法祝曰：太陽散暉，垂光紫青，來入我魂，照我五形。

和陶讀《山海經》〔一四四〕并引〔一四五〕

【誥案】此十三詩，其首句云：今日天始霜，衆木斂以疎。此秋後作也。查註編下卷紹聖三年四月《遷居》詩後、六月兩橋畢工詩前，誤爲夏中之作。蓋其處有《和子由菖蒲花》詩，而《欒城集》《菖蒲花》與《和山海經》同編，查註據此，故亦以《山海經》詩置《和菖蒲花》後也。考《欒城集》題菖蒲開花，其子遠因子由生日作頌，故子由作此詩，乃二年二月之事。其後即《山海經》詩。又其下爲法舟自惠還過高安之作，考法舟三年正月，始自惠還過高安，則此詩作於三年二三月也。

查註以公之《山海經》詩編入三年五六月，是公詩未作，而子由先已和韻，可乎？且是年之冬，公與程正輔書云：和陶韻蓋有四五十首。而查註僅編三十三首，其誤審矣。今定爲二年秋後作，改編於此。

淵明〔一四六〕讀《山海經》十三首，其七〔一四七〕皆仙語，余讀《抱朴子》有所感，〔查註〕《晉書·葛洪傳》：所著子言黄白之事，名曰《内篇》。其餘駮難通釋，名《外篇》。大凡内外一百一十六篇。雖不足藏之名山，且欲緘之金匱，以示識者。用其韻〔一四八〕賦之。

其一

今日天始霜，【誥案】此乙亥秋初作也。衆木斂以疎。幽人掩關〔一四九〕臥，明景翻空廬。開心無良友，〔合註〕《後漢書·馬援傳》：開心見誠。寓眼得奇書。建德有遺民，道遠我無車。無糧食自足，豈謂穀與蔬。〔邵註〕《莊子·山木篇》：南越有邑焉，名爲建德之國，其民愚而朴，少私而寡欲。云云。君曰：「彼其道遠而險，又有江山，我無舟車，奈何？」市南子曰：「君無形倨，無留居，以爲舟車。」君曰：「彼其道遠而無人，吾誰與爲鄰，吾無糧，吾無食，安得而至焉？」市南子曰：「少君之費，寡君之欲，雖無糧而乃足。」愧此稚川翁，千載與我俱。畫我與淵明，可作三士圖。學道雖恨晚，賦詩豈不如。

其二

稚川雖獨善，愛物均孔、顔。〔合註〕傅咸《扇銘》：孔、顔齊軌。欲使蟪蛄流，知有〔一五〇〕龜鶴年。〔施

註〕《抱朴子・論仙篇》：問者大笑曰：「古人推龜鶴於別類，以死生爲朝暮，而吾子乃欲延蟪蛄之命，令有歷紀之壽，吾子不亦謬乎。」又按《文選》郭景純《游仙》詩：借問蜉蝣輩，寧知龜鶴年。 辛勤破封蟄〔一三一〕，苦語劇移山。〔合註〕《列子・湯問篇》：太行、王屋北山愚公，謀平險，指通豫南，達於漢陰，率子孫叩石墾壤。河曲智叟，笑而止之。愚公曰：「雖我之死，有子存焉，子又生孫，孫又生子，無窮匱也。」帝感其誠，命夸娥氏二子負二山，一厝朔東，一厝雍南。庾信賦：非愚叟之可移山。 博哉無窮利，千載食此言。〔施註〕《左傳・昭公三年》：君子曰：「仁人之言，其利博哉。」〔合註〕食此言，即食其利也。非食言之解。

其三

淵明雖中壽，〔施註〕《莊子・盜跖篇》：上壽百歲，中壽八十，下壽六十。〔查註〕《晉書・陶潛傳》：宋元嘉中卒，時年六十三。 雅志仍丹丘。 遠矣無懷民，〔施註〕陶淵明《五柳先生傳》：酣歌賦詩以樂其志，無懷氏之民歟，葛天氏之民歟？ 超然邈無儔。 奇文出纊息，豈復生死流。〔施註〕陶淵明臨終自爲祭文，及與儼等疏，具集中。 我欲作九原，異世爲三游。

其四

子政洵奇逸〔一三二〕，妙算窮陰陽。〔合註〕陶淵明《感士不遇賦》：妙算者謂迷。 淮南〔一三三〕枕中訣，〔查註〕《抱朴子・論仙篇》：作金皆在神仙集中，淮南王抄出，以作《鴻寶枕中書》，雖有其文，然皆祕其要。劉向父德，治淮南王獄中所得，此書非有師授也。 養鍊歲月長。 豈伊臭濁中，爭此頃刻光。 安知青藜火，〔施註〕王子年《拾遺記》：劉向正月十五夜，受書天禄閣。有老人著黄衣，植青藜杖，見向暗中誦書。老人吹杖端，烟然，因以照坐，與向説開闢以前事，授以《五行》、《洪範》之文。丈人非中黄。〔施註〕《抱朴子・仙藥篇》曰：中黄子有服食節度。《極言篇》曰：黄帝適東岱而奉中黄。〔查註〕《老子中經》：第十一仙中黄真人，字黄裳子，主辟穀。《雲笈七籤》：《中黄真經》者，九仙君撰，中黄真人註。《抱朴子・地真篇》：黄帝西見中黄子，受九加之方。按，中黄子，古之真人也。

其五

亂離棄弱女，破家割恩憐。寧知效龜息，三歲號窮山。長生定可學，當信仲弓言。〔施註〕《抱朴子》：故太丘長陳仲弓，篤論士也，撰《異聞記》云：其郡人張廣定者，遭亂當避，有一女年四歲，不能步涉，村側有大古冢，先有穿穴，乃以器盛縋之而捨去。後三年，欲收所棄女骨，其女故坐冢中。問從何得食，女言見冢角有一物，伸頸吞氣，試效之，輒不復飢，以至於今。廣定索女所言物，乃是一大龜耳。〔查註〕《雲笈七籤》：龜鼈等攝氣法，東向坐，仰頭不息，五息五通，以舌撩口中沫，滿三七咽。支牀竟不死，抱一無窮年。〔查註〕《老子》載：營魄抱一，能無離乎？

其六

二山〔一四〕在咫尺，靈藥非草木。玄芝生太元，黄精出長谷。〔施註〕《抱朴子・微旨論》：或曰：「竊聞求生之道，當知二山，不審此山爲何所在？」曰：「有之。夫太元之山，難知易求，不天不地，不沉不浮，玄芝萬株，絳樹時生，此一山也。長谷之山，杳杳巍巍，玄雲飄飄，玉液霏霏，有道之士，登之不衰，採服黄精，以致天飛，此二山也。皆古賢之所祕，子精思之。」仙都浩如海，豈不供一浴。〔查註〕《仙家沐浴身心經》：沐浴内淨者，虚心無垢，外淨者，身垢盡除，存念真一，離諸色染。何當從山火〔一五五〕，〔合註〕沈佺期詩：山火類焚書。束緼分寸燭。〔合註〕「分寸燭」，借用鄭燭分光之意。

其七

蜀士李八百，穴居吴山陰。默坐但形語，〔合註〕先生《怪石供》：海外有形語之國，口不能言，相喻以形，其以形語也。從者紛如林。〔施註〕《尚書》：其士若林。其後有李寬，雞鵠非同音。〔施註〕《莊子·庚桑楚篇》：南榮趎曰：「趎勉聞道達耳矣。」庚桑子曰：「奔蜂不能化藿蠋，越雞不能伏鵠卵，其德非不同也，其材固有巨小也。」口耳固多僞，識真要在心。〔施註〕《抱朴子》：吴大帝時，蜀中有李阿者，穴居不食，傳世見之，號爲八百歲。後有一人，姓李名寬，到吴而蜀語，能呪水治病，頗愈。於是遠近翕然，謂寬爲李阿，因共呼爲李八百，而實非也。吴大疫，寬亦病死。〔查註〕《神仙傳》：李八百，蜀人也，歷世見之，時人計其年八百，因以爲號。又李阿亦蜀人，別有傳。【誥案】宋時有李八百猶存者，稱虎耳先生，見《津逮秘書》。《欒城集》：李八百洞，在筠州治後。凡此類事，皆不必深較也。

其八

黄花冒甘谷〔一五六〕，靈根固深長。〔施註〕《抱朴子·仙藥篇》：南陽酈縣山中，有甘谷水。所以甘者，谷上左右，皆生甘菊，菊花墮其中，故水味爲變。谷中居民，悉食甘谷水，食者無不老壽，此菊力也。廖井〔一五七〕窖丹砂，〔查註〕按《抱朴子》：余亡祖鴻臚少卿，曾爲臨沅令，云，此縣有廖氏，家世世壽考。紅泉湧尋常。二女戲口鼻〔一五八〕，松膏以爲糧。〔施註〕《抱朴子》：上黨有趙瞿者，病癩，歷年。垂死，有仙人以一囊藥賜之曰：「此是松脂耳，汝鍊服之，可以長生不死。」瞿遂長服，年百七十，夜見面上有綵女二人，長二三寸，游戲口鼻之間，如是且一年。此女漸長大，出在其側，又嘗聞琴瑟之音，欣然獨笑。在人間二百許年，色如少童，入抱犢山去。聞此不能寐，起坐夜未央。

其九

談道鄙俗儒，〔施註〕《荀子·儒效篇》：偄然若終身之虜，而不敢有他志，是俗儒者也。遠自太史走。仲尼實不死，於聖亦何負。紫文出吳宮，〔查註〕《八素經》云：靈文鬱乎洞標，紫字煥乎瓊林。又司馬子微《天地宮府圖序》云：瓊簡紫文，方傳代學。丹雀本無有。〔施註〕《抱朴子·辨問篇》曰：吳王伐石以治宮室，而於合石之中，得紫文金簡之書，不能讀之。使使者持以問仲尼，而欺仲尼曰：「吳王閑居，有赤雀銜書以置殿上，不知其義，故遠諮呈。」仲尼視之，曰：「此乃靈寶之方，長生之法，禹之所服，隱在水邦，年齊天地，朝於紫庭者也。禹將仙化，封之名山石函之中，今乃赤雀銜之，殆天授也。」遼哉〔三九〕廣桑君，〔合註〕汪廷珍云：《太平廣記》引《神仙感遇傳》：唐韓滉廉問浙西，頗强悍自負。一旦，商客李順泊船京口堰下。矴斷漂船，泊一山下，臺閣華麗，有人自簾中出，曰：「欲寓韓公一書。」因問此爲何處，答曰：「東海廣桑山也，是魯國宣父仲尼爲真官，理於此山，韓公即仲由也。」順還，舟行如飛，頃之，復在京口堰下。詣衙投書，韓發函，古文九字不可識。有一客龐眉古服，自言善識。韓示之，客曰：「此孔宣父之書，乃夏禹科斗文也。文曰：告韓滉，謹臣節，勿妄動。」公異禮加敬，客出門，不知所止。韓自憶廣桑之事，以爲非遠，自是恭默謙謹，克保終始焉。獨顯三季後。〔施註〕陶淵明《贈羊長史》詩：愚生三季後，慨然念黃虞。

其十

金丹不可成，安期渺雲海。誰謂黃門妻，至道乃近在。尸解竟不傳，化去空餘悔。〔施註〕《真誥》：葛洪《內篇》：漢期門郎程偉妻，能通神變化，煎水銀成銀。偉從受方，妻謂偉骨相不應得之，逼之不已，妻乃尸解去。《抱朴子》云：黃門郎。丹成〔一六〇〕亦安用，御氣本無待。〔施註〕《莊子·逍遥遊篇》：乘天地之正，而御六氣之辨，以遊無窮者，彼且惡乎待哉。

其十一

鄭君故多方，元翁所親指，奇文二百篇〔一六一〕，了未出生死。〔施註〕《抱朴子》：余晚充鄭君門人，請見方書，先以道家訓教戒，書近百卷，稍稍示余。余頗以其中疑事諮問之，鄭君言：「君才可教也，今當以佳書相示。」久之，漸得見短書，縑素所寫者。積年之中，合集所見，二百許卷。素書在黃石，豈敢辭跪履。〔施註〕《仙傳拾遺》：張良葬於龍首原。赤眉之亂，人發其墓，但見黃石枕，化而飛去，得《素書》一篇云。〔查註〕《困學紀聞》：《素書》一卷，六章，曰《原始》、曰《正德》、曰《本德宗道》、曰《求人之志》、曰《遵義》、曰《安道》。《抱朴子·至理篇》引孔安國《祕記》曰：張良得黃石公不死之法，不但兵法而已。如安國之言，則良爲得仙也。又《黃石公記》云：黃石，鎮星之精也。萬法等成壞〔一六二〕，金丹差可恃。〔施註〕《抱朴子》：鄭君謂余曰：「《雜道書》，卷卷有佳事，但當校其精粗，擇所施行，若金丹一成，此輩一切不用也。」

其十二

古強本庸妄〔一六三〕，蔡誕亦夸士。曼都斥仙人，謁帝輕舉止。〔施註〕《後漢·馮異傳》：觀其言語舉止，庸人也。學道未有得，自欺誰不爾。稚川亦隘人，疏録此庸子。〔施註〕《抱朴子·袪惑篇》：昔有古强者，食草木之方，年八十許，尚聰明，時人便謂之仙人。而强曾畧涉書記，頗識古事，自言已四千歲，敢爲虚言，言之不怍。五原有蔡誕者，好道而不得佳師，廢棄家業，走之深山中。三年飢凍辛苦，久而不堪，還家，黑瘦骨立，不復似人。其家問之，因欺家云：「吾爲老君牧龍，因與諸仙博戲，忽失此龍，以罪見謫，送我付崑崙山下芸鋤芝草，法當十年，乃得原會。偓佺子、王喬諸仙來按行，吾首請之，爲吾作力，且得放歸河東蒲坂。」有項曼都者，入山學仙，十年而歸家。云：「曾到天上，仙人以流霞一杯與我飲之，輒不飢渴。忽然思家，到天帝前謁拜，失儀，見斥河東。」因號曼都爲斥仙人。世多此輩，不可不詳也。

其十三

東坡信畸人，〔施註〕《莊子·大宗師篇》：畸人而侔於天。涉世真散材〔一六四〕。仇池有歸路，〔公自註〕在潁州，夢至一官居，顧視堂上，榜曰仇池。覺而念之，仇池，武都氏故地，楊難當所保，余何爲而居之。明日以問客，客有趙令畤者曰：此乃福地小有洞天之附庸也。杜子美蓋云：萬古仇池穴，潛通小有天。羅浮豈徒來。踐蛇及茹蠱，心空了無猜。〔施註〕韓退之《憶昨行》：踐蛇茹蠱不擇化，忽有飛詔從天來。伾文未揃崖州熾，雖得赦宥恒愁猜。攜手葛與陶，歸哉復歸哉。【誥案】《和陶讀山海經》諸作，公因讀《抱朴子》而發，此二句結到本旨。

和陶貧士七首〔一六五〕并引〔一六六〕

余遷惠州一年，衣食漸窘，重九伊邇〔一六七〕，樽俎蕭然。乃和淵明《貧士》七篇〔一六八〕，以寄許下、高安、宜興諸子姪，并令過同作。【詰案】子由有田在許，其自汝謫筠過許，命遲、适因田爲食，及歸，遲、适力田已成，遂家於許，初非其本意也。遠從子由於高安，邁、迨家宜興，公與過在惠。公嘗自云，今一家作四處住也。

其一

長庚與殘月，耿耿如相依。以我旦暮心，惜此須臾暉。青天無今古，誰知織烏〔一六九〕飛。〔合註〕《侯鯖録》：東坡嘗言：鬼詩有佳者。誦一篇云「流水涓涓芹吐芽，織烏西飛客還家。深村無人作寒食，殯宮空對棠梨花。」嘗不解「織烏」義，王性之少年博學，問之，乃云：織烏，日也，往來如梭之織。我欲作九原，獨與淵明歸。【詰案】紀昀曰：意深致而氣渾成。俗子不自悼，顧憂斯人飢。堂堂誰有此，〔施註〕《史記·齊世家》：景公三十二年，彗星見。景公坐柏寢，歎曰：「堂堂，誰有此乎？」千駟良可悲。

其二

夷、齊恥周粟，高歌誦虞軒。〔施註〕《史記　伯夷傳》：武王已平殷亂，天下宗周，而伯夷、叔齊恥之，義不食周粟，隱於首陽山，采薇而食之。及餓且死，作歌，其辭曰「神農虞夏忽焉没兮，我安適歸矣，吁嗟徂矣，命之衰矣。」産、禄彼何人，能致綺與園。〔施註〕《漢　張良傳》：呂后令呂澤卑辭厚禮，迎此四人。顔師古曰：謂園公、綺里季、夏黄公、用里先生。〔合註〕《漢書》呂后兄二人，長兄澤爲周呂侯，次兄釋之爲建成侯。産，澤之子；禄，釋之之子。此二人與迎四皓事無涉。古來避世士〔一七〇〕，〔施註〕泉南石刻作士，集本作人。死灰或餘烟。末路益可羞，〔施

註〕《漢・鄒陽傳》：晚節末路。朱墨手自研。淵明初亦仕，絃歌本誠言。不樂乃徑歸，視世羞獨賢。【誥案】紀昀曰：借淵明以自託，愈説得平易，愈見身分之高。

其三

誰謂淵明貧，尚有一素琴。心閑手自適，寄此無窮音。【誥案】紀昀曰：翻用其事，寄友朋莫助之慨耳。佳辰愛重九，芳菊起自尋。疎巾歎虛漉，塵爵笑空斟。忽餉二萬錢，顏生良足欽。急送〔七一〕酒家保，勿違故人心。〔施註〕《南史・陶潛傳》：顏延之在潯陽，與潛情款，後爲始安郡，臨去，留二萬錢與潛，潛悉送酒家，稍就取酒。嘗九月九日無酒，出宅邊菊叢中，坐久之，逢王弘送酒至，卽便就酌。逢其酒熟，取頭上葛巾漉酒畢，還，復著之。〔施註〕《漢・欒布傳》：賣傭於齊，爲酒家保。

其四

人皆有耳目，夫子曠與婁。【誥案】紀昀曰：忽拉一陪賓並説，恣逸之至。弱毫寫萬象，〔施註〕《文房四譜》：揚子雲《答劉歆書》云：「天下上計者，雄常把三寸弱翰，四尺油素，以問其異。〔合註〕陶淵明詩：弱毫多所宜。水鏡無停酬。〔施註〕《襄陽記》：龐德公語先主曰：「司馬德操，人之水鏡也。」閑居惜重九，感此歲月周。端如孔北海，只有樽空憂。二子不並世〔七二〕，〔合註〕《列子・力命篇》：北宮子謂西門子曰：「朕與子並世也」。高風兩無儔。〔合註〕馬融《廣成頌》：超特達而無儔。我後〔七三〕五百年，清夢未易求。【誥案】二子謂淵明、孔融，非離婁、師曠也。公凡題跋中，「五百年」皆泛用，與《孟子》不同，故與不並世無礙。

其五

芙蓉雜金菊，枝葉長闌干。遥憐退朝人，〔施註〕杜子美《晚出左掖》詩：退朝花底散。餻酒出大官〔一七四〕。〔施註〕國朝故事：九月九日，以花餻法酒賜近臣。《方言》：餌謂之餻，或謂之粢。豈知江海上，落英亦可〔一七五〕餐。【誥案】紀昀曰：此句是以餐花爲苦況，非以餐花爲高致，觀下六句自見。典衣作重陽〔一七六〕，徂歲〔一七七〕慘將〔一七八〕寒。無衣粟〔一七九〕我膚，無酒嚬我顔。貧居真可歎，二事長相關。【誥案】紀昀曰：置之《陶集》，幾不可辨。

其六

老詹亦白髮，〔公自註〕惠州太守詹範，字器之〔一八〇〕。相對垂霜蓬。〔合註〕李太白《怨歌行》詩：緑鬢成霜蓬。賦詩殊有味，涉世非所工。杖藜山谷間，狀類渤海龔。半道要我飲，意與王弘同。【誥案】紀昀曰：隨手綰合，一一入妙。有酒我自至，不須遣龐通。門生與兒子，杖屨〔一八一〕聊相從。〔施註〕《南史·陶潛傳》：江州刺史王弘欲識之，不能致也。潛嘗往廬山，弘令潛故人龐通之齎酒具於半道栗里要之。潛有脚疾，使一門生二兒舉籃轝，及至，欣然便共飲酌，俄頃弘至，亦無忤也。

其七

我家六兒子，流落三四州。〔施註〕杜子美《五盤》詩：故鄉有弟妹，流落隨丘墟。辛苦見不識〔一八二〕，〔施註〕

《史記　吳世家》：句踐爲人能辛苦。今與農圃儔。買田帶修竹，築室依清流。未能遣一力，分汝薪水憂。坐念北歸日，此勞未易酬。我獨遺以安，鹿門有前修。【誥案】紀昀曰：亦純乎古音。

江月五首并引

〔合註〕李彭《日涉園集》有《次韻五更山吐月》詩五首，今不載。

嶺南氣候不常。吾嘗曰〔一八三〕：菊花開時乃重陽，涼天佳月卽中秋，不須以日月爲斷也。今歲九月，殘暑方退，既望之後，月出愈遲。予嘗〔一八四〕夜起登合江樓，或與客游豐湖，〔查註〕《名勝志》：惠州城西，有石埭山，流泉濺沫若飛簾，其水瀉入於豐湖，卽西湖也。宋知州陳偁，創築亭館，以增勝概。林俛《豐湖集序》云：湖之潤溉田數百頃，葦藕蒲魚之利歲數萬，民之取於湖者，其施已豐，故曰豐湖。隔水有山，曰豐山，自西逶迤入之湖中。有點翠洲、熙春臺、雜花島、歸雲洞諸勝。入棲禪寺，叩羅浮道院，〔翁方綱註〕棲禪寺、羅浮道院，並在豐湖之上。今編《羅浮山志》者，乃以羅浮山中之道院實此，非也。登逍遥堂，〔查註〕逍遥堂，道士何宗一所居，見本集詩題。《廣東舊志》：逍遥堂，在豐湖方華洲之上。逮曉乃歸。杜子美云：四更山吐月，殘夜水明樓。此殆古今絶唱也。因其句作五首，仍以「殘夜水明樓」爲韻。

其一

一更山吐月，玉塔卧微瀾。〔查註〕玉塔卽大聖塔，在豐湖上棲禪寺東南。正似西湖上，湧金門外看。

冰輪橫海闊，香霧入樓寒。停鞭且莫上，〔王註次公曰〕停鞭，以言月御也。照我一杯殘。

其二

二更山吐月，幽人方獨夜。〔王註〕王仲宣詩：獨夜不能寐，攝衣起撫琴。可憐人與月，夜夜江樓下。風枝久未停〔一八五〕，露草不可藉。〔王註〕白樂天詩：軒户無扃關，岸草歇可藉。歸來掩關卧，唧唧蟲夜〔一八六〕話。〔王註〕白樂天詩：秋蟲唧唧夜綿綿，況是秋陰欲雨天。

其三

三更山吐月，棲鳥亦驚起。起尋夢中游，清絶正如此。驅雲掃衆宿，俯仰迷空水。幸可飲我牛，不須遠洗耳。〔王註〕《逸士傳》：堯讓天下於許由，許由逃之，巢父聞之洗其耳，樊仲父牽牛飲之，見巢父洗耳，乃驅牛而還，恥令牛飲其下流也。

其四

四更山吐月，皎皎爲誰明。幽人赴我約，坐待玉繩橫。〔王註〕杜子美《月》詩：不違銀漢落，亦伴玉繩橫。野橋多斷板，山寺有微行。今夕定何夕，〔王註〕《詩·唐風·綢繆》：今夕何夕。夢中遊化城。〔查註〕《法華經》：有一導師，以方便力於險道中，過三百由旬，化作一城。告衆人言，汝等勿怖，莫得退還。於是衆人前入化城，生已度想，生安隱想。

其五

五更山吐月，窗迥室幽幽。〔王註〕韓退之詩：蟲鳴室幽幽，月吐窗冏冏。玉鈎還挂户，〔王註〕鮑照《月》詩：始出西南樓，纖纖如玉鈎。江練却明樓。星河澹欲曉，鼓角冷知秋〔一七〕。不眠翻五詠，清切變蠻謳。〔合註〕《北史·盧思道傳》：詞意清切。〔查註〕劉辰翁云：望後月遲，或一更，或二更，愈遲愈佳，乃是實見如此。故看得杜詩別題中予嘗夜起以後，是說數夜事。

聞正輔表兄將至，以詩迎之

【誥案】時程正輔以察災，再至惠州。

生逢堯舜仁，得作嶺海〔一八〕遊。雖懷跫然喜，〔王註〕《莊子·徐無鬼篇》：逃空虛者，聞人足音，跫然而喜，況昆弟親戚之謦欬其側者乎？豈免跕墮憂。暮雨侵重膇，〔王註〕《左傳·成公六年》：韓獻子曰：「郇瑕氏土薄水淺，其惡易覯，易覯則民愁，民愁則墊隘，於是乎有沉溺重膇之疾。」曉烟騰鬱攸。〔王註〕《左傳·哀公三年》：司鐸火，火踰公宮，桓、僖災。百官官備，府庫慎守，官人肅給，濟濡帷幕，鬱攸從之。朝盤見蜜唧，〔王註〕《朝野僉載》：嶺南獠人，好爲蜜唧，卽鼠胎未瞬通身赤蠕者，飼之以蜜，飣之筵上，囁囁而行，以箸挾取，咬之唧唧作聲，故曰蜜唧。夜枕聞鵂鶹。〔王註次公曰〕鵂鶹，《莊子》所謂「夜撮蚤，察毫末」者，蓋怪禽也。廣南人謂之玄鈎鳥。〔李註〕《嶺表録異》：鵂鶹，卽鴟也，乃鬼車之屬，皆夜飛晝藏，好食人爪甲，則知吉凶，凶者輒鳴於屋上。幾欲烹鬱屈，〔王註〕韓退之《南食》詩：惟蛇舊所識，實憚口眼獰。開籠聽其去，鬱屈尚不平。陸龜蒙《苦熱》詩：蛇頰爭鬱屈，蟹躁實郭索。固嘗饌鉤輈。〔王註厚曰〕鉤輈，鷓鴣也。其鳴云格磔鉤輈。故韓退之詩：鷓鴣鉤輈猿叫歇；李羣玉詩：方穿詰曲崎嶇路，又聽鉤輈格磔聲。〔李註〕《南越志》：鷓鴣肉白而脆，味勝雞雉。〔合註〕《嶺表録異》：鷓鴣肉能解冶葛并菌毒。《太平御覽》引《異物志》云：鷓鴣肉肥美，宜炙，可以飲酒，爲諸膳。舌音漸獠變，面汗嘗騂羞。〔王註次公曰〕言作蠻音而慚也，騂，蓋言面赤也。韓退之《南食》詩：腥臊始發越，咀吞面汗騂。賴我存黃庭，〔王註〕引《黃庭内景經》：脾神常在守魂停。註：魂停，即黃庭。有時仍丹丘。〔王註〕《楚辭·遠游》：仍羽人於丹丘兮，留不死之舊鄉。註云：因就衆仙於明光也，丹丘，晝夜常明也。目聽不任耳，〔王註〕《列子·仲尼篇》：老聃之弟子有亢倉子者，得聃之道，能以耳視而目聽。魯侯聞之，使上卿厚而致之，卑詞請問。亢倉子曰：「傳者之妄。我能視聽不用耳目，不能易耳目之用。」踵息殆廢喉。稍欣素月夜，遂度黃茅秋。〔查註〕《南方草木狀》：芒茅枯時，瘴疫大作，交、廣皆爾也。土人呼曰黃茅瘴，又曰黃芒瘴。我兄清廟器，〔王註〕《唐書》：李珏爲殿中侍御史。宰相韋處厚曰：「清廟之器，豈擊搏才乎？」除禮部員外郎。持節瘴海頭。蕭然三家步，〔王註次公曰〕廣南謂江之滸，凡舟可縻而上下者曰步。出柳子厚《永州鐵爐步志》。三家步，言其小也。横此萬斛舟。〔王註〕《九國志》：王審知聞徐寅名，辟居幕下，寅不樂，一旦拂衣去，曰：「丈尺之水，前坡後堰，焉能容萬斛之舟乎？」人言得漢吏，天遣活楚囚。〔王註次公曰〕漢吏以言正輔，楚囚先生自謂也。惠然再過我，樂哉十日留。〔查註〕本集先生《與正輔尺牘》云：謫居窮寂，誰復顧者，兄不惜數舍之勞，以成十日之會，惟此恩意，如何可忘。【誥案】此詩乃正輔再至往迎之作，故云「惠然再過我」也。「十日」乃追敍前至之十日，謂此時再至，仍當留十日也。查註所引書，乃前次別後作者，與再至之詩全然不合。但恨參語〔一九〕賢，

【王註】《前漢·楊敞傳》：霍光遺田延年報敞以廢昌邑王事，敞汗流浹背，不知所言。其夫人從東廂出，與敞及延年參語許諾。註云：三人共言，故云參語也。忽潛九原幽。萬里倘同歸，兩鰥當對耰。〔公自註〕軾喪婦已三年矣。正輔近亦有亡嫂之戚，故云。【誥案】程正輔初至惠，留十日而去，在三月十九日公再還合江樓之前。其正輔悼亡，乃秋後事。查註以此詩爲至惠第一首，改編四月十一日詩前，誤甚。時正輔尚無喪婦之事也，今定爲九月作，餘詳案中。〔案〕總案引本集與程正輔書云：聞門之戚，想已平遣，前云過重九啓行，計已在途。羅浮之游，果如約否？又引書云：聞啓行已決，未聞離五羊的日，故未往迎，且夕聞耗，即輕舟徑前也。引文後誥案：此二書，乃正輔九月再至確證。初至杜門不出，再至往迎江上，分析甚明也。强歌非真達，何必師莊周〔一九〇〕。

和陶己酉歲九月九日〔一九一〕并引〔一九二〕

十月初吉，菊〔一九三〕始開，乃與客作重九，因次韻淵明《己酉歲〔一九四〕九月九日》一首。胡廣〔一九五〕飲菊潭而壽，〔查註〕孟浩然詩：行至菊花潭。然《李固傳·贊》云：其視胡廣，猶糞土也。〔合註〕《後漢·李固傳》：中常侍曹騰等説梁冀立蠡吾侯，冀然其言，重會公卿，意氣凶凶，言辭激切。自胡廣、趙戒以下，莫不懾憚之，皆曰：「惟大將軍令。」而固獨與杜喬堅守本議。

今日我重九，〔施註〕東坡《雜記》云：海南氣候不常，有月即中秋，有菊即重陽。〔合註〕查本引此條作公自註，諸本所無，施本有《雜記》二字，可知非此詩自註矣，查註非也。【誥案】此條邵註本已作公自註，合註專指爲查註之失，亦非也。但查註得影抄本，非不知施註引《雜記》者，特遷就邵本公自註之誤，以作已編入海南之確據，此其私意顯然也。今考此詩與敍，皆惠州作，與海南氣候不類，即施註引《雜記》亦誤。誥欲改編惠州，正以自註牽混，此又甚賴合註之駁以分其勢也。上一首「樂哉十日留」之查誤註，及此句之施誤註，均已删去。今復存者，以此二詩甫經改定，仍以俟知者較其得失耳。餘詳案中。〔案〕總案云：施註引公「海南氣候不常」之説，自爲矛盾。公敍「十月初吉」，而《紀年録》作十一月一日，《和陶己酉九日》編入乙亥，在惠州作。其十一月題誤。公所謂以十一月望作重九者，乃海南節氣也。若廣、惠、端、韶諸郡，菊開九月之杪，盛於十月，至十一月，天陰風冷，花葉立敗，在處殭槁，驗之三十載，歲歲如此也。公既云「十月初吉」，其爲惠州作無疑。又，惠州詩，多用萬家春酒，此詩亦有之，儋州則絶不用也。……今從《紀年録》編乙亥，從本集編十月。

誰謂秋冬交。黄花與我期，草中實後凋。香餘白露〔一九六〕乾，色映青松高。悵望南陽野，〔施註〕《文選》謝玄暉《酬王晉安》詩：悵望一途阻。古潭霏慶霄。〔施註〕盛弘之《荆州記》：菊水出穰縣，太尉胡廣患風疾，飲此水遂瘳，年八十二，薨。《漢·地理志》：南陽郡穰縣，屬荆州。《文選》謝宣遠詩云：慶霄薄汾陽。註：慶，雲也。伯始真糞土，〔查註〕《後漢書》：胡廣，字伯始。平生夏畦勞。飲此亦何益，内熱中自焦。〔施註〕《左傳·昭公元年》：晉侯求醫於秦，秦伯使醫和視之，曰：「女陽物而晦時，淫則生内熱惑蠱之疾。」持我萬家春，〔施註〕謂嶺南萬户酒。一酬〔一九七〕五柳陶。夕英幸可掇，繼此木蘭朝。〔施註〕《楚辭》屈原《離騷》：朝飲木蘭之墜露兮，夕餐秋菊之落英。

正輔既見和，復次前韻，慰鼓盆，勸學佛〔一九八〕

稚川真長生〔一九九〕，少從鄭公〔二〇〇〕遊。〔王註〕《晉書》：葛洪，字稚川。從祖玄，吴時學道得仙，以其煉丹祕術授弟子鄭隱，洪就隱學，悉得其法。孝章偶不死，免爲文舉憂。〔合註〕稚川、孝章，自喻。鄭公、文舉，喻正輔也。餘齡會有適〔二〇一〕，獨往豈相攸。〔王註次公曰〕《詩·韓奕篇》：爲韓姞相攸，莫如韓樂。箋云：相，視；攸，所也。今先生則言以與有所適而獨往矣，豈更相視其處所也。由來警露鶴，〔王註〕周處《風土記》：白鶴性警，至八月露降，流於草葉上，滴滴有聲，卽鳴。不羨撮蚤鶹。〔王註〕《莊子·秋水篇》：鴟鵂夜撮蚤，察毫末，晝出瞑目，而不見丘山。疏云：鴟，鵂鶹也。願加視後鞭，同駕躡空輈。〔王註〕《唐·逸史》載：陳幼霞夢爲蒼龍溪王寫《太皇真訣》，記得四句云：昔乘魚車，今履瑞雲，躡空仰途，綺輅輪囷。寧餐〔二〇二〕墮齒堇，〔王註次公曰〕《唐書·張果傳》：帝謂高力士曰：「吾聞飲堇無苦者，奇士也。」時天寒，因取以飲果，三進，頹然，曰：「非佳酒也。」乃寢。頃視齒燋縮，顧左右取鐵如意擊墮之，更出藥傅其斷。良久，齒已生。〔李註〕《爾雅》：齧苦堇也。《本草》：一種黃花者有毒，卽芼芹也。又，烏頭苗，一名堇，有毒。勿憶齊眉羞。〔李註〕齊眉，意指鰥居也。〔合註〕此羞字作饈字解，蓋從食案著想也。否則，與堇字不對矣。【誥案】此句不專指鰥居，因慰其喪婦，而暗解釋憾事也。羞字亦不泥作饈解，故下云何時放還，便與同歸，詩意甚明。但正輔方從事功名，若因兩鰥而遽約同歸，似與己之被放者並論，語意不圓，故下又折出「君方」、「我亦」二聯，以重申之，其意欲補入泛舟事，但解囚卽縱壑，義本重出，惟坐實漸字分淺深也。既蹈此矣，率性入「寧須」、「猶勝」二聯，以自蓋其迹，更以「南」、「北」疊結，遂不可知其故矣。何時遂縱壑，歸路同首丘。〔王註〕《禮記·檀弓上》：君子曰：禮不忘其本，狐死正丘首，仁也。東岡松柏老，西嶺橘柚秋〔二〇三〕。著意尋彌明，長頸高結喉〔二〇四〕。〔王註〕韓退之《石鼎聯句序》：侯喜新有能詩聲。夜與劉說詩，彌明在其側。長頸而高結，喉中又作楚語。喜視之，若無人。無心逐定遠，燕頷飛虎頭。君方卒功名，一泛范蠡舟。〔王註〕《史記》：范蠡既雪會稽之恥，乃喟然而歎曰：「計然之策，既已施於國，吾欲用之家。」乃乘扁舟，遊於江湖。我亦霑霈〔二〇五〕渥，漸解鍾儀囚。【誥案】是年九月，郊恩有責降官量移一條。此詩作於十月，已在赦中，所言乃實事。但是時章惇已有獨不赦元祐臣僚之奏，赦命並格不下，公未之知也。查註改編四月前，不但鼓盆之誤矣。王註以自儋移廉爲說固可笑，合註謂從「何時遂縱壑」句貫下，至此聯乃預冀之詞，亦非。蓋自量移再赦，卽外州軍任便居住，故云「遂縱壑」，不可以此聯並作預冀論也。二註已删。寧須張子房，萬户自擇留。〔王註〕《漢書》：高祖自擇齊三萬户，欲以封張良。良曰：「始臣起下邳，與上會留，臣願封留足矣。」猶勝嵇叔夜，孤憤甘長幽。〔王註次公曰〕韓非有《孤憤》之書，而嵇康以下獄有《幽憤》詩也。南窗可寄傲，北山早歸耰。此語君勿疑，老彭跨商周。〔王註〕《世本》云：彭祖在商爲守藏史，在周爲柱下史，年八百歲。〔李註〕《神仙傳》：彭祖壽八百，歷三代。〔查註〕按此詩填寫故實，多用隔句對法，兩兩排比，不覺其板重，惟先生爲之則可，他人不能學，亦不可學也。

同正輔表兄遊白水山〔二〇六〕

〔王註〕《白鶴故居圖》云：白水山，羅浮山之西，瀑布在焉。【誥案】同遊白水，乃正輔歸途之事。

偉哉造物真豪縱，〔王註〕《莊子·大宗師篇》：子來有病，子犁往問之，倚其户，與之語，曰：「偉哉造化，又將奚以汝爲。」攫土摶沙爲此弄。劈開〔二〇七〕翠峽走雲雷〔二〇八〕，截破奔流作潭洞。〔李註〕「翠峽」一句指瀑布。【誥案】此水潨流下注，約百數十丈，截爲三潭，句乃象其形也。若僅以潭名之，似未盡其狀，故云潭洞。非親到其地，不見其句之妙也。因隨化人履巨迹，〔王註次公曰〕白水巖有大足迹，世謂之佛迹。今「化人」，則借以言佛爾。得與仙兄躡飛鞚。〔王註〕鮑昭詩：飛鞚越平陸。〔合註〕仙兄猶仙卿、仙伯之類。《仙傳拾遺》：凡八兄者，不知仙籍中何品位也。曳杖不知巖谷深，穿雲但覺衣裘重。坐看驚鳥救霜葉〔二〇九〕，〔王註〕韓退之詩：林柯有脱葉，欲墮鳥驚救。知有老蛟蟠石甕。金沙玉礫粲可數，古鏡寶奩寒不動。念兄獨立與世疎，絶境難到惟我共。永辭角上兩蠻觸，一洗胸中九雲夢。浮來山高回望失，〔王註次公曰〕浮來山，言羅浮山也。武陵路絶無人送。〔王註次公曰〕謂桃源也。筠籃擷翠爪甲香，素綆分碧〔二〇〕銀瓶凍。〔李註〕《古詩·淮南王篇》：金瓶素綆汲寒漿。歸路霏霏湯谷〔二一〕暗，〔王註次公曰〕或云山中有湯泉也。【誥案】湯泉在佛迹院，前詩次公已有註，何乃爲是夢夢語。新、舊王本以前後白水山詩，分山岳、游覽、古迹等類，並無一定，《湯泉》詩入泉石類。可見分類諸人之强作解事，註家且不能盡通其故，況讀者乎。王註諸家該上下百數十年之人，所註亦多精當，何言具體者中無其人，遺此柄於施也。野堂活活神泉湧。〔王註〕《物類相感志》：高密琅邪之臺上，有神泉，人或污之，則竭。〔李註〕王褒《温湯碑》：甘州浴日，湯谷揚濤，地伏流黄，神泉愈疾。山有湯泉，故云。解衣浴此無垢人，身輕可試雲間鳳。【誥案】紀昀曰：筆筆奇矯。

次韻正輔同遊白水山〔二二〕

祇知楚越爲天涯，不知肝膽非一家。此身如綫自縈繞，左旋〔二三〕右轉隨繅車。誤抛山林入朝市，平地咫尺千褒斜。〔王註〕《梁州記》：萬古城，泝漢上七里，有褒谷口，南口曰褒，北口曰斜。白樂天詩云：塗窮平谷險，舉足劇褒斜。欲從稚川隱羅浮，先與靈運開永嘉。〔王註〕《南史》：謝靈運爲永嘉守，有名山水，肆意遊遨。嘗自始寧南山，伐木開徑，直至臨海。首參虞舜款韶石〔二四〕，次謁六祖登南華。仙山一見五色羽，〔王註次公曰〕言五色雀也，廣南有之。【誥案】公自云：見於南華寺。羅浮亦有之。雪樹兩摘南枝花。〔王註次公曰〕南枝言梅也。赤魚白蟹〔二五〕箸屢下，黃柑緑橘籩常加。〔王註〕《周禮·天官》：籩人掌四籩之實，加籩之實，菱芡栗脯。糖霜不待蜀客寄，〔王註次公曰〕東蜀梓州有糖霜，而廣南亦有。〔李註〕《物産志》：糖霜出遂寧，宋時入貢。【誥案】廣蔗率高八九尺，若與杭産較，其高過半，但其質㑌惡，亦不似杭之細膩耳。東莞石瀧鎮，在惠州孔道，此糖賈之所聚，每坊累貲巨萬，彼中乃糖霜出處也。荔支莫信閩人誇。〔王註〕《荔支譜》云：廣南及梓、夔之問所出，大率早熟，其精好者，僅比東閩之下等。恣傾白蜜收五稜〔二六〕，〔王註厚曰〕《南嶺録》：隴州山中多紫石英，其大小皆五稜兩頭如箭鏃者，水飲之，煖而無毒。〔次公曰〕白蜜，以言酒也。廣南以田畝爲稜，收五稜，則所種酒稻也。〔翁方綱註〕廣東有羊桃，一曰洋桃。其樹高五六丈，花紅色，一蔕數子，七八月間熟，色如蠟。一曰三歛，亦曰山歛，土語譌稜爲歛也。有五稜者，名五歛，以糯米水澆之則甜，名糯洋桃。粤人以爲蔬，能辟嵐瘴之毒，以白蜜漬之，持至北方，可已瘧。蘇詩「恣傾白蜜收五歛」，謂此也。〔合註〕盧文弨説亦同。考《本草》：五歛子，名五稜子，又名陽桃。李時珍註：南人呼稜爲歛。五歛子出嶺南及閩中，其味初酸，以蜜漬之，甘酢而美。據此，則羊桃之解自確也。【誥案】物之有廉角者爲稜，洋桃四面起脊，用刀斷之，則片片皆有五角，故曰五稜，亦名山歛。以其味酸澁，故曰歛也。作三歛即非。其呼稜作粤音呼歛爲妍。誥居粤三十載，所蓄僕婢千指有餘，作官語曰洋桃，講土話曰山妍，而山帶沙音，皆一轍也。其呼稜作渾，畧帶横王之音，不能以稜通歛也。凡所見洋桃樹結實者，高二三丈而止，王註非是。翁註、合註是矣而語多不確，故爲正之。細劚黄土栽三椏。〔公自註〕正輔分人參一苗〔二七〕，歸種韶陽。來詩本用硿字，惠州無書，不見此字所出，故且從木牵和〔二八〕。〔合註〕先生《與程正輔書》云：已和得白水山詩，録呈爲笑，硿字輒用椏字，蓋攀例也。〔王註次公曰〕人參，生在黄土中。朱明洞裏得靈草，翩然放杖〔二九〕凌蒼霞。〔王註〕韓退之詩：攝身凌蒼霞。豈無軒車駕熟鹿，亦有鼓吹號寒蛙〔三〇〕。山人〔三一〕勸酒不用勺，石上自有樽罍窪〔三二〕。〔王註〕元次山《窊樽銘序》：道州城東有左湖，湖東二十步有小名山，山巔有窊石，可以爲樽。〔查註〕《羅浮山記》：蝴蝶洞在麻姑臺西，前爲水簾洞，其下有流杯池，相傳八仙會飲於此。徑從此路朝玉闕，〔合註〕《水經注》：金臺玉闕。千里莫遣毫釐差。〔王註〕《漢書·司馬遷傳》：《易》曰：差以毫釐，謬以千里。故人日夜望我歸，相迎欲到長風沙。〔王註〕李太白《長干行》：相迎不道遠，直至長風沙。按《同安志》：長風沙鎮，在懷寧縣。〔查註〕《名勝志》：長沙自小孤山來安慶城，西南繞東而下池州，接無爲州界，凡百餘里，中央是長風沙鎮。豈知乘槎天女側，獨倚雲機看織紗。〔王註〕《博物志》：天河與海通，有居海島者，每年見浮槎來往不失期。人異之，遂齎糧乘槎，忽至一處，望宮中多織婦，俄見一丈夫牽牛渚次飲之。後復返，至蜀，問嚴君平。君平曰：「某年月日，有客星犯牛宿。」計年月，正是此人到天河時也。世間誰似老兄弟，篤愛不復相疵瑕。〔合註〕《韓詩外傳》：篤愛而不奪疵瑕。相攜行到水窮處，〔王註〕王維詩：行到水窮處。【誥案】補點題面。庶幾一見留子嗟。千年枸杞常夜〔三三〕吠，無數草棘工藏遮。但令凡心一洗濯，神人仙藥不我遐〔三四〕。山中歸來萬想滅，豈復回顧雙雲鴉〔三五〕。〔李註〕雙雲鴉，似指失偶事。先生前詩有兩鰥之語，玩「洗凡心」及「萬想滅」二語，可見雲鴉即所云雲鬟鴉鬢也。作飛鴉解，非。

與正輔遊香積寺〔三六〕

〔合註〕先生《與程正輔書》云：亂做得《香積》數句，附上。又，書云：和示《香積》詩，真得淵明體也。據此，則先生原唱，正輔和之，作次韻者非。

越山少松竹，常苦野火厄。此峰獨蒼然，感荷佛祖力。茯苓無人采，千歲化琥珀〔三七〕。幽光發中夜，見者惟木客。我豈無長鑱，真贋苦難識。〔王註〕韓退之詩：前計頓乖張，居然見真贋。〔合

註〕《韓非子》：齊索魯讒鼎，魯以其贋往。陸機《羽扇賦》：人莫敢分其真贋。靈苗與毒草，疑似在毫髮。把玩竟不食，棄置長太息。山僧類有道，辛苦常谷汲〔三八〕。〔王註〕《漢・地理志》：虢會之地，土陋而險，山居谷汲。我慚作機春，〔王註次公曰〕先生前有詩，勸縣令林抃作陂塘以置碓磑，故云。《傳》曰：杵春之智，不及機春。〔查註〕孟東野詩：機春潺湲力。按築閘作碓磨事，見上卷《香積寺》詩引。鑿破混沌〔三九〕穴。幽尋恐不繼，書板記歲月。

答周循州〔三〇〕

〔查註〕周彥質，字文之。時爲循州守，見本集和陶詩題中。《九域志》：廣南東路循州海豐郡軍事，治龍川縣。《輿地廣記》：廣南東路循州。秦屬南海郡，隋平陳，置循州，南漢改爲禎州，而析州之北境，又立循州。按禎州，即惠州也，循州後亦并入惠州。〔合註〕廢循州，乃明洪武二年也，見《明史》。

蔬飯藜牀破衲衣，〔王註〕《傳燈録》懶瓚和尚歌云：身被一破衲。藜牀，用管寧事。掃除習氣不吟詩。前生自是〔三一〕盧行者，〔王註次公曰〕盧行者，即曹溪六祖也。後學過呼韓退之。未敢叩門求夜話，時叨送米續晨炊。〔王註〕《漢・韓信傳》：亭長妻晨炊蓐食。【誥案】周文之時以米爲饋，其下二句，皆此意也。知君清俸難多輟，〔合註〕杜荀鶴詩：月留清俸資家少。且覓黄精與療飢。〔王註安國曰〕《抱朴子・內篇》云：黄精一名救窮，一名垂珠，服花勝實，服實勝根。〔縯曰〕《詩・陳風・衡門》：泌之洋洋，可以療飢。〔邵註〕程縯改竄毛詩「樂飢」爲「療飢」，此最謬誤。〔翁方綱註〕丁杰云：按《陳風》，樂飢之樂，有二音二義。《毛傳》：樂飢，可以樂道忘飢。鄭箋：飢者，見之可飲，以𤻲飢。《釋文》：樂，本又作𤻲。毛：音洛；鄭：力召反。沈云：𤻲，當作療。按《説文》云：𤻲，治也，療，或𤻲字也。《後漢書·霍諝傳》：譬猶療飢於附子。王逸《九思·疾世篇》：齧芝華兮療飢。王融《策秀才文》：療飢不期於鼎食。庾信《小園賦》：可以療飢。白居易詩：何以療夜飢。是皆與鄭箋同也。覯子湘所纂《古今韻略》，蓋未能知樂、𤻲、療三字之通，是不讀鄭箋者也。【誥案】續註「可以療飢」即《孟子·梁惠王下》「以遏徂莒」之類，何可勝計。西北音讀樂、落，皆力召反。《詩·小雅》：烝然罩罩，嘉賓式燕以樂。樂，叶五教反。《周南》：左右芼之，鐘鼓樂之。亦同。此當日樂音似療之證，《詩》已有之，翁註何以弗及，乃毛舉其細耶。宋以後人與宋以前人，爭經音義，皆學古不化者所爲。「服孔之昭」，本集即作「服孔之章」，未可謂樂飢無作療飢者也。在北宋時，書皆抄本，學者各遵所授。至南宋後，達者始多，以公使庫錢爭刻經籍，然亦未能同軌，況經傳所引《詩》，已有不同，而見於《説文》諸書者，又極不類乎。《徐州》詩「美哉洋洋乎，可以療飢并洗耳」，與續註所引古本正同。

食檳榔〔三二〕

〔查註〕《南方草木狀》：檳榔樹高十餘丈，皮似青銅。下本不大，上枝不小，調直亭亭，千萬若一，森秀無柯。端頂有葉，葉似甘焦，風至獨動，似舉羽扇之掃天。葉下繫數房，房綴數十實。實大如桃李，味苦澀，剝其皮，鬻其膚，以扶留藤及古墳灰并食，則滑美，下氣消穀。一名賓門藥餞。【誥案】此詩施編載在遺詩中，查註從邵本補編。

月照無枝林〔三三〕，〔合註〕劉孝綽《餉檳榔》詩：別有無枝實。夜棟立萬礎。眇眇雲間扇，蔭此八月〔三四〕暑。上有垂房子，下繞絳刺〔三五〕禦。風欺〔三六〕紫鳳卵，雨暗蒼龍乳。裂包一墮地，還以皮自煮。北客初未諳，勸食俗難阻。〔李註〕《南方草木狀》：檳榔出林邑，凡貴勝族客，必先呈，若邂逅不設，用相嫌恨。中虛畏泄氣，〔查註〕《柳子厚集》：多食檳榔，令人破氣。〔合註〕柳子厚《與李翰林建書》曰：南人檳榔餘甘，破決壅隔太過，陰邪雖敗，已傷正氣。始嚼或半吐。吸津得微甘，著齒隨亦苦。面目太嚴冷，滋味絶媚嫵。誅彭勳可策，〔李註〕《本草》：檳榔，主治消穀逐水，除痰澼，殺三蟲，宣利臟腑壅滯，破胸中氣。閩廣人當果實，以祛瘴癘也。一名洗瘴丹。按，彭者，三尸之姓，彭質、彭矯、彭居也。〔合註〕誅彭，借用漢高誅彭越也。又《左傳·桓公二年》：飲至舍爵策勳，禮也。推轂〔三三七〕勇宜賈。〔合註〕《古樂府》：腸中車輪轉。故借用推轂字。瘴風作堅頑，導利時有補。藥儲固可爾，果録詎用許〔三三八〕。〔李註〕周成《雜字》：檳榔，果也，似螺，可食。李當之《藥録》：檳榔，一名檳門。先生失膏粱，便腹委敗鼓。〔李註〕韓退之《進學解》：敗鼓之皮。〔合註〕此反用鼓腹意也。日啖過一粒，腸胃爲所侮。蟄雷殷臍腎〔三三九〕，〔合註〕用腹如雷鳴意。藜藿腐亭午。〔合註〕亭午，喻三丹田之中宫也。書燈看膏盡，鉦漏〔三四〇〕歷歷數。老眼怕少睡，竟使赤眥努〔三四一〕。〔合註〕《靈樞經》：目中赤痛，從内眥始。《唐語林》：薛道衡問沙彌曰：「金剛何爲努目？菩薩何爲低眉？」沙彌曰：「金剛努目，所以降伏四魔；菩薩低眉，所以慈悲六道。」《釋名》：努，怒也。渴思梅林嚥，〔李註〕《世説》：魏武行役，失汲道，軍皆渴。乃令曰：「前有大梅林，饒子，甘酸，可以解渴。」士卒聞之，口皆出水，乘此，得及前源。饑念黄獨舉。〔李註〕《本草拾遺》：陳藏器云：黄獨過霜雪，枯無苗，蓋蹲鴟之類。柰何農經中，收此困羈旅。牛舌不餉人，一斛肯多與。〔李註〕梁《劉孝綽集》有《詠有人乞牛舌乳不付因餉檳榔》詩。《南史》：宋劉穆之貧時，從妻兄江氏乞檳榔。江曰：「檳榔消食，君乃常飢，何忽須此？」後尹丹陽，以金盤一斛誇示之。乃知見本偏，但可酬惡語。

送惠州押監〔二三二〕

〔查註〕本集《與惠州都監尺牘》云：君南來，清節幹譽，爲有識所稱，皆曰，此東坡弟子由門下客也。兩漢之士，多起於游徼卒史，至公卿者多矣，願益廣問學，以期遠到。觀先生期許如此，其人可知，惜逸其姓名。按《職官分紀》，御前忠佐軍頭有都監、監押之名，朝官爲都監，京官幕職者爲監押。【誥案】此詩施編不載，查註從邵本補編。

一聲鳴雁〔二三三〕破江雲，萬葉〔二三四〕梧桐卷露銀。〔合註〕吕令問《金莖賦》：清夜無雲兮，銀露自圓。我自飄零足羈旅〔二三五〕，更堪秋晚送行人。

送佛面杖〔二三六〕與羅浮長老

【誥案】此詩施編不載，查註從邵本補編。

十方三界〔二三七〕世尊面，〔馮註〕《楞伽》云：三界，欲界、色界、無色界也。《法華經解》：世尊十號具足世出世間之所宗主，故名世尊。〔合註〕《楞嚴經》：如一井空，空生一井，十方虛空，亦復如是。都在〔二三八〕東坡掌握中。送與羅浮德長老，擕歸萬竅總號風。

十一月九日，夜夢與人論神仙道術，因作一詩八句。既覺，頗記其語，錄呈子由弟。後四句不甚明了，今足成之耳〔二三九〕

析塵妙質本來空〔三○〕，〔公自註〕夢中於此句，若了然有所得者。更積微陽一線功。照夜一燈〔三一〕長耿耿，閉門千息自濛濛。〔王註〕《晉書》：許邁服氣，一氣千餘息。〔查註〕《雲笈七籤》：凡行氣之道，當在密室，閉門安牀，瞑目閉氣，以鴻毛著鼻端，鴻毛不動，經三百息，耳無所聞，目無所見，心無所思，當以漸除之。又云：徐徐引氣出納，則元氣亦不出如胎息者，鼻中微微通氣往來，到此雖千息，亦不倦焉。養成丹竈無烟火，〔查註〕《維摩經》：如無烟之火。點盡人間有暈銅。〔查註〕《雲笈七籤·金丹部》有赤銅去暈法：取熟銅打作葉，以牛皮膠煮之如粥，以銅葉納中，以鹽封之內爐中，火之，令烟盡，極赤，出冷砧上打之，黑皮自落。【誥案】此取譬也，註實則誤。寄語山神停伎倆，不聞不見我何窮。〔李註〕《傳燈録》：壽州道樹禪師得法於北宗秀，在壽州三峰山，結茅而居。有一野人，常化作佛及菩薩、羅漢、天仙等形，或放神光，或呈聲響，如此涉十年。後，寂無形影。師告衆曰：「野人作多色伎倆，眩惑於人，只消老僧不見不聞，伊伎倆有窮，吾不見不聞無盡。」【誥案】句用杜子春事。

章質夫送酒六壺，書至而酒不達，戲作小詩問之

〔查註〕《宋史》：章楶，字質夫，浦城人。仕至資政殿學士，謚莊簡。陳師道《談叢》云：東坡居惠，廣守月饋酒六壺，吏嘗跌而亡之，坡以詩謝。〔合註〕《宋史》本傳：紹聖初，知應天府，加集賢殿修撰，知廣州。

白衣送酒舞〔三三〕淵明，〔查註〕《碧溪詩話》：白衣送酒舞淵明。人有疑舞字太過者，及觀庾信《答王褒餉酒》詩「未能扶畢卓，猶足舞王戎」，舞字蓋有所本。急掃風軒洗破觥。豈意青州六從事，〔合註〕何焯曰：皮日休《醉中寄魯望一壺絶句》云：醉中不得親相倚，故遣青州從事來。第三正用其語，刻畫送酒六壺，與韋相泛用「青州從事來偏

熟」者又別，甚矣公詩之不易讀也。化爲烏有一先生。空煩左手持新蟹，漫繞〔三三〕東籬嗅落英。南海使君今北海，〔王註厚曰〕章時爲廣帥，又引後漢孔融爲北海相事。定分百榼餉春耕。〔王註〕《孔叢子》：子路嗑嗑，尚飲百榼。

小圃五詠

【誥案】紀昀曰：五詩皆語質而味腴，東坡用意之作。〔合註〕《斜川集》有《人參》、《枸杞》二首，雖不同韻，而亦是五古體，必同時所作。至《地黄》、《甘菊》、《薏苡》三首，惜已不傳矣。

人參

上黨天下脊，遼東真井底。〔王註〕《本草》：人參在上黨及遼東。《唐·李德裕傳》：望成都若在井底。〔查註〕《本草別録》：人參生上黨山谷及遼東。陶弘景曰：上黨在冀州西南。次用高麗者，即遼東。保升曰：今沁州、遼州等地，並出人參，蓋俱與太行相接也。玄泉傾海腴，〔李註〕《釋名》：人參，一名海腴。白露灑天醴。靈苗此孕毓，〔李註〕《春秋運斗樞》：瑶光星散而爲人參。《本草》名神草。肩股〔三四〕或具體。〔王註〕《隋書·五行志》：高祖時，上黨有人，宅後每夜有人呼聲，求之不得。去宅一里所，但見人參一本，枝葉峻茂，因掘去之，其根五尺餘，具體人狀。〔合註〕《本草》註：根如人形，有神。移根到羅浮，越水灌清泚。地殊風雨隔，臭味終祖禰。〔王註次公曰〕宗之所自出曰祖，次祖曰禰。終祖禰，則言其不遠也。青椏綴紫萼，圓實墮紅米。〔王註〕《本草圖經》：人參初生，小者一椏兩葉，年深者生四椏各五葉，中心一莖，有花細小如粟，蕊如絲，紫白色，秋後結子如大豆，生青，熟紅，白落。窮年生意足，黃土手自啓。上藥無炮炙，齕齧盡根柢。〔合註〕嵇康《養生論》：上藥養命。《莊子·天運篇》：齕齧挽裂。開心定魂魄，〔王註〕人參主安精神，定魂魄，開心益智。憂恚何足洗。〔合註〕江淹賦：牽憂恚而來逼。糜身輔吾生〔三五〕，既食首重稽〔三六〕。〔合註〕《廣韻》：稽，康禮切。

地　黃

〔合註〕《寓惠集·與翟東玉書》：藥之膏油者，莫如地黃。啖老馬，皆復爲駒。吾欲多食生地黃，而不可常致。循州興寧令歐陽叔向於縣圃中，多種此藥，君與叔向故人，可以致此意否？

地黃飼老馬〔三七〕，可使光鑑人。吾聞樂天語，喻馬施之身。〔王註〕白樂天《採地黃者》詩：凌晨荷鍤去，薄暮不盈筐。攜來朱家門，賣與白面郎。與君啖肥馬，可使照地光。願易馬殘粟，救此苦飢腸。〔合註〕《猗覺寮雜記》曰：《抱朴子》云：韓子子治嘗以地黃、甘草哺五十歲老馬，生三駒，百三十歲乃死。東坡《地黃》詩「吾聞樂天語」，樂天用《抱朴子》事耳。吳淑《馬賦》亦引《抱朴子》之言。《雜俎》亦云。《方言》：以甘草、地黃，啖五十歲馬，生三駒。我衰正伏櫪，〔王註次公曰〕孝景帝詔曰：馬不伏櫪，不可以趨，道士不素養，不可以重國。垂耳氣不振。移栽附沃壤，〔王註〕《本草》：古稱地黃宜黃土，今不然，大宜肥壤，虛地則根大而多汁。蕃茂爭新春。沉水得穉根，〔王註次公曰〕言以水沉而試之也。《本草》註引《日華子》云：生者以水浸驗，浮者名天黃，半浮半沉者名人黃，沉者名地黃。其沉者佳也。〔查註〕《爾雅》：苄，地黃也。羅願云：地黃以沉者爲良，苄字從下，亦趣下之義也。重湯養陳薪。〔王註次公曰〕於鼎釜水中，更以器盛水而煮，謂之重湯。投以東阿清，〔王註〕《本草》：陶隱居云：阿膠出東阿，其用皮有老少，則膠有清濁。〔查註〕《水經》：河水東逕東阿縣故城北。註云：大城北門內，有大井深六七丈，歲嘗煮膠，以貢天府，故有阿井之名。沈括《筆談》：古説濟水伏流，東阿亦濟水所經，取井水煮膠，謂之阿膠，性趨下，清而重。陳師道《談叢》：阿井，在陽穀縣故東阿城中，惟二井甘水也，相傳秤之，比他水重耳。和以北海醇。崖蜜助甘冷，〔王註次公曰〕崖蜜，蜂於崖石上所作之蜜，成州最出此。攷杜子美《成州》詩云：崖蜜亦易求。先生《橄欖》詩云：待得餘甘回齒頰，已輸崖蜜十分甜。亦謂此爾。〔李註〕《本草》：崖蜜生南方巖嶺間，入藥最勝。山薑發芳辛。〔王註次公曰〕山薑，朮名，古方用朮也。融爲寒食餳，〔李註〕《釋名》：餹之清者爲餳。〔合註〕今本《釋名》云：餳，洋也，煮米消爛，洋洋然也，飴小弱於餳，形怡怡也。《方言》：餳謂之餹。嚥作瑞露珍。〔王註〕《纂異記》：田璆、鄧韶，逢二書生，謂曰：「我有瑞露之酒，釀於百花之中。」與飲，其味甘香也。丹田自宿火，〔查註〕《本草》：地黄性膩，得砂仁竄合，和五臟之氣，歸宿丹田。渴肺還生津。〔李註〕《天寶遺事》：楊貴妃含玉嚥津以解肺渴。願餉内熱子，一洗胸中塵。〔王註饒曰〕按《四時纂要》載地黄煎湯方云：十月，生地黄十斤，浮洗漉出一宿，後擣壓取汁。鹿角膠一大斤半，生薑半斤，絞取汁。蜜二大升，酒四升。右以文武火，煎地黄汁數沸，即以酒研紫蘇子濾取汁下之。又煎二十沸已來，下膠，膠盡，下酥蜜，同汁煎良久，候稠如餳，貯潔器中。

枸杞

神藥不自閟，羅生滿山澤。〔王註〕陸龜蒙《杞菊賦》：蔓延駢羅，其生實多。〔合註〕《本草别録》：枸杞生常山平澤及諸丘陵阪岸。日有牛羊憂，歲有野火厄。越俗不好事，過眼等茨棘。〔李註〕《詩·小雅·楚茨》：楚楚者茨，言抽其棘。〔合註〕《本草·釋名》：枸杞，一名枸棘。又註云：其莖幹高三五尺，作叢。青荑春自長，絳珠爛莫摘。〔合註〕《本草别録》：枸杞，紫花紅實。短籬護新植，紫筍生卧節。根莖與花實，收拾無棄物。〔王註〕《本草》：枸杞，冬採根，春夏採葉，秋採莖實。大將玄吾鬢〔二五八〕，〔王註〕《藥性論》：枸杞變白，明目。小則餉我客。似聞朱明洞，中有千歲質。【詰案】紀昀曰：忽然跳出題外，方有變化，若首首板結，便無章法。靈厖或夜吠，〔王註〕《詩·召南·野有死麕》云：無使厖也吠。可見不可索。仙人倘許我，借杖扶衰疾。〔王註〕《本草》：枸杞久服，輕身不老。一名仙人杖。〔李註〕劉禹錫《枸杞井》詩：枝繁本是仙人杖，根老能成瑞犬形。

甘菊

〔馮註〕〔二五九〕《本草》引范至能《菊譜序》，惟甘菊一種可食，仍入藥餌。〔查註〕《本草》引陶弘景曰：菊有二種，莖紫氣香而味甘者，爲真菊；青莖而大，作蒿艾氣，味苦者，名苦薏，非真菊也。葉相似，惟以甘苦別之。又引瑞曰：花大而香者爲甘菊。范石湖《菊譜》引神農書，以菊爲養性上藥，能輕身延年，多至七十餘種，惟甘菊可食。〔合註〕《菊譜·甘菊條》云：凡菊味極苦，惟此香味俱勝，作羹及泛茶，極有風致。

越山春始寒，霜菊晚愈好。朝來出細粟〔二六〇〕，稍覺芳歲老。孤根蔭長松，獨秀無衆草。〔王註次公曰〕《左傳·襄公二十九年》：松柏之下，其草不植，而菊生其下，可謂獨秀矣。晨光雖照耀〔二六一〕，〔王註〕鍾會《菊賦》：微風扇動，照耀垂光。又唐太宗《殘菊》詩：階蘭凝曙霜，岸菊照晨光。秋雨半摧倒。先生卧不出，黃葉紛可掃。無人送酒壺，空腹〔二六二〕嚼珠寶。〔合註〕《本草》註：菊有一種，開小花，瓣下如小珠子，謂之珠子菊，入藥亦佳。香風入牙頰，楚些發天藻。〔王註〕《楚辭》：夕餐秋菊之落英。〔次公曰〕「天藻」字出《仙傳》。王母云：神仙之書，受而不敬，是謂慢天藻。今先生言辭采之好，乃天之華藻也。新荑蔚已滿，宿根寒不槁。揚揚弄芳蝶，生死何足道。頗訝昌黎翁〔二六三〕，〔合註〕《舊唐書·韓愈傳》：昌黎人。恨爾生不早。〔王註〕韓退之《秋懷》詩：鮮鮮霜中菊，既晚何用好。揚揚弄芳蝶，爾生還不早。【誥案】紀昀曰：寓慨深至。

薏苡

伏波飯薏苡，〔查註〕李石《續博物志》：薏苡，一名簳珠，收子，蒸令氣餾暴乾，挼取作飯麨，主不飢。禦瘴傳神良。能除五溪毒，〔王註〕《水經注》：武陵有五溪，謂雄溪、樠溪、無溪、酉溪、辰溪。爲是蠻夷所居，故謂之五溪蠻〔二六四〕。不救讒言傷。讒言風雨過，瘴癘久亦亡。兩俱不足治，但愛草木長。〔王註〕陶淵明詩：孟夏草木長。【誥案】紀昀曰：忽以議論裝頭，章法又別。草木各有宜，珍產駢南荒。絳囊懸荔支，〔王註〕蔡君謨《荔支》詩：厚葉纖枝雜絳囊，使君分寄驛人忙。雪粉剖桄榔。〔王註〕《本草》：桄榔子，其內有麪，大者至數斛，食之不飢。〔李註〕《臨海異物志》：桄榔皮中有白粉，似糯米粉及麥麪，可作餅餌。不謂蓬荻姿，中有藥與糧。春爲芡珠圓，炊作菰米香。〔王註次公曰〕芡實如珠，今所謂雞頭也。歐陽永叔《食雞頭》詩：爭先園客採新苞，剖蚌得珠從海底。菰中有米，謂之彫胡，爲飯極香。〔李註〕崔豹《古今注》：芡，一名雁頭。《廣雅》：葰，芡，雞頭也。《本草》：薏苡米，白色如糯米，人呼爲薏珠子。春熟，炊爲飲食，氣味如麥飯乃佳。宋玉《諷賦註》：彫胡，菰米也。《廣雅》：菰蔣，其米謂之彫胡。子美拾橡栗，〔王註厚曰〕杜子美《寓居同谷縣》詩云：歲拾橡栗隨狙公，天寒日暮山谷裏。黃精誑空腸。今吾獨何者，玉粒照座光。

雨後行菜圃〔二六五〕

夢回聞雨聲，喜我菜甲長。【詰案】紀昀曰：淳古中自出本色。平明江路濕，並岸〔二六六〕飛兩槳。天公真富有，乳膏〔二六七〕瀉黃壤。霜根一蕃滋，風葉漸俯仰。未任筐筥〔二六八〕載，已作杯盤〔二六九〕想。【詰案】紀昀曰：四句寫得生動。艱難生理窄，〔王註〕杜子美《引水》詩：人生留滯生理難，斗水何直百憂寬。一味敢專饗。小摘飯山僧，〔王註〕杜子美《賓至》詩：自鉏稀菜甲，小摘爲親情。清安寄真賞。〔合註〕李太白《古朗月行》詩：天人清且安。【詰案】紀昀曰：生出一波，方不淺直。芥藍如菌蕈，〔李註〕《本草》註：芥心嫩薹，謂之芥藍。劉恂《嶺南異物志》：南土芥，高五六尺。陳仁玉《菌譜》：芝菌最爲上品，蕈凡九種，味極香美。《海録碎事》：江東人呼地菌爲土菌。脆美牙頰響。〔合註〕杜子美《陪鄭廣文遊何將軍山林》詩：脆添生菜美。白菘類羔豚，〔李註〕《本草》註李時珍曰：按《埤雅》云，菘性凌冬晚凋，故曰菘，今俗謂之白菜。〔合註〕《埤雅》原文：菘性凌冬不凋，四時長見，有松之操，故其字會意。蕪菁，似菘而小。冒土出蹯掌。〔王註次公曰〕《說文》：獸足謂之番，通作蹯。《左傳·宣公三年》：宰夫胹熊蹯不熟。誰能視火候，〔合註〕《酉陽雜俎》：唯在火候。小竈當自養。〔合註〕《後漢書·劉玄傳》：竈下養。註引《公羊傳》：炊烹爲養。

殘臘獨出二首

〔翁方綱註〕《惠州西湖志》載此詩，題作《殘臘獨出湖上》。

其一

幽尋本無事，獨往意自長。釣魚豐樂橋，〔翁方綱註〕西新橋，舊名豐樂橋，見紹熙中通判許騫《西新橋記》。采杞逍遥堂。羅浮春欲動，雲日有清光。處處野梅開，家家臘酒香。路逢眇道士，疑是左元放。〔王註〕《神仙傳》：左慈，字元放。吴徐墮者，有道術，居丹徒。慈過之。墮門下有客欺慈云：「徐公不在。」慈便去。客卽報徐公，有一老翁眇目，吾見其不急之人，因欺之，云公不在矣。公曰：「咄，咄。此是左公過我，汝曹那得欺之。」〔翁方綱註〕《集韻》：放，與方、舫並通。王漁洋《居易録》，東坡詩「左元放」，「放」作平聲。〔合註〕《集韻》：放，分房切。我欲〔二七〇〕從之語，恐復化爲羊。

其二

江邊有微行〔二七一〕，〔王註〕《詩·豳風·七月》：遵彼微行。〔查註〕《毛傳》：微行，牆下徑也。孔疏：微細之徑道。詰曲背城市〔二七二〕。平湖春草〔二七三〕合，步到棲禪寺。堂空不見人，老稚掩關睡。所嘗在一食〔二七四〕，食已〔二七五〕寧復事。客來豈無得，施子淨掃地〔二七六〕。風松〔二七七〕獨不静，送我作鼓吹。

【誥案】紀昀曰：此首有自如之致。

卷三十九校勘記

〔一〕寄鄧道士　集本「士」後有「一首」二字，集丁無。

〔二〕二日　集本、集丁、施乙、類本作「十日」。
〔三〕依蘇州韻作詩寄之　集本、集丁、施乙、類甲「依」前有「仍」字，集本、集丁、類甲「之」字後有「云」字。
〔四〕空飛　盧校：「飛空」。
〔五〕上元夜　集本「夜」字後有「一首」二字，集丁無。
〔六〕惠州作　集本、集丁、施乙、類本無此條自註。類丁有。
〔七〕松間　類甲、類乙作「林間」。
〔八〕索酒　類甲、類乙作「嗦酒」。
〔九〕王原……一首　七集「王原」作「玉原」。集甲、集丁、施乙無「一首」二字。
〔一〇〕隔勝蹊　原作「尋勝蹊」。今從集本、集丁、施乙、類本。
〔一一〕小揭　施乙作「小愒」。
〔一二〕拾松黄　類本作「食松黄」。
〔一三〕記之　集本「之」後有「一首」二字，集丁無。
〔一四〕縹蔕　施乙作「縹帶」。施註引杜牧之詩作「縹蔕」。
〔一五〕龍尾　查註：「尾」一作「虎」，訛。
〔一六〕騗　合註：一作「勬」。
〔一七〕要少和　施乙作「愧少和」。

〔一八〕安用此　集本、集丁、施乙、類本作「此無用」。
〔一九〕數小山　合註：一本無「數」字。
〔二〇〕蜀道　外集無「道」字。
〔二一〕飲之　外集無「之」字。
〔二二〕一酒壺　外集作「酒一壺」。
〔二三〕仍好　外集作「猶好」。
〔二四〕二月十九日攜白酒鱸魚過詹使君食槐葉冷淘　七集續集重收此詩，題作「訪詹使君食槐芽（原校：『芽』一作『葉』）冷淘」。集本、集丁、施乙、類本「二月」作「三月」。集甲、集丁、類本「使君」作「史君」。集本「淘」後有「一首」二字，集丁無。
〔二五〕唐書百官志良醖署　「署」原作「暑」，合註亦作「暑」，誤。今校正。
〔二六〕一澆　七集續集作「來澆」。
〔二七〕卵椀　集甲作「卵盌」，集乙、施乙作「卯盌」。
〔二八〕和陶歸園田居六首　集戊在卷一之二，施乙在卷四十一之二，施丙在卷上之二。七集「園田」作「田園」。
〔二九〕并引　七集無此二字。
〔三〇〕與客言　集戊作「與客語」。
〔三一〕至水北　施乙、施丙無「水北」二字。

〔三二〕葱曨　集戊作「葱籠」。

〔三三〕時荔子　施乙、施丙無「時」字。

〔三四〕年八十五　集戊作「八十餘」。

〔三五〕告余曰　施乙、施丙無「曰」字。

〔三六〕公能　施乙、施丙無「公」字。

〔三七〕悉次其韻　施乙、施丙「次」作「和」。

〔三八〕盡和其詩乃已耳　集戊作「盡和乃已」。

〔三九〕今書以寄妙總大士參寥子　施乙、施丙無此十字。集戊「妙總」作「妙惚」。「惚」，疑誤。

〔四〇〕施註說苑云云　合註引此條施註註文，與施乙註文間有不同，文義有難明處。集成因之。今據施乙註文校訂。

〔四一〕漸馴集　施乙、施丙作「稍馴集」。

〔四二〕提壺　集戊作「復壺」。

〔四三〕仰覩　集戊作「仰見」。

〔四四〕莊子云　集戊作「莊子曰」。

〔四五〕郭象曰　集戊作「郭象註云」。

〔四六〕火勝耶月勝耶　集戊作「火勝月月勝火耶」。七集作「火勝月勝耶」。

〔四七〕霜飇散氛祲廓然似朝旭　集戊無此二句。施乙、施丙、七集有此二句。

〔四八〕竟何爲　集戊作「竟何用」。
〔四九〕次韻正輔表兄江行見桃花　集本、集丁、施乙、類本「正輔表兄」作「表兄程正輔」。集本、集丁「花」字後有「一首」二字。
〔五〇〕轉話　盧校：「轉語」。
〔五一〕漫與　集丁「漫」作「謾」。
〔五二〕顧兄　原作「顧君」。今從集本、集丁、施乙。
〔五三〕追餞正輔表兄至博羅賦詩爲別　施乙無「表兄」二字。集本、集丁「別」後有「一首」二字。
〔五四〕收鑾　類丙作「收鑾」。查註云「收」訛。
〔五五〕洞山　合註：「洞」一作「桐」。
〔五六〕瑕讁　原作「瑕垢」。今從集本、集丁、施乙、類本。施註引《老子》：善言無瑕讁。
〔五七〕再用前韻　集本「韻」字後有「賦一首」三字，集丁無。
〔五八〕雙鬟　集本、施乙作「霜鬟」。類本作「雙鬢」。集丁作「雙鬟」。
〔五九〕太忍　類丙作「大忍」。
〔六〇〕夜半　原作「半夜」。今從集本、集丁、施乙。
〔六一〕遊博羅香積寺　集本「寺」後有「一首」二字，集丁無。
〔六二〕隄防　集甲作「堤坊」。集丁作「堤防」。集乙作「隄防」。
〔六三〕牢丸　集本、集丁、施乙、類本作「牢九」，自註中之「牢丸」亦同。删去「豈惟牢丸薦古味」句下詒案「惜施本闕無可考耳」八字。

〔六四〕饅頭　集本、集丁作「漫頭」。

〔六五〕天漿　集本、集丁、施乙作「仙漿」。

〔六六〕戲和正輔一字韻　外集題作「奉和程正輔表兄一字詩」。外集原註：後集五卷有正輔表兄來惠州諸詩，而石刻此詩在遊香積寺後追餞正輔前。外集詩後有東坡自跋，云：「此詩幸勿示人，人不知吾儕遊戲三昧，或以爲詬病也。」七集「正輔」作「正甫」，查註謂「甫」訛。

〔六七〕薑蕨　外集作「偃蹶」。

〔六八〕荆菅　外集作「荆管」，疑誤。

〔六九〕覬　查註作「覷」。查註本吴批：「覷」當作「覬」。

〔七〇〕金竿　外集作「今竿」。

〔七一〕幹蠱　外集作「幹國」。

〔七二〕謇吃　七集作「蹇吃」。

〔七三〕姑固　七集作「姑因」，誤。

〔七四〕并引　集乙作「并敍」。集甲、集丁作「并引」。

〔七五〕璨　集甲、集丁作「粲」。

〔七六〕下看　合註：「下」一作「不」。

〔七七〕白骨　集乙作「白玉」。

〔七八〕心境　類甲、類乙、類丁作「心鏡」。

〔七九〕純熟　施乙作「純淑」。施註引《維摩經》：久於佛道，心已純淑。

〔八〇〕造化　集本、集丁、施乙作「造物」。

〔八一〕起相殺　查註、合註：「起」一作「豈」。

〔八二〕非汝　查註作「汝非」。合註：一作「汝非」。

〔八三〕及物　集丁作「反物」。

〔八四〕却私渡　集甲、集丁、施乙、類本作「弔私渡」。

〔八五〕恒沙　施乙作「洹沙」。施註引《維摩詰經》，有妙喜世界、三千大千世界、洹沙世界之語。

〔八六〕來往　集本、集丁、施乙、類本作「往來」。

〔八七〕二士　集乙、集丁、施乙作「二士」。施註：「今二士文殊師利、維摩詰共談□說妙法。」

〔八八〕贈王子直秀才　集本「才」後有「一首」二字，集丁無。何校：公自註：「子直住鶴田山」。

〔八九〕奴婢　施乙作「奴隸」。

〔九〇〕江漲用過韻　集本「韻」字後有「一首」二字，集丁無。

〔九一〕水旱叱　集甲、集丁、施乙、類甲、類乙作「水旱氓」。集乙、類丙作「水旱垠」。查《康熙字典》、《中華大字典》，均無「垠」字；「垠」當爲「氓」之誤刊。

〔九二〕不作　類甲作「不依」。

〔九三〕連雨江漲二首　七集續集重收，題作「雨二首」。類本「江漲」作「漲江」。

〔九四〕移家　七集續集作「移舟」。
〔九五〕魚鰕　施乙作「魚蝦」。
〔九六〕急雨　七集續集作「疎雨」；原校：「疎」一作「急」。
〔九七〕簾櫳　集本、集丁作「簾帷」。施乙作「簾幃」。
〔九八〕高浪　類甲、類乙作「高卧」。
〔九九〕隱牀　七集續集作「殷牀」。
〔一〇〇〕留與　集本、集丁、施乙、類本、七集續集作「留向」。
〔一〇一〕四月十一日初食荔支　施乙「荔支」作「荔子」。集本「支」字後有「一首」二字，集丁無。
〔一〇二〕壺橘　「橘」原作「酒」，合註亦作「酒」，誤。今據類丙註文校正。
〔一〇三〕白華　集本、集丁、施乙作「白花」。
〔一〇四〕荔子　集本、集丁作「荔支」。
〔一〇五〕天公　集本、集丁、施乙作「天工」。
〔一〇六〕遺此　類甲、類乙作「遺子」。
〔一〇七〕樝梨　集本、集丁、施乙、類本作「楂梨」。卷四十《丙子重九二首》其二「梨樝」，各本亦作「梨樝」。則「樝」、「楂」通。
〔一〇八〕似開　原作「似聞」，今從集本、集丁、施乙、類本。查註、合註作「似聞」，「聞」，疑誤刊。
〔一〇九〕江鰩　集乙作「江謡」，疑誤。施乙作「江鰩」。類丁作「江珧」；查註引《江鄰幾雜志》謂作「珧」是；

參句下查註。

〔一二〇〕斫玉柱　類乙作「取玉柱」。

〔一二一〕予嘗謂　集丁「嘗」作「玉」，疑誤。類乙、類丙「嘗」作「常」，類甲作「嘗」。

〔一二二〕桄榔杖寄張文潛一首……也　施乙無「一首」、「也」字。陸游《老學庵筆記》卷五云：「蘇季真云：《寄張文潛桄榔杖詩》，初本云：『酒半消』，其下云：『池邊獨曳桄榔杖，林下閑尋華撥苗』，『盛孝章』又誤爲『孝標』。已而悟，故盡易之，雖其家所傳，然去今所行『亡』字韻殊遠，恐傳之誤也。」

〔一二三〕風清　施乙作「清風」。

〔一二四〕真一酒　集本、七集「酒」後有「一首」二字，集丁無。《法書贊》卷十五有《黃魯直真一酒詩帖》，即此詩。

〔一二五〕人間　《法書贊》作「平生」。

〔一二六〕與作　施乙作「却作」。《法書贊》作「却與」。

〔一二七〕從事名　集甲作「從事君」。

〔一二八〕次韻程正輔遊碧落洞　集本「洞」後有「一首」二字，集丁無。查註作「與程正輔遊碧落洞」。合註謂舊王本題亦作「與程正輔遊碧落洞」；合註以與詩中內容不合，謂題「與」字非。按：集本、集丁、施乙、類本題皆同底本。

〔一二九〕多恢宏　集本、集丁作「方恢宏」。

〔一三〇〕寒蜩　施乙作「寒蟬」。施註引杜詩：抱葉寒蟬靜。

〔一二一〕荔支歎　集本「歎」後有「一首」二字，集丁無。

〔一二二〕一堠　集乙、類本作「一候」，「無人」句下自註中之「一堠」亦同。

〔一二三〕顛阬　集本、集丁、施乙、類本作「顛坑」。

〔一二四〕仆谷　章校：《鑑》作「赴谷」。

〔一二五〕漢永元中……奔騰……羅……和帝罷之　施乙此註文，無「東坡云」字樣。施註引《後漢·和帝紀》，與自註註文略同。七集「奔騰」作「奔馳」。集本、集丁、類本「羅」作「罹」。

〔一二六〕蓋取　施乙無「蓋」字。

〔一二七〕雨順風調百穀登民不饑寒爲上瑞　集本、集丁、施乙無此二句，類本有。

〔一二八〕大小龍茶　施乙無「大小」二字。

〔一二九〕蔡君謨　集本、集丁、類本無「蔡」字。

〔一三〇〕争新買寵各出意　章校：《鑑》作「先取買寵稱入貢」。

〔一三一〕可憐　章校：《鑑》作「近時」。

〔一三二〕洛陽貢花云云　施乙此註文，無「東坡云」字樣。施註引《志林》云：「錢惟演留守洛師，始貢花，識者鄙之。」集本、集丁、類本「洛陽」作「洛下」。

〔一三三〕步月理髮而寢　集本、集丁「寢」後有「一首」二字。

〔一三四〕翾翻　施乙作「飛翾」。查註、合註：「翾」一作「翻」。合註：「翻」一作「翾」，訛。

〔一三五〕肌骨　施乙作「肌膚」。

〔一三六〕漫相屬　集丁、類本作「謾相屬」。

〔一三七〕和子由次月中梳頭韻　施乙作「和子由拔白髮」。集本、集丁收子由詩，子由詩列前，東坡詩列後，題作「和」。子由詩題，即註文之詩敍，詩敍中之「當不復」，子由詩題作「恐不復」。

〔一三八〕曉長　集本、集丁、施乙作「曉入」。

〔一三九〕謂予曰　集本、集丁、施乙、類本作「爲予言」。

〔一四〇〕昧明間　施乙無「間」字。

〔一四一〕纍纍然　施乙無「然」字。

〔一四二〕莖心　施乙作「心莖」。

〔一四三〕秀實　施乙無「實」字。

〔一四四〕和陶讀山海經　集戊在卷二之八。施乙在卷四十二之一，施丙在卷下之一。

〔一四五〕并引　七集無此二字。

〔一四六〕淵明　七集「淵」前有「陶」字。

〔一四七〕其七　七集「七」後有「首」字。

〔一四八〕用其韻　施乙無「其」字。

〔一四九〕掩關　七集作「掩窗」。

〔一五〇〕知有　集戊作「如有」。

〔一五一〕封蟄　集戊、七集作「封執」。

〔一五二〕洵奇逸　集戊、施乙、施丙作「信奇逸」。
〔一五三〕淮南　集戊、七集作「淮仙」。
〔一五四〕二山　七集作「三山」，查註云「三」訛。
〔一五五〕山火　集戊作「火山」。
〔一五六〕冒甘谷　集戊、七集作「育甘谷」，查註云「育」訛。
〔一五七〕廖井　施乙、施丙作「葛井」，查註云「葛」訛。
〔一五八〕口鼻　七集作「口耳」。
〔一五九〕邃哉　集戊作「邃然」。
〔一六〇〕丹成　七集作「金成」。
〔一六一〕二百篇　集戊作「二百字」。
〔一六二〕成壞　七集作「成壤」，疑誤。
〔一六三〕庸妄　集戊、施乙、施丙作「妄庸」。
〔一六四〕散材　集戊作「散才」。
〔一六五〕和陶貧士七首　集戊在卷二之五，施乙在卷四十一之十，施丙在卷上之十。
〔一六六〕并引　七集無此二字。
〔一六七〕伊邇　施乙、施丙作「俯邇」。何校：「將近」。
〔一六八〕貧士七篇　七集作「貧士詩七首」。

〔一六九〕織烏　集戊、七集作「織鳥」。七集原校：「烏」一作「鳥」。

〔一七〇〕士　按，施註謂集本作「人」，見註文。集戊作「士」。

〔一七一〕急送　七集作「思送」。查註云「思」訛。

〔一七二〕並世　查註作「並時」。

〔一七三〕我後　施乙、施丙作「我復」。

〔一七四〕大官　集戊、施乙、施丙作「太官」。

〔一七五〕亦可　集戊作「言可」。

〔一七六〕重陽　施乙、施丙作「重九」；原校：石刻作「九」，集本作「陽」。集戊亦作「重九」。

〔一七七〕徂歲　施乙、施丙作「徂歲」；原校：石刻作「歲」，集本作「暑」。集戊亦作「徂歲」。

〔一七八〕慘將　施乙、施丙作「慘將」；原校：石刻作「將」，集本作「多」。集戊亦作「慘將」。

〔一七九〕衣粟　七集原校：「粟」一作「寒」。

〔一八〇〕惠州太守詹範字器之　施乙、施丙「器之」作「惠之」。集戊無「州太」、「字器之」等五字。

〔一八一〕杖屨　七集作「杖履」。

〔一八二〕見不識　七集作「更不識」。

〔一八三〕嘗曰　集本、集丁、施乙、類本作「嘗云」。

〔一八四〕予嘗　集本、集丁、施乙「予」前有「然」字。

〔一八五〕久未停　查註、合註：「久」一作「夕」。

〔一八六〕蟲夜　原作「夜蟲」。今從集本、集丁、施乙、類本。

〔一八七〕知秋　原作「如秋」。今從集本、集丁、施乙、類本、查註。合註作「如秋」。

〔一八八〕嶺海　合註：「海」一作「南」。

〔一八九〕參語　七集作「三語」。

〔一九〇〕師莊周　查註作「取莊周」。

〔一九一〕和陶己酉歲九月九日　集戊缺葉。施乙在卷四十一之十二，施丙在卷上之十二。（按集戊編次，此詩應爲卷二之七）。

〔一九二〕并引　七集無此二字。

〔一九三〕菊　章校集戊有此詩，章校：「菊花」（按，民國翻刻集戊本無「花」字）。

〔一九四〕因次韻淵明己酉歲　施乙、施丙無「韻」、「歲」字。

〔一九五〕胡廣　七集「廣」後有「趙戒」二字（按，民國翻刻集戊本有「趙戒」二字）。

〔一九六〕白露　施乙、施丙作「白雲」。

〔一九七〕一酬　施乙、施丙、七集作「一酹」。

〔一九八〕正輔既見和復次前韻慰鼓盆勸學佛　集本、集丁、施乙、類本作「再和」。七集續集重收此詩，題同底本。七集後集亦作「再和」，合註謂題從七集本，蓋從七集續集。

〔一九九〕眞長生　七集續集作「信長生」；原校：「信」一作「眞」。

〔二〇〇〕鄭公　七集續集作「鄭君」。

〔二〇一〕會有適　七集續集「適」作「遇」，原校：一作「適」。

〔二〇二〕寧餐　類本、七集續集作「寧飡」。

〔二〇三〕東岡松柏老西嶺橘柚秋　集本、集丁、施乙無此二句。類本、七集續集有。查註、合註：「東」一作「泉」，謁。

〔二〇四〕著意尋彌明長頸高結喉　《永樂大典》卷八百二十一（中華書局影印本第七册）引宋袁文《甕牖閑評》：蘇東坡詩云：（略）。若據韓文出處，乃長頸高結，下方云喉中更作楚聲。今東坡乃借下句一喉字押韻，却與誤讀《莊子》「三緘其口」破句而點者相類。然東坡高材，豈不知此，而故云耳者，以文爲戲也耶！

〔二〇五〕霑霈　施乙作「沾沛」。集甲、集丁作「霑沛」。

〔二〇六〕同正輔表兄遊白水山　集本、七集「山」後有「一首」二字，集丁無。

〔二〇七〕劈開　集本、集丁、施乙、類本作「擘開」。

〔二〇八〕雲雷　查註、合註：一作「雷霆」。

〔二〇九〕救霜葉　查註、合註：「救」一作「投」。

〔二一〇〕分碧　類甲、類乙：「碧」一作「流」。合註謂「流」誤。

〔二一一〕湯谷　類丙作「暘谷」。

〔二一二〕次韻正輔同遊白水山　集本「山」後有「一首」二字，集丁無。

〔二一三〕左旋　集本、集丁、施乙、類本作「左回」。

〔二一四〕款韶石　類甲、類乙作「歎韶石」。
〔二一五〕赤魚白蟹　類本原校：一作「白魚赤蟹」。
〔二一六〕五稜　集本、集丁、類本原註：「稜」，去聲。
〔二一七〕人參一苗　類本無「一苗」二字。
〔二一八〕奉和　集丁作「而奉和之」。
〔二一九〕放杖　集丁作「收杖」。
〔二二〇〕號寒蛙　類甲、類乙作「浮寒蛙」。
〔二二一〕山人　集本、集丁、類本作「仙人」。
〔二二二〕罇罍　施乙作「罍罇」。
〔二二三〕常夜　施乙作「夜常」。
〔二二四〕不我遐　類甲、類乙作「不可遐」，疑誤。
〔二二五〕雲鴉　類本作「飛鴉」。
〔二二六〕與正輔遊香積寺　集本「寺」後有「一首」二字，集丁無。查註、合註：一本云「次韻程正輔遊香積寺」。合註謂作「次韻」者非，見題下合註。
〔二二七〕琥珀　集本、集丁作「虎魄」。
〔二二八〕常谷汲　集本、集丁、施乙作「常谷汲」，今從。原作「嘗谷汲」。
〔二二九〕混沌　施乙作「渾沌」。

〔二三〇〕答周循州　集本、集丁「州」後有「一首」二字，集丁無。
〔二三一〕自是　集本、集丁作「似是」。
〔二三二〕食檳榔　施乙題下原註：或云叔黨作。查註：「榔」一作「榔」。按，今《斜川集》無此詩。
〔二三三〕枝林　施乙作「林枝」。
〔二三四〕八月　施乙作「九月」。
〔二三五〕絳刺　外集作「鋒刺」，疑誤。
〔二三六〕風欺　外集作「風吹」。
〔二三七〕推轂　施乙作「推轂」。施註：檳榔主消轂。
〔二三八〕果録詎用許　外集作「菓録渠用許」。
〔二三九〕殷臍腎　外集作「隱臍腎」。
〔二四〇〕鉦漏　外集作「征漏」。
〔二四一〕赤眥努　原作「赤眥弩」。今從施乙、七集。盧校：「努」。紀校：當作「努」。
〔二四二〕送惠州押監　類本作「送都監北歸」。七集、查註作「送惠州監押」。外集作「送惠州都監北歸」。
〔二四三〕鳴雁　類本、外集作「鴻雁」。七集作「鳴雁」，原校：「鳴」一作「鴻」。
〔二四四〕萬葉　類本作「萬里」。合註謂「里」訛。
〔二四五〕足羈旅　類本、七集、外集「足」作「是」，合註謂「是」訛。類本「羈旅」作「羈客」。
〔二四六〕送佛面杖　類本「杖」前有「柱」字。

〔二四七〕三界　外集作「三世」。

〔二四八〕都在　類甲、類乙、外集作「長在」。

〔二四九〕足成之耳　施乙無「耳」字。

〔二五〇〕本來空　集甲、集丁、施乙、類甲作「本充空」。合註：「來」一作「空」。

〔二五一〕一燈　原作「孤燈」。今從集本、集丁、施乙、類本、查註。

〔二五二〕舞　查註、合註：一作「侮」，訛。何校：王本「舞」作「侮」，「侮」字疑僞。

〔二五三〕漫繞　集丁作「謾繞」。

〔二五四〕肩股　集乙作「肩肢」。

〔二五五〕吾生　類本作「吾軀」。

〔二五六〕重稽　類甲、類丙作「重啟」。

〔二五七〕餉老馬　集本、集丁、施乙、類本作「飼老馬」。

〔二五八〕吾鬢　類甲、類乙作「吾須」。

〔二五九〕馮註　原作「王註」，合註亦作「王註」，誤，今校改。

〔二六〇〕細粟　類本作「細蕊」。

〔二六一〕照耀　原作「照曜」。集本、集丁、施乙、類本、查註皆作「照耀」，惟合註作「照曜」。今從上各本。又類本註文亦作「照耀」。

〔二六二〕空腹　類甲、類乙作「空腸」。

〔二六三〕昌黎翁　類本作「昌黎公」。
〔二六四〕王註水經注云云　合註此條註文文意有難明處，集成因之。今據類丙註文删訂，復王註原貌。
〔二六五〕雨後行菜圃　集本、集丁、類本無「圃」字。集本「圃」後有「一首」二字，集丁無。
〔二六六〕並岸　查註「並」下原註：讀作傍，去聲。
〔二六七〕乳膏　集本、集丁、施乙作「膏乳」。
〔二六八〕筐筥　原作「筐莒」。合註作「筐莒」。其他各本作「筐筥」，今從。施註引《毛詩》：「何以盛之？維筐及筥。」「莒」，疑誤刊。
〔二六九〕杯盤　集本、集丁、施乙作「杯案」。
〔二七〇〕我欲　施乙作「欲往」。
〔二七一〕有微行　集乙作「偶微行」。
〔二七二〕城市　類甲、類丁作「成市」。
〔二七三〕春草　類本作「春早」。
〔二七四〕一食　原作「一飽」。今從集本、集丁、施乙、類本。
〔二七五〕食已　類甲作「食有」。
〔二七六〕淨掃地　類本作「靜掃地」。
〔二七七〕風松　原作「松風」。今從集本、集丁、施乙、類本。

蘇軾詩集卷四十

古今體詩六十一首

【誥案】起紹聖三年丙子正月，在寧遠軍節度副使惠州安置不得簽書公事貶所，至四年丁丑四月作。

新年五首〔一〕

〔王註巖老曰〕按《年譜》，卽紹聖三年也。先生年六十一。在惠州，卽古白鶴基，始營新居，故有「結茅來此住」之句。

其一

曉雨〔二〕暗人日〔三〕，〔王註〕《荆楚歲時記》：正月七日，謂之人日，以陰晴卜豐耗。杜子美《人日》詩：元日到人日，未有不陰時。春愁連上元。水生挑菜渚，〔王註厚曰〕杜荀鶴《山中》詩：時挑野菜和根煮。〔合註〕何焯曰：挑菜乃人日事。唐子西詩：挑菜年年俗。烟濕落梅村〔四〕。小市〔五〕人歸盡〔六〕，孤舟鶴踏翻。【誥案】紀昀曰：

似武功一派語。猶堪慰寂寞，漁火亂黄昏。

其二

北渚集羣鷺，新年何所之。盡歸喬木寺，分占結巢枝。【誥案】紀昀曰：查初白謂格律純學少陵。生物會有役，〔王註〕江淹《雜擬》詩：問君亦何爲，百年會有役。謀身〔七〕各及時〔八〕。何當禁畢弋，〔王註〕《莊子·胠篋篇》：夫弓弩畢弋機變之知多，則鳥亂於上矣。看引雪衣兒。〔李註〕《天寶遺事》：楊貴妃鸚鵡，名雪衣娘，詩借用其事耳。〔查註〕此詩通首謂白鷺巢林而拖雛，初疑水鳥未必棲木。戊寅初夏閩游，過鉛山縣，城中有古樟三株，大皆合抱，白鷺千百，羣巢其顛。土人云：每歲以三月來，伏雛乃去。方知東坡不我欺也。

其三

海國空自煖，春山無限清。冰溪結瘴雨〔九〕，雪菌到江城。【誥案】紀昀曰：亦似杜語。更待輕雷發，先催凍筍生。豐湖有藤菜，似可敵蓴羹。〔王註厚曰〕先生嘗言豐湖有燕脂藤，味滑美，大類蓴。〔李註〕《一統志》：豐湖在惠州府城西，廣十里，有漱玉灘、點翠洲諸勝，中產藤菜。即引東坡此詩。

其四

小邑浮橋外，〔查註〕《六經釋文》：橋必有柱，浮橋以舟爲柱。《詩·大雅·大明》云「造舟爲梁」是也。李巡註《爾雅》云：比其船而渡也。郭云：比船爲橋。青山石岸東。茶槍燒後有〔一〇〕，〔王註〕《大觀茶論》：一槍一旂爲揀芽，一槍兩旂次之，餘爲下。《顧渚山記》：團黃茶，有一槍兩旂之號。〔李註〕《茶譜》：蘄州團黃茶，有一槍兩旂之號者。麥浪水前空。萬户不禁酒，〔查註〕本集先生《詩餘敍》云：余近釀酒，名萬家春，蓋嶺南萬户酒也。《宋史·食貨志》：榷酤非便，仍舊賣麴，惟夔、達、麟、府、辰州〔一一〕，汀、漳及廣南東西路不禁。三年真識翁。結茅來此住，〔王註〕戎昱詩：結茅同楚客，卜築漢江邊。歲晚有無〔一二〕同。

其五

荔子幾時熟，花頭今已繁。探春先揀樹，〔查註〕《荔支譜》：初著花時，商人計林斷之以立券，若後豐寡，商人知之。買夏欲論園。居士常攜客，參軍許叩門〔一三〕。明年更有味，懷抱帶諸孫〔一四〕。【誥案】公時命邁指射粵中差遣，故云然也。明年，邁赴仁化令，爲例所格，遂自南龍江至惠州。

和陶詠二疏〔一五〕

二疏事漢時，迹寓心已去。許侯何足道，寧識此高趣。可憐魏丞相，免冠謝陋舉。中興多名臣，有道獨兩傅。〔施註〕《漢·疏廣傳》：地節三年，立皇太子，廣爲太傅，兄子受爲少傅。太子外祖平恩侯許伯，白使其弟舜監護太子家。宣帝以問廣，曰：「不宜獨親外家。」上善其言，以語丞相魏相。相免冠謝，曰：「此非臣所及。」在位五歲，父子俱移病乞骸骨。《漢·魏相傳·贊》曰：孝宣中興，丙、魏有聲。世途方轂擊，〔施註〕《史記·主父偃傳》：合從連横，馳車擊轂。誰肯行此路。是身如委蛻，〔施註〕《莊子·知北遊篇》：汝身非汝有，是天地之委形也；生非汝有，是天地之委和也；性命非汝有，是天地之委順也；孫子非汝有，是天地之委蜕也。未蜕何所顧。已蜕則兩忘，身後誰毁譽。所以遺子孫，買田豈先務。〔施註〕《漢・疏廣傳》：子孫竊謂其昆弟老人，勸説君買田宅。廣曰：「賢而多財，損其志；愚而多財，益其過。且富者衆之怨也，吾亡以教子孫，不欲益其過而生怨。」我嘗游〔一六〕東海，〔施註〕《疏廣傳》：東海蘭陵人也。〔查註〕先生自杭移知密州，道出海州，有詩。海州，漢東海郡，二疏故里也。所歷若有素。神交久從君，屢夢今乃悟。淵明作詩意，妙想非俗慮。庶幾二大夫，見微而知著。〔施註〕《越絶書》：子胥曰：「聖人見微知著，睹始知終。」

和陶詠三良〔一七〕

〔施註〕子車氏奄息、仲行、鍼虎，秦之良臣也。〔合註〕《史記・秦本紀》作子輿氏。註云：子車氏之三子。餘見前《秦穆公墓》詩註。

此生太山重，忽作鴻毛遺。〔施註〕《漢・司馬遷傳》：死有重於太山，或輕於鴻毛，用之所趨異也。三子死一言，所死良已微。賢哉晏平仲，事君不以私。我豈犬馬哉，從君求蓋帷。〔施註〕《禮記・檀弓下》：仲尼之畜狗死，使子貢埋之，曰：「敝帷不棄，爲埋馬也；敝蓋不棄，爲埋狗也〔一八〕。」殺身固有道〔一九〕，大節要不虧。君爲社稷死，我則同其歸。〔施註〕《左傳・襄公二十五年》：齊崔杼弑其君光，晏子立於崔氏之門外。其人曰：「死乎？」曰：「獨吾君也乎哉，吾死也？」曰：「行乎？」曰：「吾罪也乎哉，吾亡也？」曰：「歸乎？」曰：「君死安歸？君爲社稷死，則死之，爲社稷亡，則亡之，若爲己死而爲己亡，非其私暱，誰敢任之。且人有君而弑之，吾焉得死之，而焉得亡之，將庸何歸。」門啓而入，枕尸股而哭，興，三踊而出。顧命有治亂，〔施註〕《尚書》有《顧命篇》。臣子得從違。魏顆真孝愛，三良安足希。〔施註〕《毛詩·黄鳥》，哀三良也。國人刺穆公以人從死。仕宦豈不榮，有時纏憂〔三〇〕悲。所以靖節翁，服此黔婁衣。〔施註〕陶淵明《詠貧士》詩：安貧守賤者，自古有黔婁。好爵吾不縻，厚饋吾不酬。一旦壽命盡，弊服仍不周。〔合註〕《高士傳》：黔婁先生卒，覆以布被，覆頭則足見，覆足則頭見。曾西曰：「斜其被，則斂矣。」妻曰：「斜之有餘，不若正之不足。」《詩人玉屑》云：東坡一篇，冠絶古今。《苕溪漁隱》云：「余觀東坡《秦穆公墓》詩全與《和三良》詩意相反，蓋少年議論如此，晚年所見益高也。」【誥案】此乃有意自爲翻案，若與前論一轍，則此詩可不作矣。王應麟《困學紀聞》亦云：前輩學識，日新日進，東坡《和淵明三良》，與在鳳翔時所作，議論夐殊。其説與《叢話》同。

和陶詠荊軻〔三〕

〔施註〕《史記》：荊軻，衛人也，衛人謂之慶卿。之燕，燕人謂之荊卿。【誥案】以上三詩，施註和陶卷與《形》、《影》、《神釋》三詩並編《歸園田居》詩後，爲惠州作。查註據此並編本卷丙子。考王註和陶類，六詩分列。《紀年録》以《形》、《影》、《神釋》三詩爲海外作，確有所據，今從《紀年録》改編之外，此三詩仍二註之舊云。

秦如馬後牛，〔施註〕《晉·元帝紀》：初，《玄石圖》有「牛繼馬後」，故宣帝深忌牛氏，而以毒酒鴆其將牛金。而恭王妃夏侯氏竟通小吏牛氏而生元帝，亦有符云。呂氏非復嬴。〔施註〕《史記·秦本紀》：秦之先，大費佐舜，是爲柏翳，賜姓嬴氏。《始皇本紀》：莊襄王爲秦質子於趙，見呂不韋姬，悦而取之，生始皇，名爲政，姓趙氏。《呂不韋傳》：不韋取邯鄲諸姬與居，知有身，子楚見而悅之，乃遂獻其姬，生子政。子楚立，是爲莊襄王，薨，太子政立爲王。天欲厚其毒，〔施註〕《左傳·昭公四年》：司馬侯曰：「楚王方侈，天其或者欲逞其心，以厚其毒，而降之罰。」假手李客卿。〔施註〕《左傳·昭公十一年》：叔向曰：「蔡侯獲罪於其君，而不能其民，天將假手於楚以斃之。」《史記·李斯傳》：爲秦相呂不韋舍人，因以得說秦王，拜爲客卿。卒用其計謀，竟并天下。功成志自滿，〔施註〕《尚書·仲虺之誥》：志自滿，九族乃離。積惡如陵京。〔施註〕《毛詩·小雅·天保》：如岡如陵。又，《小雅·甫田》：如坻如京。鄭氏云：京，大也。滅身會有時，〔施註〕《周易·繫辭下》，惡不積，不足以滅身。徐觀可安行。沙丘一狼狽，〔施註〕《史記·秦始皇紀》：崩於沙丘平臺。趙高與公子胡亥、丞相斯詐爲受遺詔沙丘，立胡亥爲太子，賜公子扶蘇死。《文選》潘安仁《西征賦》云：據天位其若茲，亦狼狽而可愍。〔邵註〕謂始皇也。笑落冠與纓。太子不少忍，【誥案】以上如千尋峭壁破空而來，初不知其用意所在，至此忽入本位，下筆有千鈞之力。顧非萬人英。〔施註〕《史記·燕世家》：秦兵臨易水，燕太子丹陰養壯士，使荆軻襲刺秦王。秦王覺，殺軻擊燕，燕斬丹以獻。《淮南子》：知過萬人謂之英。魏、韓裂智伯，肘足本無聲。〔施註〕《史記·魏世家》：當晉六卿之時，智氏最强，率韓、魏之兵以圍趙襄子於晉陽。魏桓子肘韓康子，韓康子履魏桓子，肘足接於車上，而智氏地分，身死國亡，爲天下笑。胡爲棄成謀，託國此狂生。〔施註〕《漢·酈食其傳》：人皆謂之狂生。荆軻不足說，田子老可驚。〔施註〕《史記·荆軻傳》：燕太子丹求爲報秦王者，問其傅鞠武。武曰：「有田光先生。」太子遂迎光。光曰：「所善荆卿，可使也。」太子曰：「願因先生得結交於荆卿。」光見荆卿，欲自殺以激荆卿，因自刎而死。荆軻見太子，於是尊爲上卿，使刺秦王。燕趙多奇士，〔施註〕《漢書·江充傳》：充爲人魁岸，容貌甚壯，帝望見而異之，謂左右曰：「燕趙固多奇士。」惜哉亦虛名。〔施註〕《家語》：惜哉小也，不曰人亡弓，人得之。〔合註〕施註所引與今本《家語》小異。殺父因其母，此豈容天庭。〔施註〕《史記·呂不韋傳》：嫪毒事連相國，呂不韋出就國。不韋自度稍侵，恐誅，乃飲鴆而死。劉向《説苑》：茅焦對秦始皇帝，曰：「陛下車裂假父，有嫉妒之心；囊撲兩弟，有不慈之名；遷母萯陽，有不孝之行；從蒺藜於諫士，有桀、紂之治。」亡秦只三户，〔施註〕《漢·項籍傳》：楚雖三户，亡秦必楚。況我數十城。漸離雖不傷〔二二〕，陛戟加周營。〔施註〕《史記·荆軻傳》：軻善擊筑者高漸離，秦既逐荆軻之客，惜其善擊筑，重赦之，乃矐其目，使擊筑。漸離乃以鉛置筑中，舉筑扑始皇，不中。遂誅漸離，終身不近諸侯之人。《後漢·百官志註》云：昔燕太子使荆軻劫始皇，變起兩楹之間，其後謁者持匕首刺腋，高祖偃武行文，故易之以板。至今天下人，愍燕欲其成。廢書一太息，可見千古情。

二月八日，與黄燾、僧曇穎過逍遥堂，何道士宗一問疾〔二三〕

〔查註〕黄燾不知何許人，時爲惠州推官。先生《與程正輔》尺牘云：本州黄燾推官，實甚廉幹，郡中殊賴之，不知舉削能及之否，孤進無緣自達。

安心守玄牝，〔王註次公曰〕蓋道家謂玄牝，鼻口兩竅也。〔查註〕《雲笈七籤》：不死之道在於玄牝。玄，天也，天於人爲鼻。牝，地也，地於人爲口。魂者，雄也，出入人鼻，與天通，故鼻爲玄。魄者，雌也，出入於口，與地通，故口爲牝。乃是天地元氣所從往來也。閉眼覓黄庭。〔查註〕《外景經》註云：黄庭者，目也。《雲笈七籤》：命門下一黄庭元王，始明精字曰元陽昌，恒守我兩筦間，車軸下户是死氣之門，黄庭元王嚴固守之，使神氣不散。問疾來三士〔二四〕，澆愁有半瓶。風松時落蕊，病鶴不梳翎。〔合註〕鄭顥詩：風動鶴梳翎。樽空我歸去，山月照君醒〔二五〕。

次韻高要令劉湜峽山寺見寄〔二六〕

〔王註次公曰〕高要縣，端州也。〔查註〕《元和郡縣志》：高要本漢舊縣，屬蒼梧郡，隋開皇十一年置端州，割屬焉。《輿地廣記》：端州，秦屬南海郡，陳立高要郡，本朝元符三年升興慶軍節度。《九域志》：廣南東路端州高要郡軍，治高要縣。【誥案】峽山寺謂清遠峽飛來寺也，詩中已明言之。王註謂高要郡有高要峽，誤，已删。

新聞妙無多，舊學閑可束。〔王註次公曰〕「束」字，猶束之高閣也。猶當隱季主〔二七〕，〔王註〕《史記·日者傳》：司馬季主者，楚人也，卜於長安東市。未遽逃梅福。空腸吐餘思，静似蠶綴簇。寸田結初果，〔查註〕《黄庭經》：但當吸氣煉子精，寸田尺宅可治生。《胎息經》：胎從伏氣中結。註云：臍下三寸爲氣海，亦爲下丹田，修道者常伏其氣於臍下，守其神於身内，神氣相合，而生元胎，元胎既結，乃自生身。秀若〔二八〕銅生緑。〔王註〕《本草》註：生熟銅皆有青，即是銅之精華。荆棘掃誠盡，梨棗憂不熟。高人寧鑄金，〔查註〕《抱朴子·黄白篇》：余諮於鄭君：「古人何用金銀爲貴，而遺其方也？」鄭曰：「真人作金，自欲餌服之致神仙，不以致富也。」下士乃服玉。〔王註〕《抱朴子》：服玉當得于闐國白玉，赤松子服水玉得仙。〔李註〕《北史·李預傳》：羡古人餐玉法，乃採訪藍田，掘得大小百餘，皆光潤可玩，乃椎七十枚爲屑，食之經年，云有效驗。〔查註〕《抱朴子》引《玉經》云：服玉者，壽如玉。又云：服玄真者，其命不極。玄真，玉之别名也。可以烏米酒及地榆酒，化之爲水，亦可以葱漿消之爲飴，亦可餌以爲丸，燒以爲粉。服之俱令人不死。君看嶺嶠隘，我欲巾笥〔二九〕蓄。〔合註〕《莊子·秋水篇》：王巾笥而藏之廟堂之上。曾攀羅浮頂，亦到朱明谷。旋觀真歷塊，〔王註次公曰〕言所經歷之處，回視之真一塊爾。歸卧廿破屋。

故人老猶仕，世味薄如縠。偶從越女笑，〔王註〕韓退之詩：洪濤春天禹穴幽，越女一笑三年留。不怕蠻江浴。驚聞尺書到，喜有新詩辱。應憐五管客，〔王註厚曰〕韓退之詩：五管遍歷無賢侯，回望萬里還家羞。〔李註〕《舊唐書》：永徽後，以廣、桂、容、邕、安南皆隸廣府，謂之五府節度使，名嶺南五管。曾作八州督。〔王註〕《晉書》：陶侃，字士行。嘗如廁，見一人朱衣介幘斂袂曰：「君後當爲公，位至八州都督。」〔次公曰〕八州都督，先生實事也。嘗守密，徙徐，又徙湖，守登，守杭，又守潁，徙揚，又守定，凡八州也。〔李註〕案先生有詩云：八州憐我往來頻。骨銷讒口鑠，〔王註〕《史記》：鄒陽書：衆口鑠金，積毁銷骨。膽破獄吏酷。〔王註〕《南史》：王融矯詔立竟陵王子良，賜死。先是太學生魏準，鼓成其事，及融誅，準懼而死，舉體皆青，時人以爲膽破。〔合註〕陳琳爲袁紹《與公孫瓚書》：足下膽破衆散，不鼓而敗。隴雲不易寄，江月乃可掬。〔王註〕唐于良史《春山夜月》詩：掬水月在手。遥知清遠寺，不稱空洞〔三〇〕腹。蹇驢步武碎，短瑟絃柱促。仰看泉落佩，俯聽石響轂。千峰瀉清駛，〔查註〕本集《峽山寺題名》云：溪水太峻，當作一閘，若夏秋水暴，爲啓閉之節，用陰陽家説，寺當少富云。「千峰瀉清駛」以下六句，隱寓此意。一往無回躅〔三一〕。狂雷失晤語，過電不容目。〔李註〕韓退之詩：雷驚電激語難聞。〔合註〕謝靈運《電贊》：倏爍驚電過，可見不可逐。要知僧長饑，正坐山少肉。〔王註〕《傳燈録》：司馬頭陀自湖南來，百丈謂之曰：「老僧欲住溈山，可乎？」對云：「溈山奇絶，可聚千五百衆，然非和尚所住。」百丈云：「何也？」對云：「和尚是骨人，彼是肉山，設居之徒，不盈千百矣。」人間無南北，蝸角空出縮。〔合註〕韓退之《聯句》：蔓涎角出縮。仇池九十九，〔公自註〕仇池有九十九泉，余嘗夢至，有詩〔三二〕。嵩少三十六。〔公自註〕子由近買田陽翟，北望嵩少〔三三〕，甚近。天人同一夢，仙凡無兩録。陋邦真可老，生理亦粗足。便回〔三四〕爇天焰，長作照海燭。〔公自註〕「爇天焰」見退之詩〔三五〕。近黄魯直寄詩云：蓮花合裏一寸燭，牝馬海中燒百川。魯直蓋近有得也。〔王註〕韓退之詩：居然妄推讓，見謂爇天焰。〔李註〕《西京賦》：光焰燭天庭。〔查註〕《尹真人服元氣法》云：氣海者，水歸於海，故名氣海。既知氣海，以心守之，能下照，是心守海也。

贈曇秀

〔查註〕曇秀，即芝上人。先生守揚州，有唱和詩。本集題跋載叔黨《送曇秀》詩云：三年避地少經過，十日論詩喜琢磨。自欲灰心老南岳，猶能繭足到東坡。來時野寺無魚鼓，去後閑門有雀羅。從此期師真似月，斷雲時復掛星河。【誥案】此詩施編不載，查註從邵本補編。餘詳案中。〔案〕總案云：本集《與曇秀山光寺送客詩跋》云：「後五年，秀來惠州見予。」公以元祐壬申帥揚，計至紹聖乙亥，僅四年。蓋曇秀到在丙子也。……凡留十日而去。是冬復至惠度歲，時方往游隱静，故别去也。兹改編丙子春杪，與其再至情事……脗合。

白雲出山初無心，棲鳥何必戀舊林〔三六〕。道人偶愛山水故，縱步不知湖嶺深。空巖已禮百千相，曹溪更欲瞻遺像〔三七〕。〔馮註〕《傳燈録》：曹溪在韶州府城東南。梁時有天竺國僧自西來，泛船曹溪口，聞異香，曰：「上流必有勝地。」尋之，遂開山立石，乃云：「百七十年，當遇無上法師，在此演法。」今六祖慧能南華寺是也。要知水味孰冷煖，始信夢時非幻妄。袖中忽出貝葉書，〔王註績曰〕佛經出自西天，以貝葉書之，流入中國。〔合註〕王襃《周經藏願文》：窮貝多之葉。《酉陽雜俎》：貝多樹葉，出摩伽陀國，西土用以寫經，長六七丈，經冬不凋。中有璧月綴星珠〔三八〕。人間勝絶畧已遍，匡廬南嶺并西湖。西湖北望三千里，大隄冉冉横秋水。〔合註〕蔡邕賦：修長冉冉。誦師〔三九〕佳句説南屏，瘴雲應逐秋風靡。胡爲只作十日歡〔四〇〕，杖策復尋歸路難。〔合註〕《吕氏春秋》：杖策而去。留師筍蕨不足道〔四一〕，悵望荔子何時丹。

和郭功甫韻送芝道人游隱静〔四二〕

〔查註〕郭功甫是時，當亦宦游嶺外，今考《青山集》，無原作。【誥案】《淮海集》：隱静在當塗。此詩施編不載，查註從邵本補編。

觀音妙智力，〔馮註〕《楞嚴經》：得大自在力，無畏施衆生。妙音觀世音，梵音海潮音。救世悉安寧，出世獲常住。〔查註〕《法華經·普門品》：觀音妙智力。應感隨緣度。〔合註〕竟陵王子良《淨行法門》云：隨緣示教。芝師訪東坡，寧辭萬里步。道義〔四三〕妙相契〔四四〕，十年同去住。行窮半世間，又欲浮杯渡〔四五〕。〔馮註〕許渾《送僧》詩：杯浮野渡魚龍遠，錫響空山虎豹驚。我願焚囊鉢〔四六〕，〔馮註〕《傳燈録》：守清禪師，有僧問：「如何是和尚家風？」曰：「一瓶兼一鉢，到處是生涯。」不作陳俗〔四七〕具。會取却歸時，只是而今路。

和陶移居二首〔四八〕并引〔四九〕

去歲〔五〇〕三月，自水東嘉祐寺，遷居〔五一〕合江樓，迨今一年。多病鮮歡〔五二〕，頗懷水東之樂〔五三〕。得歸善縣後隙地數畝，父老云：此古白鶴觀〔五四〕也。意欣然，欲居之，乃和此詩。

其一

昔我初來時，水東有幽宅。晨與〔五五〕鴉鵲〔五六〕朝，暮與牛羊夕。誰令遷近市，〔施註〕《左傳·昭公三年》：齊景公欲更晏子之宅，曰：「子之宅近市，湫隘囂塵，不可以居，請更諸爽塏者。」日有〔五七〕造請役。〔施註〕《漢·張湯傳》：造請諸公，不避寒暑。歌呼雜閭巷，鼓角鳴枕席。〔施註〕《漢·趙充國傳》：從枕席上過師。出門無所詣，樂事非宿昔。病瘦獨彌年，〔施註〕《文選》謝惠連《詠牛女》詩：彌年缺相從。束薪與誰〔五八〕析。〔施註〕《毛詩·齊風·南山》：析薪如之何。

其二

洄潭轉碕岸，我作《江郊》詩。今爲一廛氓，此邦〔五九〕乃得之。葺爲無邪齋，思我無所思。〔施註〕陶淵明《六月中遇火》詩：鼓腹無所思。〔查註〕思無邪齋，在白鶴新居。本集《思無邪齋銘敍》云：有思，皆邪也；無思，則土木也。吾何自得道，其惟有思而無所思者乎？古觀廢已久，白鶴歸何時。我豈丁令威，千歲復還茲。【誥案】紀昀曰：縮合有致，此種是東坡本色。江山朝福地，〔查註〕司馬承禎《天地宮府圖序》：太上曰：「七十二福地，在大地名山之間，上帝命真人治之。」杜子美詩《玄都壇歌》：置身福地何蕭爽。古人不我欺〔六〇〕。〔施註〕韓退之詩：且於此中息，天命不我欺。

食荔支二首〔六一〕并引

惠州太守東堂，祠故相陳文惠公。〔查註〕《宋史》：陳堯佐，字希元，樞密使堯叟之弟。仁宗朝，參知政事，卒，謚文惠。不載其知惠州事。鄭俠《西塘集》中，有《陳文惠祠堂記》。《輿地紀勝》：咸平初，陳堯佐權知惠州，手植荔支於州堂。淳祐初，太守趙汝馭，扁曰延相堂〔六二〕。〔合註〕史傳止載陳堯佐通判潮州，有《潮陽編》，《續通鑑長編》亦不載知惠州。而《一統志·惠州名宦》載陳堯佐以潮州通判權惠州。《寓惠集》亦云。【誥案】今東堂祠之如故，其傍則野吏亭址也。據至和元年十月惠守黄仲通所刊陳堯佐《野吏亭詩碑》，銜位云：太常丞知軍州事陳堯佐。又仲通跋云：故相潁川公，咸平二年以太常丞典惠陽郡。均無權州之説。堂下有公手植荔支一株，郡人謂之〔六三〕將軍樹。〔查註〕蔡君謨《荔支譜》中有將軍荔支，云：是五代時有爲此官者種之，後人以其官號其樹。鄭熊《番禺雜編》嘗記廣中荔支，凡二十二種，有大將軍、小將軍等名。【誥案】陳堯佐手植荔樹，已不存。今歲大熟，賞啖〔六四〕之餘，下逮〔六五〕吏卒。其高不可致者，縱猿取之。

其一

丞相祠堂下，〔王註次公曰〕借用杜子美《蜀相》詩「丞相祠堂何處尋」也。將軍大樹旁。〔王註〕《後漢·馮異傳》：諸將論功，異獨屏樹下，軍中號大樹將軍。炎雲駢火實，〔王註〕江淹《四時賦》：至若炎雲方起，芳樹未移。韓退之《游青龍寺》詩：然雲燒樹火實駢。瑞露酌天漿。〔王註〕韓退之《調張籍》詩：舉瓢酌天漿。爛紫垂先熟，〔合註〕《管子》：五穀之先熟也。高紅掛遠揚。〔王註〕《詩·豳風·七月》：取彼斧斨，以伐遠揚。分甘遍鈴下，〔王註〕《後漢·周紆傳註》引《漢官儀》曰：鈴下，侍閤辟車。〔施註〕《漢·司馬遷傳》：李陵素與士大夫絶甘分少，能得人之死力。也到黑衣郎。〔王註次公曰〕黑衣，言猿也。《宣室志》：張長史質凶屋以居，覩黑衣人樹上擲瓦見擊，其弟射殺之，乃猿耳。【誥案】此句用《戰國策》「願令補黑衣之數，以衞王宮」事，亦兼用《宣室志》。觀安頓上五字句法及「也到」二字，其意顯然，公往往弄此巧也。合註復引《宣室志》，無謂，已刪。

其　二〔六六〕

羅浮山下四時春，盧橘楊梅次第新。日啖荔支三百顆〔六七〕，〔王註次公曰〕王子敬帖有「黄柑三百顆〔六八〕」之語，而韋蘇州詩云「書後欲題三百顆，洞庭須待滿林霜」，今借用耳。不辭〔六九〕長作嶺南人。

寄高令

【誥案】此詩施編不載，查註據外集補編。

滿地春風掃落花，幾番曾醉長官衙。【誥案】外集編此詩惠州作，則此爲歸善縣無疑，乃高令罷去後所作，且望其還也。程鄉令侯晉叔、博羅令林抃、龍川令馬翟東玉、河源令馮祖仁、興寧令歐陽叔向，均無詩，而託公以傳，獨此人爲地主，且得詩，反佚其名字，至於無考，殆亦有幸有不幸也。詩成錦繡開胸臆，論極冰霜繞齒牙。別後與誰同把酒，客中無日不思家。田園知有兒孫委，〔馮註〕《莊子·知北游篇》：孫子非汝有，是天地之委蛻也。早晚扁舟到海涯。

遷　居〔七〇〕并引〔七一〕

吾紹聖元年十月二日〔七二〕，至惠州，寓居〔七三〕合江樓。是月十八日，遷於嘉祐寺。二年三月十九日，復遷於合江樓。三年四月二十日〔七四〕，復歸於嘉祐寺。【誥案】以上所記遷徙月日，公皆有故，而前註皆不知，今自分別詳載之後，卽如觀英吉利屋圖，條條柱礎立空，窗户闔闥，皆穿插光亮，非比前之印板畫矣。且公爲此文，原欲後人詳求其故，否則一概畧去，但云復歸嘉祐，無不可者。而誥之立惠州案，專取此爲綱領，亦見公之用意者遠也。時方卜築白鶴峰之上，新居成，庶幾其少安乎？〔王註〕按《年譜》：先生年六十一，在惠，卽古白鶴基，始營新居，至明年乃成。【誥案】上年郊恩，有責降官量移一條，章惇繼有獨元祐臣僚終身不徙之奏。公聞之云：不徙正坐穩處，譬如惠州秀才不第，亦須吃糙米飯過一生也。其卜居之意，實由於此。

前年家水東，〔查註〕唐子西《水東廟記》：吾始至惠州，屏居南山之下，北望西江之東，林木有熠煜然，里人曰：「此水東靈廟也。」【誥案】嘉祐寺，在歸善縣後，惠人以歸善爲水東，故云「前年家水東」也。今自江口入城，至縣二三里，爲水東街。查註所引非是。回首夕陽麗。去年家水西，【誥案】合江樓，在惠州府東江口，今則建於城上，闌人提軍廨中，疑卽當日三司行衙故址也。惠人以惠州府爲水西，故云「去年家水西」也。濕面春雨細。東西兩無擇，緣盡我輒逝。今年復東徙，舊館聊一憩。已買白鶴峰，〔查註〕《名勝志》：白鶴峰在惠州城東五里，高五丈。危太朴《東坡書院記》：白鶴峰，在歸善縣北十餘步，下臨大江，遠瞰數百里，惠之勝處也。規作終老計。長江在北户，〔王註〕杜子美《同諸公登慈恩寺塔》詩：七星在北户，河漢聲西流。雪浪舞吾砌〔七五〕。青山滿牆頭，鬖鬌〔七六〕幾雲髻。〔王註次公曰〕《古陌上桑》：頭上倭墮髻。〔施註〕《本事詩》劉禹錫《李司空坐上賦送酒妓》詩：鬖鬌雲鬟宫様妝，春風一曲杜韋娘。〔邵註〕《古樂府》：頭上阿墮髻。音義並同，謂髮美貌。〔合註〕《古今註》云：長安婦人，好爲盤桓髻，到於今，其法不絶。墮馬髻，今無復作者。倭墮髻，一云墮馬之餘形。雖慚抱朴子，金鼎陋蟬蛻。〔王註〕《抱朴子》云：按仙經云〔七七〕：上士舉形昇虚，謂之天仙；中士遊於名山，謂之地仙；下士先死後蛻，謂之尸解仙。又《抱朴子·内篇》曰：按黄帝《九鼎神丹經》曰：黄帝服之，遂以升仙。〔施註〕《晉·葛洪傳》：所著子言黄白之事，緘之金匱，自號《抱朴子》，因以名書。後忽坐，至日中，兀然若睡而卒，世以爲尸解得仙云。猶賢柳柳州，廟俎薦丹荔。〔施註〕韓退之《柳州羅池廟碑》：羅池者，故刺史柳侯廟也。其詞曰：荔子丹兮蕉葉黄，雜殽蔬兮進侯堂。吾生本無待，俯仰了此世。念念自成劫，塵塵各有際。〔王註次公曰〕佛以世爲劫，念念成劫，言光景之速也。道以世界爲塵，塵塵有際，言物各有世界也。〔合註〕《莊子·知北游篇》：物物者與物無際，而物有際者，所謂物際者也。下觀生物息，相吹等蚊蚋。〔王註〕《莊子·逍遥遊篇》：野馬也，塵埃也，生物之以息相吹也。【誥案】紀昀曰：結句太激，以通幅不露此意，又託之觀物，故不甚顯然耳。今觀此二句，乃自爲「吾生」十字註脚，蓋謂俯仰了此世者，亦不過如此也。曉嵐疑其有玩世不恭意，即大誤矣。

和陶桃花源〔七八〕并引〔七九〕

【誥案】此詩，施註和陶卷置卷末，查註因編庚辰，合註從誤。據石刻，公書此詩敍，遺卓契順，後云：紹聖三年，歲在丙子，清和月，眉山蘇軾録於惠州白鶴峯新居思無邪齋，以遺卓契順。是時，方營新居，故即云新居耳。又其詩敍末，較各註本多九字云：故和《桃源》詩以廣其説。由是考之，有此敍即有此詩，且尚在紹聖丙子四月前之作。今改編於此，庶有依據。

世傳桃源事，多過其實。考淵明所記，止言先世避秦亂來此，則漁人所見，似是其子孫，非秦人不死者也。又云殺雞作食，豈有仙而殺者乎？舊説南陽有菊水〔八〇〕，水甘而芳，民居〔八一〕三十餘家〔八二〕，飲其水，皆壽，或至百二三十歲。蜀青城山老人村，有見五世孫者，道極險遠，生不識鹽醯，而溪中多枸杞，根如龍蛇，飲其水，故壽。近歲道稍通，漸能致五味，而壽益衰〔八三〕，桃源蓋此比也歟〔八四〕。使武陵太守得而至焉，則已化爲争奪之場久矣。嘗意〔八五〕天壤間〔八六〕，若此者甚衆，不獨桃源。予在潁州，夢至一官府，人物與俗間無異〔八七〕，而山川清遠，有足樂者。顧視堂上，榜曰仇池。覺而念之，仇池武都氏故地，楊難當所保，余何爲居之。明日，以問客。客有趙令時德麟者，曰：「公何問此〔八八〕，此乃福地，小有洞天之附庸也。杜子美蓋云：萬古仇池穴，潛通小有天。」〔合註〕七集本、王本并載杜詩下六句云：神魚人不見，福地語真傳。近接西南境，長懷十九泉。何時一茅屋，送老白雲邊。施本止載首二句，今從施本而附註於下。他日工部侍郎王欽臣仲至謂余曰：「吾嘗奉使〔八九〕過仇池，有九十九泉，萬山環之，可以避世，如桃源也。」

凡聖無異居，清濁共此世。〔施註〕《傳燈録》：潙山云：凡聖同居，龍蛇混雜。心閑偶自見，念起忽已逝。【誥案】紀昀曰：翻入一層，運意超妙，筆力亦曲折自如。欲知真一處，要使六用廢。〔邵註〕《楞嚴經》：當知是根，非一非六，汝須陀洹雖得六銷，猶未忘一。桃源信不遠，杖藜〔九〇〕可小憩。躬耕〔九一〕任地力，〔施註〕《周禮·地官》：以任地力，以均地貢。絶學抱天藝。臂雞有時鳴，〔施註〕《莊子·大宗師篇》：化予之左臂以爲雞，予因以求時夜。尻駕無可税。苓龜亦晨吸〔九二〕，〔合註〕《本草》註引劉宋王微《茯苓贊》云：其容龜蔡。杞狗或夜吠〔九三〕。〔施註〕《羅浮山靈異事迹記》：麻姑壇有枸杞樹，時有赤犬見於樹下，或天晴朗時，聞犬吠聲。耘樵得甘芳〔九四〕，齕齧謝炮製。子驥雖形隔，淵明已心詣。〔施註〕陶淵明《桃花源記》：南陽劉子驥，高尚士也，聞之欣然親往。高山不難越，淺水何足厲。不如〔九五〕我仇池，高舉復幾歲。從來一生死，〔合註〕王羲之《蘭亭序》：固知一死生爲虚誕。近又等癡慧〔九六〕。〔合註〕《法苑珠林》：以智慧故滅意癡。蒲澗安期境，〔公自註〕在廣州〔九七〕。〔施註〕《嶺表録異》：菖蒲澗，在廣州城之東北十五里，澗中生菖蒲，多是一寸十二節，山半有菖蒲觀，跨水有玉舄閣，卽安期生上昇之地。羅浮稚川界。〔施註〕《羅浮山記》：葛稚川入羅浮煉丹，弟子從之者五百餘人，置觀四所，今丹竈存焉。夢往從之遊，〔施註〕《文選》沈休文《鍾山》詩：所願從之游。神交發吾蔽。〔施註〕杜子美《過郭代公故宅》詩：高詠寶劍篇，神交付冥寞。桃花滿庭下，流水在户外。【誥案】十字仙筆。却笑逃秦人，有畏非真契。〔施註〕陶淵明《桃花源記》：自云：「先世避秦時亂，率妻子邑人，來此絶境，不復出焉。」

和子由盆中石菖蒲忽生九花〔九八〕

〔查註〕《欒城集》：石盆種菖蒲甚茂，忽開八九花。或云，此花壽祥也，遠因生日作頌，亦爲賦此詩。

春萁秋莢兩須臾，神藥人間果有無。無鼻何由識薝蔔，有花今始信菖蒲。〔王註次公曰〕菖蒲最難得花。《南史》：梁武帝母張皇后見之，曰：「見菖蒲花者，當富貴。」因取吞之，生武帝，衆人不見也。〔施註〕《本草》：菖蒲。陶隱居補註云：真菖蒲葉有脊，四月五月，亦作小釐花也。〔合註〕何焯曰：曾於陽山菖蒲泉中見之，花形如蛺蝶，色比茄花較淺，其心似蘭，未嘗如書所載大如掌也。芳心未飽兩蛺蝶，寒意知鳴幾蟪蛄。〔施註〕《莊子·逍遥遊篇》：蟪蛄不知春秋。註云：秋鳴者不及春，春鳴者不及秋。記取明年十二節，〔王註〕《本草圖經》：菖蒲亦有一寸十二節者。〔施註〕《羅浮山記》：宜山中，菖蒲一寸十二節。小兒休更鑷霜鬚。〔王註次公曰〕以菖蒲能烏髭須故也。〔合註〕《本草》註：菖蒲服至五年，白髮黑，落齒更生。

兩橋詩并引

惠州之東，江溪合流，有橋，多廢壞，以小舟渡。羅浮道士鄧守安，始作浮橋。以四十舟爲二十舫，鐵鎖石碇〔九九〕，隨水漲落，榜曰東新橋。州西豐湖上，有長橋，屢作屢壞。棲禪院僧希固築進兩岸〔一〇〇〕，爲飛樓〔一〇一〕九間，盡用石鹽木，堅若鐵石，榜曰西新橋。皆以紹聖三年六月〔一〇二〕畢工，作二詩落之。

東新橋〔一〇三〕

羣鯨貫鐵索，背負橫空霓。〔王註次公曰〕羣鯨以言四十舟，霓以言橋也。〔師川曰〕杜牧《阿房宮賦》：複道橫空，不霽何虹。〔合註〕韓退之《石鼓歌》：金繩鐵索鎖紐壯。首搖翻雪江，尾插崩雲溪。機牙任信縮，〔合註〕《吳志·周魴傳》：表裏機牙。漲落隨高低。轆轤卷巨綆〔一〇四〕，青蛟挂長隄〔一〇五〕。奔舟免狂觸，脫筏防撞擠。一橋何足云，讙傳廣東西〔一〇六〕。父老有不識，喜笑争攀躋。〔施註〕杜子美《西枝村尋草堂地夜宿贊公土室》詩：攀躋倦日短，語樂寄夜永。魚龍亦驚逃，雷雹〔一〇七〕生馬蹄。嗟此病涉久，公私困留稽。姦民食此險，出没如鳧鷖。似賣失船壺，〔王註〕《鶡冠子》：賤生於無所用，中流失船，一壺千金。《遯齋閑覽》云：《傳》云中流失船，一壺千金。壺，乃今所謂浮環者。凡渡江海，必預備浮環，以虞風濤覆溺之患。其形如環而空中，用帛爲帶，拄之項上，出兩手以案之，則浮而不溺，可以待救，至今浙人呼爲壺。如去登樓梯。〔王註〕《後漢書》：劉琦嘗與諸葛謀自安之術，亮初不對。乃共升樓，因去梯，謂亮曰：「今日上不至天，下不至地，言出子口，而入吾耳，可以言未？」〔施註〕《世説》：殷浩廢後，恨簡文，曰：「上人著百尺樓上，儋梯將去。」《五代史·李崧傳》：魏王繼岌殺郭崇韜，崧召書吏登樓，去梯，作詔書，倒用都統印，告諭諸軍。不知百年來，幾人隕沙泥。豈知濤瀾上，安若堂與閨。往來無晨夜，醉病休扶攜。使君飲我言，妙割無牛雞。不云二子勞，歎我捐腰犀。〔公自註〕二子造橋〔一〇八〕，余嘗助施犀帶。我亦壽使君，一言聽扶藜。常當修未壞，勿使後噬臍。〔施註〕《左傳·莊公六年》：楚文王伐申，過鄧，騅甥、聃甥、養甥請殺楚子，曰：「亡鄧國者，必此人也，若不早圖，後君噬臍。」

西新橋〔一〇九〕

昔橋本〔一一〇〕千柱，挂湖〔一一一〕如斷霓。〔施註〕杜牧之《弄水亭》詩：斷霓天帔垂。浮梁陷積淖，〔王註次公曰〕積淖，深泥也。音奴教反。〔施註〕《漢·韋玄成傳》：天雨淖。註云：淖，泥也。〔合註〕《方言》：船舟謂之浮梁。《左傳·成公十六年》：陷於淖。破板隨奔溪。笑看遠岸没，坐覺孤城低。聊因三農隙，〔王註〕《左傳·隱公五年》：春蒐、夏苗、秋獮、冬狩，皆於農隙以講事也。〔合註〕《周禮·天官》：三農生九穀。註：鄭司農云，平地、山、澤也。稍進百步隄。炎州無堅植〔一一二〕，〔施註〕《楚辭》屈原《遠遊章》：嘉南州之炎德兮，麗桂樹之冬榮。〔施註〕杜子美《得廣州張判官書》詩：忽得炎州信。潦水輕推擠。千年誰在者，鐵柱羅浮西。獨有石鹽木，白蟻不敢躋。似開銅駝峰，如鑿鐵馬蹄。岌岌類鞭石，〔王註〕《三齊略記》：秦始皇作石橋於海上，欲過海觀日出處，有神人驅石下海，石去不速，神人鞭之，乃流血。山川非會稽。〔王註次公曰〕始皇所作石橋，在今會稽郡，石猶作赤色也。嗟我久閣筆，〔王註〕《典畧》：王粲才既高辯，每朝廷奏議，卿相皆閣筆，不敢措手。〔施註〕《唐·陸贄傳》：從狩奉天，書詔日數百，他學士筆閣不得下，而贄沛然有餘。不書紙尾鷺。〔王註次公曰〕法帖中有王氏一帖，最後大書一鷺字，相傳此帖之珍，所酬至五十餘萬云。〔施註〕韓退之《藍田縣丞廳記》：吏抱成案詣丞，卷其前，鉗以左手，右手摘紙尾，鴈鶩行以進。蕭然無尺箠，欲構〔一三〕飛空梯。百夫〔一四〕下一杙，椓此百尺泥。〔公自註〕橋柱石磉之下，皆有堅木，椓入泥中丈餘，謂之頂樁。〔王註〕《爾雅·釋宮》：樴謂之杙。註云：橜也。〔施註〕《左傳·襄公十七年》：臧堅以杙抉其傷而死。《漢·廣川王去傳》：望卿走，自投井死。昭信出之，椓杙其陰中。顏師古曰：杙，橜也；椓，音竹角反。〔合註〕《毛詩·兔罝》註：丁丁，椓杙聲也。探囊賴故侯，寶錢出金閨。〔公自註〕子由之婦史，頃入內，得賜黃金錢數千〔一五〕助施。父老喜雲集，〔施註〕《漢·蒯通傳》：天下之士，雲合霧集。〔合註〕《史記·秦始皇紀》：天下雲集響應。簞壺無空攜。三日飲不散，殺盡西村雞。似聞百歲前，海近湖有犀。〔公自註〕橋下舊名鱷湖，蓋嘗有〔一六〕鮫鱷之類。〔查註〕《廣東舊志》鱷作鱷。湖在惠州城西一里，小而深黑，相傳中潛鱷魚，亦名鱷穴。那知陵谷變，枯瀆生茭藜。後來勿忘今，冬涉水過臍。

擷　菜〔一七〕并引

【誥案】此詩施編在遺詩中，查註據《寓惠集》補編。

吾借〔一二八〕王參軍地種菜，不及半畝，而吾與〔一二九〕過子終年飽飫〔一三〇〕，夜半飲醉，無以解酒，輒擷菜煮之。味含土膏，氣飽〔一三一〕風露，雖粱肉不能及〔一三二〕也。人生須底物，而更貪耶？乃作四句。

秋來霜露滿東園，蘆菔生兒芥有孫。【誥案】粵中竹筍蘆菔皆苦辛，獨芥藍青脆可喜，公所指乃芥藍也。我與何曾〔一三三〕同一飽，【誥案】《晉書》：何曾性奢豪，務在華侈，廚膳滋味過於王者，食日萬錢，猶曰無下筯處。不知何苦食雞豚。

悼朝雲〔一三四〕并引

紹聖元年十一月，戲作《朝雲》詩〔一三五〕。三年七月五日，朝雲病亡於惠州，葬之棲禪寺松林中東南，直大聖塔。予既〔一三六〕銘其墓，〔查註〕本集先生誌朝雲墓云：朝雲字子霞，姓王氏，錢塘人。事先生二十有三年。紹聖三年七月壬辰，卒於惠州，葬於西湖之上，棲禪山寺之東南。且和前詩以自解。朝雲始不識字，晚忽學書，粗有楷法。蓋嘗從泗上比丘尼義沖〔一三七〕學佛，亦畧聞大義，且死，誦《金剛經》四句偈而絕。〔施註〕先生於朝雲墓前作六如亭，蓋取經中「如夢、幻、泡、影，如露亦如電」之語。【誥案】此亭乃寺僧所作也，見本集《與李端叔書》中，今亭猶存。

苗而不秀豈其天，〔施註〕「苗而不秀」引《論語·子罕》；又引庾信《傷心賦序》：苗而不秀，頻有所悲。追悼前亡，唯覺傷心。不使童烏與我玄。〔王註〕《揚子》：育而不苗者，吾家之童烏乎？九齡而與我玄文。〔次公曰〕此言朝雲所生之子幹兒，未百日而亡也。駐景恨無千歲藥，〔查註〕李商隱詩：檢與神方教駐景。贈行惟有小乘禪。〔王註援曰〕宗密禪師有小乘禪、大乘禪、最上乘禪之論。傷心一念償前債，彈指三生斷後緣。〔施註〕白樂天《和微之》詩：垂老休吟花月句，恐君更結後生緣。歸卧竹根無遠近，〔王註子仁曰〕杜子美《少年行》詩：傾銀瀉玉驚人眼，共醉終同卧竹根。夜燈勤禮塔中仙。〔王註次公曰〕塔中仙，指言大聖塔也。

縱筆

〔王註〕按此詩，執政聞而怒之，再貶儋耳。〔合註〕曾季貍《艇齋詩話》：東坡海外《上梁文口號》曰「爲報先生春睡美」，章子厚見之，遂再貶儋耳，以爲安穩，故再遷也。【誥案】此詩施編不載，查註從邵本補編。

白頭蕭散滿霜風，小閣藤牀寄病容。報道先生春睡美，【誥案】公祠有睡美處三間，在朝雲祠傍，最爲幽勝，嘗親至其地。後爲墨吏割佔入廨，惠人深憤其事。然此乃《歸善誌》所載，後有畏議知耻者至，終當復之也。道人輕打五更鐘。〔查註〕《北齊書·上洛王子元海傳》：孝昭幸晉陽，元海留典機密。先是童謡云：中興寺内白鳧翁，四方側聽聲雍雍，道人聞之夜打鐘。

丙子重九二首

其一

三年瘴海上，越嶠真我家。登山作重九，蠻菊秋未花。惟有黄茅浪〔三八〕，〔王註次公曰〕言風吹黄茅如浪，一高一下也。堆壠生坳窊〔二九〕。〔合註〕《廣韻》：坳，地不平也。《説文》：窊，污衺下也。蜑酒蘖衆毒〔三〇〕，酸甜如梨楂。何以侑一樽，鄰翁〔三一〕饋蛙蛇。亦復强取醉，歡謡雜悲嗟。今年吁惡歲，僵仆如亂麻。〔王註〕《前漢・天文志》：秦以兵内兼六國，外攘四夷，死人如亂麻。【誥案】朝雲以病疫卒。此會我雖健，狂風卷朝霞。〔王註次公曰〕言强健易過，如暴風吹朝霞而卷去也。〔查註〕朝霞，借以言朝雲也。「今年吁惡歲」以下八句，専爲朝雲而發。使我如霜月，孤光掛天涯。西湖不欲往，暮樹〔三二〕號寒鴉。〔施註〕此句指朝雲也。朝雲葬棲禪寺，墓在西湖上。

其二

窮途不擇友，過眼如亂雲。餘子誰復數，坐閲〔三三〕兩使君。〔查註〕詹範，字器之。方子容，字南圭。相繼爲惠州守，皆見本集。共飲去年堂，〔施註〕《晉・王戎傳》：減公榮，則不敢不共飲。俯看秋水紋。〔王註〕《古樂府》：渡遼本自有將軍，寒風蕭蕭生水紋。此水與此人，相追兩沄沄。〔王註〕韓退之詩：波浪沄沄去。〔施註〕杜子美《空靈岸》詩：沄沄逆素浪，落落展清眺。老去各休息，造化〔三四〕嗟長勤。〔合註〕《梁書・范雲傳》：三時之務，實爲長勤。佳哉此令節，不惜與子分。何以娱我客，游魚在清濆。水師三百指，〔王註〕《史記》：僮手指千。鐵網欲掩羣。獲多雖一快，買放尤可欣。此樂真不朽，明年我歸耘。

和陶乞食〔三五〕

【詰案】此二詩（按，指此首與下首），施註和陶卷並編，查註因並編海外作。海外年荒米缺，時有匱乏之憂，甚至欲學龜息以不食，與《乞食》詩「幸有餘薪米，養此老不才」句不合。其《和胡曹示顧曹》詩，以長安花與比，與梅花詞同一感悼，故云「誰言此弱質，對句餘清悲」也。今定爲惠州作。

莊周昔貸粟，猶欲舂脱之。魯公亦乞米，炊煮尚不辭。淵明端乞食，亦不避嗟來。〔施註〕《禮記·檀弓下》：齊大饑，黔敖爲食於路，以待餓者。有餓者來，黔敖左奉食，右執飲，曰：「嗟來，食。」揚其目而視之，曰：「予惟不食嗟來之食，以至於斯也。」嗚呼天下士，死生〔一三六〕寄一杯。斗水〔一三七〕何所直，遠汲苦姜詩〔一三八〕。幸有餘薪米，養此老不才。至味久不壞，可爲子孫貽。

和陶和胡西曹示顧賊曹〔一三九〕

【詰案】此詩悼朝雲也。

長春如稚女，〔查註〕按《本草》：金盞草，一名長春花，言耐久也。但金盞花色深黄。今詩云「卯酒暈玉頰，紅綃卷生衣」，乃是紅色，當乃是一種。飄颻〔一四〇〕倚輕颸。〔施註〕《文選》張平子《思玄賦》：飄遥神舉逞所欲。卯酒暈玉頰，〔施註〕白樂天《水齋》詩：卯酒善消愁。紅綃卷生衣。〔合註〕元微之詩：粉汗紅綃拭。白樂天詩：又脱生衣换熟衣。低顔香自斂，含睇意頗微。〔合註〕《楚辭·九歌》：既含睇兮又宜笑。寧當娣黄菊〔一四一〕，未肯姒戎葵〔一四二〕。〔施註〕《爾雅》：長婦謂稚婦爲娣，娣婦謂長婦爲姒。〔查註〕《爾雅翼》：蜀葵名戎葵，亦名胡葵。《夏小正》云：四月小滿後五日，胡葵華。即此。〔合註〕《爾雅翼》：蜀葵，亦謂之側金盞。誰言此弱質，〔施註〕杜子美《新松》詩：弱質豈自負。閲世〔一四三〕觀盛衰。頹然疑薄怒，沃盥未可揮〔一四四〕。〔施註〕《左傳·僖公二十三年》：晉公子重耳之秦，秦伯納女五人，奉匜沃盥，既而揮之。瘴雨吹蠻風〔一四五〕，凋零豈容遲。〔施註〕白樂天詩：千花百草凋零後，留向紛紛雪裏看。老人不解飲，短句餘清悲〔一四六〕。【誥案】紀昀曰：結得悽惋。

次韻子由所居六詠

〔查註〕《欒城集·寓居六詠》，第一首云：手植天隨菊，晨添苜蓿盤。叢長憐夏苦，花晚怯秋寒。素食舊所愧，長齋今未闌。殷勤拾落蕊，眼暗讀書難。第二首云：山丹炫南土，盈尺愧西京。所至曾無比，知非浪得名。未須求别種，尚欠剥繁英。行復春風度，天涯眼暫明。第三首云：鄰家三畝竹，蕭散倚東牆。誰謂非吾有，時能惠我涼。雪深聞毀折，風作任披猖。事過還依舊，相看意愈長。第四首云：弱榴生掩冉，插竹强支叉。旋疊封根石，能開著子花。扶持物遂性，綴緝我成家。故國田園少，何須恨海涯。第五首云：大雞如人立，小雞三寸長。造化均付與，危冠兩昂藏。出欄風易倒，依草枯不僵。後庭花草盛，憐汝計興亡。第六首云：西鄰分半井，十口無渴憂。歲旱百泉竭，日供八家求。艱難念生理，沾足愧寒流。比聞山田婦，出汲争羣牛。自註：山中澗谷枯竭，汲者每苦牛奪其水，一人出汲，輒數人持杖護之。

其一

堂前種山丹，〔王註〕丘濬詩：十年踪迹滯南荒，只見山丹與佛桑。錯落馬腦盤。〔王註〕《唐書》：裴行儉平都支遮匐，獲碼碯盤，廣二尺，文采粲然。軍吏持之，趨跌，盤碎，行儉色不少吝。杜子美《韋諷録事宅觀曹將軍畫馬圖》詩：內府殷紅馬腦盤。堂後種秋菊，碎金收辟寒。〔王註〕《酉陽雜俎》：嗽金鳥出昆明國。魏明帝時，其國來獻，常吐金屑如粟，鑄之，乃爲器服。宫人争以鳥所吐金爲釵珥，謂之辟寒金，以鳥不畏寒也。宫人相嘲弄曰：不服辟寒金，那得帝王心。不服辟寒鈿，那得帝王憐。草木如有情，慰此芳歲闌。幽人正獨樂，不知行路難。〔王註厚曰〕行路難，言悲傷世路艱難及離別之意。出吴兢《樂府解題》下卷。

其二

詩人故多感〔一四七〕，花發憶兩京。〔王註〕杜子美《立春》詩：春日春盤細生菜，忽憶兩京梅發時。石榴有正色，〔王註〕《莊子·齊物論篇》：四者孰知天下之正色哉？玉樹真虚名。〔王註次公曰〕此暗使揚雄事。雄作《甘泉賦》云：翠玉樹之青葱。晉左思詆雄以爲生非其壤，虚而無證，今先生以子由庭下之花，有名玉樹者，乃借左思論揚雄玉樹之名爲虚，故云「真虚名」耳。〔施註〕按子由詩云：後庭花草盛。註云：矮雞冠，即玉樹後庭花，故此和章及之。粲粲秋菊花，卓爲霜中英。〔施註〕陶淵明詩：芳菊開林耀，青松冠巖列。懷此貞秀姿，卓爲霜下傑。萸盤照重九，纈蕊兩鮮明。

其三

幽居有古意，義井分西牆。〔施註〕《唐文粹》有邵真《義井記》。誰云〔一四八〕三伏熱，止須一杯涼。先生坐忍渴，羣囂自披猖。〔王註〕《北史·王晞傳》：齊昭帝欲以晞爲侍中。晞曰：「人主恩私，何由可保，萬一披猖，求退無地。」〔施註〕韓退之《此日足可惜》詩：紛紛百家起，詭怪相披猖。衆散徐酌飲，逡巡味尤長。〔施註〕《晉·阮瞻傳》：瞻常羣行冒熱，渴甚，逆旅有井，衆人競趨之。瞻獨逡巡在後，須飲者畢乃進。其夷退無競如此。

其四

先生飯土塯，〔王註〕《韓子》：堯舜飯土塯，啜土型。〔施註〕《史記·秦始皇紀》：二世曰：「吾聞之《韓子》曰：堯舜采椽不刮，茅茨不翦，飯土塯，啜土硎。雖監門之養，不觳於此。」無物與劉叉。何以娛醉客，時嗅砌下花。井水分西鄰，竹陰借東家。〔查註〕《埤雅》：種竹法，劚取東南，引根於園西北種之，久久自當滿園。語云：西家種竹，東家治地。蕭然行脚僧，一身寄天涯。〔王註致約曰〕先生在惠州《與廣西憲曹司勳帖》云：某惟少子隨侍，全是一行脚僧，但喫些酒肉耳。

其五

東齋手植〔一四九〕柏，今復幾尺長。知有桓司馬，榛茅爲遮藏。〔王註子仁曰〕《史記·孔子世家》：孔子適宋，與弟子習禮大樹下。宋司馬桓魋，欲殺孔子，拔其樹。孔子去。今詩蓋用此也。所謂「知有桓司馬」者，恐柏樹遭伐，故遮護之耳。近聞南臺松，新枝出餘僵。〔合註〕先生在徐州《種松》詩云：坐待走龍蛇，清陰滿南臺。年來此懷抱，豈復〔一五〇〕驚凡亡。

其六

新居已覆瓦，【誥案】公自謂白鶴新居，已覆瓦也。無復風雨憂。〔王註〕杜子美《茅屋爲秋風所破歌》：安得廣廈千萬間，大庇天下寒士俱歡顏，風雨不動安如山。〔王註〕《揚子》：震風凌雨，然後知廈屋之爲帡幪也。檻栽與籠竹，小詩亦可求。〔王註次公曰〕杜子美《從韋二明府處覓綿竹》詩：華軒藹藹他年到，綿竹亭亭出縣高。江上舍前無此物，幸分蒼翠拂波濤。《堂成》詩：榿林礙日吟風葉，籠竹和烟滴露梢。尚欲煩貳師，刺山〔一三一〕出飛流。〔施註〕《後漢・耿恭傳》：匈奴擁絶澗水，恭於城中穿井十五丈，不得水。恭歎曰：「昔貳師將軍拔佩刀刺山，飛泉湧出。」乃整衣服，向井再拜，有頃，水泉奔出。應須鑿百尺〔一三二〕，兩綆載一牛〔一三三〕。〔查註〕先生新居白鶴峰將成，尚未鑿井，故此詩云然。

海上道人傳以神守氣訣

〔查註〕《春秋繁露》云：養生之大者在受氣間欲以平意，平意以靜神，靜神以養氣。黃山谷《題跋》云：東坡先生好道術，聞輒行之，但不久又棄去。嘗有海上道人評東坡云，真蓬萊瀛洲方丈謫仙人也。又，石刻先生自書此詩後云：丁丑正月十九日，録示子野，向嘗論其詳矣。【誥案】此詩施編不載，查註從邵本補編。

但向起時作，還於作處收。〔馮註〕《抱朴子》：胎息者，謂以鼻口呼吸，如在胞胎中初學行氣，常令入多出少。蛟龍莫放睡，雷雨直〔一三四〕須休。〔馮註〕《易・屯》：雷雨之動滿盈。要會〔一三五〕無窮火，〔馮註〕《莊子・養生主篇》：指窮於爲薪，火傳也，不知其盡也。嘗觀〔一五六〕不盡〔一五七〕油。夜深人散後，惟有〔一五八〕一燈留。〔馮註〕引《維摩經》無盡燈事。

贈陳守道〔一五九〕

【誥案】此詩施編不載，查註從外集補編。

一氣混淪生復生，〔馮註〕《越絶書》：道生氣，氣生陰，陰生陽，陽生天地，天地立，然後有四時而萬物備。〔查註〕《列子·天瑞篇》：渾淪者，言萬物相渾淪而未相離也。張湛註云：渾然一氣，尚未離散。有形有心卽有情。〔馮註〕《莊子·德充符篇》：惠子曰：「人而無情，何以謂之人？」莊子曰：「道與之貌，天與之形，惡得不謂之人。」惠子曰：「既謂之人，惡得無情。」共見利欲飲食事，各有爪牙頭角争。争時怒發霹靂火，〔馮註〕《春秋繁露》：王者言不從，則金不從革，而秋多霹靂，霹靂金氣也，其音商也。險處直在嵌巖坑。人僞相加有餘怨，天真喪盡無純誠。徒自取先用極力，誰知所得皆空名。少微處士〔一六〇〕松柏寒，〔查註〕《雲笈七籤》：陳少微，字子明。蓬萊真人冰玉清。山是心兮海爲腹，陽爲神兮陰爲精。〔查註〕《紅鉛火龍訣》云：陰符陽火，圓合天符，皆依刻漏運行，奪取氣候，入神鼎中，使真鉛天地之母，受此運用，而産精神。《黑鉛水虎訣》云：黑鉛者，非是常物，是玄天神水，生於天地之先，作衆物之母，上爲星辰，下爲真鉛之精，常與太陽和合，長養萬物，故我先真聖師采此陰精，誘會太陽之氣，結爲神丹。渴飲靈泉水，飢食玉樹枝。白虎化坎青龍離，〔查註〕本集《寄子由龍虎坎離説》云：龍者，汞也，精也，血也，出於腎而肝藏之坎之物也。虎者，鉛也，氣也，力也，出於心而肺生之離之物也。青龍屬東，白虎屬西，此其正也。更歷分布者，青龍建緯於西，白虎建緯於卯，刑德並會，而龍虎歡喜，顛倒相見，以主生爲德。若龍東虎西，定位各居，自生自旺，則二物相競，以主殺爲刑。鎖禁奼女關嬰兒。樓臺十二紅玻璃，木公金母相東西。〔查註〕《參同契》註云：慈母云金，金生坎水，水卽金公，水稱孝子。嚴父云木，木生砂汞，子又生孫，子繼孫踵。《西王母傳》云：在昔道氣凝寂，湛體無爲，將欲啓迪元功，化生萬物，先以東華至真之氣，化而生木公，又以西華至妙之氣，化而生金母。純鉛真汞星光輝，〔查註〕《參同契》：癸爲真鉛，壬爲真汞。烏升兔降無年期。〔查註〕《玄奥集》云：日中烏，比心中之液也。月中兔，比腎中之氣也。《金丹歌》云：若也知時能運用，金烏玉兔自西東。停顏却老只如此，哀哉世人迷不迷。

辨道歌

〔查註〕東坡晚年，留心養生之術，於龍虎鉛汞之説，不但能言，而且能行。二詩闡抉道家内外丹，殆無餘藴，特爲參合衆説，詳加註釋，使覽者瞭然。【誥案】辨道之要訣，莫詳於本集《續養生論》，蓋專以發明此詩，其次敍井然可辨也。此詩施編不載，查註從外集補編。

北方正氣名祛邪，〔查註〕《參同契》：衆邪辟除，正氣常存。註云：北方坎位，乃真鉛所居之本鄉，居於此，則金木火三方之正氣，如水之朝宗。《玄奥集》：北方正氣，日月爲輪，搬水運火，晝夜無停。東郊西應歸中華。離南爲室坎爲家，〔查註〕《參同契》註：子居北，北乃坎之正位。午居南，南乃離之正位。先凝白雪生黄芽。〔馮註〕揚雄曰：或玄而萌，或黄而芽。〔查註〕《參同契》云：津液腠理。註云：津乃玉津，卽白雪也；液乃金液，卽黄芽也。黄河流駕紫河車，〔查註〕《參同契》：北方河車。註云：水多居北，搬運而南，使水自下升載寶而上如河車之運，故云河車。水精池産紅蓮花。〔查註〕《雲笈七籤》：凡欲胎息，先丹田，次存五臟，次存心，心如紅蓮花，未開下垂。《黄庭經》：心部之宫蓮含華。註云：心藏之質，象蓮花之未開也。赤龍騰霄驚盤蛇，〔馮註〕《真訣》註：龍本坎水而出於火，虎本離火而出於水，是乃水火之相生也。《志林》：人生死自坎離，交則生，分則死，離爲心，坎爲腎。姹女含笑嬰兒呀。〔馮註〕《參同契》：河上姹女，得火則飛。孫思邈詩：取金之精，合石之液。列爲夫婦，結爲魂魄。一體渾沌，兩精感激。河車覆載，鼎候無忒。洪爐列火，烘焰翕赫。姹女氣索，嬰兒聲寂。紫色内達，赤芒外射。骨變金植，顔駐玉澤。十二樓瞰靈泉霪，〔合註〕「霪」，應作「窪。」《説文》：窪，清水也。《玉篇》：深也。〔查註〕《玄奥集》：何謂十二樓？答曰：「人之喉嚨管，有十二節是也。」華池玉液陰交加。〔查註〕《玄奥集》：以投汞鉛，名曰華池紫清，曰，華池正在氣海内。又，玉液口液。又云：何謂瓊漿玉液？答曰，皆神水也。子馳午前〔一六一〕無停差，〔查註〕《參同契》註：子當右轉，午乃東旋。《上陽子註》云：子居五行之始，故爲一陽之首。又，《玄奥集》：在天爲日月，在人爲心腎，在時爲子午，在方爲南北。《抱朴子》云：内卦三爻法，一年之春夏，一日之子後午前。外卦三爻法，一歲之秋冬，一日之午後子前。子後進火，午後退符，其理一致。三田聚寶真生涯。〔查註〕《玄奥集》：腦爲上田，心爲中田，氣海爲下田。《悟真篇》：太一在爐宜慎守，三田寶聚應三台。龜精鳳髓填谽谺，〔查註〕《玄奥集》：龜精鳳髓、兔髓烏肝，先天地精，不過真鉛真汞交結而成。天地駭有鬼神嗟。〔查註〕陳楠《翠虚篇》：金翁玉姹奪造化，神鬼哭泣驚相喧。一丹休别内外砂，〔馮註〕《太清煉靈丹經》：丹砂外包八石，内含金精。《仙經》：道家用金色藥石於鼎，以水火煉之成丹，爲外丹。口吐濁氣，曰吐故，鼻納清氣，曰納新，爲内丹。長修久餌須升遐〔一六二〕。〔合註〕《許邁本傳》：郭璞謂曰：「君元吉自天，宜學升遐之道。」腸中澄結無餘柤〔一六三〕，【誥案】馮景註引《莊子》「柤梨橘柚」，非是，已删。〔合註〕歐陽詹《棧道銘》：

澄結既定。俗骨變換顏如葩。〔查註〕《參同契》：金砂入五內，霧散若風雨。薰蒸達四支，顏色悦澤好。哀哉世人争齒牙，指僞爲真正爲哇。〔合註〕《晉書·潘尼傳》：抑淫哇。輕肥甘美形驕奢，譎詭詐妄言矜誇。遊魚在網兔在罝，一氣頓盡猶嘔啞。餘生所託誠棲槎，九原枯髀如亂麻。〔合註〕枯髀，即枯骨之意。胡不斷衆〔一六四〕如鏌鋣〔一六五〕，〔馮註〕《莊子·天運篇》：兵莫憯於志，鏌鋣爲下。空與利名交撑拏〔一六六〕。胡不騰踏〔一六七〕如文騶，可惜貪愛相漫洿〔一六八〕。真心道意非不嘉，餐金閑暇〔一六九〕非虛譁。〔馮註〕《真誥》：仰咽金漿，控景登空。〔查註〕《參同契》：金性不朽敗，故爲萬物寶。術士服食之，壽命得長久。何須横議相疵瘕〔一七〇〕，〔合註〕《淮南子》：病疵瘕者，捧心抑腹。柳子厚詩：唯恐長疵瘕。衆口並發鳴羣鴉。安知聚散同魚蝦，自纏如繭居如蝸。日懷嗔喜甘籠笯，〔馮註〕屈原《懷沙賦》：鳳凰在笯兮，雞雉翔舞。其去死地〔一七一〕猶獵豭〔一七二〕。〔馮註〕《説文》：豭，牡豕也。《左傳·定公十四年》：既定爾婁豬，盍歸我艾豭。吾恨爾見有所遮，海波或至驚井蛙。烏輪卽晚蟾影斜，吾時俱睹超雲霞。

吴子野絶粒不睡，過作詩戲之，芝上人、陸道士皆和，予亦次其韻〔一七三〕

〔查註〕吴子野，名復古。芝上人，卽曇秀。本集《雜記》：陸道士，名惟忠，字子厚，眉山人。好丹藥，能詩，久客江南，無知之者。吴遠遊過彼，遂與俱來惠州。

聊爲不死五通仙，〔王註次公曰〕佛具六通，而神仙衆特五通而已，五通則不死，六通無死無生。〔施註〕《華嚴經》：

寶輪妙莊嚴世界，有佛名功德海光明輪，於彼時爲五通仙，現大神通，六萬諸仙，前後圍繞。終了無生一大緣。〔王註〕《傳燈録》：慧能大師對内侍薛簡曰：「我説不生不滅者，本自無生，今亦無滅。」獨鶴有聲知半夜，老蠶不食已三眠。〔王註次公曰〕韓退之文：蠶起且眠矣，而雨不得老以簇也，蓋惟三眠而老焉。憐君解比人間夢，〔公自註〕芝有夢齋，子由作銘。許我時逃〔一四〕醉後禪。會與江山成故事，不妨詩酒樂新年。〔王註〕陶淵明詩：屢闕清酤至，何以樂當年。

白鶴峰新居欲成，夜過西鄰翟秀才，二首

〔王註〕先生《白鶴故居圖》：翟氏、林行婆居，皆在新居之西。〔查註〕危太朴《東坡書院記》：紹聖四年三月，白鶴峰新居成。紹興初，虔寇謝達陷惠州，官舍焚蕩無遺，獨存公故居，烹羊致奠而去。〔合註〕見《建炎以來繫年要録》，紹興二年冬事也。【誥案】翟逢亨故居，今猶存。

其一

林行婆家初閉户，〔王註十朋曰〕先生《與周文之帖》云：林行婆當健，有香與之，到日告便送去也。〔查註〕行婆，老嫗居家事佛者之通稱。《司馬温公集》有《張行婆傳》。〔翁方綱註〕本集《白鶴新居上梁文》：年豐米賤，林婆之酒可賒。〔合註〕「行」字作仄聲讀。《廣韻》：下孟切。翟夫子舍尚留關。〔查註〕《名勝志》：翟夫子舍，在白鶴峰側，宋邑人翟逢亨也。天性至孝，博洽羣書。東坡詩「翟夫子舍尚留關」，即此。〔合註〕《寓惠集》註：翟逢亨藏修於白鶴峰側。連娟缺月黄昏後，〔王註〕韓退之《秋懷》詩：寒雞空在棲，缺月煩屢瞰。〔施註〕漢司馬相如《上林賦》：長眉連娟。郭璞曰：連娟，言曲細。又按《楚辭》劉向《九歎》：日黄昏而長悲。縹緲新居紫翠間。〔王註〕杜子美《敬贈鄭諫議》詩：築居仙縹緲。繫悶豈無羅帶水，割愁還有劍鋩山。〔公自註〕韓退之云：水作青羅帶，山如碧玉篸。柳子厚云：海上尖峰若劍鋩，秋來處處割愁腸。皆嶺南詩也〔一七五〕。〔施註〕張望詩：愁來不可割。〔查註〕《老學庵筆記》：柳子厚詩「海上」云云，東坡用之云「割愁還有劍鋩山」。或謂可言割愁腸，不可但言割愁。亡兄仲高云：晉張望詩云「愁來不可割」，此「割愁」二字出處也。中原北望無歸日，鄰火村舂自往還。〔王註〕杜子美《村夜》詩：村舂雨外急，鄰火夜深明。

其二

甕間畢卓防偷酒，【誥案】此句仍頂林行婆。壁後匡衡不點燈。〔王註〕《西京雜記》：匡衡好讀書，家貧，無油燭，乃鑿鄰壁，映光讀書。【誥案】此句仍頂翟逢亨。待鑿平江百尺井，〔王註〕盧仝詩：轆轤無繩井百尺，渴心歸去生塵埃。要分清暑〔一七六〕一壺冰。〔王註邁曰〕先生有《白鶴山新居鑿井四十尺，遇盤石，石盡乃得泉》詩一首，卽此井也。【誥案】是時井未鑿，兩家皆取汲於江。詩乃許兩家共汲此井，以所居皆在白鶴峰上故也。佐卿恐是歸來鶴，〔王註〕《廣德神異録》：天寶中，玄宗獵於沙苑，有孤鶴，帝射之，鶴中箭西南而逝。益州有道觀，青城道士徐佐卿，一歲常三四至。一日，自外至，謂弟子曰：「吾行山中，爲飛矢所中。」以箭掛於壁，且曰：「後箭主到此，付之。」後明皇幸蜀，遊於觀中，識其箭，曰：「此吾沙苑所射鶴箭。」乃知是佐卿焉。〔施註〕《廣德神異記》云觀卽明月觀。次律寧非過去僧。〔施註〕《高道傳》：房琯與邢和璞遊廢佛堂。和璞以杖叩地，掘之，得一瓦瓶，瓶中有婁師德《與永禪師書》。和璞笑他日莫尋王粲宅，夢中來往本何曾〔一七七〕。〔王註〕曰：「省此乎？」琯彷彿記前世嘗爲僧，名智永。琯字次律。《襄陽記》：王粲宅，在襄陽縣西十里萬山坡下。

和陶酬劉柴桑〔一七八〕

【誥案】此詩，查註從續補遺編入《和劉柴桑》詩後，并作一題，合註分列二題，其並編則入丁丑，即初至海南作也。今考王註和陶卷，《酬劉柴桑》在前，《和劉柴桑》在後，並不連屬。又考《和劉柴桑》詩，乃儋州卜居之作，當改編戊寅。其《酬劉柴桑》詩，乃白鶴新居蒔植之作，當改編丙子。彼則經營況瘁，此則從容自得，以其境遇不同，故詩之氣質，亦絕不類也。又，《酬劉柴桑》，有「窮冬出甕盎」句，與林抃送花木事相合，當作於此時也。茲爲改編。

紅薯與紫芽，〔查註〕《太平寰宇記》：儋州風俗，占薯芋之熟，紀天文之歲。《瓊州志》：瓊山，在縣南六十里，下有瓊山，白石二村，土石皆白如玉而潤。種薯芋，味特美，薯有紅、白、甜三種。孫真人《千金方》：在山者名山藥芋，即《食貨志》之蹲鴟也。遠插牆四周。〔合註〕《魏志·曹爽傳》：綺疏四周。且放幽蘭春，莫爭〔一七九〕霜菊秋。〔施註〕《楚辭·九歌》：春蘭兮秋菊，長無絕兮終古。窮冬出甕盎，〔合註〕用歐陽永叔《汝癭》詩「傴婦垂甕盎」，以喻薯芋之狀也。磊落勝農疇。淇上白玉延，〔公自註〕淇上出山藥，一名玉延。〔合註〕《太平御覽》引《吳氏本草》云：署豫，一名玉延。能復過此不？一飽忘故山，不思馬少游。

和陶歲暮作和張常侍〔一八〇〕并引〔一八一〕

十二月二十五日，酒盡，取米欲釀，米亦竭。時吳遠遊、陸道士皆客於余〔一八二〕，因讀淵明《歲暮和張常侍》詩〔一八三〕，亦以無酒爲歎，乃用其韻贈二子。〔施註〕陸道士，名惟忠，字子厚，眉山人。始見東坡於黄，後十五年，復見於惠，紹聖四年卒，坡銘其墓。如惟忠、吳遠遊輩，於公困厄流離之中，追隨不捨，惟忠不幸而死，獨得公銘，以垂千載，是亦可謂知所託矣。

我生有天禄，〔施註〕《漢·食貨志》：酒者，天之美禄。玄膺流玉泉。〔施註〕《黄庭經》：舌下玄膺死生岸，出清入玄二氣渙，子若得之昇天漢。註云：玄膺，通津液之岸也，管受精符。何事陶彭澤，乏酒每形言。仙人與道士，自養豈在繁。但使荆棘除，不憂梨棗蕃。我年六十一，頹景薄西山。〔施註〕揚雄《反騷》：恐日薄於西山。歲暮似有得，稍覺〔一八四〕散亡還。有如千丈松，常苦弱蔓纏。養我歲寒枝，會有解脱年。米盡初不知，但怪飢鼠遷。二子真我客，不醉亦陶然。〔施註〕白樂天《與夢得飲》詩：共君一醉一陶然。〔查註〕陶潛詩：揮茲一觴，陶然自樂。

白鶴山新居，鑿井四十尺，遇磐石〔一八五〕，石盡，乃得泉

〔王註曾曰〕井在德有鄰堂前。

海國困蒸溽，新居利高寒。〔施註〕韓退之《劉統軍墓碑》：樂其高寒。以彼陟降勞，〔王註〕柳子厚《井銘》：始，州之人，各以罌甒負江水，莫克井飲。崖岸峻厚，旱則水益遠，人陟降大艱。易此寢處乾。〔王註〕《左傳·襄公二十八年》：子雅、子尾怒。盧蒲嫳曰：「譬之如禽獸，吾寢處之矣。」但苦江路峻，常慚汲腰酸。矻矻煩四夫，

〔王註〕白樂天詩：披沙復鑿石，矻矻無冬春。〔施註〕韓退之《進學解》：常矻矻以窮年。磽磽斲層巒。〔施註〕李賀《杜唐兒歌》：頭玉磽磽眉刷翠。彌旬得尋丈，下有青石磐〔一八六〕。終日但迸火，何時見飛瀾。豈我槩與醪，利汝椎與鑽。山石有時盡，我意殊未闌。今朝僮僕喜，黃土復可摶。晨瓶得雪乳，暮甕停冰湍〔一八七〕。我生類如此，何適不艱難。一勺亦天賜，〔施註〕《左傳·僖公二十三年》：子犯曰：「天賜也。」曲肱有餘歡。

和陶時運四首〔一八八〕并引〔一八九〕

【誥案】紀昀曰：除次首「木固無脛，瓦豈有足」二句，自露本色外，皆居然似陶，猝不易別。

丁丑二月十四日，白鶴峰新居成，自嘉祐寺遷入。詠淵明《時運》詩〔一九〇〕云：斯晨斯夕，言息其廬。似爲余發也，乃次其韻。長子邁，〔查註〕按，邁字伯達。東坡謫惠州，邁方居宜興，三年，授韶州仁化令，官至駕部員外。子符，高宗朝仕至禮部尚書。與余別三年矣，挈攜諸孫，萬里遠至，老朽憂患之餘，不能無欣然。

其一

我卜我居，居非一朝。龜不吾欺，食此〔一九一〕江郊。〔施註〕《尚書·洛誥》：亦惟洛食。鮑照《別王宣義》詩：江郊靄微明。〔查註〕《埤雅》：以墨畫龜，占其食否。《洛誥》所謂「惟洛食」是也。《爾雅註》：今江東所謂左食者，以甲卜審行頭，右庫爲右食，甲形皆爾。廢井已塞，〔施註〕柳宗元有《塞廢井文》。喬木干霄。〔施註〕《文選》孔德璋《北山移文》：干青雲而直上。昔人伊何，誰其裔苗。〔施註〕《史記·項羽紀》：豈其苗裔耶。

其二

下有澄潭〔一九二〕，可飲可濯。江山千里，供我遐矚。木固無脛，瓦豈〔一九三〕有足。陶匠自至，嘯歌相樂。〔施註〕《會稽典録》：孔融與曹公書云，珠玉無瑕而自至者，以人好之也〔一九四〕。

其三

我視此邦，如洙如沂。〔施註〕顧野王《玉篇》：洙水出泰山，沂水出琅邪縣。《禮記·檀弓上》：吾與女事夫子於洙泗之間。〔查註〕如洙、如沂，謂如在鄒魯之邦也。邦人勸我，老矣安歸。自我〔一九五〕幽獨，倚門或揮。豈無親友，雲散莫追。〔施註〕《文選》王仲宣《贈蔡子篤》詩：風流雲散，一別如雨。

其四

旦朝丁丁，〔施註〕《毛詩·小雅·伐木》：伐木丁丁，鳥鳴嚶嚶，嚶其鳴矣，求其友聲。〔合註〕此句用韓追之詩：丁丁啄門疑啄木。誰款我廬。子孫遠至，笑語紛如。剪髮垂髫〔一九六〕，〔合註〕揚子《方言》：絡頭，或謂之髮帶。覆此瓠壺。〔施註〕《漢·張蒼傳》：肥白如瓠。《陳遵傳》：鴟夷滑稽，腹如瓠壺。三年一夢，乃復見余。

次韻惠循二守相會〔一九七〕

〔施註〕《陰字韻》四詩墨迹及惠守和篇，並藏吳與秦氏。此詩云：軾次韻南圭使君，與循州唱酬一首。循州，蓋周彥質，字文之，事見答《周循州》詩註。南圭使君，乃惠州守方子容。後題云：因見二公唱和之盛，忽破戒作此詩與文之。一閱訖，即焚之，慎勿傳也。【誥案】此四詩，乃心閑神適之作，在《惠州集》中，惟見於此時，然不可多得矣。

共惜相從一寸陰，〔王註〕《淮南子》：聖人不貴尺之璧，而重寸之陰，時難得而易失也。〔施註〕《晉·陶侃傳》：常語人曰：「大禹聖者，乃惜寸陰，至於衆人，當惜分陰。」酒杯雖淺意殊深。且同月下三人影，莫作〔一九八〕天涯萬里心。〔王註〕杜子美《遣興》詩：蟄龍三冬卧，老鶴萬里心。東嶺近開〔一九九〕松菊徑，南堂初絶斧斤音。知君善頌如張老，〔王註〕《禮記·檀弓下》：晉獻文子成室，晉大夫發焉，張老曰：「美哉輪焉，美哉奂焉，歌於斯，哭於斯，聚國族於斯。」君子謂之善頌善禱。猶望攜壺更一臨。

又次韻二守許過新居〔二〇〇〕

〔施註〕先生真迹云：軾啓，疊蒙寵示佳篇，仍許過顧新居，謹依韻上謝，伏望笑覽。集本作「曉窗清快」，墨迹作「明快」。後題云：一閱訖，幸毀之，切告切告。集本與後詩相連，題云：次韻二守同訪新居。以墨迹觀之，非也。今析題爲二，且載南圭詩一首，使託名先生集中，藉以不朽云。〔合註〕抄録鄭羽重修施註本載方南圭詩，云：子容伏蒙端明尚書，寵示佳章，謹次原韻。詩云：東嶺新成桃李陰，春光日日向人深。遥瞻廣廈驚凡目，自是中台運巧心。輪奂欲形張老頌，宫商先聽伯牙音。料公不負南堂約，應許衰翁領客臨。

數畝蓬蒿古縣陰，曉窗〔三〇一〕明快〔三〇二〕夜堂深。〔王註〕梅聖俞詩：萬蟻戰酣春晝永，五星明處夜堂深。也知卜築非真宅，〔王註〕杜子美《秋日詠懷》註：平生多病，卜築遺懷。〔仔曰〕白樂天詩：亦知官舍非真宅，且劚山櫻滿院栽。又《列子·天瑞篇》云：歸其真宅。聊欲跏趺看此心。〔王註〕白樂天《酬錢員外》詩：煩君想我看心座，報道心空無可看。〔施註〕《大毘婆娑論》：結跏趺坐，是相圓滿。聞道攜壺問奇字，更因登木助微音〔三〇三〕。〔王註〕《禮記·檀弓篇》：孔子之故人曰原壤，其母死，夫子助之沐椁。原壤登木曰：「久矣，余之不託於音也。」歌曰：「狸首之斑然，執女手之卷然。」相娱北户江千頃，直下都無地可臨。〔合註〕王註王簡栖《頭陀寺碑》：飛閣逶迤，下臨無地。

又次韻二守同訪新居〔三〇四〕

〔施註〕墨迹云：次韻南圭、文之二太守，同過白鶴新居之什，伏望採覽。後云：請一呈文之，便毁之，切告切告。

此生真欲老牆陰〔三〇五〕，〔施註〕劉禹錫《牆陰歌》：莫言牆陰數尺間，老盡主人如等閑。却掃都忘歲月深。拔薤已觀賢守政，〔施註〕引後漢龐參候任棠曉拔大本薤事。又《龐參傳》：參在職，果能抑强助弱，以惠政得民。折蔬聊慰故人心。〔施註〕陶淵明《山海經》詩：窮巷隔深轍，頗回故人車。歡然酌春酒，摘我園中蔬。風流賀監常吴語，〔王註次公曰〕賀監，謂賀季真也。〔施註〕杜子美《遣興》詩：賀公雅吳語，在位常清狂。憔悴鍾儀獨楚音。〔施註〕《左傳·成公九年》：晉侯觀於軍府，見鍾儀，問之，曰：「南冠而縶者誰也？」有司對曰：「鄭人所獻楚囚也。」使税之，問其族。對曰：「伶人也。」公曰：「能樂乎？」對曰：「先父之職官也，敢有二事！」使與之琴，操南音。治狀兩邦俱第一，潁川歸去肯重臨。〔王註〕劉夢得《酬柳柳州贈別》詩：重臨事異黄丞相，三黜名慚柳士師。〔施註〕《漢·黄霸傳》：爲潁川太守，治爲天下第一，徵守京兆尹，坐貶秩，有詔歸潁川，治如其前。前後八年，郡中愈治。〔合註〕「治狀」字，見《漢書·王尊傳》。

循守臨行出小鬟，復用前韻〔三〇六〕

〔施註〕墨迹云：「蒙示二十一日別文之後佳句，戲用元韻，記別時事爲一笑。」後題云：「雖爲戲笑，亦告不示人也。」四詩筆札皆精絶，楮墨如新，而每詩皆丁寧切至，勿以示人，蓋公平生以文字招謗蹈禍，慮患益深，然海南之役，竟不免焉。吁，可歎哉〔三〇七〕。【誥案】循守臨行，謂文之已罷任，將別去也。

學語雛鶯在柳陰，〔合註〕曹松詩：學語鶯兒飛未穩。臨行呼出翠帷深。通家不隔同年面，〔公自註〕二守同年家〔三〇八〕。〔施註〕墨迹註云：文之與南圭令弟同年。得路方知異日心。〔王註〕《唐摭言》：崔沆及第年，爲主罰録事。同年盧象，俯近關宴，請假往洛下。及同年宴於曲江亭子，象以雕幰載妓縱觀於側，爲團司所發。沆判之，略曰：深攙席帽，密映氈車。紫陌尋春，便隔同年之面；青雲得路，可知異日之心。趁著春衫游上苑，〔施註〕韓退之詩：歸騎春衫薄。要求國手教新音。〔合註〕《酉陽雜俎》：一行公本不解弈，因會燕公宅，觀王積薪碁一局，遂與之敵。笑謂燕公曰：「此但争先耳，若念貧道四句承除語，則人人爲國手。」白樂天詩：詩稱國手徒爲爾。嶺梅不用催歸騎，截鐙須防舊所臨。〔公自註〕循守近爲韶倅〔二九〕。〔施註〕墨迹註云：文之嘗倅韶。〔王註〕《天寶遺事》：姚元崇初牧荆州，三年受代日，闔境民吏，泣擁馬首，遮道不使去，所乘之馬鞭鐙，民皆截留之。〔施註〕《舊唐書·崔戎傳》：改華州刺史，遷兖、海、沂、密都團練觀察等使，州人戀惜遮道，至有解靴斷鐙者。

和陶答龐參軍六首〔三〇〕并引〔三一〕

【誥案】紀昀曰：六章雖作四言，而皆有古意，不同他四言之不今不古，當由藍本在前之故。其説非是。此六章全用單行法，雖有陶之面目，却非陶之氣骨。陶命意雖極高遠，行筆無此受用，此蘇與陶之所以分也。

周循州彦質，在郡二年，書問無虛日。罷歸過惠，爲余留半月。既别，和此詩追送之〔三二〕。

其一

我見異人，且得異書。〔施註〕袁山松《漢書》：王充作《論衡》，蔡邕入吴，始得之，恒祕玩以爲談助。其後王朗爲會稽守，又得其書，及還許下，時人稱其才進，曰：「不見異人，當得異書。」挾書從人，何適不娱。羅浮之趾，卜我新居。子非〔三三〕玄德，三顧我廬。

其二

旨酒荔蕉，絶甘分珍。雖云晚接，〔合註〕杜子美《寄張十二山人彪》詩：晚接道流新。數面自親。【誥案】紀昀曰：真語入情。以誥論之，此二句活畫出彦質是君子身分，或恐人不盡知，故下以「豈云無人」句叫醒也。海隅一笑，豈云無人。無酒酤我，或乞其鄰。【誥案】其鄰指林行婆家也。

其三

將行復止，眷言孜孜。苟有於中，傾倒出之。【誥案】寫來頭頭是道，手腕欲脱，雖《陶集》中，未易多得也。奕奕千言，粲焉陳詩。觴行筆落，了不容思。〔合註〕《禮記·投壺》：命酌曰請行觴。「筆落」見前《太虚見戲耳聾》詩註。陶淵明《孟府君傳》：請筆作答，了不容思。

其四

丱妙侍側，〔施註〕韓退之詩：捧書隨諸兄，累累角尚丱。〔查註〕丱妙，即指前章臨行所出小鬟也。兩髦丫分。〔施註〕《毛詩·鄘風·柏舟》：髧彼兩髦，實維我儀。〔合註〕《廣韻》：丫，象物開之形。歌舞壽我，亦爲歡欣。曲終悽然，〔合註〕張平子《西京賦》：度曲未終。陶淵明詩：臨路悽然。仰視浮雲。【誥案】此句接得高曠，他人筆力之所不到，故合上下句讀之，有三歎欲絶之妙。此曲此聲，何時復聞。〔合註〕杜子美《贈花卿》詩：此曲只應天上有，人間能得幾回聞。

其五

擊鼓其鏜，〔施註〕《毛詩・邶風・擊鼓》：擊鼓其鏜，踴躍用兵。船開櫓鳴。〔合註〕杜子美《送王十六判官》詩：鳴櫓少沙頭。顧我而言，雨泣載零。〔施註〕《毛詩・小雅・小明》：涕零如雨。子卿白首，當還西京。〔施註〕《漢・蘇武傳》：字子卿。在匈奴十九歲，始以强壯出，及還，鬚髮盡白。《萬石君傳》：逮老白首。遼東萬里，亦歸管寧。〔施註〕《三國志・魏・管寧傳》：初至遼東，公孫度虛館以候之。文帝即位，徵寧，遂將家屬浮海還郡。【誥案】此首不辨是情是景，是歌是哭，須看他盡斂淋漓痛快之氣，於有意無意中，信筆而揮也。此亦單行到底，尤詩家所難。

其六

感子至意，託辭西風。吾生一塵，寓形空中。【誥案】此四句純乎化境，忽一轉而終，以至誠之道，又妙在以質直出之也。顧言謙亨，君子有終。〔施註〕《周易》：謙亨君子有終。功名在子，何異我躬。【誥案】紀昀曰：友朋之誼，君子之言。

種茶〔三四〕

松間旅生茶，〔施註〕《後漢・光武紀》：野穀旅生。註：旅，寄也。已與松俱瘦。茨棘尚未容，蒙翳争交構。天公所遺棄，百歲仍稺幼。紫筍雖不長，〔王註〕陸羽《茶經》：紫者上，緑者次；筍者上，芽者次。又《茶譜》：袁州之界橋，其名甚著，不若湖州之研膏、紫筍。孤根乃獨壽。移栽白鶴嶺，土軟春雨後。彌旬得連陰，似許晚遂茂。能忘流轉苦，〔王註〕杜子美《曲江》詩：寄語風光共流轉，暫時相賞莫相違。戢戢出鳥咮。〔王註厚曰〕《茶譜》：蜀州雀舌、鳥觜、麥顆，蓋取其嫩芽所造，以其芽似之也。未任供舂磨〔三五〕，且可資摘嗅。千團輸太官〔三六〕，〔施註〕《漢·百官表》：太官七丞，主天子飲食。〔合註〕《漢書·表》：少府掌山海地澤之稅，以給共養。屬官有太官七丞。註：少府以養天子，太官主膳食。百餅衒私鬭。〔王註次公曰〕南中以茶相勝，謂之鬭茶。《茶經》云：建人以鬭茶爲茗戰。何如此一啜，有味出吾囿。【誥案】紀昀曰：委曲真樸，說得苦樂相關。

三月二十九日二首

其一

南嶺過雲開紫翠，〔王註〕杜子美《七月一日題終明府水樓》詩：絶壁過雲開錦繡。北江飛雨送凄涼。〔王註〕杜子美詩：宵殘雨送涼。酒醒夢回春盡日〔三七〕，〔王註〕李涉詩：終日昏昏醉夢間，忽聞春盡强登山。閉門隱几坐燒香。

其二

門外橘花猶的皪，牆頭荔子已斕斑。樹暗草深人靜處，卷簾攲枕卧看山。〔王註〕杜子美《悶》詩：卷簾惟白水，隱几亦青山。〔查註〕危太朴《惠州東坡書院記》：白鶴峰新居成，權臣聞公之安於惠，再責授瓊州別駕昌化軍安置。四月，發惠州。自此以下，皆謫海南詩。【誥案】公方稍安，而後命已至，復此二章，每爲三歎。

卷四十校勘記

〔一〕新年五首　七集續集重收此五首之四、五二首，題作「儋州二首」。

〔二〕曉雨　章校：《鑑》「曉」作「小」。

〔三〕人日　類甲作「人面」，疑誤。

〔四〕梅村　集丁「村」作「花」，傅校謂誤。

〔五〕小市　章校：《鑑》作「晚市」。

〔六〕歸盡　施乙作「歸去」。

〔七〕謀身　原作「謀生」，合註作「謀生」。集本、集丁、施乙、類本、查註均作「謀身」，今從。此爲五言律，上句爲「生物會有役」，此句不應有「生」字。「生」，當爲誤刊。

〔八〕各及時　章校：《鑑》「各」作「要」。

〔九〕結瘴雨　原作「紛瘴雨」。今從集本、集丁、施乙、類本。

〔一〇〕燒後有　施乙、七集續集作「燒後出」。

〔一一〕查註……宋史食貨志……惟夔達麟府辰州　「達」原作「建」，查註、合註亦作「建」，誤。今校正。

〔一二〕有無　集乙、七集續集作「有誰」。

〔一三〕參軍許叩門　七集續集、查註此句後有自註：「周參軍家多荔子」。合註謂除查註外「諸本俱無此自註」，蓋未詳考七集續集。

〔一四〕帶諸孫　七集續集「帶」作「鬧」；原校：一云「帶諸孫」。

〔一五〕和陶詠二疏　集戊在卷一之三，施乙在卷四十一之六，施丙在卷上之六。

〔一六〕嘗游　七集作「常游」。

〔一七〕和陶詠三良　集戊在卷一之四，施乙在卷四十一之七，施丙在卷上之七。

〔一八〕施註禮記檀弓下仲尼之畜狗死使子貢埋之曰敝帷不棄爲埋馬也敝蓋不棄爲埋狗也　「爲埋馬也敝蓋不棄」爲查註所補，合註據此逕改「施註」爲「查註」，集成因之，不當。今仍標施註。

〔一九〕固有道　七集作「故有道」。

〔二〇〕纏憂　章校：《鑑》作「下生」。

〔二一〕和陶詠荆軻　集戊在卷一之五，施乙在卷四十一之八，施丙在卷上之八。

〔二二〕雖不傷　集戊作「非不傷」。

〔二三〕二月八日與黄燾僧曇穎過逍遥堂何道士宗一問疾　七集續集重收此詩，題作「贈何道士」。集本「疾」後有「一首」二字，集丁無。集丁「燾」作「壽」。集甲、集丁「穎」作「潁」。

〔二四〕三士　七集續集作「三客」。

〔二五〕照君醒　七集續集作「伴君醒」。

〔二六〕次韻高要令劉湜峽山寺見寄　集本、集丁「寄」後有「一首」二字。類本無「令」字。施乙「峽」前有「題」字。

〔二七〕季主　七集作「季生」，疑誤。

〔二八〕秀若　紀校：「『秀』當作『繡』。」

〔二九〕巾筍　集丁作「中筍」。

〔三〇〕空洞　原作「空明」，今從集本、集丁、施乙、類本。施註引《晉·周顗傳》：「王導指其腹曰：『此中何所有？』答曰：『此中空洞無物。』」

〔三一〕無回躅　七集作「無回𨇾」。

〔三二〕有詩　施乙作「其處」。

〔三三〕嵩少　集乙作「嵩山」。

〔三四〕便回　施乙作「便同」。

〔三五〕爇天焰見退之詩　施乙無此七字。

〔三六〕舊林　七集作「山林」。

〔三七〕遺像　七集作「道像」。

〔三八〕綴星珠　七集作「匡星珠」。

〔三九〕誦師　外集作「誦詩」，疑誤。

〔四〇〕十日歡　類甲、類乙作「十日觀」。

〔四一〕留師筍蕨不足道　類本作「荻芽筍蕨不及遇」，外集作「笛竹筍蕨不及遇」。查註謂「遇」譌。

〔四二〕和郭功甫韻送芝道人游隱静　外集「功甫」作「祥正」，無「韻」字，「道」作「上」。

〔四三〕道義　外集作「道藝」，疑誤。

〔四四〕妙相契　七集作「偶相契」。
〔四五〕浮杯渡　外集作「向杯渡」。
〔四六〕焚囊鉢　外集作「焚書囊」。
〔四七〕陳俗　外集作「塵俗」。
〔四八〕和陶移居二首　集戊在卷二之十一，施乙在卷四十一之二十，施丙在卷上之二十。參看卷四十二「和陶和劉柴桑」條校記。查註以引「去歲三月」云云爲題，紀校：此亦誤以引爲題。
〔四九〕并引　七集無此二字。
〔五〇〕去歲　集戊「去」上有「余」字。
〔五一〕遷居　施乙、施丙無「居」字。
〔五二〕鮮歡　集戊作「寡歡」。
〔五三〕水東之樂　集戊「樂」後有「也」字。
〔五四〕此古白鶴觀　七集無「此」字。
〔五五〕晨與　查註作「晨興」。
〔五六〕鴉鵲　集戊、施乙、施丙作「烏鵲」。合註：「鴉」一作「烏」。
〔五七〕日有　集戊作「而有」。
〔五八〕與誰　集戊、七集作「誰與」。
〔五九〕此邦　集戊、施乙、施丙作「此地」。

〔六〇〕不我欺　集戊、施乙、施丙作「不吾欺」。

〔六一〕食荔支二首　此二詩之第一詩，七集續集重收，以此詩詩引爲題。

〔六二〕輿地紀勝咸平初陳堯佐權知惠州云云　查《輿地紀勝》卷九十九《惠州》，無此條；查註引書疑有誤。同上書同上卷引《閬州志》謂陳堯佐以潮州倅權守惠州（《方輿勝覽》卷三十六亦云）。查註、合註陳堯佐權惠州之説，蓋亦有據。刪去「祠故相」句下詰案「查合二註所引似未確也」十字。

〔六三〕謂之　集本、集丁無「之」字。

〔六四〕賞啖　原作「嘗啖」。今從集本、集丁、施乙、類甲。查註謂「賞」訛，合註謂「賞」作玩賞解亦可。按，「啖」已有嘗意，第一詩「炎雲」六句，卽寓賞之意。引文與詩句互爲發揮，作「賞」是。

〔六五〕下逮　七集續集作「下及」。

〔六六〕其二　此詩，七集續集重收，題作「惠州一絶」。

〔六七〕三百顆　類甲作「三百枝」。

〔六八〕黄柑三百顆　「黄」原作「奉」。今從類丙註文。

〔六九〕不辭　集本、集丁、類本、七集續集作「不妨」。施乙作「不詞」。

〔七〇〕遷居　集本、類本「居」後有「一首」二字。集丁無。

〔七一〕并引　集乙無此二字。

〔七二〕十月二日　施乙作「十月十二日」。

〔七三〕寓居　集本、集丁、施乙、類本無「居」字。

〔七四〕二十日　類本作「十二日」。

〔七五〕吾砌　合註：「吾」一作「階」。

〔七六〕鬖髾　集本、集丁、類本作「鬖髾」

〔七七〕王註抱朴子云按仙經云　「按仙經云」四字原缺，據類丙補。

〔七八〕和陶桃花源　集戊在卷四之二十，施乙在卷四十二之二十一，施丙在卷下之二十一。

〔七九〕并引　七集無此二字。

〔八〇〕菊水　合註「水」前有「花」字。

〔八一〕民居　集戊、施乙、施丙作「居民」。

〔八二〕三十餘家　集戊作「一十餘家」。

〔八三〕益衰　七集、合註「益」前有「亦」字。

〔八四〕也歟　集戊無「歟」字。

〔八五〕嘗意　集戊、施乙、施丙作「常意」。

〔八六〕天壤間　七集「間」前有「之」字。

〔八七〕無異　合註：「無」一作「不」。

〔八八〕問此　七集「問」前有「爲」字。

〔八九〕嘗奉使　集戊作「常奉使」。

〔九〇〕杖藜　合註：一作「藜杖」。

〔九一〕躬耕　施乙、施丙作「躬耘」。

〔九二〕亦晨吸　集戊作「或晨吸」。

〔九三〕或夜吠　集戊作「忽夜吠」。合註：「或」一作「亦」。

〔九四〕得甘芳　集戊作「從甘芳」。

〔九五〕不如　七集作「不知」。

〔九六〕等癡慧　施乙、施丙作「算癡慧」。查註謂「算」訛。

〔九七〕在廣州　集戊、施乙、施丙無此條自註。七集作「在廣川」。

〔九八〕忽生九花　集本、集丁「花」後有「一首」二字。

〔九九〕石碇　集本、集丁、施乙作「石矴」。類本作「石釘」。

〔一〇〇〕兩岸　合註：「兩」一作「西」。

〔一〇一〕飛樓　集本、集丁、類本作「飛閣」。

〔一〇二〕六月　類乙、類丁無此二字。

〔一〇三〕東新橋　查註、合註：一本無此三字。

〔一〇四〕巨綆　集本、集丁、施乙、類本作「巨索」。

〔一〇五〕挂長隄　集丁「挂」作「桂」。傅校：「桂」誤。

〔一〇六〕廣東西　原作「滿東西」。今從集本、集丁、施乙、類本。

〔一〇七〕雷雹　類本作「雷電」。

〔一〇八〕二子造橋　集本、集丁、施乙「二子」作「二士」。
〔一〇九〕西新橋　查註、合註：一本無此三字。
〔一一〇〕橋本　「本」原作「木」。今從集本、集丁、施乙、類本。何校：「橋長」。
〔一一一〕挂湖　集丁作「桂湖」。傅校：「桂」誤。
〔一一二〕堅植　查註、合註：「植」一作「石」。
〔一一三〕欲構　原作「欲搆」。今從集本、集丁、施乙。類甲、類乙作「欲駕」。
〔一一四〕百夫　類丙作「百天」，疑誤。
〔一一五〕數千　集本、集丁、類甲、類丙作「數十」。施乙作「數十以」。類乙做「數千」。
〔一一六〕嘗有　施乙、類本作「常有」。
〔一一七〕擷菜　類本、外集作「煮菜」。
〔一一八〕吾借　施乙無「吾」字。
〔一一九〕吾與　施乙無「吾」字。
〔一二〇〕飽飫　原作「飽菜」。今從施乙。
〔一二一〕氣飽　類甲、類乙、外集作「氣暴」。
〔一二二〕不能及　施乙無「能」字。
〔一二三〕何曾　外集作「阿曾」。
〔一二四〕悼朝雲　集本、集丁、類本「雲」後有「詩」字。

〔一二五〕朝雲詩　類本「朝」前有「贈」字。

〔一二六〕予既　集丁作「子既」。傅校：「子」誤。

〔一二七〕義沖　類甲、類乙作「義仲」。

〔一二八〕黃茅浪　集乙作「黃茅根」。集丁「根」作「浪」。集甲殘，抄配作「黃茅根」。

〔一二九〕坳窊　集乙作「坳窊」。集甲殘，抄配同集乙。集丁同底本。

〔一三〇〕糵衆毒　集乙作「蘗衆毒」。類本作「孽衆毒」。按，《康熙字典》：「糵，從米，麴糵也。俗謂以媒糵之糵與孽同，非是。」《説文》：孽，庶子也。作「孽」誤。又按，「蘗」，亦疑誤。

〔一三一〕鄰翁　原作「鄰家」。今從集乙、集丁、類本。集甲殘，抄配作「鄰翁」。

〔一三二〕暮樹　集乙、集丁作「墓樹」。集甲殘。紀校：「墓」字不如「暮」字，蓋前是託言，不得以質言作結。

〔一三三〕坐閲　查註、合註作「坐間」。

〔一三四〕造化　集乙、集丁、施乙、類丙作「造物」。集甲殘，抄配作「造物」。

〔一三五〕和陶乞食　集戊在卷四之十九，施乙在卷四十一之十八，施丙在卷上之十八。

〔一三六〕死生　集戊作「生死」。

〔一三七〕斗水　集戊作「斗酒」。

〔一三八〕苦姜詩　集戊、七集作「愁姜詩」

〔一三九〕和陶和胡西曹示顧賊曹　集戊在卷四之十二，施乙在卷四十一之十九，施丙在卷上之十九。合註謂「曹」後一本有「韻」字。

〔一四〇〕飄颻　集戊、七集作「飄搖」。

〔一四一〕娣黃菊　集戊作「配黃菊」。施乙、施丙作「娣黃菊」;原校:「娣」一作「配」。

〔一四二〕姒戎葵　集戊作「似戎葵」。施乙、施丙作「姒戎葵」;原校:「姒」一作「似」。

〔一四三〕閱世　七集作「閱歲」。

〔一四四〕未可揮　集戊作「未敢揮」。

〔一四五〕吹鑾風　七集作「次鑾風」。

〔一四六〕餘清悲　集戊作「空清悲」。

〔一四七〕故多感　類本作「固多感」。

〔一四八〕誰云　集乙、集丁、施乙作「誰言」。集甲殘,抄配作「誰言」。

〔一四九〕手植　集乙、集丁、施乙、類本作「手種」。集甲殘,抄配作「手種」。

〔一五〇〕豈復　類本作「豈敢」。

〔一五一〕刺山　集乙作「刻山」。

〔一五二〕百尺　類甲、類丙作「百井」。

〔一五三〕一牛　施乙作「二牛」。

〔一五四〕雷雨直　查註、合註:石刻「直」作「却」。

〔一五五〕要會　查註、合註:石刻作「爲有」。

〔一五六〕嘗觀　外集作「當觀」。查註、合註:石刻「觀」作「資」。

〔一五七〕不盡　七集作「未盡」。

〔一五八〕惟有　查註、合註：石刻「有」作「此」。

〔一五九〕贈陳守道　七集無「贈」字。

〔一六〇〕少微處士　查註：「微」一作「爲」，「士」一作「處」，譌。

〔一六一〕午前　外集作「午行」。

〔一六二〕升遐　查註：一本「升」作「叔」，訛。

〔一六三〕無餘柤　陳漢章《蘇詩註補》：「柤，通沮，俗字作渣。《廣韻》：柤，側加切。王文誥以柤爲阻，誤。」今刪去「柤」句下誥案「柤之言阻也」五字。

〔一六四〕斷衆　七集作「割衆」。

〔一六五〕鏌鋣　外集作「鏌鋤」。

〔一六六〕撐拏　七集作「掌拏」。

〔一六七〕騰踏　七集作「讓霜」。

〔一六八〕漫洿　七集作「漫塗」。查註、合註謂「塗」訛。

〔一六九〕閑暇　七集作「閑話」。

〔一七〇〕疵瘕　查註：「瘕」當作「瑕」。外集作「疵瑕」。今仍從底本。

〔一七一〕死地　外集作「死蛇」。

〔一七二〕獵猳　外集作「不遐」。

〔一七三〕亦次其韻　類本無「其」字，集本、集丁「韻」後有「一首」二字。

〔一七四〕時逃　類本作「來逃」。

〔一七五〕韓退之云水作青羅帶山如碧玉篸云云　施乙此註文，分爲二條，分註「繫悶」、「割愁」句下，均無「東坡云」字樣。「繫悶」句下，施註引韓詩《送桂州嚴大夫》，「割愁」句下，施註引柳詩《與浩初上人詩》，餘同底本註文。集乙「山如碧玉篸」作「山爲碧玉簪」，集甲殘，抄配同集乙。集丁作「山爲碧玉篸」。

〔一七六〕清暑　查註、合註作「清署」。合註謂查云「暑」訛。按，查註並無云「暑」訛字樣，合註殆偶誤。除查註、合註外，各本中「暑」作「署」者，有朝鮮刻活字本類本（刊刻年代，相當于明代）。按，作「署」較切，「清署」與上句「平江」對。然「清暑」亦可通。今姑仍集本、集丁、施乙、類本及底本之舊。

〔一七七〕本何曾　施乙作「亦何曾」。

〔一七八〕和陶酬劉柴桑　集戊在卷四之十一，施乙在卷四十二之十一，施丙在卷下之十一。施乙、施丙無「酬」字。參看卷四十二「和陶和劉柴桑」條校記。

〔一七九〕莫争　集戊作「勿争」。

〔一八〇〕和陶歲暮作和張常侍　集戊在卷二之十，施乙在卷四十一之十三，施丙在卷上之十三。查註無此題，以引爲題。

〔一八一〕并引　七集無此二字。

〔一八二〕皆客於余　七集無「皆」字。
〔一八三〕和張常侍詩　七集無「詩」字。
〔一八四〕稍覺　集戊作「稍寬」。
〔一八五〕磐石　七集作「盤石」。
〔一八六〕青石磐　原作「青石盤」。今從集本、集丁、施乙、類本。
〔一八七〕停冰湍　集本、集丁作「渟冰湍」。
〔一八八〕和陶時運四首　集戊、施乙、施丙、七集不分首，爲一章。集戊在卷三之一，施乙在卷四十一之二十一，施丙在卷上之二十一。查註無此題，以引爲題。合註無「四首」二字；合註：王本有「四首」字（按，此王本指新王本，後同）。外集卷四十六《録詩寄范純父》，録此四詩，其一「昔人」作「昔我」，其二「可飲」作「可漱」，「嘯歌」作「笑歌」。
〔一八九〕并引　七集無此二字。
〔一九〇〕詠淵明時運詩　集戊無「時運」二字。
〔一九一〕食此　章校：《鑑》作「屆此」。
〔一九二〕澄潭　集戊作「碧潭」。施乙、施丙作「澄潭」，原校：石刻作「澄」，集本作「碧」。
〔一九三〕瓦豈　集戊作「瓦固」。
〔一九四〕施註會稽典録云云　原註係摘引施註之文，而又未註出處。今録施乙此註文之全文。
〔一九五〕自我　盧校：「旬我」，「旬」一作「自」。

〔一九六〕剪鬌垂髫　施乙、施丙原校：石刻作「鬌」，集本作「髮」。集戊作「剪鬌垂髫」。七集作「剪髮垂髫」；原校：一作「剪綵垂髫」。

〔一九七〕次韻惠循二守相會　集乙「會」後有「一首」二字。集甲漫漶，尚可看出「一首」二字痕迹。集丁無。此詩，七集續集重收，爲《和方南圭寄迓周文之三首》之第一首。查註：一本題云「次韻南圭使君與循州倡酬一首」。

〔一九八〕莫作　七集續集作「聊豁」；原校：一作「莫作」。

〔一九九〕近開　七集續集作「舊開」；原校：「舊」一作「近」。

〔二〇〇〕又次韻二守許過新居　此詩與下首《又次韻二守同訪新居》，集本、集丁、類本合爲一題，題作「又次韻二守同訪新居二首」，此爲第一首。七集續集重收此詩，爲《和方南圭寄迓周文之三首》中之第二首。施乙「二」作「惠」。

〔二〇一〕曉窗　合註：「曉」一作「小」。

〔二〇二〕明快　集本、集丁、類本作「清快」。

〔二〇三〕更因登木助微音　類丙、七集續集「更因」作「更宜」。集丁、類本「微音」作「徽音」。七集續集「登木助微音」作「振履出商音」。

〔二〇四〕又次韻二守同訪新居　七集續集重收此詩，爲《和方南圭寄迓周文之三首》中之第三首。

〔二〇五〕牆陰　類甲作「潛陰」。

〔二〇六〕循守臨行出小鬟復用前韻　集本「韻」字後有「一首」二字，集丁無。

〔三〇七〕墨迹云蒙示二十一日別文之後云云　今據施乙註文刪訂，復施註舊觀。
〔三〇八〕二守同年家　施乙無此條自註。
〔三〇九〕循守近爲韶倅　原缺，據集本、集丁、類本補。
〔三一〇〕和陶答龐參軍六首　集戊、施乙、施丙、七集不分首，合爲一章。集戊在卷二之十三，施乙在卷四十一之九，施丙在卷上之九。查註無此題，以此詩之引「周循州」云云爲題。合註無「六首」二字。
〔三一一〕并引　七集無此二字。
〔三一二〕追送之　七集無「追」字。
〔三一三〕子非　七集作「而非」。
〔三一四〕種茶　集本、七集「茶」後有「一首」二字，集丁無。
〔三一五〕春磨　集乙、集丁、施乙、類本作「臼磨」。
〔三一六〕太官　集本、集丁、施乙、類本作「太官」。今從。原作「大官」。
〔三一七〕盡日　類甲、類乙作「日盡」。

蘇軾詩集卷四十一

古今體詩六十首

【誥案】起紹聖四年丁丑四月，自惠州貶所，再責瓊州別駕昌化軍安置不得簽書公事，被命卽行，六月渡海，七月到昌化軍貶所，至十二月作。

吾謫海南，子由雷州，被命卽行，了不相知，至梧乃聞其尙在藤也，旦夕當追及，作此詩示之〔一〕

〔王註吴憲曰〕按《年譜》：紹聖四年丁丑，先生年六十二，在惠州。四月，再責瓊州別駕昌化軍安置，卽儋州也。是歲，子由亦貶雷州。五月，相遇於藤，同行至雷。六月，相别渡海。七月十三日，至貶所。〔查註〕《宋史·哲宗本紀》：紹聖四年閏二月甲辰，蘇軾移昌化軍安置。又，四年二月癸未，以三省言，貶蘇轍化州别駕，安置於雷州。《潁濱遺老傳》：初，以本官出知汝州，再謫知袁州，未至，降分司南京、筠州居住。居三年，責授化州别駕、雷州安置。〔合註〕《老學菴筆記》：紹聖中，貶元祐黨人蘇子瞻儋州，子由雷州，劉莘老新州，皆戲取其字之偏旁也。時相之忍忮如此。【誥案】是年二月，與子由同貶嶺外者，首爲吕大防，再次則梁燾也。大防何以得循？燾何以得化？閏二月，與公嶺外再貶者，范祖禹、劉安世也。祖禹何以得高？安世何以得賓？此皆章惇忍忮，故時人傅會其説。放翁不應嘖嘖至是，此條當删，删，則後必有補之者，特駁正。〔查註〕《元和郡縣志》：梁武分合浦郡，置合州。唐貞觀八年，改雷州。《國史補》云：春夏有雷，秋冬則伏地中，謂之雷公。《投荒録》云：以雷聲近在簷宇間，故名州。《九域志》：雷州海康郡，屬廣南西路，至瓊州四百里。《太平寰宇記》：隋永平郡，唐武德四年置藤州，開寶六年，移州於大江西岸。東至梧州二百五十里。

九疑聯綿屬衡湘，〔王註厚曰〕李太白《遠别離》云：九疑聯綿皆相似。〔薛士昭曰〕《九疑山圖記》：道州寧遠縣南六十里，有九疑山。山有九峰，一曰簫韶、二曰女英、三曰石城、四曰娥皇、五曰朱明、六曰桂林、七曰華蓋、八曰巴林、九曰石樓。周回百餘里，其形相似，見者疑之，故曰九疑。〔施註〕《史記·五帝紀》：舜崩於蒼梧之野，葬於江南九疑。《皇覽》曰：舜冢在零陵營浦縣，其山九溪皆相似，故曰九疑。〔查註〕《元和郡縣志》：吴分長沙爲衡陽、湘東二郡。徐靈期《南岳記》：衡山周回八百里。《湘中記》：湘水在衡州城東，源出新安縣陽海山，至分水嶺，北流爲湘，至此又北流，入長沙界。蒼梧獨在天一方。〔施註〕《山海經》：蒼梧之淵，有九嶷山，舜之所葬。嶷同疑。〔王註〕杜子美《成都府》詩：我行山川異，忽在天一方。孤城吹角烟樹裏，〔王註次公曰〕李遠《晚泊潤州聞角》詩：孤城吹角水茫茫，風引悲笳怨思長。落日〔二〕未落江蒼茫〔三〕。〔施註〕庾信《詠懷》詩：日晚荒城上，蒼茫餘落暉。幽人拊枕坐歎息〔四〕，〔王註〕《古樂府·白紵歌》：愁來夜遲猶歎息，撫枕思君終反側。〔施註〕《文選》劉越石《重贈盧諶》詩：中夜拊枕歎。我行忽至舜所藏。〔王註次公曰〕蒼梧郡，今梧州也。《前志》云：舜葬於此。《禮記·檀弓上》：葬也者，藏也。〔查註〕《禮記·檀弓上》：

舜葬於蒼梧之野。《元和郡縣志》：道州延唐縣，在州東一百里，九疑山，在縣東南，舜所築也。江邊父老能說子，白鬚紅頰如君長。莫嫌瓊雷隔雲海，〔查註〕《瓊州志》：儋州北有崘水，西流十里爲大江，南流入海，是爲瓊海。《太平寰宇記》：瓊州北十五里，極大海，泛大船，使西風帆，凡三日三夜到崖門。從崖門山入小江，一日至新會縣。如無西南風，無由渡海，却回船本州石鑊水口住泊。聖恩尚許遥相望。〔王註〕《文選·古詩》：兩宫遥相望，雙闕百餘尺。〔施註〕杜子美《至後》詩：棣萼一別永相望。平生學道真實意，豈與窮達俱存亡。天其以我爲箕子，〔王註續曰〕今之高麗，古箕子之國也。〔施註〕《後漢·東夷濊國傳》：昔武王封箕子於朝鮮，箕子教以禮義田蠶，又制八條之教，其人終不相盜，無門户之閉，婦人貞信，飲食以籩豆。要使此意留要荒〔五〕。〔王註〕《國語》：蠻夷要服，戎翟荒服。〔施註〕《尚書·禹貢》：「五百里要服。」孔氏云：綏服外之五百里，要束以文教。《禹貢》：「五百里荒服。」孔氏云：要服外之五百里，言荒又簡略。他年誰作輿地志〔六〕，〔施註〕《南史·顧野王傳》撰《輿地志》三十卷，行於世。海南萬里〔七〕真吾鄉〔八〕。【誥案】此一路詩，所謂不見老人衰憊之氣者，諸門人已言之矣。

和陶止酒〔九〕并引〔一〇〕

丁丑歲，予謫海南，子由亦貶雷州。五月十一日，相遇於藤，同行至雷。六月十一日，相別，渡海。余時病痔呻吟，子由亦終夕不寐。因誦淵明詩，勸余止酒。乃和原韻，因以贈別，庶幾真止矣。【誥案】此敍乃子由到雷州貶所，復送至徐聞遞角場也。觀其扣足一月程限，其情顯然矣。

時來與物逝，路窮非我止。與子各意行，〔施註〕劉禹錫《送僧方及詩引》：意行，必身隨之。同落百蠻裹。蕭然兩別駕，各攜一稺子。子室有孟光，【誥案】時子由與史夫人及遠一房，自筠遷雷。我室〔一一〕惟法喜。【誥案】公《贈王景純》詩云：雖無孔方兄，顧有法喜妻。蓋釋氏以法喜爲妻，以慈悲爲男女也。相逢山谷間，一月同卧起。茫茫海南北，粗亦足生理。勸我師淵明，力薄且爲己。微痾坐杯酌〔一二〕，止酒則瘳矣。望道雖未濟〔一三〕，隱約見津涘。〔施註〕《楚辭·七諫》：居處愁以隱約。從今東坡室，不立杜康祀。〔施註〕《博物志》：杜康善造酒。

行瓊、儋間，肩輿坐睡。夢中得句云：千山動鱗甲，萬谷酣笙鐘。覺而遇清風急雨，戲作此數句

【誥案】紀昀曰：以杳冥詭異之詞，抒雄闊奇偉之氣，而不露圭角，不使粗豪，故爲上乘。源出太白，而運以己法，不襲其貌，故能各有千古。

四州〔一四〕環一島，〔王註次公曰〕四州，言瓊、崖、儋、萬也。《漢·賈捐之傳》：立儋耳、珠崖郡，皆在南方海中洲居。〔查註〕《元和郡縣志》：漢武帝始置珠崖、儋耳二郡，唐貞觀五年，以崖州之瓊山縣置瓊州，貞元五年，升都督府，以儋、崖、振、萬四州隸焉，《太平寰宇記》：貞觀五年，嶺南節度使李復，請加瓊、崖、振、儋、萬安五州招討遊奕使。開寶六年，割舊崖州之地隸瓊州，却改振州爲崖州。《九域志》：廣南西路瓊山郡軍事，治瓊山縣，同下州昌化軍、萬安軍、朱崖軍爲四州。《瓊州志》：黎母山，在瓊州南界，黎人居山四旁，內爲王黎，外爲熟黎。大抵四州各占島之一陲，而山極高，洞極深，生黎之巢，人迹罕至。百洞蟠其中。我行西北隅，如度〔一五〕月半弓。〔合註〕唐太宗詩：弦虛半月弓。【誥案】

「四州環一島」者，謂五指山生黎據其中，而四州在四隅也。自瓊州，由東路至北爲萬，再北至崖，此非公所經由也。自瓊州西路，至北爲儋，又極北爲崖。公但由澄邁至儋而止，故云「如度月半弓」，像其形也。登高望中原，〔王註〕阮籍《詠懷》詩：登高望九州，悠悠分曠野。〔施註〕《晉・桓温傳》：登平乘樓，眺矚中原，慨然。云云。但見積水空。〔查註〕《外紀》：東坡在儋州，自書云：吾始至南海，環視天水無際，悽然傷之，曰，何時得出此島也。已而思之，天地在積水中，九州在大瀛海中，中國在少海中，有生孰不在島者。此生當安歸，四顧真途窮。【詰案】紀昀曰：「有此四句一頓挫，下半首乃折宕有力。凡古詩長篇，第一要知頓挫法。」其説似未確，今觀此詩，起四句如繪地圖，接四句如釋地理，乃合八句爲一節也。但此非曉嵐見不到，乃前註家皆不懂「月半弓」句無處藉手之故，彼不了了，即不知此句是何牽前搭後因地，故捨上而論下，姑爲頓挫之説也。其圈此詩，自五句起，逐句纍圈，至終而獨遺。起四句者，乃致疑「月半弓」句飄空無着之故，情迹顯見，尚何逃乎。眇觀大瀛海，〔邵註〕《史記・孟子傳》：騶衍謂中國名曰赤縣神州，内自有九州，禹之序九州是也，不得爲州數。中國外如赤縣神州者九，乃所謂九州也。於是有裨海環之，人民禽獸，莫能相通，乃有大瀛海環其外，天地之際焉。坐詠談天翁。茫茫太倉中〔一六〕，一米誰雌雄。〔王註〕《莊子・秋水篇》：北海若曰：計中國之在海內，不似稊米之在太倉乎。幽懷忽破散，永嘯〔一七〕來天風。千山動鱗甲，萬谷酣笙鐘。【詰案】以上八句，亦是一節。其前「四顧真途窮」句，已水窮山盡矣，却不肯別起頭腦，直從途窮拓出，故有「茫茫」、「一米」等句。然一路寫來，却是完行瓊、儋間題面。安知非羣仙，鈞天宴未終。〔施註〕《列子・周穆王篇》：王及化人之宫，實以爲清都紫微，鈞天廣樂，帝之所居。喜我歸有期，舉酒屬青童。〔王註次公曰〕青童，神仙青童君也。〔施註〕《墉城集仙録》及《魏夫人傳》：夫人齋於別寢。青童來降，命青華玉女烟景珠擊西盈之鐘。【詰案】紀昀曰：「此一層烘托得好，長篇須如此展拓，方不單薄。」所論非是。此乃失看「此生當安歸」句，故下無着落也。此節首轉出「安知非羣仙」句，乃欲跌出下意之故，特於真途窮時，落「喜我歸有期」句，答還首節之「此生當安歸」也。若以頓挫烘托論，則全篇氣局皆散攤矣。急雨豈無意，催詩走羣龍。夢雲忽變色，笑電〔一八〕亦改容。應怪東坡老，顏衰語徒工。久矣此妙聲，〔施註〕《文選》劉公幹《贈五官中郎將》詩：清歌製妙聲。不聞蓬萊宮。【誥案】《桄榔菴銘》：蝮蛇魑魅，出怒入娛。與「夢雲」、「笑電」，同一鑪錘。蓋非極困迫無聊中，亦不輕出也。自「安知」以下，至「笑電」八句，亦爲一節。且於中一節言風，此一節言雨，點清「夢」字及戲之之意，題境已完。其後直下作結，「妙聲」句，雖爲找足羣仙諸語，實乃自爲評賞，讚歎欲絶也。紀昀曰：結處兀傲得好，一路來勢既大，非如此，收褁不住。

次前韻寄子由〔一九〕

我少即多難，邅回一生中。〔王註次公曰〕邅回，迍邅不進之貌。〔施註〕《楚辭·九章》：欲邅回以干傺，恐重患而離尤。百年不易滿，〔王註李厚曰〕李太白《短歌行》：白日何短短，百年苦易滿。寸寸彎强弓。〔合註〕《史記註》：能引强弓官。【誥案】紀昀曰：亦極奇恣。老矣復何言，〔施註〕《文選》李陵《答蘇武書》：嗟乎子卿，夫復何言。榮辱今兩空。泥洹〔二〇〕尚一路，〔公自註〕古語云：十方薄伽梵，一路涅槃門〔二一〕。〔王註援曰〕《隋書·經籍志》：釋迦二月十五日，入般涅槃，亦曰泥洹。所向餘皆窮。似聞崆峒西，仇池迎此翁。〔施註〕《後漢·西南夷白馬氐傳》：仇池方百頃，四面斗絶。註：在今成州上禄縣南。〔查註〕《元和郡縣志》：笄頭山，一名崆峒山，在原州平高縣西一百里，即黄帝謁廣成子學道之處。胡爲適南海，復駕垂天雄。〔王註次公曰〕李太白《鵬賦》云：雄無所爭。又云：雄姿壯觀。下視九萬里，【誥案】此句從上句「復駕」生出，全是「胡爲」一轉之勢，而「胡爲」又以「似聞」跌出也。自此以下，高唱入雲，有叫閽排閶之響，聲徹九天九地矣。杜陵入蜀諸古，摹寫道中景狀，神工鬼斧，離奇光怪，至爲雄險，然皆有迹象可尋，究屬人工。故凡才人陟歷險遠，呼喝景物，皆能貌其所爲。若此二篇，亦道中作，乃捨去應有蹊徑，自從空中發揮，純是一派天工，使人着手不得，此則非《杜集》之所有也。浩浩皆積風〔二〕。回望古合州，〔施註〕《唐・地理志》：雷州海康郡，本合州，貞觀元年更名。〔查註〕《元和郡縣志》：梁武帝分合浦郡置合州。大同末，以合肥縣爲合州。此爲南合州。《太平寰宇記》：雷州海康郡，漢合浦之徐聞縣地，唐武德四年，復置南合州，貞觀元年改東合州，八年改雷州。東至海岸二十里，南至海一百三十里。遞角場，瓊州對岸，東南泛海入瓊，西南泛海至儋。屬此琉璃鐘。〔王註厚曰〕李賀《將進酒》：琉璃鐘，琥珀濃，小槽酒滴真珠紅。〔查註〕《楞嚴經》：猶如有人，取琉璃椀，合其兩眼，雖有物合，而不留礙。離別〔三〕何足道，我生豈有終。渡海十年歸，方鏡照兩童。〔王註次公曰〕童卽瞳也。〔合註〕《漢書・項籍傳・贊》「瞳」作「童」。〔王註丁惠安曰〕《西京雜記》：高祖初入咸陽宮，周行庫府，有方鏡廣四尺，高五尺九寸，表裏有明，人直來，照之，影則倒見，以手捫心而來，則見五臟，有病，則知病之所在。還鄉亦何有，暫假壺公龍。〔施註〕《後漢・費長房傳》：有老翁賣藥，懸一壺於肆頭，市罷，跳入壺中。長房於樓上覩之，異焉，因詣翁俱入壺中。於是隨人深山。長房辭歸，與一竹杖，曰：「騎此，任所之，卽自至矣。既至，可以杖投葛陂中也。」長房乘杖，須臾來歸，卽以杖投陂，顧視則龍也。《丹臺録》：謝元一名壺公，乃費長房所見暮入空壺者。峨眉向我笑，錦水爲君容。〔王註〕《水經注》：故錦官，錦工織錦，則濯之江流，錦至鮮明，濯以他江，則錦色弱矣。遂命爲錦里。天人〔四〕巧相勝，〔施註〕《史記・伍子胥傳》：申包胥謂子胥曰：「人衆者勝天，天定亦能勝人。」不獨數子工。指點昔遊處，〔王註〕杜子美《送孔巢父謝病歸遊江東兼呈李白》詩：指點虛無是征路。蒿萊生故宮。【誥案】二詩本旨以不歸爲歸，猶言此區區形迹之累，不足以囿我也。此篇亦照前首分節，熟讀自知。

儋耳山〔二五〕

〔查註〕《後漢・明帝紀註》引楊孚《異物志》：儋耳，南方夷，生則鏤其頰，皮連耳匡，分爲數支，狀如雞腸，累累下垂至肩。《賓退録》：漢儋耳郡，本朱崖地，在中國極南之地也。而《山海經》云：儋耳之國，在大荒北。則是極北别有一儋耳。朱崖之名，蓋晚出云。《瓊州府志》：儋州城西高麻都，有儋耳城遺址。唐平蕭銑，置儋州，始還治城東。天寶元年，改昌化郡，宋改昌化軍，南渡後廢爲宜倫縣。《名勝志》：松林山在儋州北二十里，即《隋・志》之藤山也，附載此詩。【誥案】此詩確爲公作，合註所引非是，已删。施編在遺詩中，查註補編。

突兀隘空虚〔二六〕，他山總不如。〔馮註〕《詩・小雅・鶴鳴》：他山之石，可以攻玉。君看道傍石，〔合註〕《墨莊漫録》：東坡作《儋耳山》詩「突兀隘空虚」云云。叔黨云：「石」當作「者」，傳寫之誤。一字不工，遂使全篇俱病。盡是補天餘。〔馮註〕《列子・湯問篇》：天地亦物也，物有不足，故昔者女媧氏鍊五色之石，以補其缺。〔合註〕何焯曰：末二句自謂，亦兼指器之諸人也。

和陶還舊居〔二七〕

【誥案】公和陶詩，除已編揚州、惠州外，其海南作，復將後三年所作之十五首檢出，餘照子由詩敘截數，皆丁丑作，編入本卷。此詩查註原編類如此者，不能確分秋冬作也。

夢歸惠州白鶴山居作〔二八〕。

痿人常念起，〔施註〕《漢・韓王信傳》：僕之思歸，如痿人不忘起，盲者不忘視。夫我豈忘歸。〔施註〕《文選》張平子《西京賦》：窮年忘歸。不敢夢故山，恐興墳墓悲。生世本暫寓，此身念念非。鵝城亦何有，〔查註〕鵝城，即惠州也。本集《潛珍閣銘》：蔚鵝城之南麓。公自註引舊圖經云：羅浮山北抵鵝城。是也。《名勝志》：相傳初立州時，有木鵝浮至江上，因號鵝城。偶拾〔二九〕鶴毳遺。窮魚守故沼，聚沫猶相依。大兒當門户，〔施註〕杜子美《水檻》詩：大兒久在外，門户無人持。〔合註〕大兒當門户，蓋留長子邁在白鶴新居也。杜子美《負薪行》詩：男當門户女出入。〔施註〕宋敏求《春明退朝録》云：吴正肅言律令有丁推。推字不通少壯之意，當是丁稚。唐以高宗諱避之，損其點畫爾。時節供丁推。夢與鄰翁言，憫默〔三〇〕憐我衰。往來〔三一〕付造物，未用相招麾。〔施註〕《史記・汲黯傳》：上曰：「汲黯何如人哉？」莊助曰：「使黯任職居官，無以踰人。然至其輔少主，守城深堅，招之不來，麾之不去，雖自謂賁、育，亦不能奪之矣。」

夜夢〔三二〕并引

【誥案】紀昀曰：前題太白像，即此體也。此體本之工部《大食刀歌》。觀此，益信前分二首之非。

七月十三日，至儋州十餘日矣，〔查註〕按本集《謝表》云：四月十九日起離惠州，七月二日，已至昌化軍訖。澹然無一事。學道未至，靜極生愁。夜夢如此，不免以書自怡。

夜夢嬉游童子如，〔施註〕《文選》曹子建《七啓》：倚峻崖而嬉遊。父師檢責驚走書。〔王註次公曰〕走字，當如

《前漢書》音奏，蓋趨之之義也。〔施註〕《漢·張釋之傳》：走邯鄲道。〔合註〕韓退之《典貼男女狀》：檢責州界。計功當畢春秋餘，今乃粗及〔三三〕桓、莊初。怛然悸寤心不舒，〔合註〕《字典》引《增韻》：怛，驚也。起坐有如掛鈎魚。〔王註厚曰〕韓退之詩：歸舍不能食，有如魚掛鉤。我生紛紛嬰百緣，〔合註〕僧皎然詩：百緣唯有什公瓶。氣固多習獨此偏。棄書事君四十年，〔王註汪曰〕按《年譜》，先生以嘉祐二年丁酉中第，至紹聖四年丁丑貶儋耳，適四十年。仕不顧留〔三四〕書繞纏。自視汝與丘孰賢，《易》韋〔三五〕三絶丘猶然，〔王註〕《史記》：孔子晚而喜《易》，讀《易》韋編三絶。《北堂書抄》載：孔子讀《易》韋編三絶，鐵鏑三折。如我當以犀革編。〔施註〕《左傳·莊公十二年》：衛人請南宮萬於陳，陳人使婦人飲之酒，而以犀革裹之。

和陶連雨獨飲二首〔三六〕并引〔三七〕

吾謫海南，盡賣酒器〔三八〕，以供衣食。獨有一荷葉杯，工製美妙，留以自娛。乃和淵明《連雨獨飲》〔三九〕。

其一

平生我與爾〔四〇〕，舉意輒相然〔四一〕。〔施註〕《晉·殷浩傳》：桓温嘗問浩：「君何如我？」浩曰：「我與君周旋久，寧作我也。」豈止〔四二〕磁石針〔四三〕，雖合猶有間。〔施註〕《抱朴子》：磁石引針。此外一子由，出處同偏僊〔四四〕。〔合註〕「偏僊」，未詳所出，按下有「分飛」字，或即同「蹁躚」也。晚景最可惜〔四五〕，分飛海南天。〔誥案】紀昀曰：插得極平而極奇。糾纆〔四六〕不吾欺，寧此憂患先。〔施註〕漢賈誼《鵩賦》：禍之與福，何異糾纆。應劭曰：如糾繩索相附會也。臣瓚曰：糾，絞也；纆，索也。顧引〔四七〕一杯酒，〔施註〕《晉·劉伶傳》：仍引酒御肉，隗然復醉。誰謂無往還。寄語海北人，今日爲何年。〔施註〕牛僧孺《周秦行記》：詩曰：共道人間惆悵事，不知今夕是何年。醉裏有獨覺，夢中無雜言。

其二

阿堵不解醉，誰歟此頹然。誤入無功鄉，掉臂嵇、阮間。飲中八仙人，與我俱得仙。淵明豈知道，醉語忽談天。偶見此物真，遂超〔四八〕天地先。〔施註〕陶淵明《獨飲》詩：故老贈予酒，乃言飲得仙。試酌百情遠，重觴忽忘天。天際去此幾，任真無所先。醉醒可還酒，此覺無所還。清風洗徂暑，連雨催豐年。牀頭伯雅君，此子可與言。〔施註〕魏文帝《典論》：劉表子好酒，爲三爵，大日伯雅，受七升，次日仲雅，受五升，次日季雅，受三升。【誥案】紀昀曰：斂還此題，完密。

和陶示周掾祖謝〔四九〕

【誥案】合註題作：和陶示周續之、祖企、謝景夷三郎。【誥案】和陶《連雨獨飲》、《周掾祖謝》二詩，查註編入戊寅《送張中詩》後，合註從誤。今以丁丑諸作細校，且爲初到時作也。

游城東學舍作〔五〇〕

聞有古學舍，竊懷淵明欣。〔施註〕陶淵明《五柳先生傳》：好讀書，不求甚解，每有會意，便欣然忘食。攝衣造兩塾，窺户無一人。〔施註〕《周易·豐》：窺其户，闃其無人。邦風方杞夷，〔合註〕《左傳·僖公二十三年》：杞成公卒。書曰子。杞，夷也。《二十七年》：杞桓公來朝，用夷禮，故曰子。《襄公二十九年》：晉女叔侯曰：「杞，夏餘也，而即東夷。」廟貌猶殷因。先生饌已缺，弟子散莫臻。忍飢坐談道，〔施註〕《晉·衛玠傳》：時人語曰：衛玠談道，平子絶倒。嗟我亦晚聞。永言百世祀，未補平生勤。今此復何國，豈與陳、蔡鄰。永愧虞仲翔，絃歌滄海濱。〔施註〕《三國·吳·虞翻傳》：字仲翔。徙交州，雖處罪放而講學不倦，門徒常數百人。【誥案】紀昀曰：此題殊難作收語，如此結法，遂令諷刺化爲忠厚。

糴米〔五一〕

糴米買束薪，百物資之市。不緣耕樵得，飽食殊少味。〔施註〕《後漢書·周燮傳》：有先人草廬，結於岡畔，下有陂田，常肄勤以自給，非身所耕漁，則不食也。再拜請邦君，願受一廛地。知非笑昨夢，食力免内愧。〔王註〕《後漢書》：徐穉家貧，常自耕稼，非其力不食。春秧幾時花，夏稗忽已穟。悵焉〔五二〕撫耒耜，誰復識此意。【誥案】紀昀曰：託意深微。

和陶勸農六首〔五三〕并引〔五四〕

〔查註〕《欒城後集·次韻詩敘》云：子瞻和淵明《勸農》詩六首，哀儋耳之不耕。予居海康，農亦甚惰，其耕者多閩人也。然其民甘於魚鰍蝦蟹，故蔬菓不毓。冬溫不雪，衣被吉貝，故藝麻而不績，生蠶而不織，羅紈布帛，仰於四方之負販。工習於鄙朴，故用器不作。醫奪於巫鬼，故方術不治。予居之半年，凡羈旅之所急，求皆不獲，故亦爲此篇，以告其窮，庶或有勸焉。

海南多荒田，俗以貿香爲業。〔查註〕《南方草木狀》：蜜香、沉香、雞骨香、黄熟香、棧香、青桂香、馬蹄香、雞舌香，此八物，同出於一樹。欲取香，伐之經年，其根幹枝節，各有別色也。木心與節堅黑，沉水者爲沉香，與水面平者爲雞骨香，根爲黄熟香，幹爲棧香，細枝未爛者爲青桂香，其根節輕而大者爲馬蹄香，其花成實乃香爲雞舌香，乃珍異之木也。《瓊州志》：黎峒産木，頗類椿及欅柳，葉似橘，花白，子若檳榔，大如桑椹，土人謂之蜜香。欲取者，先斷其積年老根，經歲朽爛，而木心與枝節不壞者，卽香也。所産秔稌，不足於食。乃以藷芋雜米作粥糜以取飽。予既哀之，乃和淵明《勸農》詩，以告其有知者〔三五〕。

其一

咨爾漢黎，均是一民。〔查註〕《瓊州志》云：五指山，在安定縣南，一云黎母山。黎人居山四旁，内爲生黎，外爲熟黎。《方輿志》：生黎各有洞主，貝布爲衣，兩幅前後爲裙，掩不至膝，椎髻額前，男文臂腿，女文身面。鄙夷不訓，夫豈其真。〔查註〕韓退之《羅池廟碑記》：柳侯爲州，不鄙夷其民，動以禮法。三年，民各自矜奮。兹土雖遠京師，吾等亦天氓，今幸惠仁侯，若不化服，我則非人。怨憤刦質，〔施註〕《後漢·順帝紀》：益州盜賊刦質令長，殺列侯。尋戈相因。〔施註〕《左傳·昭公元年》：日尋干戈以相征討。欺謾莫訴，〔施註〕韓退之《謝自然》詩：後世恣欺謾。曲自我人。〔施註〕《左傳·僖公二十八年》：子犯曰：「背惠食言，以亢其讎，我曲楚直。我退而楚還，我將何求，若其不還，君退臣犯，曲在彼矣。」

其二

天禍爾土，不麥不稷。民無用物，珍怪〔五六〕是直〔五七〕。〔合註〕《史記・范雎傳》：寶器珍怪。播厥熏木，〔施註〕《毛詩・小雅・大田》：播厥百穀。腐餘是穡。貪夫污吏，鷹摯狼食。〔施註〕《漢・酷吏・義縱傳》：以鷹擊毛摯爲治。

其三

豈無良田，膴膴平陸。〔施註〕《毛詩・大雅・緜》：周原膴膴，菫荼如飴。獸蹤交締，〔施註〕《漢・項籍傳・過秦論》：合從締交，相與爲一。鳥喙〔五八〕諧穆。〔合註〕《魏書・閻元明傳》：尊卑諧穆。驚麏朝射，〔施註〕《文選》沈休文詩：驚麏去不息。猛豨夜逐。〔合註〕《莊子・知北游篇》：正獲之問於監市履豨也。註：豨，大豕也。芋羹藷糜〔五九〕，以飽耆宿。

其四

聽我苦言，〔施註〕《史記・蘇秦傳》：何不使辯士以此苦言説秦。其福永久。利爾粗耜，好爾鄰偶。斬艾蓬藋，〔施註〕《左傳・昭公十六年》：子產對曰：「昔我先君桓公，與商人皆出自周，庸次比耦，以艾殺此地，斬之蓬蒿藜藋，而共處之。」南東其畝。〔施註〕《毛詩・小雅・信南山》：我疆我理，南東其畝。父兄搢梃，以抶游手。〔施註〕《後漢・章帝紀》：元和三年《勸農詔》云：務盡地力，勿令游手。

其五

天不假易，〔施註〕《左傳·桓公十三年》：夫人鄧曼曰：「見莫敖而告諸天之不假易也。」亦不汝匱。春無遺勤，秋有厚冀〔六〇〕。雲舉雨決，婦姑畢至。我良孝愛，袒跣何媿。〔合註〕《後漢書·杜篤傳》：莫不袒跣稽顙。

其六

逸諺戲侮，〔施註〕《尚書·無逸》：乃逸乃諺既誕，否則侮厥父母。博弈頑鄙。投之生黎，俾勿冠履。〔施註〕《番禺雜編》：黎人在海南山洞中，一曰熟黎，亦供州縣之役。又有生黎，所居洞深百餘里，善登木，如猿猱。霜降稻實，千箱一軌。〔施註〕《毛詩·小雅·甫田》：乃求千斯倉，乃求萬斯箱。黍稷稻粱，農夫之慶。〔合註〕崔鴻《十六國春秋》：一軌九州。大作爾社，一醉醇美。〔施註〕杜子美《遭田父泥飲》詩：今年大作社，拾遺能住否？叫婦開大瓶，盆中爲吾取。

聞子由瘦〔六一〕

〔公自註〕儋耳至難得肉食〔六二〕。

五日一見花豬肉，〔合註〕《本草》註：豬生嶺南者，白而肥。又云：花豬不可食。十日一遇黃雞粥。土人頓頓食藷芋，〔王註〕杜子美《戲作俳諧體遣悶》詩：家家養烏鬼，頓頓食黃魚。《嶺表録異》：藷糧，卽芋之類也。大者如甌，皮紫而肉白，蒸煮食之。〔施註〕杜子美《秦州》詩：充腸多藷芋。〔查註〕《南方草木狀》：珠崖之地，人皆不業耕稼，惟掘地種甘藷，秋熟收之，蒸晒，切如米粒，以充糧糗，是謂藷糧。《本草》：薯芋，一名土藷，卽山藥也。因唐代宗名預，改爲藷藥。又因宋英宗名曙，改爲山藥。薦以薰鼠燒蝙蝠。舊聞蜜唧嘗嘔吐，稍近蝦蟇緣習俗。十年京國厭肥羜，〔王註〕《詩·小雅·伐木》：既有肥羜，以速諸父。日日烝花壓紅玉。從來此腹負將軍，〔公自註〕俗諺云：大將軍食飽捫腹而歎曰：「我不負汝。」左右曰：「將軍固不負此腹，此腹負將軍，未嘗出少智慮也〔六三〕。」今者固宜安脫粟。人言天下無正味，蝍蛆〔六四〕未遽賢麋鹿。〔王註〕《莊子·齊物論篇》：民食芻豢，麋鹿食薦，蝍且甘帶，鴟鴉嗜鼠，四者孰知正味？海康別駕復何爲，〔施註〕子由時責授雷州別駕。帽寬帶落〔六五〕驚童僕〔六六〕。相看會作兩臞仙，還鄉定可騎黃鵠。〔施註〕《漢·西域傳》：烏孫公主悲愁，爲歌曰：居常土思兮心內傷，願爲黃鵠兮歸故鄉。

客俎經旬無肉，又子由勸不讀書，蕭然清坐，乃無一事

病怯腥鹹不買魚，〔王註〕白樂天詩：下飯腥鹹小白魚。爾來心腹一時虛。使君不復憐烏攫，屬國方將掘鼠餘。〔王註〕《漢書》：蘇武至匈奴，單于欲降之，乃徙武北海上無人處，使牧羝，廩食不至，掘野鼠去草實而食之。〔合註〕「鼠餘」字，兼用《漢書·張湯傳》「掘熏得鼠及餘肉」也。老去〔六七〕獨收人所棄，〔王註〕《史記》：白圭人棄我取，人取我與。游哉〔六八〕時到物之初。從今免被孫郎笑，絳帕蒙頭讀道書。〔施註〕《江表傳》：道士瑯邪于吉，往來吳會，立精舍，讀道書，制作符以治病，人多事之。策於郡城門樓，會諸將賓客，吉趨度門下，諸將賓客，三分之二下樓迎之。策怒，收吉。諸將連名陳乞。策曰：「昔南陽張津爲交州刺史，舍前聖典訓，廢漢家法律，常著絳帕頭，鼓

琴燒香，讀道書，云以助化，卒爲南夷所殺。此甚無益，諸君但未悟耳，今此子已在鬼録，勿復費紙筆也。」即命斬之。

和陶赴假江陵夜行〔六九〕

【誥案】合註題作：和陶辛丑七月赴假還江陵夜行途中作口號。

郊行步月作〔七〇〕

缺月不早出，〔施註〕杜子美《夜鑿石浦》詩：缺月殊未生。長林踏青冥。〔施註〕《文選》范蔚宗詩：感事懷長林。犬吠主人怒，〔施註〕杜牧之詩：犬吠隔溪村。愧此閭里情。【誥案】紀昀曰：十字真至。怪我夜不歸，茜袂窺柴荆〔七一〕。〔合註〕《廣韻》：茜，草名，可染絳色。雲間與地上，待我兩友生。〔合註〕二句暗用李太白詩「舉杯邀明月，對影成三人」意。驚鵲再三起，樹端已微明。〔施註〕李太白《贈柳圓》詩：還同月下鵲，三繞未安枝。白露淨原野，始覺丘陵平。暗蛩方夜績，〔施註〕孟東野樂府：暗蛩有虛織，短綫無長縫。孤螢〔七二〕亦宵征。〔施註〕《毛詩·豳風·東山》：熠燿宵行。註：螢，火也。歸來閉户坐，寸田且默耕。莫赴花月期，〔施註〕韓退之詩：有時醉花月，清唱高且綿。免爲詩酒縈。詩人如布穀，聒聒常自名〔七三〕。【誥案】紀昀曰：激語，妙於竟住，遂不甚露。

和陶九日閑居〔七四〕并引〔七五〕

明日重九，雨甚，展轉不能寐。起，索酒〔七六〕，和淵明一篇，醉熟〔七七〕昏然，殆不能佳也。

九日獨何日，欣然愜平生。四時靡不佳，樂此古所名。龍山憶孟子，栗里懷淵明。鮮鮮霜菊艷，〔施註〕韓退之《秋懷》詩：鮮鮮霜中菊，既晚何用好。溜溜糟牀聲。閑居知令節，樂事滿餘齡。〔施註〕韓退之《過南陽》詩：孰忍生以戚，吾其寄餘齡。登高望雲海，〔施註〕《文選》阮嗣宗《詠懷》詩：登高有所思。醉覺玉山傾。長歌振履商，起舞帶索榮。〔施註〕《列子·天瑞篇》：孔子游於太山，見榮啓期鹿裘帶索，鼓琴而歌。坎坷〔七八〕識天意〔七九〕，淹留見人情。但願飽秔稌〔八〇〕，年年樂秋成。【誥案】紀昀曰：收得和平而滿足。

和陶擬古九首〔八一〕

【誥案】此九首無論本家筆具在，且全非子由氣息也。合註引焦竑《外集敍》云：此九首，本子由作。又，總案云：蘇籀《雙溪集》云：《欒城集·和陶擬古九首》，亦坡代公作。合註因是復有子由代作此九首，而公亦代子由和九首之論，皆非是。今考公第八首「城南有荒池」，子由何從知之？第九首「黎山有幽子」，子由何從見之？若子由之「海康雜蠻蜒」一首，公可代作，而「邑中有佳士」六句，實有所指，公亦何從備知其細，此非代言所能盡也。

其一

有客叩我門，繫馬門前柳。〔施註〕白樂天《留李固言》詩：繫馬門前柳。庭空鳥雀散〔八二〕，門閉客立久。【誥案】公在海南，真有此種情狀，隨手拈來，皆古人所不道。主人枕書卧，夢我平生友。忽聞剥啄聲，驚散一杯酒。倒裳起謝客，夢覺兩愧負。坐談雜今古，不答顔愈厚。〔施註〕《毛詩·小雅·巧言》：巧言如贊，顏之厚矣。問我何處來，我來無何有。

其　二

酒盡君可起，〔施註〕韓退之《送石處士》詩：去去事方急，酒行可以起。我歌已三終。〔施註〕《説苑》：孔子遭難陳、蔡之境，歌兩柱之間，子路援干而舞，三終而出。〔查註〕《禮記·鄉飲酒》：間歌三終，合樂三終。疏云：每一篇而一終，一歌則一吹也。由來竹林人，不數濤與戎。有酒從孟公，慎勿從揚雄。崎嶇頌沙麓，〔施註〕《漢·元后傳》：后薨，王莽詔揚雄作誄，曰：太陰之精，沙麓之靈，作合於漢，配元生成。塵埃污西風。昔我未嘗達，今者亦安窮。窮達不到處，我在阿堵中。〔施註〕《晉·顧愷之傳》：傳神寫照，正在阿堵中。

其　三

客去室幽幽，服鳥來座隅。引吭伸兩翅〔三〕，太息意不舒。吾生如寄耳，何者爲吾廬〔四〕。去此復何之，〔施註〕陶淵明《歸去來辭》：曷不委心任去留，胡爲乎皇皇欲何之。少安與汝居。夜中聞長嘯，月露荒榛蕪。無問亦無答，吉凶兩何如。〔查註〕《史記》賈誼《鵩賦》：野鳥入處兮，主人將去。請問於鵩兮，予去何之？吉乎告我，凶言其菑。【誥案】紀昀曰：用得變化，更覺超妙。

其　四

少年好遠遊，蕩志隘八荒。〔合註〕《漢書·陳勝項籍傳·贊》：并吞八荒之心。九夷爲藩籬，四海環我堂。盧生與若士，何足期渺茫〔八五〕。〔施註〕《神仙傳》：若士謂盧敖曰：「吾方與汗漫期於九垓之外，不可久住。」乃竦身入雲中。稍喜海南州，自古無戰場。奇峰望黎母，〔施註〕《九域志》：儋州有黎母山水。〔查註〕《名勝志》：山在瓊州府定安縣南。一云，婺女星常降此山，名黎婺。一云，昔雷攝一蛇卵，在山中，生一女，有交阯蠻過海采香，因與野合，其後子孫衆多，是爲黎人之祖，故曰黎母。何異嵩與邙。〔施註〕《九域志》：西京河南府古迹，有崧山、北邙山。飛泉瀉萬仞〔八六〕，〔查註〕《瓊州志》：昌江在昌化縣城南十里，源自五指山。至侯村，分南北二派。南江西流，經赤坎村，會海潮成港。北江繞縣南流，西至泥浦，與潮相匯，徑入海。舞鶴雙低昂。〔施註〕杜子美《畫鶴》詩：低昂各有意。分㳅〔八七〕未入海，〔施註〕《説文》：㳅，古文流字也。膏澤彌此方〔八八〕。芋魁倘可飽，無肉亦奚傷。【誥案】自此以上四篇，在《文選》諸賦奪胎，脱淨《客嘲》、《賓戲》之迹。

其五

馮冼〔八九〕古烈婦，翁媼國於兹。策勳梁武後，開府隋文時。三世更險易〔九〇〕，一心無磷緇〔九一〕。錦繖〔九二〕平積亂，犀渠破餘疑。〔施註〕《北史·列女傳》：譙國夫人冼氏，世爲南越首領，在父母家，撫循部衆，能壓服諸越，海南儋耳歸附者千餘洞。梁大同初，高涼太守馮寶聘以爲妻。高州刺史李遷仕反，夫人擊之，大捷。及寶卒，嶺表大亂，夫人懷集百越，數州宴然。陳永定二年，廣州刺史歐陽紇反，夫人發兵拒境，詔使持節册夫人爲高涼郡太夫人，一如刺史之儀。陳亡，隋文帝安撫嶺外。晉王廣遣陳主遺書，諭以歸化，以犀杖兵符爲信。夫人驗知，盡日慟哭。册夫人爲宋康郡夫人。王伯宣反，夫人進兵至南海，親披甲，乘介馬，張錦傘，領彀騎，衛詔使裴矩巡撫諸州，嶺南悉定，封譙國夫人。賜物各藏於一庫，每歲時大會，皆陳於庭，以示子孫，曰：「我事三代主，惟用一好心，今賜物具存，此忠孝之報。」《國語》：奉文犀之渠。註云：甲也。廟貌空復存，〔施註〕《唐文粹》于公異《破朱泚露布》：鐘簴不移，廟貌如故。〔查註〕按《北史》：冼夫人仁壽初卒，謚誠敬夫人。《名勝志》：冼夫人祠，在高州東門外。碑版漫無辭。〔施註〕《文選》謝靈運詩：圖牒復磨滅，碑版誰聞傳。我欲作銘誌，〔施註〕《文選》顔延年詩：丘壠塡郛郭，銘誌滅無文。慰此父老思。遺民不可問，僂句莫予欺。犦牲菌雞卜，〔施註〕《史記・封禪書》：令越巫立越祝祠，而以雞卜。《番禺雜編》：嶺表之人，凡小事必卜，其名雞卜、鼠卜、米卜、著卜、牛骨卜、雞卵卜、田螺卜、篾竹卜。〔查註〕《文苑英華》張説《宋公遺愛碑》：頌曰：犦牛牲兮菌雞卜，神降福兮公壽考。我當一訪之。銅鼓壺盧笙，〔施註〕《廣州記》：狸獠鑄銅爲鼓。《嶺表録異》：蠻夷之樂，有銅鼓，形如腰鼓。一頭有面鼓，面圓二尺許，用銅鑄，其身遍有蟲魚草木之狀，擊之響亮，不下鳴鼉。胡盧笙，交阯人多取無柄老瓠，剖而爲笙，上安十三簧，吹之音韻清響，雅合律吕。〔查註〕裴淵《廣州記》：狸獠鑄銅鼓，以高大爲貴，面闊五尺餘，鼓腰隆起，或作海魚周回，有蝦蟆十二相對。朱輔《溪蠻叢笑》：蠻地多銅鼓，如大鐃，長甬三十六乳，重百餘斤，其文多環以甲士，中空無底。葫盧笙，潘安仁賦所云「曲沃懸匏，汶陽瓠篠」，皆笙之材也。蠻所吹蘆笙，亦匏瓠餘意，但列管六，與《説文》十三簧不同耳。歌此送迎〔九三〕詩。

其六

沉香作庭燎，〔施註〕《説文》：庭燎，大燭也。《詩》有《庭燎篇》。《禮記・郊特牲》：庭燎之百。自齊桓公始也。《文選》江文通《上人》詩：香鑪絶沉燎。甲煎粉相和〔九四〕。〔施註〕《南史・范曄傳》：撰《和香方》，以比類朝士。其序曰：沉實易和，以自比也，甲煎淺俗，比徐湛之也。〔查註〕李高《謝臘日口脂面藥啓》：然之以桂花蘭蘇，柔之以辛夷甲煎。〔合註〕《本草》註：甲煎，以諸藥及美果花燒灰和蠟治成，可作口脂，蓋黏則爲脂，散則爲粉，故又曰甲煎粉。李義山詩：沉香甲煎爲庭燎。豈若炷微火〔九五〕，縈烟嫋清歌〔九六〕。【誥案】此二句謂不必多求也。必朱、劉改置和買，抑勒多取，其害轉甚，故詩言如此。貪人無飢飽，胡椒亦求多。朱、劉兩狂子，隕墜〔九七〕如風花。本欲竭澤漁，奈此明年何。〔公自註〕朱初平、劉誼欲冠帶黎人，以取水沉耳〔九八〕。〔合註〕《續通鑑長編》：元豐三年七月，荆湖南路轉運副使朱初平爲瓊管體量安撫，權提舉廣南西路常平等事劉誼，同體量安撫。又，十二月載：朱初平等言：每年省司下四州軍買香，官吏並不據時估值，沉香每兩只支錢一百三十文，科配香户，受納者，多取斤重，又加息耗，因緣私買，不在此數，以故民多破産。海南大患，無甚於此。其廣州外國香貨及海南客旅所聚，若置場和買，未爲過也。詔從之。據此，與自註不合。〔施註〕《史記·孔子世家》：竭澤涸漁，則蛟龍不合陰陽。《吕氏春秋·義賞篇》：晉文公與楚人戰城濮。雍季曰：「竭澤而漁，豈不獲得，而明年無矣。」

其七

雞窠養鶴髮，〔施註〕錢希白《洞微志》：太平興國中，李守忠爲承旨，奉使南方。過海至瓊州界，道逢一翁，自稱楊遐舉，年八十一，邀守中詣所居。見其父曰叔連，年一百二十二，又見其祖曰宋卿，年一百九十五。語次，其梁上雞窠中，有一小兒出頭下視。宋卿曰：「此吾前代祖也。不語不食，不知其年，朔望取下，子孫列拜而已。」及與唐人游。來孫亦垂白。〔施註〕《爾雅》：曾孫之子爲玄孫，玄孫之子爲來孫。頗識李崖州。〔施註〕謂唐相李德裕也。德裕大中二年，貶崖州司户參軍。《洞微志》：李守忠見宋卿，訪及往時韋執誼、李德裕二相經由。宋卿曰：「李太尉到朱崖，雖不多時，尚時時令人北去買藥。其時某以小吏，亦三獻厨料於太尉。覩太尉方正端重，實爲名相，雖遷降南荒茅茨之下，了無介懷。」〔查註〕《唐書》：李德裕，字文饒。歷相文宗、武宗，拜太尉，進封趙國公。宣宗大中二年，貶崖州司户參軍，明年卒，年六十三。再逢盧與丁，〔施註〕謂盧多遜、丁謂也。盧、丁皆貶崖州司户參軍。〔查註〕《宋史》：盧多遜，太平興國初，拜中書侍郎平章事。與趙普不協。會有以多遜交通秦王事聞，削官爵，一家親屬，並配流崖州。卒於流所，年五十二。又：丁謂，字公言。擢户部，參知政事。寇準爲相，尤惡謂，謂媒孽其過，遂罷準相。既而拜謂同中書門下平章事。仁宗即位，謂潛結内侍雷允恭，傳達中旨。誅允恭後，降謂分司西京，遂貶崖州司户參軍，籍其家。【誥案】丁謂後以智數得歸。閱世真東流。斯人今在亡，未遽掩一丘。〔施註〕《漢・楊惲傳》：古與今如一丘之貉。〔邵註〕按公詩，反用其語，似謂李與盧、丁賢姦之不同也。盧、丁乃其本朝，故語意特深渾。【誥案】「再逢」四句，從「頗識」句帶串而下，此乃在「來孫」口吻中，只應如是完結也。若如子湘論詩，何苦多此一事。我師吴季子〔九九〕，守節到晚周。〔施註〕《左傳・襄公三十一年》：吴屈狐庸言於趙文子曰：「季子守節者也，雖有國不立。」〔合註〕《史記・封禪書》：雖晚周亦郊焉。一見春秋末，渺焉不可求。〔合註〕何焯曰：謂延州來季子救陳事，見《左傳・哀公十年》。【誥案】季子救陳，年百餘齡矣。自此以上三篇，雜述舊聞。

其八

城南有荒池，瑣細誰復採。〔施註〕杜子美《太子舍人遺織成褥段》詩：逶迤羅水族，瑣細不足名。幽姿小芙蕖，〔查註〕《名勝志》：儋州城南有桄榔菴，菴前有清水池，池中荷花，四季不絶，臘月尤勝。宋知軍陳覺《清水池》詩，有「坡老未須譏瑣細，解陪梅菊到冰霜」之句。香色獨未改。欲爲中州信，〔合註〕《文選》蘇子卿詩：山海隔中州。浩蕩絶雲海。〔施註〕《文選》潘安仁《河陽》詩：洪流何浩蕩。遥知玉井蓮，落蕊不相待。攀躋及少壯，〔施註〕韓退之詩：躋攀倦日短。《文選・古詩》：少壯不努力，老大徒傷悲。已失〔一〇〇〕那容悔。【誥案】紀昀曰：此首純是古音，置之曲江、正字之間，不可復辨。

其九

黎山有幽子〔一〇一〕，〔合註〕韓退之詩：海中諸山中，幽子頗不無。形槁神獨完。負薪入城市，笑我儒衣冠。〔合註〕《禮記·儒行》：魯哀公曰：「夫子之服，其儒服與？」生不聞詩書，豈知有孔、顏。翛然獨往來，榮辱未易關。【誥案】紀昀曰：以對照見意，感慨於言外寓之。日暮鳥獸散，〔施註〕《漢·李陵傳》：各鳥獸散，猶有得脱歸報天子者。家在孤雲端。問答了不通，歎息指屨彈。似言君貴人，草莽栖龍鸞。遺我古貝〔一〇二〕布，〔施註〕《舊唐書·南蠻傳》：婆利國有古貝草，緝其花以作布，粗者名白氎。《番禺雜編》：嶺南邕、容皆有古貝樹，語訛爲劫貝，其花蕊似茸絲，以線碣子績之，織爲布。〔查註〕《文昌雜録》：閩嶠以南多木棉，采其花爲布，號吉貝。後讀《南史》，言林邑等國出古貝木，其花成對如鵝毳，抽其緒紡之以作布，與苧不異。《翻譯名義》：劫貝，即木棉也。《瓊州志》：東猺山在文昌縣東一百里，其地多田，種藷芋給食，績紡吉貝以爲衣。海風今歲寒。【誥案】自此以上二篇，因出游而記近事也。凡此類和陶，公所謂借韻者也，如必逐首似陶，雖陶有所不能也，讀者當以此意參之。

和陶東方有一士〔一〇三〕

【誥案】此詩卽前題第九首原韻，因改系於後，餘詳案中。〔案〕已詳《和陶擬古九首》誥案。

瓶居本近危，甑墜知不完。夢求亡楚弓〔一〇四〕，笑解適越冠。〔合註〕《莊子·逍遥遊篇》：宋人資章甫而適諸越，越人斷髮文身，無所用之。忽然返自照〔一〇五〕，識我本來顏。歸路在脚底，殽澠失重關。屨從淵明遊，雲山出毫端。借君無弦琴〔一〇六〕，寓我非指彈。〔查註〕《莊子·齊物論篇》：以指喻指之非指，不若以非指喻指之非指也。豈惟舞獨鶴，便可攝飛鸞〔一〇七〕。還將嶺茅瘴，一洗月闕〔一〇八〕寒。〔公自註〕此東方一士，正淵明也。不知從之遊者誰乎？若了得此一段，我卽淵明，淵明卽我也〔一〇九〕。

次韻子由三首

東　亭

【誥案】《欒城集·東亭》詩云：十口南遷粗有歸。又《東樓》詩自註云：是歲，海無颶風。由此推之，其得屋在九月後也。

仙山佛國本同歸，世路玄關兩背馳。〔王註〕《文選》曹顏遠詩：今我惟困蒙，羣士皆背馳。〔施註〕《文選·廣絶交論》：世路險巇。王簡栖《頭陀寺碑》：玄關幽揵，感而遂通。到處不妨閑卜築，流年自可數期頤。〔王註〕《曲禮》：百年曰期頤。遥知小檻臨廛市，定有新松長棘茨。誰道茅簷劣容膝，海天風雨看紛披。〔施註〕《文選·洞簫賦》：其仁聲，則若飄風紛披容與而施惠。杜子美《九成宫》詩：紛披長松倒。

東　樓

〔查註〕《名勝志》：雷州城南有蘇公樓，蘇黄門以論熙豐邪説，安置雷州。章惇下令，流人不許占官舍。郡人吴國鑑，造屋於此，以處子由。惇又以爲强奪民居，賴有僦券而止。

白髮蒼顏自照盆，董生端合是前身。〔王註次公曰〕董生，董仲舒也。獨棲高閣多辭客〔一一〇〕，爲著新書未絶麟。〔王註次公曰〕司馬遷作《史記》，述陶唐至漢武太和年，得白麟而止，亦猶《春秋》止於獲麟也。〔子仁曰〕此一聯，意指董仲舒下帷講誦不窺園，及著《玉杯》、《繁露》書，特不泥本事耳。故首言董生是前身以引之，所謂高閣者，直指東樓也。〔施註〕《漢·揚雄傳》：校書天禄閣。漢賈誼書名《新書》。〔查註〕按此詩第二句以董仲舒比子由，第四句復云「爲著新書未絶麟」，意是時子由方著《春秋傳》而未成，故云爾。〔合註〕上句疑用韓退之詩「《春秋三傳》束高閣」句意，下句用《漢·董仲舒傳》「説《春秋》事得失，《聞舉》、《玉杯》、《蕃露》、《清明》、《竹林》之屬」。小醉易醒〔一二〕風力軟，安眠無夢雨聲新。長歌自誚真堪笑，底處人間是所欣。〔公自註〕柳子厚詩云：高歌返故室，自誚非所欣〔一三〕。

椰子冠

〔查註〕《南方草木狀》：椰樹，實大如寒瓜，外有粗皮，次有殼，圓而且堅。《孫公談圃》：椰子本出伽盧國，其實中有酒，能醉人，若他國所釀，多不同。《太平寰宇記》：椰子樹，如檳榔而高大，殼堪爲器，皮堪縛船。〔合註〕《嶺表録異》：椰子樹，亦類海椶，結椰子，大如甌、杯。外皮如大腹，殼厚二三分，有圓如卵者，截開，以爲水罐子。殼中有液數合，如乳，可飲。查註附《欒城集·過姪寄椰子冠》詩。

天教日飲欲全絲，〔王註〕《前漢書》：爰盎，字絲。徙爲吴相，辭行，兄子種謂曰：「吴王驕日久，國多姦，今絲欲刻治，彼不上書告君，則利劍刺君矣。南方卑濕，絲能日飲，亡何，説王毋反而已。如此幸得脱。」美酒生林不待儀。〔王註次公曰〕椰子樹，似檳榔而高大。葉長，一房生三十餘子，如瓜，肉似熊白，味似胡桃，内有漿一升，清如水，甜如蜜。今言美酒生林，指言椰子中有自然之酒，故不待儀狄也。〔施註〕《番禺雜編》：椰子中有汁二三升許，蕃人好飲，謂之椰子酒。《戰國策》：帝女令儀狄作酒而美，進之禹。自漉疎巾邀醉客，更將空殼付冠師。〔公自註〕《前漢・高祖紀註》云：薛有作冠師〔一三〕。〔施註〕《漢・高祖紀》：以竹皮爲冠，令求盜之薛治。應劭曰：薛，魯國縣也，有作冠師，故往治之。規模〔一四〕簡古人争看，〔施註〕《漢・高祖紀》：規模宏遠矣。〔合註〕韓退之《王公碑銘》：簡古而蔚。簪導輕安髮不知。〔王註〕《隋書・禮儀志》：簪導。按《釋名》云：簪，建也，所以建冠於髮也。導，所以導櫟鬢髮，使入巾幘之裏也。更著短簷高屋帽，〔王註〕《隋書・禮儀志》：宋、齊之間，帽或有白紗高屋。〔施註〕《晉・輿服志》：江左時，野人已著帽，士人亦往往而然，但其頂圓耳，後乃高其屋云。〔合註〕《後漢・輿服志》：古者有冠無幘。秦作顏題。漢興，續其顏，却摞之，施巾連題，却覆之。至孝文乃高顏題，續之爲耳，崇其巾爲屋。又《五行志》：延熹中，京師幘顏短耳長。《太平御覽》引干寶《搜神記》：横縫其前，名之曰顏。疑古作顏字，至後代始改作簷字，如李義山詩「舊主江邊側帽簷」、《宋史・輿服志》「垂簷」之類。李廌《師友談記》：士大夫近年做東坡桶高簷短帽，名曰子瞻樣。東坡何事不違時。

和陶停雲四首〔一五〕并引〔一六〕

【誥案】《欒城集・和停雲詩叙》云：「丁丑十月，海道風雨，儋、雷郵傳不通。子瞻兄和陶淵明《停雲》四章，以致相思之意，轍亦次韻以報。」查註云：「詩本合爲一章，今依淵明集，分爲四章。」今《欒城集》亦作一章，叙與詩矛盾，必非子由原本可知。

自立冬以來〔一七〕，風雨無虚日，海道斷絶，不得子由書。乃和淵明《停雲》詩以寄。

其一

停雲在空〔二八〕，黯其將雨。嗟我懷人，道修且阻。〔施註〕《毛詩・秦風・蒹葭》：溯洄從之，道阻且長。眷此區區，俯仰再撫。〔施註〕《莊子・在宥篇》：其疾俯仰之間，再撫四海之外。良辰過鳥，逝不我佇。【誥案】紀昀曰：此章頗有陶意。

其二

颶作海渾，〔施註〕《南越志》：熙安間多颶風，颶者，具四方之風也。嘗以六七月興，未至時三日，雞犬爲之不鳴。〔查註〕蘇叔黨《颶風賦》曰：海氛甚惡，非祲非祥，斷霓飲海而北指，赤雲夾日而南翔。此颶之漸也。〔合註〕《甕牖閑評》：余鄉常有颶風，初來，聲勢頗惡，人家即曰：「報起矣。」天水溟濛〔二九〕。雲屯九河，雪立三江。我不出門，寤寐北窗。念彼海康，神馳往從。【誥案】和陶不欲襲取皮毛，觀《停雲》自見。

其三

凜然清癯，落其驕榮。〔施註〕《韓非子・內儲説下》：仲尼爲政於魯，齊景公患之。犁且曰：「君何不遺哀公女樂，以驕榮其意。哀公新樂之，必怠於政，仲尼必諫，諫必輕絶於魯。」〔合註〕哀公是定公之誤。饋莫化之，廓兮忘情。萬里遲子，晨興宵征。〔施註〕《毛詩・召南・小星》：肅肅宵征。遠虎在側，〔施註〕遲、遠，子由二子也。遠，小字虎兒。以寧先生。【誥案】此章更妙，如必皆似首章，始謂之有陶意，則和陶皆空腔矣。曉嵐見不到此。

其　四

對弈未終，摧然斧柯。〔施註〕《述異記》：信安山有石室，王質入其室，見童子對棋。質觀之，局未終，視所執斧柯，已朽爛矣。〔合註〕摧，疑當作漼。《水經注》云：王質斧柯，漼然爛盡。再遊蘭亭，默數永和。〔查註〕宋姚寬云：考蘭亭之會，自王羲之、謝安四十二人，後唐大曆中，朱迪、呂謂、吳筠、章八元等三十七人經蘭亭故址聯句，有「賞是文詞會，歡同癸丑年」之句，東坡和陶，必用此事也。〔合註〕見《西溪叢語》。夢幻去來，誰少誰多。彈指太息〔二〇〕，浮雲幾何。【誥案】紀昀曰：此章自用本色，却佳。

和陶怨詩示龐鄧〔二一〕

【誥案】合註題作：和陶怨詩楚調示龐主簿鄧治中。【誥案】此詩有「如今破茅屋，一夕或三遷，風雨睡不知，黃葉滿枕前」諸句，以《停雲詩叙》「立冬風雨無虛日」之説合觀，則紹聖丁丑十月作也。如謂後兩年秋冬作，公已在新居，何至破敗若是哉？查註編己卯冬至前，合註從誤，今改編。

當歡有餘樂，在戚亦頽然。淵明得此理，安處故有年〔二二〕。嗟我與先生，所賦良奇偏。〔施註〕柳子厚《乞巧文》：胡爲賦授，有此奇偏。人間少宜適，惟有歸耘田。我昔墮軒冕，毫釐真市廛。困來〔二三〕卧重裀〔二四〕，〔合註〕《韓詩外傳》：遭齊君，重裀而坐。憂愧自不眠。如今破茅屋，一夕或三遷。〔施註〕《文選》劉公幹《贈徐幹》詩：起坐失次第，一日三四遷。風雨睡不知，黃葉滿枕前。【誥案】以上四句，乃張中修儋江驛之根，必當依《停雲詩叙》，改編於此，時事方合。若如查編，置《城南新居》之後，不但與破屋不合，并被逐城南之根，皆拔去矣。寧當出怨句，慘慘如孤烟。〔施註〕杜牧之《華清宮》詩：孤烟知客恨。但恨不早悟，猶推淵明賢。【誥案】此詩反覆致意淵明，乃盡和其詩之本意也。所改子由敘一段，卽此詩本旨。

和陶雜詩十一首〔一三五〕

【誥案】自戊寅至庚辰三年中，只有和陶十五首，若如查註，以此十一首編庚辰，則所餘僅四首。而此三年中所作，昭然可見者多矣，以是知此十一首，必爲丁丑作也。查註於和陶全未了了，又以此三年詩少，概以和陶塡入輳數，合註知之，又以逐首折改，難以藉手，故不肯明言其事，但朦朧委過於查也。其全部詩中，亦有駁查甚當而不更改編者，實由和陶不能藉手之故。錢大昕稱其「查有失當爲辨正，而不易其舊以取慎者」，假也。然自此開端，而查編全部詩之當者，亦加挑駁，以不任改編之責，故其爲說也易，殊不知據駁，則詩懸宕無着，更撓亂也。誥所改定和陶諸詩，雖不敢自信，然年限則大畧無誤者多，其丁丑秋冬海外之作，斷不能誤，惟其中有無從辨秋冬者，姑仍查編，不敢輕動耳。

其一

斜日照孤隙，始知空有塵。微風動衆竅〔一三六〕，誰信我忘身。〔施註〕白樂天《詔下》詩：不獨忘世兼忘身。一笑問兒子，與汝定何親。【誥案】此意從「相與有瓜葛」翻出，彼則近戲，而此則真至，故公詩無所不備矣。從我來海南〔一三七〕，幽絕無四鄰。耿耿如缺月，獨與長庚晨。此道固應爾，不當怨尤人〔一三八〕。

【誥案】紀昀曰：「十一首俱渾圓深厚，逼近陶公，字句偶露本色，所語形骸之外。」今觀諸詩，以海南作起結，中託述古以自寓，皆形骸之内也。讀此集，不容躐等而進，更讀十年，求之，未爲晚矣。

其二

故山不可到，飛夢隔五嶺。真游有黄庭，〔施註〕《黄庭經》註：脾中央即黄庭之宫，曰常在。閉目寓兩景。〔施註〕《黄庭經》有《内外景》。室空無可照，火滅膏自冷。披衣起視夜，〔施註〕《文選》魏文帝《雜詩》：展轉不能寐，披衣起徬徨。《毛詩·鄭風·女曰鷄鳴》：子興視夜。海闊河漢永。【誥案】紀昀曰：情在景中。西窗半明月，散亂梧楸影。良辰不可繫，〔施註〕白樂天《浩歌行》：既無長繩繫白日，又無大藥駐朱顔。逝水無留騁〔三九〕。我苗期後枯，〔施註〕《文選》嵇叔夜《養生論》：爲稼於湯之世，溉者後枯。持此一念静。

【誥案】題曰雜詩，詩不雜也。十一首，以我字作骨，一線穿成。上首從「我忘身」句領起海南，此首道其海南之我，更深一層，進德有叙。

其三

真人有妙觀，〔施註〕《文選·江賦》：考川瀆之妙觀。俗子多妄量。區區勸粒食，此豈知子房。〔施註〕《史記》：留侯學辟穀，道引輕身，吕后德留侯，乃强食之。我非徒跣相，終老懷未央。〔施註〕《漢·蕭何傳》：爲相國，下廷尉，數日赦出，何徒跣入謝。《高祖紀》：七年，蕭何治未央宫，上徙都長安。兔死縛淮陰，〔施註〕《漢·韓信傳》：上令武士縛載後車。信曰：「果若人言，狡兔死，良狗烹。」遂械信至雒陽，赦以爲淮陰侯。狗功指平陽。〔施

註〕《漢・蕭何傳》：上曰：「今諸君徒能得走獸耳，功狗也；至如蕭何發縱指示，功人也。」列侯畢已受封，奏位次，皆曰：「平陽侯曹參宜第一。」上善鄂千秋言，乃令何第一。哀哉亦何羞〔二〇〕，世路皆羊腸。〔施註〕酈道元《水經注》：羊腸坂在晉陽西北石磴，縈委若羊腸，故取名焉。【誥案】自此以下六首，以古方今，逐首皆落我字。人多以詠古，囫圇讀過。

其四

相如偶一官，嗤鄙蜀父老。不記犢鼻時，滌器混傭保。著書曾幾何〔二一〕，渴肺灰土〔二二〕燥。

〔施註〕《漢・司馬相如傳》：與文君俱之臨邛，盡賣車騎，買酒舍。乃令文君當鑪，相如身自著犢鼻褌，與庸保雜作，滌器於市中。後建節使蜀，太守以下郊迎，縣令負弩矢先驅，蜀人以爲寵。相如口吃而善著書。常有消渴病。琴臺有遺魄，〔施註〕《九域志》：成都府古迹，有司馬相如琴臺。〔查註〕王褒《益州記》：相如宅，在笮橋北。李膺云：市橋西二百步，得相如舊宅，南有琴臺故墟。《方輿勝覽》：琴臺，今爲金花寺，城內者非其舊也，卽今之金泉舖是矣。〔合註〕李義山詩：蜀王有遺魄。笑我歸不早。〔施註〕《古詩》：盛衰各有時，立身苦不早。【誥案】紀昀曰：如此落下奇絕。作書遺故人，皎皎我懷抱。餘生幸無愧，〔施註〕《文選》謝靈運詩：餘生幸已多。可與〔二三〕君平道。〔施註〕《漢・傳四十二序》云：蜀有嚴君平，卜筮於成都市，以爲卜筮者，賤業而可以惠衆人，有邪惡非正之問，則依蓍龜，爲言利害。

【誥案】此首以蜀人喻我。曉嵐前後茫如，故以此首落我字爲奇絕，乃自具實未了了親供也。

其五

孟德黠老狐，姦言嗾鴻豫。〔施註〕《左傳·宣公二年》：晉靈公嗾夫獒焉。哀哉喪亂世，梟鸞各騰翥。〔查註〕《史記·賈生傳》：嗚呼哀哉，逢時不祥。鸞鳳伏竄兮，鴟梟翺翔。逝者知幾人，文舉獨不去。【誥案】紀昀曰：以孔融自比。合註亦有此論。其後公《和狄咸》詩自道云：才疎絕類孔文舉。謂幾於見殺也。引此句，方是確證。天方斲漢室，豈計一郗慮〔一三四〕。昆蟲正相齧，乃比藺相如。〔邵註〕去聲。〔翁方綱註〕東坡詩司馬「相如」，皆作平聲，惟此詩藺「相如」作仄。〔合註〕《廣韻》：如，又人恕切。〔施註〕《後漢·孔融傳》：字文舉。曹操忌融正議，慮鯁大業，山陽郗慮承望風旨，奏免融官，因顯明讐怨。操故書激厲融曰：「廉、藺小國之臣，猶能相下。國家東遷，文舉盛歎鴻豫，名實相副，鴻豫亦稱文舉，奇逸博聞，誠怪今者與始相違。」操既積嫌忌，郗慮復搆成其罪，遂令路粹枉狀，奏融下獄棄市。慮，字鴻豫。我知公所坐，大名難久〔一三五〕住。〔施註〕《史記·越世家》：范蠡以爲大名之下，難以久居。細德方險微，〔施註〕賈誼《弔屈原賦》：見細德之險微兮，遥增擊而去之。豈有容公處。〔施註〕《史記·孔子世家》：夫子之道至大，故天下莫能容。既往不可悔，庶爲來者懼。【誥案】此以孔融自慨，乃十一首之正面詩，有次敘。

其六

博大古真人，老聃、關尹喜。〔施註〕《莊子·天下篇》：關尹、老聃，古之博大真人哉。獨立萬物表，長生乃餘事。稚川差可近，倘有接物意。〔合註〕《漢書·司馬遷傳》：以慎於接物。我頃登羅浮，物色恐相值〔一三六〕。徘徊朱明洞，沙水自清駛。〔施註〕杜子美《送覃二判官》詩：天寒沙水清。滿把菖蒲根，歎息復棄置。

其七

藍喬〔一三七〕近得道，常苦世褊迫。〔合註〕司馬相如《大人賦》：悲世俗之迫隘兮。韓退之詩：二雅褊迫無委蛇。西遊王屋山，〔合註〕《茅君内傳》：王屋山之洞，周迴萬里，名曰小有清虚之天。不踐長安陌。〔合註〕張説詩：夢見長安陌。爾來寧復見，鳥道度太白〔一三八〕。昔與吳遠遊，同藏一瓢窄。潮陽隔雲海，歲晚倘見客。〔施註〕司馬長卿《子虚賦》：先生又見客。【誥案】時吳子野在桂管曹子方處。據此句，必得子野近耗，知其已在歸途，將不歸潮陽，而就近渡海矣。伐薪供養火，〔查註〕孫思邈七返丹砂法，用六一泥固臍訖，以文火漸養，燒至六七日，即武火，一日成。如此七轉堪服。其火每轉，須減損之，不減，恐藥不住也。看作棲鳳宅。〔施註〕英州鄭總作《藍喬傳》：喬字子升，循州龍川人。母陳氏，禱羅浮山而孕。年十二，已能爲詩文，求道書讀之。辭母之江淮，抵京師，七年而歸。語母曰：「兒所以復返者，念母故也。」瓢中出丹一粒，饋焉。以黄金數斤遺母，曰：「是真氣所成。」潮州人吳子野遇之於京師，方大暑，同登汴橋買瓜。喬曰：「塵埃汙吾瓜，當於水中啖爾。」自擲於河，至夜不出。吳候其邸，則已酣寢，始知喬已得道，遂與執爨。語人曰：「吾羅浮仙人也，由此升天矣。」一日，躡風雲而上征，宫中歷歷聞笙簫聲，猶長吟李太白詩云：下窺夫子不可及，矯首相思空斷腸。【誥案】十首皆着落我字，獨此首以見客暗落，特化實爲虚也。本集多抛花假不度金針着手，本非易事，然誥不復多讓矣。

其八

南榮晚聞道，未肯化庚桑。陶頑鑄强獷〔一三九〕，枉費塵與糠。〔合註〕《莊子·逍遥遊篇》：是其塵垢粃糠，將猶陶鑄堯舜者也。越子古成之〔一四〇〕，韓生教休糧。〔合註〕《惠州府志》：古成之，字亞奭，河源人。五季末避地增城。嘗結廬羅浮山，力學不怠，端拱初登第，名在十九。初調元氏尉，改知益都縣。淳化三年，召試館職，除祕書省校書郎。張詠知益州，辟知綿州魏城縣，再令綿竹，惠政不衰。初，成之道由潭州，遇異人韓泳，邀以仙術。答曰：「親老祿仕，長生非所願也。」及登第，泳復邀之，不爲動。至是，歎曰：「今親没，何以仕爲。」慨然賦《思羅浮》詩，未幾卒於官。韓生，當即指韓泳也。參同得靈鑰，九鎖〔一四一〕啓伯陽。〔施註〕《神仙傳》：魏伯陽得神丹玄奥之理，微顯闡幽，著《參同契》三卷。《隱丹經》：金匱九籥，有九轉丹法。籥，所以藏書也。〔查註〕真一子有《還丹内象金鑰匙》一卷。鵝城見諸孫，〔合註〕諸孫，指言古成之之諸孫也。貧苦我爲傷。空餘焦先室，不傳元化方。〔施註〕《後漢·華佗傳》：字元化。精於方藥。曹操收付獄，殺之。臨死，出一卷書，與獄吏曰：「此可以活人。」吏畏法不敢受，佗索火燒之。遺像似李白，一奠臨江觴。

其九

餘齡難把玩，妙解寄筆端。〔合註〕《晉·王珉傳》：提婆妙解法理。常恐抱永歎，不及丘明、遷。〔施註〕謂左丘明、司馬遷二史也。親友復勸我，放心餞華顛。虚名非我有，〔施註〕《莊子·知北游篇》：身非汝有，是天地之委形也。至味知誰餐。思我無所思，安能觀諸緣。已矣復何歎，舊説《易》兩篇。〔合註〕指所著《易傳》，見子由所撰墓誌銘。【誥案】此首道傳經之志，下首任傳經之責，相爲表理。割一首刺介甫，則可笑，如謂與介甫争經義，尤屬卑見，詩以大道自任，不屑與此曹較得失也。

其十

申、韓本自聖，陋古不復稽。〔施註〕《史記・申韓傳》：申不害，京人也。申子之學，本於黃老而主刑名。韓非者，韓之諸公子也。喜刑名法術之學，而其歸本於黃老。巨君縱獨欲，借經作巖崖。〔施註〕《漢・王莽傳》：字巨君。奏起明堂、辟雍、靈臺，爲學者築舍萬區。益博士員，徵天下通一藝教授十一人以上，及有《逸禮》古《書》、《毛詩》、《周官》、《爾雅》，通知其意者，詣公車。《漢・禮樂志》：王莽爲宰衡，欲耀衆庶，遂興辟雍，因以篡位。遂令青衿子，珠璧人人懷。〔施註〕《左傳・桓公十年》：匹夫無罪，懷璧其罪。〔合註〕此用曹子建《與楊德祖書》「人人自謂握靈蛇之珠，家家自謂抱荆山之玉」也。鑿齒井蛙耳，信謂天可彌。〔合註〕《後漢・馬援傳》：子陽，井底蛙耳。大道久分裂，破碎日愈離。〔施註〕《漢・夏侯勝傳》：章句小儒，破碎大道。我如終不言，誰悟角與羈。〔查註〕《禮記・内則》：三月之末，擇日翦髮爲鬌，男角女羈。疏云：夾囟兩旁當角之處，留髮不翦，一從一横曰午。今女翦髮，留其頂上，從横各一，相交通達，故曰午達。不如兩角相對，但從横各一在頂上，故曰羈。羈者，隻也。吾琴豈得已，昭氏有成虧。〔施註〕《莊子・齊物論篇》：有成與虧，故昭氏之鼓琴也；無成與虧，故昭氏之不鼓琴也。【誥案】紀昀曰：此詩刺介甫。

其十一

我昔登朐山，〔施註〕《九域志》：海州東海郡朐山縣。〔查註〕《太平寰宇記》：大海在海州城東十五里。南，朐山縣界；北，懷仁縣界。朐山在城南二里，始皇東巡，立石東海上朐界中，以爲秦東門。出日〔一四二〕觀滄涼〔一四三〕。〔施

註】《列子·湯問篇》：孔子東遊，見兩小兒辨鬬。一兒曰：「日初出，天如車蓋，及日中，則如盤盂。此不爲遠者小而近者大乎？」一兒曰：「日初出，滄滄涼涼，及其日中，如探湯。此不爲近者熱而遠者涼乎？」欲濟東海縣，恨無石橋梁。今茲黎母國，何異于公鄉。〔施註〕《漢·于定國傳》：東海郯人也。其父于公爲獄吏，決獄平，郡爲生立祠，號曰于公祠。〔查註〕《海州志》：孝婦冢，在郯城。孝婦，竇氏。于公，郯人，爲郡決曹，以争孝婦獄，辭疾去。故居在東海城北十里，名于公浦。按，于公鄉，即此地也。蠔浦既黏山，〔施註〕《番禺雜編》：蠔殼，即牡蠣也。中有肉，隨其房大小，有高四五尺者，水底見之如山岸，呼爲蠔山。韓退之《初南食》詩：蠔相黏爲山。〔合註〕《本草》註：牡蠣生東海，出廣州南海者亦同。煮鹽者以泥釜；有長至一二丈者，嶄巖如山。《名勝志》亦有蠣山，其上多蠣。故先生以喻儋之蠔浦也。暑路〔一四四〕亦飛霜。〔施註〕《南史》張融《海賦》：積雪中春，飛霜暑路。所欣非自誷〔一四五〕，不怨道里長。【誥案】收到海南作結，是公本意，故云此十一詩，皆形骸之内也。

次韻子由月季花再生〔一四六〕

〔查註〕《本草》：月季花，一名鬬雪紅，逐月開花，薔薇類也。《欒城集》有《所寓堂後月季再生與遠同賦》詩。

幽芳本長春，暫瘁如蝕月。且當〔一四七〕付造物，未易料枯枿。〔施註〕庾信《枯樹賦》：枯枿千年。〔合註〕一作榿枿。也知宿根深，便作紫筍茁。〔合註〕子由詩有「何人縱尋斧，害意肯留枿，偶乘秋雨滋，冒土見微茁」之句，故此和詩云然。乘時出婉娩，〔施註〕《禮記·内則》：女教婉娩聽從。爲我暖栗冽〔一四八〕。〔施註〕《毛詩·豳風·七月》：二之日栗冽。箋云：寒氣也。先生早貴重，廟論推英拔。〔合註〕《南史·江總傳》：神采英拔。

而今〔一四九〕城東瓜，不記召南茇。〔王註〕《詩·甘棠》：美召伯也。召伯之教，行於南國。陋居有遠寄，小圃無闊躡。【誥案】紀昀曰：查初白謂小景鍛鍊至此。還爲久處計，坐待行年匝。〔公自註〕子由明年六十。臘果綴梅枝，〔施註〕韓退之《洛陽春》詩：桃枝綴紅糝。春杯浮竹葉。〔王註〕庾信詩：三春竹葉酒，一曲鵾雞絃。誰言一萌動，已覺萬木活。聊將玉蕊新，〔公自註〕世謂此玫瑰花也〔一五〇〕。插向綸巾折。〔施註〕《世説》：謝萬詣簡文，著白綸巾鶴氅，共談論。〔施註〕《後漢·郭太傳》：嘗遇雨，巾墊，時人乃故折巾一角，以爲林宗巾。

【誥案】紀昀曰：借事相寬，善於立言。

和陶田舍始春懷古二首〔一五一〕并引〔一五二〕

【誥案】合註題作：和陶癸卯歲始春懷古田舍。

僑人黎子雲兄弟，居城東南，躬農圃之勞。【誥案】詩有「城東兩黎子」句，謂子雲、子明也。若黎先覺輩，似其後卜居城南，始相識也。偶與軍使張中同訪之。居臨大池，水木幽茂。坐客欲爲醵錢作屋，予亦欣然同之〔一五三〕。名其屋〔一五四〕曰載酒堂，用淵明《始春懷古田舍》韻〔一五五〕。

其一

退居有成言，垂老竟未踐。〔施註〕杜子美《垂老别》詩：垂老不得安。何曾淵明歸，屢作敬通免。〔施註〕《後漢·馮衍傳》：字敬通。爲曲陽令，論功當封，以讒毁故賞不行。帝將召見，王護等排間，由此得罪。顯宗即位，又多短衍以文過其實，遂廢於家。休閑等一味，妄想生愧覥。〔公自註〕淵明本用緬字，今聊取其同音字〔一五六〕。

〔合註〕淵明原句云：啓塗情已緬。〔施註〕《毛詩·小雅·何人斯》：有靦面目。註：靦，面慚也。聊將自知明，〔施註〕《老子》：知人者智，自知者明。稍積在家善。城東兩黎子，室邇人自遠。呼我釣其池，人魚兩忘反。〔施註〕白樂天《渭上釣》詩：況我垂釣意，人魚又兼忘。使君亦命駕，恨子林塘淺。

其二

茅茨破不補，嗟子乃爾貧。菜肥人愈瘦〔一五七〕，竈閑井常勤〔一五八〕。〔合註〕似言貧惟飲水而已。我欲致薄少，〔施註〕韓退之《寄盧仝》詩：時致薄少助祭祀。解衣勸坐人。〔施註〕《史記·淮陰侯傳》：漢王解衣衣我，推食食我。韓退之《柳子厚墓志》：率常屈其坐人。臨池作虛堂，〔合註〕梁昭明太子詩：高宇既清，虛堂復靜。雨急瓦聲新。客來有美載，果熟多幽欣。丹荔破玉膚，黃柑溢芳津。〔合註〕《洞冥記》：玉膚柔軟。王筠詩：拭露染芳津。借我三畝地，結茅爲子鄰。【誥案】此二句偶然及之，不虞來年竟卜鄰也。與張中同游，亦在無嫌疑之時。凡此皆丁丑作詩之證也。查註編此詩於《新居既成三送張中》之後，知公必不爲此語矣。鴂舌倘可學，化爲黎母民。

和陶贈羊長史〔一五九〕并引〔一六〇〕

得鄭嘉會〔一六一〕靖老〔一六二〕書，〔查註〕先生《半月泉題名》：蘇軾、曹輔、劉季孫、鮑朝㮣、鄭嘉會、蘇堅同游。元祐六年三月十一日。刻石在湖州德清縣慈相寺中，余家有搨本。詩題中所謂鄭會嘉，當即嘉會之譌，今從石刻改正。

欲於海舶載書千餘卷見借。因讀淵明《贈羊長史》詩云：愚生三季後，慨然念黃虞。得知千載事，上賴古人書。次其韻〔一六三〕以謝鄭君。〔查註〕程鉅夫《雪樓集·跋東坡帖》云：「蘇公坐謫時，有在都城見叔黨而障面者。及還儋耳，鄭嘉會靖老乃能以海舶載書千餘卷爲借，亦可嘉已。公《和淵明贈羊長史》詩以謝之，千載而下，知有靖老，士烏可不自附於青雲哉。此帖言所借書，收掌如法，前輩借人書籍，愛護如此，皆盛德事。【誥案】鄭嘉會時官惠州，凡兩借書，由海運至儋，皆廣州道士何德順爲之代致者也。然書到甚遲。並詳案中。〔案〕總案云：本集鄭靖老借書兩次，其後到者一次，不能悉考。又，元符二年，總案有「鄭嘉會船書至」條。

我非皇甫謐，門人如摯虞。不持〔一六四〕兩鴟酒，肯借一車書。〔施註〕《晉·皇甫謐傳》：自表就武帝借書，帝送一車與之。門人摯虞等，皆爲晉名臣。〔邵註〕《韻註》：瓻，通作鴟，盛酒器，即鴟夷也。〔合註〕《甕牖閑評》：瓻，酒器，古之盛酒，以遺借書者也。《唐韻》云：瓻大者一石，小者五斗。《東皇雜錄》亦云：借書饋酒一瓻，還書亦饋酒一瓻。

欲令海外士，觀經似鴻都。〔施註〕《後漢·靈帝紀》：「光和元年，始置鴻都門學生。」蔡邕書石經。〔合註〕《靈帝紀》：「熹平四年，詔諸儒正《五經》文字，刻石立於太學門外。」此在光和之前。《蔡邕傳》：自書册於碑，及碑始立，其觀視及摹寫者，車乘日千餘兩，填塞街陌。結髮事文史，俯仰六十踰〔一六五〕。〔施註〕《漢·主父偃傳》：結髮游學，四十餘年。老馬不耐放，長鳴思服輿。〔施註〕《戰國策》：楚客謂春申君曰：「昔騏驥駕鹽車，上吴坂，遷延負轅而不能進，遇伯樂，解而趣之，於是俯而噴，仰而鳴，以伯樂之知己也。今僕戹居之日久矣，君獨無意使僕爲君長鳴乎？」故知根塵〔一六六〕在，〔施註〕《圓覺經》：圓圓無際，故當知六根遍滿法界，六根遍滿，故當知六塵遍滿法界。未免病藥俱。念君千里足，歷塊猶踟躕。〔施註〕《楚辭·卜居》：寧昂昂若千里之駒乎？杜子美《瘦馬行》：當時歷塊誤一蹶，委棄非汝能周防。好學真伯業，〔施註〕《英雄記》：袁遺，字伯業。〔查註〕《三國志》：山陽太守袁遺，與袁術等同時起兵。裴松之註云：遺，字伯業，紹從兄。張超常薦其包羅載籍，綜練百氏，求之今日，邈焉寡儔。魏太祖稱長大而能勤學者，惟吾與袁伯業耳。比肩可相如。〔施註〕《戰國策》：淳于髡一日而見七人。宣王曰：「寡人聞千里一士，是比肩而至也。」此書久已熟，救我今荒蕪。顧慚桑榆迫，久厭詩書娱〔一六七〕。奏賦病未能，草玄老更疎。〔施註〕《漢・揚雄傳》：從上甘泉還，奏賦以風哀帝，時草《太玄》，有以自守，泊如也。猶當距楊、墨，〔施註〕《揚子》：能言距楊、墨者，聖人之徒也。稍欲懲荆舒。〔施註〕《毛詩・魯頌・閟宫》：戎狄是膺，荆舒是懲。王安石初封舒國公，後改封荆。【誥案】公後《與鄭嘉會書》云：只草得《書傳》十三卷，甚賴兩借書檢閱也。此詩因借書而發，與前篇詩旨全別。紀曉嵐亦云：結指半山。合註謂荆舒指海南人，而以施註爲誤，非也。

入寺〔一六八〕

曳杖入寺門，輯杖挹〔一六九〕世尊。〔王註次公曰〕輯，音集，若言收杖於兩手間也。〔施註〕《法華經》：世尊妙相具。〔查註〕《翻譯名義》：世尊，天上人間所共尊，具此十德，名世間尊。〔合註〕《禮記・喪大記》：輯杖。註：輯，斂也，謂舉之，不以拄地。我是玉堂仙，謫來海南村。多生宿業盡，一氣中夜存。〔施註〕《楚辭・遠遊章》：一氣孔神兮，於中夜存。虛以待之兮，無爲之先。旦隨〔一七〇〕老鴉起，飢食扶桑暾。〔王註次公曰〕食扶桑暾，道家食日法也。光圓摩尼珠，照耀玻璃盆。來從佛印可〔一七一〕，稍覺魔忙奔。【誥案】以上四句，謂光明透澈，無所不了也。凡學皆然，雖就佛說，不必皆佛理也。公無可與言，故就佛印可耳。閑看樹轉午，坐到鐘鳴昏。〔合註〕何焯曰：用段十六語。斂收平生心，耿耿聊自温。

獨覺〔一七二〕

瘴霧三年恬不怪，〔合註〕《漢書·禮樂志》：因恬而不知怪。反畏北風生體疥。〔合註〕《禮記·月令》：仲冬行春令，民多疥癘。何焯曰：「反畏北風」，用柳河東書中語。朝來縮頸似寒鴉，焰火生薪聊一快。紅波翻屋春風起，先生默坐春風裹。浮空眼纈散雲霞，〔施註〕庾信《搗衣》詩：花鬚碎眼纈，龍子細文紅。無數心花發桃李。〔王註〕《華嚴經》：菩提心華，亦復如是。〔查註〕《圓覺經序》：心花發明。《道家元氣論》：氣運息調，榮枝葉也；性清心悦，開花也；固精留胎，結實也。翛然獨覺午窗明，〔王註次公曰〕陳後主詩：午醉醒來晚，無人夢自驚。夕陽如有意，故傍小窗明。蓋摘字用之也。欲覺猶聞醉鼾聲。〔王註〕《説文》：鼾，卧息也。回首向來蕭瑟處，也無風雨也無晴。【誥案】紀昀曰：此却淺易，開唐六如等一派。

十二月十七日夜坐達曉，寄子由〔一七三〕

燈燼不挑垂暗蕊，爐灰〔一七四〕重撥尚餘薰〔一七五〕。清風欲發鴉翻樹，缺月初升犬吠雲。〔王註〕《野人閑話》載：杜光庭犬名曰吠雲，臨終，命以油塗足，以繒裹之，云可行萬里。閉眼此心〔一七六〕新活計，〔施註〕白樂天《吾土》詩：水竹花前謀活計。隨身孤影舊知聞。〔施註〕白樂天《老慵》詩：近來漸喜知聞斷。雷州别駕〔一七七〕應危坐，跨海清光〔一七八〕與子分〔一七九〕。

謫居三適三首

【誥案】紀昀曰：三詩並自在流出而妙，不率易，是爲老境。

旦起理髮

安眠海自運，浩浩朝黄宫〔一八〇〕。〔王註次公曰〕「海運」字，出《莊子》「海運則鵬徙於南溟」。「黄宫」字，道家以臍下爲丹田，腦頂爲黄宫。 日出露未晞，〔王註〕《詩·秦風·蒹葭》：蒹葭萋萋，白露未晞。《詩·小雅·湛露》：湛湛露斯，匪陽不晞。 鬱鬱濛霜松。 老櫛從我久，齒疎含清風。〔查註〕《詩·周頌·良耜》：其比如櫛。疏：其比迫如櫛齒之相次。 劉熙《釋名》：梳，言其齒疎也。 一洗耳目明，習習萬竅通。〔施註〕盧仝詩：兩腋習習清風生。少年苦嗜睡，〔施註〕杜牧之《上李中丞書》：好酒嗜睡，其癖已固。 朝謁常怱怱。 爬搔未云足，〔查註〕嵇康《絶交書》：性復多蝨，爬搔無已。 已困冠巾重。〔施註〕韓退之詩：我欲收斂加冠巾。 何異服轅馬，沙塵滿風騣。 琱鞍響珂月，〔王註次公曰〕珂月，言珂如月，以爲馬御飾也。〔合註〕杜子美《春宿左省》詩：月傍九霄多；又：因風想玉珂。 實與杻械同。 解放不可期，枯柳豈易逢。〔王註次公曰〕枯柳，言馬痒磨樹也。 先生嘗有詩云：何異枯楊便馬疥。〔邵註〕此云「枯柳豈易逢」，翻前詩意也。 誰能書此樂，獻與腰金翁〔一八一〕。〔查註〕據《欒城集》，當作公。〔合註〕宋刊施本作翁。【誥案】紀昀曰：翁字勝公字，後首東坡押「沐猴」字，子由乃和「封侯」，當日或不盡拘，不必以彼改此也。 今考《欒城集》押「未肯易三公」句，故查註改翁以就公，而曉嵐因有此說。 查註主異，專以彼所見爲是，而舊所有爲非，並不顧是非皁白也。 本集所見和韻，如須、鬚、杭、航、蒲、蒱，皆隨意押，亦有換一韻少一韻者，後之人欲一一强爲齊之，得乎？今仍作翁字。

午窗坐睡

蒲團蟠兩膝〔一八二〕，竹几閣雙肘。此間道路熟，徑到無何有。身心兩不見，息息安且久。睡蛇本亦無，何用鈎與手。神凝疑夜禪，〔施註〕《莊子·逍遥遊篇》：藐姑射之山，有神人焉，其神凝。體適劇卯酒。〔施註〕白樂天《閑樂》詩：空腹三杯卯後酒，曲肱一覺醉中眠。我生有定數，禄盡空餘壽。枯楊不飛花〔一八三〕，〔王註〕《周易·大過》：枯楊生華，何可久也。膏澤回衰朽。謂我此爲覺，物至了不受〔一八四〕。【誥案】紀昀曰：恰是坐睡。謂我今方夢，此心初不垢。非夢亦非覺，請問〔一八五〕希夷叟。〔王註次公曰〕陳圖南自號希夷先生。有衣冠子金勵謁先生，曰：「勵向遊華，欲見先生，先生睡未覺，睡亦有道乎？」先生爲詩曰：常人無所重，惟睡乃爲重。舉世此爲息，魂離神不動。覺來無所知，貪求心愈動。堪笑塵地中，不知夢是夢。見《翰苑名談》。

夜臥濯足

長安大雪年，〔王註〕杜子美《前苦寒》詩：漢時長安雪一丈，牛馬寒毛縮如蝟。〔施註〕《西京雜記》：元封二年大寒，雪深五尺，野鳥獸皆死，牛馬悉踡縮如蝟。束薪抱衾裯。雲安市無井〔一八六〕，斗水寬百憂。〔施註〕杜子美《引水》詩：月峽瞿唐雲作頂，亂石崢嶸俗無井。雲安沽水僕奴悲，魚復移居心力省。白帝城西萬竹蟠，接筒引水喉不乾。人生留滯生理難，斗水何直百憂寬。今我逃空谷，〔王註〕《莊子·徐無鬼篇》：逃虚谷者，聞人足音，跫然而喜。孤城嘯鵂鶹〔一八七〕。〔王註〕《傳》：鵂鶹嘯夜。得米如得珠，〔王註〕《説苑》：墨子謂滑釐曰：「今凶年，有欲與子隋侯之珠者，又欲與子鍾粟者，得粟不得珠，得珠不得粟，子將誰擇？」食菜不敢留。〔施註〕杜子美《積草嶺》詩：食薇不敢餘。況有松風聲，釜鬲鳴颼颼。〔王註〕《史記·蔡澤傳》：澤入韓、魏，遇奪釜鬲於途。註云：《爾雅》曰：款足者謂之鬲。郭璞曰：鼎曲脚也。〔施註〕白樂天詩：棠梨葉戰風颼颼。瓦盎深及膝，時復冷暖投。明燈一爪翦，〔查註〕《莊子·德充符篇》：爲天子之諸御，不爪翦，不穿耳。快若鷹辭鞲。〔王註〕韓退之《送侯參謀》詩：今君行得所，勢若脱鞲鷹。天低瘴雲重，地薄海氣浮。土無重腿藥，〔施註〕柳子厚《栽竹》詩：適有重腿疾，蒸鬱寧所宜。〔查註〕《左傳註》：沉溺濕疾，重腿足腫。獨以薪水瘳。誰能更包裹，冠履裝沐猴。〔合註〕子由詩末句云：名身孰親疎，慎勿求封侯。與先生原作用沐猴，不同韻。

卷四十一校勘記

〔一〕吾謫海南子由雷州被命即行了不相知至梧乃聞其尚在藤也旦夕當追及作此詩示之　七集續集重收此詩，題作「寄子由」；「吾謫海南」云云，乃詩之引；「子由雷州」作「子由謫雷」。施乙無「其」字。類本無「此」字。

〔二〕落日　原作「落月」。今從施乙。

〔三〕蒼茫　類甲、類乙作「茫茫」。

〔四〕歎息　合註：「歎」一作「太」。

〔五〕要荒　查註、合註：「要」一作「遐」。

〔六〕誰作輿地志　七集續集作「誰與作地志」。

〔七〕萬里　集本、集丁、施乙作「萬古」。

〔八〕吾鄉　何校：「我鄉」。

〔九〕和陶止酒　集戊在卷三之二，施乙在卷四十二之三，施丙在卷下之三。

〔一〇〕并引　七集無此二字。

〔一一〕我室　集戊作「我空」。

〔一二〕杯酌　七集作「杯勺」。何校：「杯勺」。

〔一三〕未濟　集戊作「未見」。

〔一四〕四州　類甲作「四洲」。

〔一五〕如度　集甲、集丁、施乙、類丙作「如渡」。

〔一六〕茫茫太倉中　類本作「區區魏中梁」。何校：「魏中梁」一作「太倉中」。類註引《莊子·則陽篇》：通達之中有魏，於魏中有梁，於梁中有王。又：陸游《老學庵筆記》卷五：晁子止言：曾見東坡手書「四州環一島」詩，其間「茫茫太倉中」一句，乃「區區魏中梁」，不知果否？

〔一七〕永嘯　原作「詠嘯」，今從集本、集丁、施乙、類本。查註作「咏嘯」，合註作「永嘯」。

〔一八〕笑電　七集作「笑雷」。

〔一九〕次前韻寄子由　類乙、類丙無「寄」字。集本「由」字後有「一首」二字，集丁無。

〔二〇〕泥洹　集本、集丁、類本作「泥丸」。類註援曰：涅槃一曰泥丸。

〔二一〕古語云十方薄伽梵一路涅槃門　施乙此註文，無「東坡云」字樣。施註引《楞嚴經》云：「如一衆生未成佛，終不于此取泥洹；又云：十方薄伽梵，一路涅槃門。梵語泥洹，此云涅槃。」

〔二二〕皆積風　類甲、類乙作「徒積風」。

〔二三〕離別　類本作「別離」。

〔二四〕天人　集甲作「大人」，疑歲久漫漶脱筆。

〔二五〕儋耳山　查註、合註：「儋耳」一作「松林」。按，清講習堂抄本《三孔先生清江文集》卷二十五孔武仲《題女媧山女媧廟二首》之二，亦爲此詩，參本詩集卷四十八《題女唱驛》下查註。又，清道光刊郭祥正《青山集·續集》卷三，亦有《題女媧山女媧廟二首》，詩同孔集。

〔二六〕隘空虛　外集作「溢空虛」。

〔二七〕和陶還舊居　七集作「還舊居和夢歸惠州白鶴山居作」，合註謂此爲誤刊。按，「還舊居」爲陶詩原題，「夢歸惠州白鶴山居作」爲詩之小引，蓋合而爲一耳。此詩，集戊在卷四之十四，施乙在卷四十二之二，施丙在卷下之二。

〔二八〕夢歸惠州白鶴山居作　集戊爲題下自註，「居」作「中」。施乙、施丙無「惠州」二字。查註以此九字爲題。

〔二九〕偶拾　七集作「偶捨」。查註：「拾」，訛。

〔三〇〕憪默　集戊作「閔默」。合註：「默」一作「然」，清施本作「憪然」。施乙、施丙作「憪默」。

〔三一〕往來　集戊作「行來」。

〔三二〕夜夢　集本「夢」後有「一首」二字，集丁無。

〔三三〕粗及　集本、集丁、施乙、類本作「始及」。

〔三四〕不顧留　集丁、類本「顧」作「願」。

〔三五〕易韋　類甲作「易常」，疑誤。

〔三六〕和陶連雨獨飲二首　施乙、施丙無「二首」二字。集戊在卷四之一，施乙在卷四十二之十七，施丙在卷下之十七。查註無此題，以此詩之引「吾謫海南」云云爲題。

〔三七〕并引　原無此二字。據集戊、施乙、施丙補。

〔三八〕酒器　集戊作「飲器」。

〔三九〕獨飲　集戊、施乙、施丙「飲」後有「二首」二字。

〔四〇〕我與爾　集戊、施乙、施丙作「我與我」。

〔四一〕相然　施乙、施丙作「自然」。

〔四二〕豈止　盧校：「豈知」。

〔四三〕磁石針　施乙、施丙作「磁石鐵」。

〔四四〕徧僊　施乙、施丙作「徧僊」，今從。原作「偏僊」。按，《說文》：蹁，足不正也，或曰徧。《集韻》：蹁，旋行也，或作「徧」。又《詩·賓之初筵》：屢舞僊僊。註：舞貌。則「徧僊」當同「蹁躚」。

〔四五〕最可惜　集戊作「敢可惜」。

〔四六〕糾纆　集戊作「糾纏」，查註謂「纆」訛。

〔四七〕顧引　集戊作「顧影」。

〔四八〕遂超　七集作「遂趨」。

〔四九〕和陶示周掾祖謝　集戊在卷四之十三，施乙在四十一之十六，施丙在卷上之十六。

〔五〇〕游城東學舍作　集戊此六字爲題下自註。「城東」作「東城」。查註以此六字爲題。

〔五一〕糶米　集本「米」後有「一首」二字，集丁無。

〔五二〕悵焉　類本作「悵然」。

〔五三〕和陶勸農六首　集戊、施乙、施丙、七集不分首，爲一章。集戊在卷四之三，施乙在卷四十二之十五，施丙在卷下之十五。查註、合註無「六首」二字。合註：王本詩分六章，題有「六首」字。

〔五四〕并引　七集無此二字。

〔五五〕海南多荒田……所産秔稌……乃以藷芋……云云　章校：《鑑》作「予以紹聖元年十月到惠州，四年五月再貶瓊州别駕，傲睨之餘，慨然有感黎蠻風俗之異，乃和淵明《勸農》詩，以告其有知者」。集戊「秔稌」作「秔杜」。集戊原註：「藷」，時讙切。

〔五六〕珍怪　集戊、施乙、施丙、七集作「怪珍」。

〔五七〕是直　集戊、施乙、施丙「直」作「植」。七集「直」作「殖」。

〔五八〕鳥喙　集戊、施乙、施丙作「烏喙」。章校：《鑑》「喙」作「啄」。

〔五九〕藷糜　集戊、施乙、施丙作「藷蘼」。

〔六〇〕厚冀　章校：《鑑》作「後冀」。

〔六一〕聞子由瘦　集本「瘦」後有「一首」二字，集丁無。

〔六二〕儋耳至難得肉食　傅鈞「得肉食」三字於「儋耳至難」四字之前。今所見之集丁本同底本。施乙無「食」字。

〔六三〕俗諺云云　施乙謂此條自註，「一說是黨進說」，非自註。

〔六四〕蝍蛆　集本、集丁、類本作「即且」。

〔六五〕帽寬帶落　查註、合註：一作「帶寬帽落」。

〔六六〕童僕　集本、集丁、施乙、類本「童」作「僮」。

〔六七〕老去　紀校：「『去』當作『矣』」。

〔六八〕游哉　原作「悠哉」。今從集本、集丁、施乙。施註引《莊子·田子方篇》：「老聃曰：吾游於物之初。」

〔六九〕和陶赴假江陵夜行　集戊在卷四之十七，施乙在卷四十二之七，施丙在卷下之七。

〔七〇〕郊行步月作　集戊此五字爲題下自註。查註以此五字爲題。

〔七一〕柴荆　合註：「『柴』一作『紫』」。

〔七二〕孤螢　集戊作「孤雲」。

〔七三〕自名　施乙、施丙作「自鳴」，查註、合註謂「鳴」訛。

〔七四〕和陶九日閑居　集戊在卷二之六，施乙在卷四十一之十一，施丙在卷上之十一。

〔七五〕并引　七集無此二字。

〔七六〕起索酒　集戊、七集「起」後有「坐」字。
〔七七〕醉熟　集戊作「熟醉」。
〔七八〕坎坷　施乙、施丙作「坎軻」。
〔七九〕識天意　集戊作「失天意」，疑誤。
〔八〇〕秔稌　集戊作「秔秙」。
〔八一〕和陶擬古九首　集戊在卷三之三，施乙在卷四十二之八，施丙在卷下之八。題下誥案「此九首」云云，參照總案，文字略作變動。
〔八二〕鳥雀散　集戊作「鳥雀噪」。何校：「鳥雀喧」。
〔八三〕兩翅　集戊、施乙、施丙作「兩翮」。
〔八四〕吾廬　集戊、施乙、施丙作「我廬」。
〔八五〕渺茫　集戊作「杳茫」。
〔八六〕瀉萬仞　集戊、施乙、施丙作「寫萬仞」。
〔八七〕分泝　集戊作「分流」。
〔八八〕彌此方　集戊作「瀰此方」。
〔八九〕馮洗　集戊、施乙、施丙作「馮冼」。百衲本影元大德刊《北史·列女傳》亦作「冼」。
〔九〇〕險易　集戊作「險難」。
〔九一〕磷緇　集戊作「磷淄」。查註作「磷錙」。紀校：當作「緇」。

〔九二〕錦繖　施乙、施丙、七集作「錦傘」。

〔九三〕送迎　集戊、施乙、施丙、七集作「迎送」。

〔九四〕粉相和　集戊作「紛相和」。

〔九五〕炷微火　施乙、施丙、七集作「注微火」。

〔九六〕嫋清歌　查註、合註：「嫋」一作「嬝」。

〔九七〕隕墜　七集「墜」作「隊」。

〔九八〕以取水沉耳　施乙、施丙無「耳」字。

〔九九〕季子　集戊作「季札」。

〔一〇〇〕已失　施乙、施丙、七集作「已矣」。七集原校：「矣」一作「失」。

〔一〇一〕黎山有幽子　集戊此詩次「少年好遠遊」後，爲九首中之第五首。集戊「馮洗」爲第六首，「沉香」爲第七首，「雞窠」爲第八首，「城南」爲第九首。

〔一〇二〕古貝　集戊作「吉具」。

〔一〇三〕和陶東方有一士　施乙、施丙未收此詩。集戊在卷二之四。

〔一〇四〕亡楚弓　七集作「忘楚弓」。

〔一〇五〕返自照　集戊、七集作「反自照」。

〔一〇六〕無弦琴　集戊、七集「琴」作「物」。

〔一〇七〕攝飛鸞　集戊、七集作「躡飛鸞」。

〔一〇八〕月闕　集戊作「月闕」。

〔一〇九〕此東方一士……淵明卽我也　集戊無此條自註。查註在「淵明卽我也」後，尚有下列文字：「紹聖三年二月二十一日，東坡居士飲醉食飽，默坐思無邪齋，兀然如睡，旣覺，寫和淵明詩示兒子過。」合註謂：「此段自註，全見東坡題跋。此詩，七集本、王本作公自註，亦止『淵明卽我也』以上數句。至『紹聖三年』以下數句，諸本俱無，惟查本有之。今考東坡題跋，標稱書淵明《東方有一士》詩後，並不云書和詩也；故末云『旣覺，寫淵明詩一首示兒子過』，乃查氏增入『和』字而併作自註，非也。且恐七集本、王本以前段數句作公自註者，亦非。」

〔一一〇〕辭客　原作「詞客」，今從集本、集丁、施乙。「辭客」，當爲辭謝賓客之意。

〔一一一〕易醒　合註：「易」一作「未」。

〔一一二〕柳子厚詩云高歌返故室自誚非所欣　施乙註文引柳子厚《登蒲州石磯》，卽此二句，無「東坡云」字樣。集本、集丁「高歌」作「長歌」。

〔一一三〕前漢高祖紀註云薛有作冠師　施乙無此條自註。集本、集丁、類甲無「祖」字。

〔一一四〕規模　集本、集丁作「規摹」。

〔一一五〕和陶停雲四首　集戊、施乙、施丙、七集不分首，爲一章。集戊在卷四之四，施乙在卷四十二之十四，施丙在卷下之十四。

〔一一六〕并引　七集無此二字。

〔一一七〕以來　集戊無「以」字。

〔一一八〕在空　施乙、施丙作「在東」。盧校：「在望」。

〔一一九〕溟濛　集戊作「冥濛」。

〔一二〇〕太息　集戊作「歎息」。

〔一二一〕和陶怨詩示龐鄧　集戊在卷一之六，施乙在卷四十二之十，施丙在卷下之十。章校：《鑑》「怨詩示龐鄧」作「怨詩楚調示龐主簿及鄧治中」。集戊同《鑑》。

〔一二二〕故有年　集戊作「固有年」。

〔一二三〕困來　集戊作「歸來」。

〔一二四〕重裀　集戊作「重茵」。

〔一二五〕和陶雜詩十一首　集戊在卷三之四，施乙在卷四十二之十六，施丙在卷下之十六。集戊於東坡詩後，收子由和詩，子由和詩題下自註：「時有赦書北還。」

〔一二六〕動衆竅　集戊作「渡衆竅」。

〔一二七〕海南　施乙、施丙作「南海」。

〔一二八〕怨尤人　集戊作「怨無人」。

〔一二九〕留騁　集戊、施乙、施丙作「由騁」，查註謂「由」訛。

〔一三〇〕何羞　集戊、施乙、施丙、七集作「可羞」。

〔一三一〕幾何　七集作「幾許」。

〔一三二〕灰土　集戊作「塵土」。

〔一三三〕可與　集戊作「何與」。

〔一三四〕郗慮　何校：「郄慮」。

〔一三五〕難久　集戊作「久難」。

〔一三六〕相值　集戊作「相儃」。按，「值」爲韻脚，屬置韻。「儃」分屬寒、翰、旱、霰韻，義亦不相通，疑誤刊。

〔一三七〕藍喬　施乙、施丙、七集作「藍橋」，查註謂「橋」訛。集戊作「藍喬」。

〔一三八〕度太白　集戊作「渡太白」。

〔一三九〕强獷　集戊作「强鑛」。

〔一四〇〕古成之　集戊作「古成人」。

〔一四一〕九鎖　查註、合註：「鎖」一作「鏁」，清施本作「鏁」。

〔一四二〕出日　集戊作「日出」。

〔一四三〕滄涼　何校：「蒼涼」。「滄」原作「滄」，參看卷三十八「蒼涼」條校記。

〔一四四〕暑路　集戊、施乙、施丙作「暑路」，集成引施註註文作「暑路」，今從。「路」原作「退」。

〔一四五〕自誷　七集作「自罔」。

〔一四六〕次韻子由月季花再生　集本「生」字後有「一首」二字，集丁無。

〔一四七〕且當　類本作「且將」。

〔一四八〕栗例　施乙、施丙作「栗烈」。

〔一四九〕而今　合註：「而」一作「如」。

〔一五〇〕花也　集本、集丁、類本無「也」字。

〔一五一〕和陶田舍始春懷古二首　集戊、施乙、施丙無「二首」二字。集戊在卷四之二，施乙在卷四十二之十三，施丙在卷下之十三。

〔一五二〕并引　七集無此二字。

〔一五三〕同之　集戊、七集作「許之」。

〔一五四〕名其屋　原作「名其居」。各本作「名其屋」，今從。

〔一五五〕始春懷古田舍韻　集戊、施乙、施丙無「始春」二字，「韻」後有「作二首」三字。查註無「韻」字。

〔一五六〕今聊取其同音字　集戊無「聊」字。施乙、施丙無「字」字。集戊「字」作「耳」。

〔一五七〕人愈瘦　查註謂「愈」一作「亦」，訛。

〔一五八〕井常勤　施乙、施丙「常」作「亦」，合註謂「亦」訛。

〔一五九〕和陶贈羊長史　集戊在卷四之十五，施乙在卷四十一之十七，施丙在卷上之十七。查註無此題，以此詩之引爲題。

〔一六〇〕并引　七集無此二字。

〔一六一〕嘉會　七集作「會嘉」。

〔一六二〕靖老　集戊作「静老」。

〔一六三〕次其韻　集戊無「其」字。

〔一六四〕不持　七集作「不特」。

〔一六五〕六十踰　施乙、施丙作「六十餘」。何校：「餘」當是「踰」字；陶詩：關河不可踰。合註謂「施本訛作『餘』」，又謂「今從七集本」。按，集戊作「踰」。

〔一六六〕根塵　集戊作「棖塵」。「棖」，疑誤刊。

〔一六七〕久厭詩書娛　集戊、七集作「豈厭詩酒娛」。施乙、施丙「詩書」作「詩酒」。

〔一六八〕入寺　集本「寺」後有「一首」二字，集丁無。

〔一六九〕挹　紀校：當作「揖」。

〔一七〇〕且隨　類甲、類乙作「且隨」。類丙作「早隨」。

〔一七一〕照耀玻璃盆來從佛印可　類甲、類乙無此二句。類丙有；合註謂舊王本無此二句，非是。施乙「照耀」作「樂耀」，類丙作「照曜」。

〔一七二〕獨覺　集本、七集「覺」後有「一首」二字，集丁無。

〔一七三〕十二月十七日夜坐達曉寄子由　七集續集重收此詩，題作「儋耳寄子由」。集本、集丁「由」後有「一首」二字。

〔一七四〕爐灰　類本、七集續集作「香爐」。集本、集丁作「爐香」。

〔一七五〕尚餘薰　集本、集丁作「上餘薰」。

〔一七六〕此心　七集續集作「此生」。

〔一七七〕別駕　集本、集丁、類本作「別乘」。七集續集原校：「駕」一作「乘」。

〔一七八〕清光　集本、集丁、施乙作「幽光」。

〔一七九〕與子分　七集續集「分」下有自註：「子由時謫雷州別駕。」

〔一八〇〕朝黄宫　集本、七集作「潮黄宫」。集丁作「朝黄宫」。

〔一八一〕金翁　集本、集丁、類本作「金公」。查註作「金翁」。合註作「金公」，謂宋刊施本作「翁」；又謂諸本皆作「公」，今從之。紀校「『翁』字勝『公』字」云云，見註文。

〔一八二〕蟠兩膝　集本、集丁、類本作「盤兩膝」。

〔一八三〕不飛花　集乙、七集作「下飛花」。集甲、集丁作「不飛花」。

〔一八四〕了不受　施乙作「乃不受」。

〔一八五〕請問　施乙作「敢問」。

〔一八六〕市無井　集乙作「市無米」。

〔一八七〕嘯鵂鶹　類本作「笑鵂鶹」。

蘇軾詩集卷四十二

古今體詩三十六首

【誥案】起紹聖五年戊寅正月，在責授瓊州別駕昌化軍安置不得簽書公事貶所，六月改元符元年，至元符二年己卯十二月作。

上元夜過赴儋守召，獨坐有感〔一〕

〔公自註〕戊寅歲〔二〕。〔查註〕時張中爲儋州守。

使君〔三〕置酒莫相違，〔王註〕杜子美《曲江》詩：傳語風光共流轉，暫時相賞莫相違。〔施註〕《漢·東方朔傳》：上爲竇太主置酒。杜子美《陪王侍御》詩：請公臨深莫相違，回船罷酒上馬歸。守舍何妨獨掩扉。〔施註〕《史記·春申君傳》：楚太子出關時，黃歇守舍。靜看月窗盤蜥蜴〔四〕，〔王註厚曰〕《爾雅》：蠑螈，蜥蜴；蜥蜴，蝘蜓；蝘蜓，守宮也。在草曰蜥蜴，在壁曰蝘蜓。韓退之詩：月吐窗炯炯。臥聞〔五〕風幔落伊威〔六〕。〔王註〕杜子美《西閣口號呈元二十一》詩：風幔不依樓。〔施註〕《毛詩·豳風·東山傳》：伊威，委黍也。鄭箋：此物，家無人，惻然令人感思。〔邵註〕《音義》：委黍，鼠婦也。或並作虫邊。燈花結盡吾猶夢，香篆消時〔七〕汝欲歸。搔首〔八〕淒涼十年事，傳柑歸遺滿朝衣。〔施註〕東坡在翰林時，有《上元侍飲》詩云：猶有傳柑遺細君。〔合註〕末聯因時節而念同安君也。

次韻子由浴罷〔九〕

理髮千梳淨，風晞勝湯沐。〔施註〕《淮南子》：湯沐具而蟣蝨相弔。閉息〔一〇〕萬竅通，霧散名乾浴。〔合註〕《雲笈七籤》：夜卧時，常以兩手揩摩身體，名曰乾浴。頽然語默喪，靜見天地復。〔王註〕《老子》：靜曰復命。《周易·復卦》：復其見天地之心。〔施註〕《復卦註》：動息則靜，靜非對動者也；語息則默，默非對語者也。時令具薪水，漫欲濯腰腹。陶匠不可求，盆斛何由足。〔公自註〕海南無浴器，故常乾浴而已。老雞卧糞土，振羽雙瞑目。〔施註〕《毛詩·豳風·七月》：六月莎雞振羽。倦馬驏風沙，〔王註次公曰〕「驏」字於字書無所見，相傳與碾同，則音泥展反也。今蓋有畫驏馬者，黄魯直集有《題伯時欲驏玉花驄馬》詩。是已。〔合註〕《廣韻》：驏，陟扇切，馬土浴也。《玉篇》：馬轉卧土中。奮鬣一噴玉。〔合註〕曹子建《七啓》：哮闞之獸，張牙奮鬣。闞，虎聲。垢淨各殊性，〔查註〕《維摩經》：垢淨爲二，見垢實性，則無淨相。快愜聊自沃。【誥案】紀昀曰：從《莊子·鵬鷃章》化出，分明郭子玄註中語也。雲母透蜀紗，琉璃瑩蘄竹。〔王註〕王勃《春思》詩：水精却挂鴛鴦幔，雲母斜開翡翠帷。《本草》：雲母，石類也。一名雲珠，色赤；一名雲華，五色具；一名雲英，色多青；一名青液，色多白；一名雲沙，色青黄；一名磷石，色正白。陶隱居云：雲母有八種色。〔增註云〕雲母以言廚也。蘄，竹簟也。稍能夢中覺，〔施註〕李太白《與元丹丘談玄》詩：茫茫大夢中，惟我獨先覺。漸使生處熟。〔王註〕《傳燈録》：老宿有語：生疎處，常令熟熟，熱熱處，放令生疎。《楞嚴》在牀頭，妙偈時仰讀。〔施註〕《晉·王湛傳》：兄子濟嘗詣湛，見牀頭有《周易》，問曰：「叔父何用此爲？」湛曰：「體中不佳，時脱復看耳。」返流歸照性，〔王註〕《楞嚴經》云：一源返根，六根皆照。獨立遺所矚。〔王註〕《世説》：山公曰：「嵇叔夜之爲人，巖巖若孤松之獨立。」未知仰山禪，〔施註〕《傳燈録》：仰山問香嚴：「近日見處如何？」香嚴曰：「去年貧無卓錐之地，今年貧錐也無。」仰山曰：「汝只得如來禪，未得祖師禪。」已就季主卜。〔王註〕張景陽詩：歲暮懷百憂，將從季主卜。又，李太白《尋陽紫極宫感秋作》詩：懶從唐生决，羞訪季主卜。〔施註〕《史記·日者傳》：司馬季主，楚人也。卜於長安東市，宋忠爲中大夫，賈誼爲博士，同日俱出洗沐，相從論議。安心會自得，助長毋相督。〔合註〕子由詩：恍如仰山翁，欲就潙叟卜。猶恐墮聲聞，大願勸自督。故和詩云然。

借前韻賀子由生第四孫斗老〔一〕

今日散幽憂，彈冠及新沐。况聞萬里孫，已報三日浴。朋來四男子，大壯泰臨復。〔王註次公曰〕《易·復卦》：朋來无咎。爲其有四男子，故使「大壯泰臨復」。蓋一陽生則爲復，二陽生則爲臨，三陽生則爲泰，四陽生則爲大壯。開書喜見面，〔施註〕盧仝《謝孟諫議》詩：開緘宛見諫議面。未飲春生腹。〔王註〕白樂天《家醖》詩：捧疑明水從空化，飲似陽和滿腹春。無官一身輕，有子萬事足。舉家傳吉夢，〔施註〕《毛詩·小雅·斯干》：吉夢維何，維熊維羆，男子之祥。殊相驚凡目。爛爛開眼電，磽磽峙頭玉。〔公自註〕李賀詩云：頭玉磽磽眉刷翠，杜郎生得真男子〔二〕。但令强筋骨，可以耕衍沃。〔王註〕《左傳·襄公二十五年》：井衍沃。不須富文章，端解耗紙竹〔三〕。君歸定何日，我計久已熟。〔施註〕《後漢·明德馬后紀》：計之熟矣，勿有疑也。

長留五車書，要使九子讀。〔公自註〕吾與子由共九孫男〔一四〕矣。〔合註〕先生前有《和陶飲酒》詩云：嘵嘵六男子，復成五丈夫。蓋言六子有五孫也。據自註，乃續得四孫。子由諸孫，見於《欒城集》者，惟遲之子簡，爲直祕閣，知廣州，升直徽猷閣，直龍圖閣，知洪州；策爲軍器監丞，右朝奉郎，福建轉運判官；适之子籀，爲宣義郎，大宗正丞，將作監丞。俱見於《繫年要録》。其适之幼子範，遜之子筠、築，無考。簞瓢有内樂，〔施註〕《揚子》：簞瓢之樂，顔氏德也。又曰：顔子之樂也内。軒冕無流矚。人言适似我，〔合註〕适爲子由次子，斗老疑适所生，故詩中獨指适爲言。窮達已可卜。早謀二頃田，莫待八州督。〔公自註〕吾前後典八州。

過於海舶，得邁寄書、酒。作詩，遠和之，皆粲然可觀。子由有書相慶也，因用其韻賦一篇，幷寄諸子姪〔一五〕

〔查註〕晁説之《嵩山集·蘇叔黨墓志》云：通直郎蘇過叔黨，東坡先生之季子也。元祐五年，年十九，以詩賦解兩浙路。七年，先生爲兵部尚書，任右承務郎。明年，先生卽謫英州，繼貶惠州，遷儋耳，萬死不測之險也，獨侍先生以往來。先生還居陽羨，疾不起，叔黨遂家於潁昌。偶從湖陰，營水竹數畝，名曰小斜川，自號斜川居士。疾卒於鎮陽行道中，年五十有二，時宣和五年十二月乙未。【誥案】公以八年九月帥定，九年閏四月謫英，《墓志》誤。據《斜川集》有《陪中山帥登城口號》詩。又《定州天寧寺題名》云：大帥延康陳公，邀廉訪梁公，飯素天寧，仍率其屬游企、盛侖、蘇過、王執中、趙奇、韓楫同來，孫仲舉、王昭明、劉用之皆與。癸卯九月七日，過題。癸卯卽宣和五年，時過年五十二，據此文以證墓誌，則卒在題名三月之後，是時尚在中山，不知何以卒於道也？晁說之詩筆極佳，撰文則悠謬之甚。公南遷，說之嘗迎見淮泗間，非不知其詳者也。《墓誌》既不了當，而《揮麈録》復有道中遇賊之説，史家立傳，不能昭信，故補敘官階於卒之後，打滾過去。然宣和之時，盜賊充塞，北道商旅，已不通行，是道中之説，雖《揮麈録》所載年限不符，而道中則符，究可疑也。今《斜川集》所載《墓誌》，與查註同，但其後截殘缺，而查註亦不載，《嵩山集》既有傳本，則訂刊《斜川集》者，何不訪補之乎？今附記於此，以俟續考。

我似老牛鞭不動，〔合註〕皮日休詩：老牛瞪不行，力弱誰能鞭。雨滑泥深四蹏重。〔王註次公曰〕蹏，古蹄字。出《漢書》「金褭蹏」。又《史記·貨殖傳》「馬蹏躈千」也。汝如黄犢走却〔一六〕來，海闊山高百程送。庶幾門户有八慈，〔王註次公曰〕《後漢書》：荀淑有子八人，儉、緄、靖、燾、汪、爽、肅、專，並有名稱，時人謂八龍。爽字慈明，潁川爲之語曰：荀氏八龍，慈明無雙。註引《高士傳》曰：靖，字叔慈。則八人皆以慈爲字矣。故《後漢·贊》云「二方承則，八慈繼塵」也。〔合註〕《贊》末註曰：荀淑八子，皆以慈爲字。見《荀氏家傳》。不恨居鄰無二仲。〔王註〕陶淵明《與子儼等疏》云：但恨鄰靡二仲。他年汝曹笏滿牀，〔施註〕《唐·崔琳傳》：每歲時宴於家，以一榻置笏，猶重積其上。中夜起舞踏破甕。〔施註〕世傳小話，有一貧士家，惟一甕，夜則守之以寢。一夕，心自惟念，苟得富貴，當以錢若干營田宅，若干蓄聲妓，而高車大蓋，無不備置，往來於懷，不覺歡適起舞，遂踏破甕。故今俗間指妄想狂計者，謂之甕算。會當洗眼看騰躍，〔施註〕杜子美《贈王二十四侍御契》詩：洗眼看轉薄。莫指癡腹笑空洞。譽兒雖是兩翁癖，〔施註〕《唐·王勃傳》：父福時，嘗託諸子於韓思彦。思彦曰：「武子有馬癖，君有譽兒癖，王家癖何多邪？」使勃出其文，思彦曰：「生子若是，可夸也。」積德已自三世種。豈惟萬一許生還，〔王註〕韓退之詩：豈料生還得一處，引袖拭淚悲且慶。尚恐九十煩珍從。〔王註〕《禮記·王制》云：九十者，天子欲有問焉，則就其室以珍從。六子晨耕簞瓢出，〔施註〕《揚子》：回之簞瓢，臞如之何。衆婦夜績〔一七〕燈火共。〔查註〕《漢書·食貨志》：冬，民既入，婦人相從夜績，女工必相從者，所以省費燎火，同巧拙而合習俗也。春秋古史乃家法，〔查註〕子由以司馬遷作《史記》，淺近疎略，故因遷之舊而作《古史》也。詩筆《離騷》亦時用。〔合註〕潘岳詩：虛薄乏時用。但令文字還照世〔一八〕，糞土腐餘安足夢〔一九〕。【誥案】紀昀曰：語語緊健。

和陶形贈影〔二〇〕

【誥案】《紀年録》：是年二月二十三日，書淵明《形》、《影》、《神》詩付過，仍和其韻。《紀年録》所載，必確有所本，故如其編云。

天地有常運，日月無閑時。孰居無事中，作止推行之。〔施註〕《莊子·天運篇》：天其運乎，地其處乎，日月其爭於所乎？孰主張是，孰綱維是，孰居無事推而行是？細察我與汝，相因以成茲。忽然乘物化，〔施註〕《文選》張茂先《勵志》詩：吉士思秋，實感物化。〔查註〕《莊子·齊物論篇》：不知周之夢爲蝴蝶與，蝴蝶之夢爲周與？周與蝴蝶，則必有分矣，此之爲物化。《古詩》：奄忽隨物化。豈與生滅期。夢時我方寂，偃然無所思〔二一〕。胡爲有哀樂，輒復隨漣洏。〔合註〕王粲詩：涕淚漣洏。我舞汝凌亂，〔施註〕李太白《月下獨酌》詩：我歌月徘徊，我舞影凌亂。相應不少疑。還將醉時語，答我夢中辭。【誥案】紀昀曰：本是理題，遂不嫌作理語，言固各有當也。

和陶影答形〔三二〕

丹青寫君容，常恐畫師拙。我依月燈出，相肖兩奇絶。妍媸〔三三〕本在君〔三四〕，我豈相媚悦。君如火上煙，火盡君乃别。我如鏡中像，〔施註〕《圓覺經》：由寂静，故十方世界諸如來心於中，顯現如鏡中像。鏡壞我不滅。雖云附陰晴，了不受寒熱。無心但因物，〔查註〕《莊子·秋水篇》：因其所有而有之，則萬物莫不有；因其所無而無之，則萬物莫不無；因其所然而然之，則萬物莫不然；因其所非而非之，則萬物莫不非。萬變豈有竭。醉醒皆夢耳，未用議優劣。

和陶神釋〔三五〕

二子本無我，其初因物著。豈惟老變衰，念念不如故。〔查註〕《楞嚴經》：我觀現前，念念遷謝，新新不住，如火成灰，漸漸消殞。知君非金石，安得〔三六〕長託附。〔施註〕《文選·古詩》：人生忽如寄，壽無金石固。莫從老君言，亦莫用〔三七〕佛語。仙山與佛國，終恐無是處。〔查註〕《楞嚴經》：無有是處。甚欲隨陶翁〔三八〕，移家酒中住。〔施註〕杜子美《飲中八仙歌》：恨不移封向酒泉。醉醒要有盡，未易逃諸數。〔施註〕陶淵明《飲酒》詩：一士長獨醉，一夫終年醒。醒醉還相笑，發言各不領。寄言酣中客，日没燭當炳。一作「獨何炳」。平生逐兒戲，處處餘作具。所至人聚觀，〔施註〕《漢·張騫傳》：多聚觀者。指目生毁譽。如今一弄火，〔合註〕「弄火」字，見《傳燈録》。好惡都焚去。既無負載勞，又無寇攘懼。仲尼晚乃覺，天下何思慮。〔施註〕《周易·繫辭》：子曰：天下何思何慮。天下同歸而殊塗，一致而百慮。天下何思何慮。

和陶使都經錢溪〔元〕

【誥案】合註題作：和陶乙巳歲三月爲建威參軍使都經錢溪。【誥案】此詩，查註原編戊寅新居詩前。詳味詩意，是時尚無卜居之事，故有賣車易畝之言也。今仍編戊寅春中。

遊城北謝氏廢園作〔三〇〕

喬木卷蒼藤，浩浩崩雲積。謝家堂前燕，對語悲宿昔〔三一〕。〔施註〕劉禹錫詩：舊時王謝堂前燕，飛入尋常百姓家。【誥案】紀昀曰：起得警動。仰看桄榔樹，玄鶴〔三二〕舞長翮。新年結荔子，主人黃壤隔。溪陰宜館我，稍省薪水役。相如賣車騎，五畝亦可易。但恐鵩鳥來，此生還蕩析。〔施註〕《尚書·盤庚》：用蕩析離居。誰能插籬槿，護此殘竹柏。〔施註〕《文選》沈休文詩：槿籬疎復密。謝靈運詩：插槿當列墉。

海南〔三三〕人不作寒食，而以上巳上冢。予攜一瓢酒，尋諸生，皆出矣。獨老符秀才在，因與飲，至醉。符蓋儋人之安貧守靜者也。〔王註洪炎曰〕先生《被酒獨行》詩註云：符林秀才也。〔查註〕《瀛奎律髓》云：昌黎不謫潮州，後世豈知有趙德；東坡不落海南，後世豈知有符林。按，林即老符之名也。

老鴉銜肉紙飛灰，萬里家山安在哉！蒼耳林中太白過，〔王註〕《李太白詩集》有《尋城北范居士，失道落蒼耳中，見范置酒，摘蒼耳作》。鹿門山下德公回。〔王註〕《襄沔記》：率道縣有鹿門廟，廟門有二石鹿夾之，故爲鹿石山。管寧投老終歸去，〔施註〕《三國・魏・管寧傳》：避難居遼東。文帝卽位，徵還郡。註云：寧在遼東，積三十七年乃歸。王式當年本不來。〔施註〕《漢・王式傳》：詔除爲博士。既至，止舍中，會諸博士共持酒食勞式。江公心嫉式，謂歌吹諸生曰："歌《驪駒》。"云云。式恥之，讓諸生曰："我本不欲來，諸生强勸我，竟爲豎子所辱。"遂謝病免歸。記取城南〔三四〕上巳日，木棉〔三五〕花落刺桐開。〔王註〕《吳録》：《地理志》，交阯定安縣有木棉樹，實如酒杯，中有棉，如蠶之緜，可作布。又《晉安海物異名記》：刺桐，其花丹，其枝幹有刺，花附幹而生，其葉如桐，其花側敷如掌，形若金鳳。〔施註〕《番禺雜編》：木棉樹，高二三丈，切類桐木，二三月間，花既謝，蕊爲綿，彼人績之爲毯，潔白如雪，温暖無比。刺桐樹，似青桐而矮，三四月時，紅芳滿樹，禁烟時，士女競憩花陰，亦曲江之偶也。〔查註〕《南方草木狀》：刺桐，其木爲材。三月三日，布葉繁密，後有花赤色，間生葉間，旁照他物，皆朱殷然。三五房凋，則三五復發，如是者竟歲。〔合註〕《本草》：海桐，刺桐也。

去歲，與子野游逍遥堂。日欲没，因並西山〔三六〕叩羅浮道院，至，已二鼓矣。遂宿於西堂。今歲索居儋耳，子野復來，相見，作詩贈之

【誥案】吳子野自廣西憲曹子方處歸，遂自雷州渡海來見，乃紹聖五年戊寅春夏間事。是年六月改元元符，題云去歲，乃指四年丁丑春中也。此詩施編不載，查註從邵本補編四年丁丑，誤。今

改編。

往歲追歡〔三七〕地，寒窗夢不成。笑談驚半夜，風雨暗長檠。〔馮註〕《黄帝内傳》：王母授帝洞霄盤雲九華燈檠。註：此燈有檠之始也。雞唱山椒曉，〔馮註〕柳子厚記：步山椒而登焉。鐘鳴霜外聲。只今〔三八〕那復〔三九〕見，仿佛似三生。

觀棋〔四〇〕并引

予素不解棋，嘗獨游〔四一〕廬山白鶴觀。〔查註〕陳舜俞《廬山記》：廬山峯巒奇秀，巖穴深邃，林泉茂美，爲江南第一。白鶴觀復爲廬山第一。虞集《白鶴觀記》：唐開元道士劉混成故居。初，唐高宗以老子降詔天下，皆建白鶴觀。九江之觀，在德化之白鶴鄉。景隆中，遷於山陽。宋祥符中，改名承天觀，舊名古柏壇〔四二〕。《廬山紀事》：白鶴觀，在凌霄峯西南。觀中人皆闔户晝寢，獨聞棋聲於古松流水之間，意欣然喜之。自爾欲學，然終不解也。兒子過乃粗能者，儋守張中日從之戲，予亦隅坐，〔王註次公曰〕隅，偏坐也。《禮記·檀弓下》：童子隅坐而執燭。竟日不以爲厭也。

五老峰前，白鶴遺址。長松蔭庭，風日清美。我時獨游，不逢一士。誰歟棋者，【誥案】王應麟《困學紀聞》云：東坡《觀棋》詩「誰歟棋者」，用《檀弓》文法。户外屨二。〔施註〕《禮記·曲禮上》：户外有二屨，言聞則入，言不聞則不入。不聞人聲，時聞落子。〔王註〕白樂天《池上》詩：山僧對棋坐，局上竹陰清。映竹無人見，時聞下子聲。〔合註〕《志林》云：司空表聖詩「棋聲花院閉，幡影石壇高」。吾嘗獨遊五老峯，入白鶴觀，松陰滿地，不見一人，惟聞棋聲，然後知此句之工也。紋枰坐對，〔王註〕杜牧之詩：玉子紋楸一路饒。〔施註〕《北夢瑣言》：宣宗朝，日本國王子入貢，善圍棋，帝令待詔顧師言與之對棋。王子出本國如楸玉局，冷暖玉棋子。蓋玉之蒼者，如楸玉色，其冷暖者，言冬暖夏涼。誰究此味。空鉤意釣，豈在魴鯉。小兒近道，剝啄信指。〔合註〕此言敲棋之聲也。勝固欣然，〔施註〕陶淵明《五柳先生傳》：每有會意，便欣然忘食。敗亦可喜。優哉游哉，聊復爾耳。【誥案】紀昀曰：純用本色，毫不依傍古人，而未嘗不佳。

和陶和劉柴桑〔四三〕

【誥案】此詩乃被逐後城南卜築之作，必當改編《新居》詩前。餘詳案中。〔案〕總案紹聖五年戊寅四月，有「公無地可居，偃息城南南污池之側桄榔林下，就地築室，儋人運甓畚土以助之」條，有「客有王介石者，躬其勞辱」條，有「物器或不給，咸致所有，張中來觀，亦助畚鍤，事皆集」條。又引本詩「漂流四十年」八句。

萬劫互起滅〔四四〕，百年一踟躕。漂流四十年，今乃言卜居。且喜天壤間，一席亦吾廬。稍理蘭桂叢，盡平狐兔墟。黃櫞〔四五〕出舊枿，〔合註〕《埤雅》：櫞似橘。《南方草木狀》：枸櫞子，亦名香櫞。《嶺表録異》：枸櫞子，形如瓜皮，似橙而金色。紫茗抽新畬。我本早衰人，不謂老更劬。邦君助畚鍤，【誥案】邦君，謂張中也。鄰里通有無。【誥案】鄰里，謂符林、黎子雲諸人，皆居於城南也。竹屋從低深，山窗自明疎。〔合註〕白樂天詩：水檻山窗次第逢。一飽便終日，高眠忘百須。自笑四壁空，無妻老相如。

新居〔四六〕

〔施註〕東坡在儋耳，軍使張中請館於行衙，又別飾官舍爲安居計。朝廷命湖南提舉常平董必者，察訪廣西，遣使臣過海逐出之。中坐黜，死；雷州監司悉鐫秩，遂買地築室，爲屋五間。潮人王介石爲客於儋，躬泥水之役，其勞甚於家隸。故詩有「舊居無一席，逐客猶遺屏」句〔四七〕。〔合註〕《續通鑑長編》：元符二年四月，朝散大夫直秘閣權知廣南西路都鈐轄程節降授朝奉大夫，户部員外郎譚掞降授承議郎，朝散郎提點湖南路刑獄梁子美降授朝奉郎。先是昌化軍使張中役兵修倫江驛，以就房店爲名，與別駕蘇軾居。察訪董必體究得實，而節等坐不覺察，故有是命。

朝陽入北林，〔王註〕《古樂府》：朝日照北林。竹樹散疎影。〔王註〕杜子美《遊龍門奉先寺》詩：月林散清影。短籬尋丈間，寄我無窮境。【誥案】紀昀曰：查初白謂神似杜陵。余謂正在韋、柳間耳。舊居無一席〔四八〕，逐客猶遺屏。〔施註〕子由志先生墓云：安置昌化，初僦官屋以庇風雨，有司猶以爲不可，則買地築室爲屋三間。〔查註〕本集先生《與程全父尺牘》云：初至，僦官屋數椽，近復遭迫逐。王定國《甲申雜記》云：董必察訪廣西時，子瞻在儋州，董至雷，遣一小使臣過儋，有逐出官舍之事。結茅得兹地，翳翳村巷永。〔王註〕陶淵明《歸去來》云：景翳翳以將入，撫孤松而盤桓。數朝風雨涼，畦菊發新穎。俯仰可卒歲，何必謀二頃。

遷居之夕，聞鄰舍兒誦書，欣然而作

幽居亂蛙黽，〔施註〕《禮記·儒行》：儒有幽居而不淫。〔查註〕杜子美《渼陂西南臺》詩：世自輕驊騮，吾方雜蛙黽。生理半人禽。跫然已可喜，况聞絃誦音。兒聲自圓美，〔施註〕《南史·王筠傳》：好詩圓美流轉如彈丸。誰家兩青衿。〔王註〕《詩》「青衿」註：青領也，學子之所服也。〔施註〕《毛詩·子衿》，刺學校廢也。青青子衿，悠悠我心。且欣集齊咻〔四九〕，未敢笑越吟。〔施註〕王仲宣《登樓賦》：鍾儀幽而楚奏，莊舄顯而越吟。九齡起韶石，〔王註次公曰〕《唐書》：張九齡，韶州曲江縣人。姜子家日南。〔王註〕《唐書》：姜公輔，愛州日南人。有高才，數奏詳亮，德宗器之。〔合註〕《韻補》：南，尼心切。《詩·邶風·燕燕》：燕燕于飛，下上其音。之子于歸，遠送于南。陸雲《喜霽賦》：朱明自皓，凱風來南。復火正之舊司兮，黜后土於重陰。故先生亦與禽音諸韻同押也。吾道無南北，〔王註〕《傳燈錄》：第二十三祖問盧居士曰：「嶺南無佛性，若何爲得？」佛曰：「人卽有南北，佛性豈然。」安知不生今。海闊尚挂斗，天高欲橫參。荆榛〔五〇〕短牆缺，〔施註〕杜子美《王十七侍御掄許攜酒至草堂奉寄此詩》詩：鄰雞還過短牆來。燈火破屋深。【誥案】此言鄰舍牆缺屋破，用穴隙偷光意。引書與相和，置酒仍獨斟。〔施註〕韓退之《縣齋讀書》詩：酒熟無孤斟。可以侑我醉，琅然如玉琴。〔王註次公曰〕杜子美《憶鄭南玭》詩：石影銜珠閣，泉聲帶玉琴。李太白《獻從叔當塗宰陽冰》詩：漢水流萬里，長作玉琴聲。【誥案】紀昀曰：收得空闊，若但以勉學意結，則腐矣。

宥老楮〔五一〕

我牆東北隅，張王維老穀。〔王註次公曰〕張、王，並去聲。韓退之《筍》詩：得時方張王。劉禹錫《蒲萄歌》：張王日日高。〔施註〕《本草》：楮實，一名穀實。《毛詩·小雅·鶴鳴》：園有樹檀，其下維穀。〔邵註〕《後漢·班超傳》：遂雄張南道。註云：張，音丁亮反。〔查註〕《本草》：構，一名穀桑。《毛詩疏》：陸璣《詩疏》云，幽州人謂之穀桑，荆揚人謂之穀，中州人謂之楮。殷中宗時，桑穀共生是也。樹先樗櫟大，葉等桑柘沃。流膏馬乳漲，〔查註〕《本草》：楚人呼乳爲穀，其木中白汁如乳，故以名之。墮子楊梅熟。〔王註〕張揖《漢書註》：楊梅，其實似穀子，而有核。〔查註〕《抱朴子》：楮實赤者，服之，令老者成少。〔合註〕《酉陽雜俎》云：穀田久廢必生構。葉有瓣曰楮，無曰構。胡爲尋丈地，養此不材木。〔王註〕《莊子·山木篇》：行於山中，見大木，枝葉盛茂，伐木者止其旁而不取也。莊子曰：「此木以不材得終其天年。」蹶之得輿薪，〔合註〕《左傳·襄公十九年》：孔成子曰：「是謂蹶其本。」註：蹶，猶拔也。規以種松菊。〔王註次公曰〕規，圖也。又引《東方朔傳》中語。靜言〔三〕求其用，〔施註〕《毛詩·邶風·柏舟》：靜言思之，寤辟有摽。略數得五六。膚爲蔡侯紙，〔施註〕《後漢·宦者蔡倫傳》：自古書契，多編以竹簡，其用縑帛者，謂之爲紙，縑貴而簡重，並不便於人。倫乃造意，用樹膚、麻頭及敝布、魚網以爲紙，天下咸稱蔡侯紙。〔查註〕陸璣《詩疏》云：江南人績其皮以爲布，又擣以爲紙，謂之穀皮紙。潔白光輝，其裏甚好。陶弘景曰：南人呼穀紙，亦爲楮紙。子入《桐君録》。〔王註次公曰〕桐君有《採藥録》，說以花蕊形色。《仙方》：楮實正赤時，收取其子，陰乾用之。〔施註〕《唐·藝文志》有《桐君藥録》三卷。劉禹錫《試茶》詩：桐君有《録》那知味。黃繒練成素，〔王註次公曰〕黃繒，黃絹也，世蓋以楮實練絹矣。〔查註〕按《詩疏》：穀皮可爲布。裴淵《廣州記》：蠻夷取穀皮爲屬布，以擬氈，甚煖。黝面頮作玉。〔王註次公曰〕黝，面黑色也。頮，洗也。《顧命》「洮頮水」是也。世有楮實爲面藥矣。〔合註〕《本草》：楮實益顏色，又治身面石疽。灌灑蒸生菌，〔王註次公曰〕《莊子·齊物論篇》：蒸成菌。菌，眯也，世以米泔灑楮而生。〔查註〕《廣州記》：其木腐後成菌耳。味甚佳好。腐餘光吐燭。雖無傲霜節，幸免狂酲毒。〔施註〕《莊子·人間世篇》：南伯子綦游於商之丘，見大木焉，有異，嗅之，使人狂酲三日而不已。孤根信微陋，生理有倚伏。投斧爲賦詩，〔合註〕《揚子》：

般投其斧。德怨聊相贖。〔施註〕《左傳・成公三年》：晉知罃曰：「臣不任受怨，君亦不任受德，無怨無德，不知所報。」【誥案】紀昀曰：頗近香山，然筆力自別。

和陶西田穫早稻〔五三〕并引〔五四〕

【誥案】合註題作：和陶庚戌歲九月中於西田穫早稻。【誥案】此二詩（按，指此首與下首），施註和陶本並編，查註並置於《新居》詩前。今并移於後。詩中老楮猶存，以是知《宥老楮》詩，亦新居事也。

小圃栽植漸成，取淵明詩有及草木蔬穀者五篇，次其韻〔五五〕。

蓬頭三獠奴〔五六〕，誰謂愿且端。〔查註〕杜子美有《示獠奴》詩，又有《課隸人伯夷辛秀信行等入山斬陰木》詩。又《信行修水筒》詩云：於斯答恭敬，足以殊殿最。此詩起二語正用此。晨興灑掃罷，飽食不自安。願治此〔五七〕圃畦，少資主游觀。〔施註〕《文選》王子淵《四子講德論》：游觀乎道德之域。晝功不自覺，夜氣乃潛還。早韭欲争春，晚菘先破寒。〔施註〕《南史・周顒傳》：清貧寡欲，終日長蔬食。文惠太子問：「菜食何味最勝？」曰：「春初早韭，秋末晚菘。」人間無正味，美好出艱難。早知農圃樂，豈有非意干。【誥案】紀昀曰：常語，却極深至。尚恨不持鋤，未免辭我顔。此心苟未降，何適不閒關〔五八〕。休去復歇去〔五九〕，菜食〔六〇〕何所歎。〔施註〕《傳燈録》：石霜和尚，有僧入室，石霜云：休去歇去，古廟香爐去，一條白練去。

和陶下潠田舍穫〔六一〕

【誥案】合註題作：和陶丙辰歲八月中於下潠田舍穫。

聚糞西垣下，鑿泉東垣隈。勞辱何時休，〔合註〕《周禮·秋官》：行夫，掌行人之勞辱事焉。宴安不可懷。天公豈相喜，雨霽與意諧。黃菘〔六二〕養土膏〔六三〕，〔施註〕柳子厚《種秫》詩：土膏滋玄液。老楮生樹雞。〔合註〕《本草》：木耳名樹雞。韓退之有《答道士寄樹雞》詩。《廣菌譜》：木菌，即木耳，亦名木㙡。南楚人謂雞爲㙡，樹雞曰㙡，因味似也。未忍便烹煮，繞觀日百回。〔施註〕杜子美《三絶》詩：一日須來一百回。跨海得遠信，冰盤鳴玉哀。〔施註〕杜子美《乞瓷盌》詩：大邑燒瓷輕且堅，扣如哀玉錦城傳。茵蔯點膾縷，〔施註〕杜子美《游何將軍山林》詩云：棘樹寒雲色，茵蔯春藕香。脆添生菜美，陰益食簞涼。照坐如花開。一與蜑叟醉，蒼顏兩摧頹。齒根日浮動，自與粱肉乖。食菜豈不足〔六四〕，呼兒拆雞棲。〔施註〕《後漢·陳蕃傳》：諺云：車如雞棲馬如狗。杜子美有《催宗文樹雞柵》詩。

過子忽出新意，以山芋作玉糝羹，色香味皆奇絶。天上酥陀則不可知，人間決無此味也〔六五〕

〔李註〕《唐本草》：芋有六種，白芋、真芋、連禪芋、紫芋，並毒少，正可煮啖之，兼肉作羹甚佳，蹲鴟之饒，蓋謂此也。【誥案】此詩施編在遺詩中。其不編海外卽謬，今論定總案中。〔案〕總案云：

此詩，查註編入海外丁丑。合註謂難確定海外者，非是。蓋是時，公所食惟芋，過眞無以爲養，故變此方法也。子由每稱過孝，以訓宗族，登之史傳。孝不可見，所可見者，類如此矣。食芋飲水，《墓誌》明載昌化買地築室之後。此卽海外實録。

香似龍涎仍釅白，〔李註〕《香譜》：龍涎於香品中最貴重，出大食國海旁，多亦不過數兩。上品曰泛水，次曰滲沙。〔合註〕《香譜》云：龍涎出大食國。其龍多蟠伏於洋中之大石，卧而吐涎，涎浮水面，土人見鳥林上，異禽翔集，衆魚游泳，爭嚼之，則殳取焉。然龍涎本無香，其氣近於臊，白者如百葉，煎而膩理，黑者亞之，如五靈，而光澤能發衆香，故多用之以和香焉。潛齋云：其涎如膠，每兩與金等，舟人得之，則巨富矣。味如牛乳更全清。〔李註〕《維摩經》：阿難白佛言：憶念昔時，世尊身小有疾，當用牛乳。〔查註〕《涅槃經》：譬如從牛出乳，從乳出酪，從酪出酥。莫將南海〔六六〕金虀膾，〔王註〕《大業拾遺》：松江鱸膾，肉白如雪，不腥，所謂金虀玉膾，東南之佳味也。輕比東坡玉糝羹。

和陶戴主簿〔六七〕

【誥案】合註題作：和陶五月旦日作和戴主簿。【誥案】《和陶戴主簿》一詩，與前和《西田穫早稻》、《下潠田舍穫》二詩一轍，前則方事鋤治，此則樂其所成。而時已冬杪，故云「歲將窮」也。查註原編此卷之末，卽爲己卯，今既改定前二詩於卜居之後，此詩當改編戊寅，取其氣類相通也。

海南〔六八〕無冬夏，安知歲將窮。〔施註〕《嶺表録異》：廣南節氣，四季温燠，當盛暑，北風而雨，便似窮秋，或嚴冬，南風而晴，却如初夏。時之寒暑，繫在陰晴，彼人謂之温天。時時小摇落，榮悴俯仰中。上天信包荒，〔施註〕《周易・泰卦》：包荒得尚於中行。〔查註〕《易・泰卦》：九二，包荒用馮河。疏云：體健居中，而用乎泰，能包含荒穢，受納馮河者也。佳植無由豐。鉏耰代肅殺〔六九〕，有擇非霜風。手栽蘭與菊，侑我清宴終。〔施註〕《漢·東方朔傳》：得清燕之閑，寬和之色。《文選》曹子建《公燕》詩：終燕不言疲。擷芳眼已明，飲酒腹尚沖。〔施註〕《老子》：沖氣以爲和。草去土自隤〔七〇〕，井深牆愈隆。勿笑一畝園，蟻垤齊衡、嵩。〔施註〕《揚子》：太山之與蟻垤，河海之於行潦，非難也。

和陶游斜川〔七一〕

【誥案】查註合元符戊寅己卯詩爲此卷，而中無區別，今以此詩改列己卯之首。【誥案】此詩，戊、己二年皆可作。查註既以戊、己詩合爲一卷，而此詩不編己卯，則前後詩皆混，今改編。

正月五日，與兒子過出游作〔七二〕

謫居澹無事，何異老且休。雖過靖節年，未失斜川游。〔施註〕陶淵明《游斜川》詩：開歲倏五十，吾生行歸休。【誥案】紀昀曰：綰合正月五日好。春江淥未波，〔施註〕《文選》江文通《別賦》：春草碧色，春水淥波。人卧船自流。我本無所適，泛泛隨鳴鷗。〔施註〕《楚辭》屈原《卜居》：泛泛若水中之鳧，隨波上下，偷以全吾軀乎？〔合註〕陶淵明詩：閑谷矯鳴鷗。中流遇洑洄〔七三〕，〔合註〕《廣韻》：洑，回流也；洄，逆流也。何遜詩：洑流自洄糾。捨舟步層丘。〔施註〕陶淵明《斜川詩序》：若夫曾城，旁無依接，獨秀中皐。〔合註〕淵明《游斜川》詩：緬然睇曾丘。有口可與飲，何必逢我儔。〔施註〕《南史·謝瀹傳》：兄朏，指瀹口曰：「此中惟宜飲酒。」《南史·袁粲傳》：道遇一士大夫，便呼與酣飲。明日，此人謂被知顧，到門求進。粲曰：「昨飲酒無偶，聊相要耳。」過子詩似翁，我唱而輒酬〔七四〕。

未知陶彭澤，頗有此樂不。【誥案】紀昀曰：回顧三四句，密。問點爾何如，不與聖同憂。問翁何所笑，不爲由與求。【誥案】紀昀曰：有自然之樂，形神俱似陶公。

子由生日〔七五〕

〔查註〕《欒城集·次韻生日》詩云：弟兄本三人，懷抱喪其一。頎然仲與叔，耆老天所騭。師心每獨往，可否輒自必。折足非所恨，所恨覆鼎實。上賴吾君仁，議止海濱黜。悽酸念母氏，此恨何時畢。平生賢孟博，苟生不謂吉。歸心天若許，定卜老泉室。凄涼百年後，事付何人筆。於今兄獨知，言之泣生日。〔合註〕老泉之稱，並不專屬之老蘇公，於此詩可證。又《石林燕語》：蘇子瞻晚又號老泉山人，以眉山先塋有老翁泉也。

上天不難知，好惡與我一。方其未定間，人力破陰騭。〔王註〕《洪範》：惟天陰騭下民。註云：騭，定也，天不言而嘿定下民也。小忍〔七六〕待其定，報應真可必。季氏生而仁，觀過見其實。端如〔七七〕柳下惠，焉往不三黜。天有時而定，壽考未易畢。兒孫七男子，〔公自註〕子由三子四孫〔七八〕。次第皆逢吉。〔王註〕《洪範》：身其康彊，子孫其逢吉。遙知設羅門，獨掩懸磬室。〔施註〕《左傳·僖公二十六年》：齊侯曰：「室如懸磬，野無青草，何恃而不恐。」回思十年事，無愧篋中筆。〔王註〕杜子美《客居》詩：篋中有舊筆，情至時復援。但願白髮兄，〔施註〕白樂天《寄陳式》詩：年來白髮兩三莖，憶別君時髭未生。惆悵料君應滿鬢，當初是我十年兄。年年作生日。【誥案】以子由《和沉香山子賦》與「年年」句合觀，始知査編戊寅之誤，餘詳案中。〔案〕總案云：此二詩（按，指此首及下首）及《欒城集》和韻二首，均無壽六十語。而公有「但願白髮兄，年年作生日」句，以作綿長之詞解，固未爲不可。然以《沉香山子賦》論之，此乃子由六十一所作，故云「年年」也。且子由六十，既以沉香山子壽之，并爲之賦，如再作子由生日詩，又以黄子木拄杖爲壽作詩，必無此重疊事也。施註原編戊寅、己卯，漫不可辨，查註編入戊寅，合註仍之。考《欒城集》和作，雜入雷州詩中，亦誤。今定爲己卯作，改編。

以黄子木拄杖爲子由生日之壽〔七九〕

靈壽扶孔光，〔王註〕《前漢書》：孔光爲太師。太后詔曰：國之將興，尊師而重傅。其令太師毋朝，賜靈壽杖。【誥案】題已道盡，勿誤作對起。菊潭飲伯始。〔施註〕盛弘之《荆州記》：菊水出穰縣，芳菊被崖，水極甘香，谷中飲此水，上壽百二十，七八十者猶以爲夭。太尉胡廣患風疾，休沐南歸，常飲此水，後疾遂瘳，年八十二乃薨。廣，字伯始。雖云閑草木，豈樂蒙此恥。〔王註次公曰〕孔光、胡廣二人，皆畏懦諂諛之人，故云草木蒙恥。〔施註〕柳子厚《賀者對》：蒙恥遇僇，以待不測之誅。【誥案】紀昀曰：起得極闊遠，又極緊切。一時偶收用，千載相瘢疻。〔合註〕《説文》：瘢，痍也；疻，毆傷也。詩意言相訴病也。海南無嘉植〔八〇〕，野果名黄子。〔施註〕《番禺雜編·黄子類》：交州子橘屬也，淡黄色。【誥案】紀昀曰：直入本位，更不作轉折，只算兩兩對照，各不相屬，筆墨高絶。堅瘦多節目，〔施註〕《晉·和嶠傳》：庾覬見而歎曰：「森森如千丈松，雖磥砢多節目，施之大廈，有棟梁之用。」天材任操倚。嗟我始剪裁，世用或緣此。〔施註〕《陸賈新語》：楩、柟、豫章，仆則爲萬世之用。【誥案】曉嵐極賞下句「貴」字，殊不知皆此十字斤兩，有無限作用在内，逼出下二句也。讀者久讀，當自知之。貴從老夫手，往配先生几。【誥案】紀昀曰：一「貴」

字寫得「老夫」字、「先生」字，皆鄭重之極，與起處「孔、胡」筆鋒相直。相從歸故山，不愧仙人杞。《本草》：枸杞，一名仙人杖〔八一〕。〔查註〕《抱朴子》：枸杞，一名仙人杖，或云西王母杖，或名天精，或名却老，或名地骨，或名枸杞也。

和陶與殷晉安別〔八二〕

【誥案】張中雖罷任，屢不成行，故詩亦屢送也。此詩作於前，施編亦分列。今改編於此。

送昌化軍使張中〔八三〕。〔查註〕《九域志》：廣南西路昌化軍，唐儋州昌化郡，本朝熙寧六年廢爲軍，治宜倫縣。東至瓊州二百十里，西至海十里，南至崖州四百八十里。〔合註〕《續通鑑長編》：熙寧三年四月，以新進士張中爲初等職官。註：中，開封人。又：元豐二年十一月，明州象山縣尉張中，嘗以詩遺高麗貢使，詔中衝替。三年四月庚子，張中救高麗人船有勞，落衝替。遺詩高麗事，並見《事實類苑》。孤生知永棄，〔合註〕《後漢書·張霸傳》：太守起自孤生。末路嗟長勤。久安儋耳陋，日與雕題親。〔施註〕《禮記·王制》：雕題交趾，有不火食者矣。海國此奇士，官居我東鄰。卯酒無虛日，夜碁有達晨。小甕多自釀，一瓢時見分。〔施註〕《晉·王羲之傳》：有一味之甘，割而分之。仍將對牀夢，伴我五更春。暫聚水上萍，忽散風中雲〔八四〕。恐無再見日，笑談〔八五〕來生因。空吟清詩送，不救歸裝貧。

贈鄭清叟秀才

【誥案】鄭清叟因周文之見公海南，公稱其俊敏篤問學，即其人也。此詩施編歸至廣州作，非是。今改編。

風濤戰扶胥，海賊横泥子。〔王註次公曰〕扶胥、泥子，皆經海之處也。〔查註〕《廣州志》：扶胥鎮，在州城南。泥子，未詳。【誥案】南海大良堡，本盜藪也，前明破黄蕭養，始以其地設順德縣。去縣數十里地，曰紫泥，與番禺石壁接壤，設紫泥司巡檢。其地水道叢雜，越扶胥爲捷徑，今之姦民偷漏洋税者，必自石壁竄紫泥。是紫泥當作子泥，卽古之泥子。胡爲犯二怖，〔合註〕《廣韻》：怖，惶懼也。博此一笑喜。【誥案】此二句謂不避風濤海賊之險，以至於儋也。今正諸註之誤，定爲海南作。問君奚所欲，欲談仁義耳。我才不逮人，〔施註〕《文選》曹子建《與楊德祖書》：劉季緒才不能逮於作者。所有聊足已。安能相付與〔八六〕，過聽君誤矣。〔合註〕《戰國策》：過聽於張儀。霜風掃瘴毒，冬日稍清美。年來萬事足，所欠〔八七〕惟一死。〔王註續曰〕《冷齋夜話》：摩訶衍對梁世祖云：「貧道客食陛下三十年，恩德厚矣，無所欠，所欠者，只一死耳。」〔次公曰〕《三國·蜀志·宗預傳》曰：吾等年踰七十，所竊已過，但少一死耳。〔查註〕《北史》：陳休卜崇曰：「吾輩年踰五十，職位已崇，惟欠一死耳，安能屈首低眉以事閹豎耶。」澹然兩無求，滑淨空棐几。【誥案】紀昀曰：「『年來』二句，宋人詩話亦議之。然東坡特自言萬念皆空，故不立語言文字之意，非有所怨尤。論者未看上下文義耳。」其説清楚。清叟越海相見，尚何他求，亦惟仁與義而已矣。詩言我不逮人，僅足爲自了漢，如是而止，於清叟無所發明也。凡詩話截數句以論詩，註家截數句以註詩，檢其所引出處，連上下文讀之，其時地情景，多不合，原文並不如是解也。

被酒獨行，遍至子雲、威、徽、先覺四黎之舍，三首〔八八〕

其一

半醒半醉問諸黎，〔王註次公曰〕杜牧詩：半醒半醉遊三日，紅白花開山雨中。竹刺〔八九〕藤梢步步迷。但尋牛矢〔九〇〕覓歸路，〔王註〕《韓非子》：商太宰問市南門之外，何多牛屎？家在牛欄西復西。〔王註〕李賀詩：家住錢塘東復東。〔合註〕《易林》：不出牛欄。【誥案】此儋州記事詩之絶佳者，要知公當此時，必無「令嚴鐘鼓三更月」之句也。曉嵐不取此詩，其意與不喜「鴨與豬」、「命如雞」等句相似，皆囿於偏見，不能自廣耳。《左傳·文公十八年》「埋之馬矢之中」，《史記·廉頗傳》「一飯三遺矢」，凡此類，古人皆據事直書，未嘗以矢字爲穢，代之以文言也。 記事詩與史傳等，當據事直書處，正復以他字替代不得。

其二

總角黎家三四〔九一〕童，口吹葱葉送迎翁。〔查註〕吹葱葉事，未詳。〔合註〕盧文弨曰：黄云，吹葱葉，即小兒吹葱葉作聲以爲戲耳。 劉克莊《宿》詩：幼吹葱葉還堪聽，老畫葫蘆却未工。 莫作天涯萬里意，溪邊自有舞雩風。

其三

符老風情奈老何，〔施註〕《文選》孔德璋《北山移文》：風情張日。 白樂天《答夢得》詩：風情雖老未全消。 漢武帝《秋風辭》：少壯幾時兮奈老何。 朱顔減盡鬢絲多。〔施註〕白樂天《醉歌》：鏡裏朱顔看已失。 杜牧之詩：今日鬢絲禪榻畔。【誥案】寫來全不是土著。 投梭每困東鄰女，換扇惟逢春夢婆。〔公自註〕是日，復見符林秀才，言換扇之事〔九二〕。〔施註〕趙德麟《侯鯖録》云：東坡在昌化，嘗負大瓢行歌田間，有老婦年七十，謂坡云：「内翰昔日富貴，一場春夢。」坡然之。 里人呼此媪爲春夢婆。

倦夜〔九三〕

【誥案】紀昀曰：查初白謂通體俱得少陵神味。

倦枕厭長夜，小窗終未明〔九四〕。孤村一犬吠，〔王註〕《晉書》：傅咸云：一犬吠形，羣犬吠聲。〔施註〕杜牧《泊桐廬》詩：笛吹孤戍月，犬吠隔溪村。殘月幾人行。衰鬢〔九五〕久已白，旅懷空自清。荒園有絡緯，〔王註〕崔豹《古今注》：促織，一名絡緯。〔查註〕《炙轂子雜録》：莎雞，《古今注》一名促織，一名絡緯。虚織竟何成。〔施註〕庾信《曹美人歌》：絡緯無機織。孟東野樂府：暗蛩有虚織。【誥案】紀昀曰：結有意致，遂令通體俱有歸宿，如非此結，則成空調。

用過韻，冬至與諸生飲酒〔九六〕

〔公自註〕符、吴皆坐客，其餘，皆卽事實録也。〔合註〕《斜川集》有《己卯冬至，儋人攜具見飲，既罷，有懷惠、許兄弟》詩，卽先生所用之韻也。今節録一聯於詩註中。

小酒生黎法，〔王註〕《國朝會要》：今儋、厓、萬安，皆與黎爲境。其服屬州縣者，乃熟黎，其居山洞無征者，爲生黎。按地志，儋州俗呼山嶺爲黎，人居其間，號曰生黎。〔查註〕《宋史·食貨志》：廣南東西路，自春至秋，酤成卽鬻，謂之小酒。臘釀蒸鬻，候夏而出，謂之大酒。《寰宇記》：生黎釀酒，不用麴糵，有木曰嚴樹，取其皮葉，擣後，清水浸之，以粳釀和之，香甚，能醉人。又有石榴，亦取花葉，和釀醞之，數日成，酒熟，則以竹筒吸之。乾糟瓦盎中。芳辛知有毒，滴瀝取無窮。〔合註〕沈約詩：風動露滴瀝。凍醴寒初泫，〔合註〕左太冲《魏都賦》：凍醴流澌。春醅暖更饛。〔施註〕

《毛詩註》鄭氏云：𩞄，滿簋貌。華夷兩樽合，醉笑一歡同。里閈峩山北，〔施註〕《文選》謝靈運《鄴中》詩：貧居宴里閈，年少長東平。田園震澤東。〔王註次公曰〕震澤指言常州，先生有田在常州也。歸期那敢説，安訊不曾通。鶴鬢〔九七〕驚全白，犀圍尚半紅。〔施註〕陸務觀云：故事，謫散官，雖別駕司馬，皆封賜如故，故宋尚書《在鄜時》詩云：經時不巾櫛，慵更佩金魚。先生時謫瓊州別駕，故用「犀圍尚半紅」之句，至司户參軍，則奪封賜。故世傳寇萊公謫雷州司户，則借録事參軍緑袍拜命，袍短纔至膝。又：予少時見王性之曾夫人言：曾丞相謫廉州司户，亦借其婭緑袍拜命云。愁顔解符老，〔查註〕符老卽符林秀才。壽耳鬬吴翁。〔合註〕《藝文類聚》引《樊氏相法》曰：人耳困長寸三分，壽百二十歲，一寸壽百歲。【誥案】吴翁，乃吴氏之老，無論吴子野已歸，卽未歸，公亦不以諸生目之也。查註乃臆説耳，已刪。得穀鵝初飽，亡猫鼠益豐。黄薑收土芋，〔合註〕《本草》：土芋，一名土卵。註云：肉白皮黄，梁漢人名爲黄獨。又云：芋以薑同煮過，換水再煮，方可食之。蒼耳〔九八〕斫霜叢。〔王註〕唐王實《山居要録》云：收蒼耳法，取未經霜者。又，先生有《蒼耳帖》。〔查註〕本集《蒼耳録》云：一云羊負來，《詩》謂之卷耳，疏謂之枲耳，俗謂之道人頭。海南無藥，惟此生舍下。兒瘦緣儲藥，奴肥爲種菘〔九九〕。〔合註〕過原詩云：海蜑羞蚶蛤，園奴饋韭菘。頻頻非竊食，數數尚乘風。河伯〔一〇〇〕方夸若，〔王註〕《莊子·秋水篇》：河伯望洋向若而歎曰：「野語有之，曰，聞道百以爲莫己若者，我之謂也。」靈媧自舞馮。〔王註〕《楚辭·遠遊篇》：使湘靈鼓瑟兮，令海若舞馮夷。歸途陷泥淖，〔施註〕《左傳·成公十六年》：相違於淖。炬火燎茅蓬。膝上王文度，家傳張長公。〔王註次公曰〕《史記》：張釋之爲廷尉，不阿，守法。景帝時爲太子，釋之劾不下公車。後事景帝歲餘，爲淮南王相，猶尚以前過也。久之，釋之卒。其子曰摯，字長公。官至大夫，免，竟以不能取容當世，故終身不仕。《陶淵明集》有贊，陳子昂、李白詩，皆及之。和詩仍醉墨，戲海亂羣鴻〔一〇一〕。〔王註厚曰〕隋智果師論王羲之書，如羣鴻戲海。施註引韋續

《墨藪》。

和陶王撫軍座送客〔一〇二〕

【誥案】此詩有「汝去莫相憐，我生本無依」、「懸知冬夜長，不恨晨光遲」句，其張中戀戀不忍去之狀，情見乎詞矣。今定此詩爲十一月作，改編。

再送張中。

胸中有佳處，海瘴〔一〇三〕不能腓〔一〇四〕。〔施註〕《毛詩·小雅·四月》：百卉具腓。〔合註〕鄭箋：腓，病也。三年無所愧，十口今同歸。【誥案】張中到儋在公後，亦丁丑年事，以此詩證之，其去在己卯之冬也。查註與《新居》詩並編，誤。汝去莫相憐，我生本無依。相從大塊中，幾合幾分違。莫作往來相，〔施註〕《維摩經》：不使人有往來想。而生愛見悲。悠悠含山〔一〇五〕日，炯炯留清輝。懸知冬夜長，不恨〔一〇六〕晨光遲。夢中與汝〔一〇七〕別，作詩記忘遺。【誥案】紀昀曰：此首真至。

和陶答龐參軍〔一〇八〕

【誥案】以上送張中二詩，施註和陶集本並編也。細玩二詩，乃相去不遠之作，必當並編。今分列十二月者，以公有「三年無愧」之語，特滿是歲，以表其人如張中者，卒以公故廢死，雖詘於一時，而申於千古，可謂賢矣。

三送張中。

留燈坐達曉，要與影晤言〔一〇九〕。〔施註〕《毛詩·陳風·東門之池》：彼美淑姬，可與晤言。下帷對古人，何暇復窺園。使君本學武，少誦《十三篇》。〔施註〕《史記·孫武傳》：以兵法見闔閭。闔閭曰：「子之《十三篇》，吾盡觀之矣，可以小試勒兵乎？」頗能〔一一〇〕口擊賊，〔施註〕《晉·朱伺傳》：楊珉曰：「朱將軍何以不言？」伺曰：「諸人以舌擊賊，伺惟以力耳。」《唐·高祖諸子傳》：虢王巨入，對，合旨。楊國忠謂巨曰：「比來人多口打賊，君不爾乎？」戈戟亦森然。〔合註〕《晉書·裴楷傳》：常目鍾會，如觀武庫森森，但見矛戟在前。才智誰不如，〔施註〕《漢·匡衡傳》：材智有餘。韓退之《張署墓銘》：誰之不如，而不公卿。功名歎無緣。獨來向我說，憤懣〔一一一〕當奚宣。〔施註〕《文選》司馬子長《報任少卿書》：不得舒憤懣以曉左右。一見勝百聞，〔施註〕《漢·趙充國傳》：百聞不如一見。兵難隃度，願馳至金城，圖上方略。往鏖皋蘭山。〔施註〕《漢·霍去病傳》：合短兵，鏖皋蘭下。白衣挾三矢，趁此征遼年。〔施註〕《唐·薛仁貴傳》：天子征遼，仁貴著白衣，自標顯，所向披靡。又九姓衆來挑戰。仁貴發三矢，輒殺三人。

縱筆三首

【誥案】此三首平澹之極，却有無限作用在內，未易以情景論也。

其一〔一一二〕

寂寂東坡一病翁，白鬚〔一一三〕蕭散滿霜風。〔施註〕《文選》謝玄暉《出尚書省》詩：乘此終蕭散。小兒誤喜朱顔在，一笑那知是酒紅。〔王註〕白樂天詩：霜侵殘鬢無多黑，酒伴衰顔只暫紅。〔施註〕白樂天《自詠》詩：夜鏡隱白髮，朝酒發紅顔。〔查註〕按《冷齋夜話》引山谷語云：不易其意，而造其語，謂之换骨法。窺入其意，而形容之，謂之奪胎法。白居易詩云：醉貌如霜葉，雖紅不是春。東坡：兒童誤喜朱顔在，一笑那知是酒紅。皆奪胎法也。【誥案】紀昀曰：歎老語如此出之，語妙天下。

其　二〔一一四〕

父老争看烏角巾，〔王註〕杜子美《南鄰》詩：錦里先生烏角巾。應緣曾現宰官身。〔查註〕《法華經》：妙音菩薩，現種種身，處處爲衆生説是經典，或現居士身，或現宰官身。《普門品》云：應以宰官身得度者，卽現宰官身，而爲説法。溪邊古路三叉口，【誥案】此三首之第三句，皆於極平澹中陡然而出，而此句尤奇突，殊不知「争看」二字已安根矣，三首皆弄此手法。獨立斜陽數過人。【誥案】紀昀曰：含情不盡。

其　三〔一一五〕

北船〔一一六〕不到米如珠，醉飽蕭條半月無。〔施註〕《楚辭·遠遊章》：山蕭條而無獸。明日東家當祭〔一一七〕竈，隻雞斗酒定膰吾。【誥案】紀昀曰：真得好。

夜燒松明火〔一一八〕

〔查註〕本集《雜記》云：海南多松，己卯臘月二十三日，墨竈火發，幾焚屋，遂罷。作墨，得佳墨大小五百丸，餘松明一車，仍以照夜。【詰案】此潘衡所造墨也，衡後從游曹溪，爲明老作墨。

歲暮風雨交，〔王註〕杜子美《雨過蘇端》詩：鷄鳴風雨交，久旱雨亦好。客舍悽薄寒。夜燒松明火，〔施註〕《宋書》：顧歡好學，家貧，夕則然松節讀書。照室紅龍鸞。〔施註〕《文選》顔延年《祭屈原文》：連類龍鸞。快焰初煌煌，碧烟稍團團。〔施註〕《本草》：松樹皮緑衣，名艾納，合諸香燒，其烟團聚，青白可愛。幽人忽富貴，蕙帳〔二九〕芬椒蘭。珠煤綴屋角〔三〇〕，香𣸣流銅盤。〔公自註〕香𣸣，松瀝也。出《本草》註〔三一〕。〔施註〕《本草》：松脂，唐本註云：松取枝，燒其上下，承取汁，名𣸣。音詣。坐看十八公，俯仰灰燼殘。齊奴朝爨蠟，〔王註〕《晉書》：石崇小字齊奴。嘗以蠟代薪。萊公夜長歎。〔施註〕歐陽文忠公《歸田録》：寇萊公自少年富貴，不點油燈，雖寢，亦然燭達旦。每罷官去後，人至官舍，見廁溷間，燭淚在地，往往成堆。〔合註〕《歸田録》：鄧州花蠟燭，名著天下，相傳寇萊公燭法。海康無此物，燭盡更未闌。〔施註〕雷州海康郡，萊公貶此地終焉。【詰案】紀昀曰：瑣屑題，寫得大雅。

貧家淨掃地〔三二〕

貧家淨掃地，貧女好梳頭。下士晚聞道，聊以拙自修。〔王註次公曰〕《莊子》：聞道雖晚，而以勤補拙也。叩門有佳客，一飯相邀留。〔施註〕杜子美《解悶》詩：一飯未嘗留俗客，數篇今見古人詩。春炊〔三三〕勿草草，〔施註〕杜子美《園人送瓜》詩：種此何草草。此客未易婾。〔施註〕《左傳·襄公三十年》：季武子曰：「晉未可婾也。」婾，薄也。《漢·韓信傳》：莫不輟作怠惰，靡衣婾食，傾耳以待命。愼勿用勞薪，〔施註〕《晉·荀勖傳》：嘗在武帝坐進飯，謂在坐人曰：「此是勞薪所炊。」咸未之信。帝遣問膳夫，乃云實用故車脚。舉世服其明識。感我如薰蕕。〔施註〕《左傳·僖公四年》：晉卜人曰：「一薰一蕕，十年尚猶有臭。」德人抱衡石，銖黍安可廋。〔王註次公曰〕衡石者，秤也。銖黍，言一銖一黍之重也。廋，藏也。又引《論語》。〔合註〕《説文》：銖，權十分黍之重也。

卷四十二校勘記

〔一〕上元夜過赴儋守召獨坐有感　七集續集重收此詩，題作「儋州上元過子赴使君會」。集本、集丁「感」字後有「一首」二字。

〔二〕戊寅歲　施乙無此條自註。集本、集丁、類本有。類丁題下原註：「澹州作」。

〔三〕使君　集本、集丁、施乙「使」作「史」。

〔四〕靜看月窗盤蜥蜴　七集續集作「卧看月窗蟠蜥蜴」。集本、施乙「蜥蜴」作「蜴蜥」。施註註文引《爾雅》，亦作「蜴蜥」。集丁作「蜥蜴」。

〔五〕卧聞　七集續集作「靜聞」。

〔六〕伊威　集本、集丁、類本作「蛜蝛」。

〔七〕消時　類本作「殘時」。何校：「殘時」。

〔八〕搔首　七集續集作「回首」。

〔九〕次韻子由浴罷　集本「罷」後有「一首」二字，集丁無。

〔一〇〕閉息　集丁「閉」作「閑」。

〔一一〕借前韻賀子由生第四孫斗老　集本、集丁「老」後有「一首」二字。
〔一二〕李賀詩云云　施乙此註文，無「東坡云」字樣。施註引賀詩，題作「杜豳公之子唐兒歌詩」。
〔一三〕紙竹　原作「楮竹」。今從集本、集丁、施乙、類本。
〔一四〕孫男　集本、集丁、類本作「男孫」。
〔一五〕過於海舶……并寄諸子姪　七集續集重收此詩，題作「次子由詩相慶」。集本、集丁「姪」後有「一首」二字。
〔一六〕走却　類本、七集續集作「却走」。
〔一七〕夜績　七集續集作「夜緝」。
〔一八〕照世　類本作「昭世」。七集續集原校：「照」一作「昭」。
〔一九〕安足夢　類本作「何足夢」。
〔二〇〕和陶形贈影　集戊在卷二之一，施乙在卷四十一之三，施丙在卷上之三。
〔二一〕無所思　集戊作「無知思」。
〔二二〕和陶影答形　集戊在卷二之二，施乙在卷四十一之四，施丙在卷上之四。
〔二三〕妍媸　施乙作「妍蚩」。合註：「媸」一作「形」。
〔二四〕本在君　集戊作「本自君」。
〔二五〕和陶神釋　集戊在卷二之三，施乙在卷四十一之五，施丙在卷上之五。
〔二六〕安得　集戊、施乙、施丙作「安足」。

〔二七〕莫用　合註：「用」一作「如」。
〔二八〕陶翁　集戊作「陶公」。
〔二九〕和陶使都經錢溪　集戊在卷四之十六，施乙在卷四十二之六，施丙在卷下之六。查註無此題，以此詩之引「游城南謝氏廢園作」爲題。
〔三〇〕遊城北謝氏廢園作　集戊爲題下自註。「城北」，施乙、施丙作「城南」。
〔三一〕悲宿昔　施乙、施丙作「非宿昔」。
〔三二〕玄鶴　集戊作「女鶴」，疑誤。
〔三三〕海南　原作「南海」，各本作「海南」，今從。「南海」當爲誤刊。
〔三四〕城南　查註、合註：一作「南城」。
〔三五〕木棉　集本作「木緜」。集丁、類丙作「木綿」。
〔三六〕西山　外集作「山而西」。
〔三七〕追歡　外集作「追游」。
〔三八〕只今　外集作「只應」。
〔三九〕那復　查註作「無復」。
〔四〇〕觀棋　「棋」原作「碁」。集本「棋」後有「一首」二字，集丁無。集甲、集丁「碁」作「棊」。本首詩統一作「棋」。
〔四一〕嘗獨游　類本無「嘗」字。

〔四二〕查註……虞集白鶴觀記云云　查註引文有衍、漏處，致文意難明，今據清宣統二年刊《廬山志》卷七所引虞集《白鶴觀記》校訂。

〔四三〕和陶和劉柴桑　集戊無此題。章校：集戊「先列淵明原詩。《和劉柴桑》一首，徑接《移居》二首，東坡和之，係合三詩成一事，後人重編，失其序也。」章校是。施乙、施丙未收此詩。七集以此詩入「續添」，爲和陶詩最後一首。查註以「和陶贈劉柴桑二首」爲題，收此詩及《和陶酬劉柴桑》。查註云：慎案和淵明《贈劉柴桑》二首，施氏原註本止載「周」字韻一首，今從續補（按，指清施本）卷中類編于此。合註以《和陶和劉柴桑》、《和陶酬劉柴桑》爲題，分爲二首。合註謂：考百三名家所刊《陶彭澤集》，分兩題，「躇」字韻題作「和劉柴桑」，「周」字韻題作「酬劉柴桑」；並謂查氏合爲一題者非。

〔四四〕互起滅　集戊作「玄起滅」。

〔四五〕黄櫞　集戊作「萬椽」。

〔四六〕新居　集本「居」後有「一首」二字，集丁無。

〔四七〕施註東坡在儋耳云云　此條施註原係節文，今據施乙補足。

〔四八〕無一席　類丙作「纔一席」。

〔四九〕集齊咻　集本、集丁、類本作「習齊咻」。何校：「習齊咻」。

〔五〇〕荆榛　類本作「荆棘」。何校：「荆棘」。

〔五一〕宥老楮　集本「楮」後有「一首」二字，集丁無。類丙題下原註：「宥之不伐也。」疑爲註家文字。

〔五二〕靜言　集本、集丁、類本作「靖言」。何校：「靖言」。

〔五三〕和陶西田穫早稻　集戊在卷四之八，施乙在卷四十二之四，施丙在卷下之四。

〔五四〕并引　據集戊補。

〔五五〕小圃栽植漸成取淵明詩有及草木蔬穀者五篇次其韻　原缺，據集戊補。按，此五篇，除《和陶西田穫早稻》外，當爲《和陶下潠田舍穫》、《和陶戴主簿》、《和陶酬劉柴桑》、《和陶和胡西曹示顧賊曹》。此五篇集戊連載，皆及草木蔬穀。

〔五六〕三獠奴　集戊作「二獠奴」。

〔五七〕治此　章校：《鑑》作「此治」。

〔五八〕不問闕　章校集戊「不」作「下」。今所見之集戊，「不」字漫漶。

〔五九〕歇去　集戊作「休去」。

〔六〇〕菜食　集戊作「食菜」。

〔六一〕和陶下潠田舍穫　集戊在卷四之九，施乙在卷四十二之五，施丙在卷下之五。集戊「穫」作「獲」。

〔六二〕黄菘　施乙、施丙作「黄松」。集戊「菘」作「菘」，疑爲「菘」之誤。

〔六三〕土膏　七集作「土羔」。

〔六四〕豈不足　七集原校：「足」一作「好」。

〔六五〕過子忽出……天上酥陀云云　外集以「玉糝羹」爲題，以此詩題爲引。施乙無「忽」字、「上」字。「陀」

原作「醃」。施乙、七集續集作「陀」，今從。查註、合註「陀」作「醃」。查註謂「陀」訛。沈欽韓《蘇詩查註補正》卷四：「按，《翻譯名義·齋法四食篇》，修陀，此譯云白，或云須陀，此天食也。《續傳燈録》：汾州善昭禪師『天酥陀飯非珍饌，一味良羹飽即休』。按，梵語無正音，又作『蘇陀』，此『酥』即『蘇』字之誤。查因仞爲食物，改『陀』爲『醃』。」按外集作「醃」，查註亦有所本。

〔六六〕南海　施乙、施丙、七集續集作「北海」。

〔六七〕和陶戴主簿　集戊在卷四之十，施乙在卷四十二之九，施丙在卷下之九。

〔六八〕海南　集戊作「日南」。

〔六九〕代肅殺　施乙、施丙「代」作「待」，查註謂「待」訛。

〔七〇〕草去土自隤　集戊作「莫去土上隤」，疑有誤。

〔七一〕和陶游斜川　集戊在卷二之九，施乙在卷四十一之十四，施丙在卷上之十四。

〔七二〕正月五日與兒子過出游作　集戊爲題下自註，「出游」作「出城游」。查註以此十一字爲題。

〔七三〕洑洄　施乙、施丙作「伏洄」。

〔七四〕而輒酬　集戊作「兒輒酬」。

〔七五〕子由生日　集本「日」後有「一首」二字，集丁無。

〔七六〕小忍　集本、集丁、類本作「少忍」。

〔七七〕端如　類本作「端知」，疑誤。

〔七八〕子由三子四孫　集本、集丁、類本無「子由」二字。

〔七九〕以黄子木拄杖爲子由生日之壽　集本、集丁「壽」後有「一首」二字。

〔八〇〕嘉植　集本、集丁、施乙、類本作「佳植」。

〔八一〕本草枸杞一名仙人杖　施乙此註文，無「東坡云」字樣。集本、集丁、類本有此條自註。施註「一名」無「一」字。

〔八二〕和陶與殷晉安别　集戊在卷四之五，施乙在卷四十二之十二，施丙在卷下之十一。

〔八三〕送昌化軍使張中　集戊、七集此七字爲題下自註，七集「中」字後尚有「罷官赴闕」四字。查註以此七字爲題。

〔八四〕風中雲　集戊作「空中雲」。

〔八五〕笑談　集戊作「笑説」。

〔八六〕安能相付與　類本「安能」作「安得」。集本、施乙、類本「付與」作「付予」。

〔八七〕所欠　集甲作「所少」。

〔八八〕被酒獨行遍至子雲威徽先覺四黎之舍三首　此三首之第一首，七集續集重收，爲《儋耳四絶句》之第三首。施乙「遍至」作「偏至」，疑誤。

〔八九〕竹刺　七集續集作「棘刺」。

〔九〇〕牛矢　類丙作「牛豕」。

〔九一〕三四　集本、集丁、類本作「三小」。

〔九二〕復見符林秀才言换扇之事　施乙無「復」、「之」等字。集本、集丁、施乙「言」作「説」。集丁「之」字殘，「事」作「重」。

〔九三〕倦夜　集本「夜」後有「一首」二字，集丁無。

〔九四〕倦枕厭長夜小窗終未明　章校：《鑑》作「攲枕倦長夜，小窗猶未明」。

〔九五〕衰鬓　類丙作「衰髮」。何校：「衰髮」。

〔九六〕用過韻冬至與諸生飲酒　合註：一本無「用過韻」三字，「至」後有「日」字，類本無「酒」字。集本「酒」後有「一首」二字，集丁無。

〔九七〕鶴鬓　類本作「鶴髮」。

〔九八〕蒼耳　合註：「蒼」一作「卷」。

〔九九〕種菘　七集作「種松」。

〔一〇〇〕河伯　合註：「伯」一作「北」。

〔一〇一〕亂羣鴻　盧校：「見羣鴻」。

〔一〇二〕和陶王撫軍座送客　集戊在卷四之六，施乙在卷四十二之十八，施丙在卷下之十八。查註無此題，以「再送張中」爲題。集戊題作「和再送張中」。集戊目録以「和」爲題，「再送張中」爲題下自註。

〔一〇三〕海瘴　合註：一作「瘴海」，訛。

〔一〇四〕不能腓　集戊作「不汝腓」。

〔一〇五〕含山　集戊作「銜山」。

〔一〇六〕不恨　原作「恨不」。今從集戊、施乙、施丙。

〔一〇七〕與汝　七集作「無與」。

〔一〇八〕和陶答龐參軍　集戊在卷四之七，施乙在卷四十二之十九，施丙在卷下之十九。集戊題作「和三送張中」。集戊目録以「和」爲題，「三送張中」爲題下自註。查註無此題，以「三送張中」爲題。

〔一〇九〕晤言　集戊作「悟言」。

〔一一〇〕頗能　集戊作「時能」。

〔一一一〕憒潓　集戊在「儥潓」。

〔一一二〕其一　七集續集重收此詩，爲《儋耳四絶句》之第四首。

〔一一三〕白鬚　七集續集作「白頭」。

〔一一四〕其二　七集續集重收此詩，爲《儋耳四絶句》之第二首。

〔一一五〕其三　七集續集重收此詩，爲《儋耳四絶句》之第一首。

〔一一六〕北船　七集續集作「舶船」；原校：「舶」一作「北」。

〔一一七〕當祭　集本、集丁、類本作「知祀」。七集續集作「知祭」。

〔一一八〕夜燒松明火　集本、七集「火」後有「一首」二字，集丁無。

〔一一九〕蕙帳　集本、集丁作「繐帳」。

〔一二〇〕屋角　集乙作「屋稍」。集甲、集丁作「屋桷」。

〔一二一〕香湽松瀝也出本草註　施乙無此條自註。集乙「也」作「出」。集本、集丁「香湽」作「音詣」。集本、集丁此條自註在詩句「香湽」字後。

〔一二二〕貧家淨掃地　集本「地」後有「一首」二字，集丁無。

〔一二三〕春炊　原作「舂炊」，今據集本、集丁、施乙校改。「舂」，當爲誤刊。

蘇軾詩集卷四十三

古今體詩四十八首

【誥案】起元符三年庚辰正月，在責授瓊州別駕昌化軍安置不得簽書公事貶所，五月移廉州安置，六月渡海，七月抵廉州貶所，八月遷舒州團練副使，徙永州安置，自廉州起發作。

庚辰歲人日作，時聞〔一〕黄河已復北流〔二〕，老臣舊數論此，今斯言乃驗，二首〔三〕

〔施註〕神宗元豐四年，澶州言：河決小吳埽。詔東行河道已填淤，不可復，更不修閉。上曰：「陵谷遷變，雖神禹復出，亦不能强。」蓋水之就下者性也。哲宗元祐三年，知樞密院安燾等疏議回河東流，平章重事文忠烈、中書侍郎呂正愍，從而和之，力主其議。子由在西掖，言於右僕射呂正獻曰：「河決而北，先帝不能回，而諸公欲回之，是自謂過先帝也。元豐河決，導之北流，不因其舊修其未備，乃欲取而回之？」正獻曰：「當與公籌之。」然竟莫能奪，其役遂興。議論紛然，至於累歲。東坡嘗侍上讀《祖宗寶訓》，因及時事，曰：「黄河勢方北流，而强之使東。」當軸者恨之。

四年八月，子由在翰林，第四疏論必非東決，有曰：「臣兄軾前在經筵，因論黄河等事，爲衆人所疾，迹不自安，遂求引避。」〔查註〕《宋史·河渠志》：元祐初，河流雖北，而孫村低下，河北諸郡皆被災，於是回河東流之議起。安燾深以東流爲是，文彦博、吕大防皆主其說。蘇轍謂吕公著曰：「盍因舊而修其未備？」會范百禄行視東西二河，亦云東流高仰，北流順下，決不可回。時吴安持與李偉力主回河，請置修河司，從之。七年十月，以大河東流，賜吴安持三品服，李偉再任。紹聖元年，都水使王宗望上言：東北兩流，頻年紛争不決，伏自奉詔凡九月，上稟成算，使全河東還故道，望付史館紀績。至元符二年六月，河決内黄，東流遂斷絶。八月，左司諫王祖道請正吴安持、李偉等之罪，詔可。【誥案】公論回河事，已詳前案中。〔案〕總案元祐三年九月五日，有「邇英進讀《寶訓》，上述災沴論賞罰及修河事」條。

其　一

老去仍棲隔海村，夢中時見作詩孫。〔劉須溪曰〕〔四〕此句爲仲虎發也。陸務觀《老學庵筆記》云：在蜀，見蘇山藏公墨迹疊韻《竹》詩後題云，寄「作詩孫」符。〔合註〕蘇符，《宋史》無專傳。考《建炎以來繫年要録》載建炎、紹興間，以宣教郎爲國子監丞，司農丞，知蜀州，司封員外郎兼資善堂贊讀，試祕書少監，爲太常少卿，起居郎，中書舍人兼翊善，試給事中。九年八月，充賀大金正旦使，旋試禮部侍郎，權禮部尚書兼侍讀，以討論典禮不詳，罷。後又以左朝散郎知遂寧府，以朝奉郎復敷文閣待制知饒州，二十五年乞奉祠，乃提舉台州崇道觀，又復敷文閣直學士。二十六年十月乙亥，以新知邛州卒。可補《宋史》所畧也。至符之孫宣教郎植，並見《繫年要録》註中，於先生爲玄孫矣。天涯已慣逢人日〔五〕，歸路猶欣過鬼門。〔王註〕《山水志》：廣南西路容、牢二州界有鬼門關。諺曰：若度鬼門關，十去九不回。言多炎瘴也。〔施註〕《九域志》：容州鬼門關，漢伏波將軍馬援討林邑蠻，路由此，立碑，石龜尚在。韓退之《贈張十一》詩：念君又署南荒吏，路指鬼門幽更夐。〔查註〕本集《到昌化軍謝表》云：並鬼門而東騖，浮瘴海以南遷。《名勝志》：鬼門關，在鬱林州北流縣西十里，兩山相對間，闊三十步，往來交阯，皆出此關，其南尤多瘴癘。諺云：鬼門關，十人去，九不還。又按，唐沈佺期詩：昔傳瘴江路，今到鬼門關。 三策已應思賈讓，【誥案】紀昀曰：此非自譽語，乃冀幸語也，故不失忠厚之旨。 孤忠終未赦虞翻。〔王註〕《三國志》：虞翻性疎直，數有酒失，孫權積怒，放之交州，在南十餘年，卒。 典衣剩買河源米，〔施註〕海南無秔秫。《縱筆》詩云「北船不到米如珠」，此云「典衣剩買河源米」。河源縣，屬惠州，當是秔秫所產也。〔查註〕《惠州志》：南齊時，析龍川縣置河源縣，以縣東北有三河之源，故名。 屈指新篘作上元。〔施註〕白樂天《嘗酒》詩：一甕香醪新插篘。【誥案】此詩已形北歸之兆，氣機動矣。言者，心之所發，雖公有不自知其然也。

其二

不用長愁挂月村，〔施註〕杜子美《東屯月夜》詩：月挂客愁村。 檳榔生子竹生孫。〔公自註〕海南勒竹，每節生枝如竹竿大，蓋竹孫也。〔施註〕鄭玄《周禮註》：孫竹，枝根之末生者。 新巢語燕還窺硯，〔施註〕鄭谷《燕子》詩：閑几硯中窺水淺，落花徑裏得泥香。〔查註〕《瀛奎律髓》：海南人日，燕已來巢，亦異事。 舊雨來人不到門。 春水蘆根看鶴立，夕陽楓葉見鴉翻。 此生念念隨泡影，莫認家山作本元〔六〕。〔查註〕《楞嚴經》：徒獲此心，未敢認爲本元心地。【誥案】紀昀曰：末亦無聊自寬之語，勿以禪悦視之。

庚辰歲正月十二日，天門冬酒熟，予自漉之，且漉且嘗，遂以大醉，二首〔七〕

〔王註〕《山居要録》：天門冬酒法，醇酒一斗，六月六日麴麥一升，好糯米五升，作飯，天門冬煎五升米，須淘訖曬乾，取天門冬汁浸，先將酒浸麴如常法，候炊飯適寒温，用煎和飲令相入釀之，秋夏七日，勤看，勿令熱，秋冬十日熟。〔查註〕《爾雅》：虋冬。註：門冬，一名滿冬。《抱朴子》：門冬或名顛棘，亦可作散，并有絞其汁作酒以服散，尤佳。楚人呼天門冬爲百部，然自有百部草也。

其一

自撥牀頭一甕雲，〔王註〕白樂天詩：南山入舍下，酒甕在牀頭。幽人先已醉濃芬〔八〕。天門冬熟新年喜，〔王註〕《外臺祕要》有天門冬酒法：初熟，味酸，久停則香美，餘酒皆不及。〔施註〕《證類本草》引孫真人《枕中記》云：天門冬釀酒，服之，去三蟲伏屍，輕身益氣，令人不飢。麴米〔九〕春香並舍聞。〔公自註〕杜子美詩云：聞道雲安麴米春。蓋酒名也〔一〇〕。〔施註〕杜子美《嚴二別駕》詩：聞道雲安麴米春，纔傾一盞即醺人。菜圃漸疎花漠漠〔一一〕，竹扉斜掩雨紛紛。擁裘睡覺知何處，吹面東風散縠紋。

其二

載酒無人過子雲，年來家醖有奇芬。醉鄉杳杳誰同夢，〔施註〕王績《醉鄉記》：武王得志於世，乃命公旦立酒人氏之職，典司五齊，拓土七千里，僅與醉鄉達焉。嗟乎，醉鄉氏之俗，豈古華胥氏之國乎？何其淳寂也，如是余將遷焉。睡息齁齁得自聞。〔王註〕《集韻》：齁齁，鼻息也。齁，音火侯反。〔施註〕《莊子·駢拇篇》：吾所謂聰者，非謂其聞彼也，自聞而已矣。〔合註〕王延壽《王孫賦》鼻鼾齁以縱鼽。口業向詩〔一二〕猶小小，〔王註〕白樂天詩：漸伏酒魔休放醉，猶殘口業未抛詩。〔施註〕白樂天《齋月靜居》詩：些些口業尚誇詩。〔合註〕司馬相如《子虛賦》：蓋特其小小者爾。眼花因酒〔一三〕尚紛紛。〔王註〕先生嘗云：眼花亂墜酒生風，口業不停詩有債。點燈更試淮南語，泛溢〔一四〕東風有縠紋。《淮南子》云：東風至而酒泛溢〔一五〕。許慎註云：酒泛，清酒也。〔施註〕《淮南子》高誘註云：酒泛，謂米麪麴之泛者，風至而沸動。許氏註云：東風，震方也，木味酸相感故也。〔查註〕《周禮·天官》：酒正辨五齊之名，一曰泛齊。鄭康成註云：泛者，成而滓浮泛泛然，如今宜城醪。《埤雅》引《造化權輿》云：東風，東方之氣風也。故凍非東風不能解，泛非東風不能溢。

追和戊寅歲上元〔一六〕

〔王註〕先生嘗自跋云：戊寅上元在儋耳，過子夜出，余獨守舍，作《違字韻》詩。今庚辰上元，已再期矣。家在惠州白鶴峯下。過子不眷婦子從余來此。其婦亦篤孝，悵然感之，故和前篇，有「石建」、「姜龐」之句。又復悼懷同安君，末章故復有「牛衣」之句，悲君亡而喜予存也。書以示過，看余面，勿復感懷。

春鴻〔一七〕社燕巧相違，〔王註〕《淮南子》：燕雁代飛。註：燕，春分而來；雁，春分而去。燕，秋分而北；雁，秋分而南。〔施註〕《禮記·月令》：孟春之月，鴻雁來。鄭氏云：雁自南來，將北反其居。又：仲春之月，命民社，玄鳥至。鄭氏云：玄鳥，燕也，燕以施生時來。白鶴峰頭白板扉〔一八〕。〔施註〕白樂天詩：晝扉扃白板，夜碓擣黃粱。王維《田家》詩：雀乳青苔井，雞鳴白板扉。石建方欣洗牏廁，〔王註〕《前漢·石奮傳》：萬石君家以孝謹聞。長子建爲郎中令，每五日洗沐歸謁親，入子舍，竊問侍者，取親中裙廁牏，身自澣洒。姜龐不解歎蠨蛸〔一九〕。〔王註次公曰〕「不解歎蠨蛸」，則《東山》詩「蛜蝛」云云，以婦人歎其夫不在而居處寂寞也。〔施註〕《毛詩註》：蠨蛸，長蹄也。一龕京口嗟春夢，萬炬錢塘憶夜歸。〔合註〕先生《自金山放船至焦山》詩云「只有彌勒爲同龕」，又《與述古有美堂乘月夜歸》詩云「萬人争看火城還」，故此聯云然。合浦賣珠無復有，當年笑我泣牛衣。〔王註〕《前漢書》：王章疾病，無被，臥牛衣中，與妻決，涕泣。其妻呵怒之，曰：「仲卿，京師尊貴在朝廷，人誰踰仲卿者？今疾病困戹，不自激昂，乃反涕泣，何鄙也。」後章仕宦歷京兆，欲上封事。妻止之，曰：「獨不念牛衣中涕泣時邪？」書上，果下獄死。妻子徙合浦，采珠致産數百萬。〔施註〕《漢·王章傳註》云：牛衣，編亂麻爲之，即今俗呼爲龍具者。〔查註〕《演繁露》：龍具之制，不知何若。《食貨志》：董仲舒曰：「貧民常衣牛馬之衣。」則牛衣者，編草使暖以被牛體，蓋蓑衣之類。【誥案】紀昀曰：語亦愷至。

五色雀〔二〇〕并引

〔合註〕《斜川集·和韻》詩有「與公作新年，襘襀陋桃符」句。【誥案】此詩乃庚辰正月所作。

海南有五色雀，常以兩絳者爲長，進止必隨焉。俗謂之鳳凰云。久旱而見輒雨，潦則反是。吾卜居儋耳城南，嘗一至庭下。今日又見之進士黎子雲及其弟威家。既去，吾舉酒祝曰〔二一〕：「若爲吾來者，當再集也。」已而果然，乃爲賦詩。

粲粲五色羽，炎方鳳之徒。〔王註〕韓退之詩：丹穴五色羽，其名爲鳳凰。青黄縞玄服，翼衞兩紱朱。〔王註次公曰〕兩紱朱，序所謂兩絳者也。《易·困》曰：朱紱方來。此借用也。〔合註〕《汲冢周書》：輕車翼衞。仁心知閔農，常告雨霽符。我窮惟四壁，破屋無瞻烏。〔王註〕《詩·小雅·正月》：瞻烏爰止，于誰之屋。惠然此粲者，來集竹與梧。〔施註〕《毛詩箋》：鳳凰非梧桐不棲，非竹實不食。鏘鳴如玉佩，〔王註〕《左傳·莊公二十二年》：鳳凰于飛，和鳴鏘鏘。〔施註〕《毛詩·鄭風·有女同車》：佩玉鏘鏘。《番禺雜編》：五色雀，一名音聲鳥，每樂作，有聲如鼓者、塤者、笛者、版者，滿山嘈囋，久而自罷。意欲相嬉娛。寂寞兩黎生，食菜真臞儒〔三〕。小圃散春物，野桃陳雪膚。〔施註〕白樂天詩：雪膚花貌參差是。舉杯得一笑，見此紅鸞雛。高情如飛仙，〔施註〕《文選》孫興公《遊天台賦》：暢超然之高情。未易握粟呼。〔施註〕《毛詩·小雅·小宛》：交交桑扈，率場啄粟。握粟出卜，自何能穀。胡爲去復來，眷眷豈屬吾。〔施註〕白樂天《酬慕巢尚書》詩：每愧尚書情眷眷。回翔天壤間，〔施註〕《晉·王凝之妻謝氏傳》：不意天壤之中，乃有王郎。何必懷此都。〔王註〕賈誼《弔屈原文》：歷九州而相其君兮，何必懷此都也。〔合註〕兼用下文「鳳翔千仞」數句意。

題過所畫枯木竹石三首〔三〕

〔查註〕黄魯直《次韻》詩云：眼入毫端寫竹真，枝掀葉舉是精神。因知幻化出無象，問取人間老斲輪。【誥案】老斲輪，謂公也，公在惠州，尚有《題過偃松屏畫贊》。

其一

老可能爲竹寫真，〔王註次公曰〕老可，言文與可也。杜子美《姜楚公畫角鷹歌》詩：此鷹寫真在左綿。又《通泉縣署屋壁後薛少保畫鶴》：薛公十一鶴，盡寫青田真。小坡今與石傳神〔二四〕。〔王註次公曰〕小坡，言過也。過，時謂小東坡。《顧愷之傳》云：傳神寫照，正在阿堵中。山僧自覺菩提長，心境都將付臥輪。〔王註〕《傳燈録》：有僧舉臥輪禪師偈云：臥輪有伎倆，能斷百思想。對境心不起，菩提日日長。六祖聞之，曰：「此偈未明心地。」因示偈曰：「慧能没伎倆，不斷百思想。對境心數起，菩提作麽長。」

其二

散木支離得自全，交柯蚴蟉欲相纏。〔王註〕司馬相如賦：青龍蚴蟉於東廂。不須更説能鳴雁，要以空中得盡年。〔王註〕《莊子·養生主篇》：可以全生，可以盡年。〔施註〕《莊子·山木篇》：夫子舍於故人之家，故人喜，命豎子殺雁而烹之。豎子請曰：「其一能鳴，其一不能鳴，請奚殺？」主人曰：「殺不能鳴者。」明日，弟子問於莊子曰：「昨日山中之木，以不材得終其天年，今主人之雁，以不材死，先生將何處？」莊子笑曰：「周將處夫材與不材之間，似之而非也，故未免乎累。」

其三

倦看澀勒暗蠻村，〔王註厚曰〕澀勒，嶺南竹名。《嶺表録異》〔二五〕：簕竹笱，其竹枝上刺，南人呼爲刺勒。亂棘孤藤束瘴根。惟有長身六君子，〔合註〕先生《題艾宜畫竹鶴》詩「誰識長身古君子」句，王、施二本註皆引杜子美

《畫鶴》詩以註「長身」二字，今此詩句，則專指竹言。猗猗〔二六〕猶得似淇園。〔合註〕《前漢・溝洫志》：武帝時河決，下淇園之竹以爲楗。

安期生〔二七〕并引

安期生，世知其爲仙者也。然太史公曰：「蒯通善齊人安期生，生嘗以策干項羽，羽不能用，羽欲封此兩人，兩人終不肯受〔二八〕，亡去。」〔施註〕見《漢・蒯通傳》。予每讀此，未嘗不廢書而歎。嗟乎，仙者非斯人而誰爲之。故意戰國之士，如魯連、虞卿皆得道者歟？〔王註〕《抱朴子・內篇》曰：安期生者，賣藥於海邊，琅邪人。傳世見之，計已千年。秦始皇請與語，三日三夜，始皇異之，賜之金璧。安期留書，曰：「復數千年，求我於蓬萊山。」

安期本策士，〔合註〕柳子厚《漢原廟銘》：曲逆起爲策士，輔成帝圖。平日交蒯通。嘗干重瞳子，不見隆準公〔二九〕。〔王註〕李太白《梁父吟》：君不見高陽酒徒起草中，長揖山東隆準公。應如魯仲連，抵掌吐長虹。〔王註次公曰〕《史記》：魯仲連，戰國時人，折新垣衍帝秦之議，罷燕將聊城之守，卒隱於東海。故今以比安期也。〔施註〕《史記・魯仲連傳》：談說於當世，折卿相之權。《史記・滑稽傳》：優孟抵掌談語。難堪踞牀洗，〔王註〕《漢書》：酈食其入謁沛公，方踞牀，令兩女子洗。食其長揖不拜，曰：「足下必欲誅無道秦，不宜踞見長者。」寧挹〔三〇〕扛鼎雄。〔王註〕《漢書》：項籍長八尺二寸，力扛鼎。事既兩大繆，飄然〔三一〕籋遺風。乃知經世士，〔施註〕《莊子・齊物論篇》：春秋經世。出世或乘龍。〔施註〕《楚辭》王褒《九懷》：乘龍兮偃蹇，高回翔兮上臻。豈比山澤臞，忍飢啖柏松。〔施註〕《列仙傳》：赤須子食柏實，偓佺食松實。又按《續仙傳》：大中間，有野人體生緑毛，云：「我卽姚泓也，食松柏，得長生。」縱使偶不死，正堪爲僕僮。茂陵秋風客，望祖〔三二〕猶蟻蜂。〔合註〕王本作「望祖」，宋刊施本作「望祀」。〔王註次公曰〕「祖」字指言高祖也，意謂高祖尚不得見安期，而況武帝哉。〔施註〕《漢·郊祀志》：武帝望祀蓬萊之屬，幾至殊庭焉。〔查註〕《韻語陽秋》云：漢武好大喜功，黷武嗜殺，而乃齋戒求仙，畢生不倦，可謂癡絶。李頎《王母歌》云：「若能鍊魄去三尸，後當見我天皇所。」觀武帝所爲，豈能鍊去三尸者乎？善哉東坡之論也：「安期與羨門，乘龍安在哉。茂陵秋風客，勸爾麾一杯。帝鄉不可期，楚些招歸來。」言武帝非得仙之姿也。又有《安期生》詩云：「嘗干重瞳子，不見隆準翁。」又云：「茂陵秋風客，望祖猶蟻蜂。」言安期尚不肯見高祖，而肯見武帝乎，其薄武帝甚矣。此詩前半以「不見隆準公」句爲眼，後云「望祖」，正與前相應。施補註謂「望祖」譌，當作「望祀」，改此一字，全首索然無氣色矣。海上如瓜棗，可聞不可逢。【誥案】紀昀曰：英思偉論，雄跨古今。

答海上翁〔三三〕

【誥案】此詩施編不載，查註從邵本補編。

山翁〔三四〕不復〔三五〕見新詩，疑是〔三六〕河南石壁曦。〔合註〕似用歐陽公神清洞事，見前《送范景仁》詩註。海水豈容鯨飲盡，然犀何處覓瓊枝。〔合註〕二句似喻不可窮盡之意。

和陶郭主簿二首〔三七〕并引〔三八〕

【誥案】《紀年録》：是年三月，清明日，聞過誦書聲，和淵明《酬郭主簿》詩。此二詩，查註原編戊寅，合註仍之，今從《紀年録》改編。

清明日聞過誦書，聲節〔三九〕閑美。感念少時，悵焉〔四〇〕追懷先君宫師之遺意，且念淮、德二幼孫。無以自遣，乃和淵明二篇〔四一〕，隨意所寓〔四二〕，無復倫次也。

其一

今日復何日，高槐布初陰。良辰非虚名，清和盈我襟。〔施註〕《文選》謝靈運《游赤石》詩：首夏猶清和。孺子卷書坐，〔施註〕《漢·張良傳》：孺子可教矣。韓退之《秋懷》詩：清曉卷書坐，南山見高稜。誦詩如鼓琴。却去〔四三〕四十年，玉顔如汝今。〔施註〕《文選》宋玉《神女賦》：苞温潤之玉顔。閉户未嘗出，出爲鄰里〔四四〕欽。家世事酉古，百史手自斟。當年二老人，喜我作此音。淮、德入我夢，角羈未勝簪。〔施註〕《禮記·内則》：翦髮爲鬌，男角女羈。註云：夾囟曰角，午達曰羈。孺子笑問我，君何〔四五〕念之深。〔施註〕《漢·陸賈傳》：陳平常燕居深念，賈往，不請直入坐，曰：「何念深也。」

其二

雀鷇〔四六〕含淳音，竹萌抱静節〔四七〕。〔公自註〕此兩句，先君少時詩，失其全首〔四八〕。誦我先君詩，肝肺爲澄澈。猶如〔四九〕鳴鶴和，〔施註〕《周易·中孚》：鳴鶴在陰，其子和之。未作獲麟絶。顧因騎鯨李，追此御風列。丈夫貴出世，功名豈人傑。〔施註〕《漢·高祖紀》：三者皆人傑，吾能用之。家書三萬卷，獨取《服食訣》。〔查註〕道書有《服餌要訣》一卷、《太清神仙服食經》五卷。地行卽空飛，何必挾日月。〔施註〕《莊子·山木篇》：昭昭乎如揭日月而行。〔查註〕《黄庭内景經》：出日入月呼吸存。註謂：常存日月於兩目，使照一身，與日月光共合也。

司命宫楊道士息軒〔五〇〕

〔查註〕《苕溪漁隱叢話》：東坡云：無事此静坐，便覺一日似兩日，若能處置此生，常似今日，年至七十，便是百四十歲，人世間，何藥能有此效。此方人人收得，但苦無好湯使，多嚥不下。坡《題息軒》詩，正此意也。《名勝志》云：朝天宫，在儋州城東南，中有息軒。亦載此詩。〔合註〕亦載外集，題首有「書」字。【誥案】此詩施編不載，查註收入續採中，今改編入集。

無事此静坐，一日似兩日〔五一〕。若活七十年，便是百四十。【誥案】以上四句，子由持論夙昔如此，公乃用其意也。若《苕溪漁隱叢話》所載公語，其源亦出於此也。黄金幾時〔五二〕成，白髮日夜出。開眼三千〔五三〕秋，速如駒〔五四〕過隙。是故東坡老，貴汝一念息。時來登此軒，目送〔五五〕過海席。〔合註〕《文選》木元虛《海賦註》引劉熙《釋名》曰：隨風張幔曰帆，或以席爲之。故曰帆席也。家山歸未能〔五六〕，題詩寄屋壁〔五七〕。

贈李兕彦威〔五八〕秀才

【誥案】此詩施編不載，查註從邵本補編。

魏王大瓢實五石，種成濩落〔五九〕將安適。可憐公子持十牛，海上三年竟何得。先生少負不羈才，〔馮註〕《漢・司馬遷傳》：僕少負不羈之才，長無鄉曲之譽。從軍數到單于臺。〔合註〕《漢書・武帝紀》：出長城北，登單于臺。天山直欲三箭取，白衣將軍何人哉。夜逢怪石曾飲羽，〔馮註〕《史記・李廣傳》：廣出獵，見草中石，以爲虎而射之，中石沒鏃，視之，石也，因復更射之，不入矣。戲中戟枝〔六〇〕何足數。誓將馬革裹尸還，肯學班超苦兒女〔六一〕。封侯衞、霍知幾許，〔合註〕《衞青・霍去病傳》：封青爲長平侯，封去病爲冠軍侯。老矣先生困羈旅。酒酣聊復說平生，結襪猶堪〔六二〕一再鼓。棄書捐劍學萬人，〔馮註〕《漢書・項籍傳》：籍少時學書不成，去，學劍，又不成，去。梁怒之。籍曰：「書足記姓名而已，劍，一人敵，不足學，學萬人敵。」紈袴儒冠皆誤身。〔馮註〕杜子美《奉贈韋左丞丈》詩：紈袴不餓死，儒冠多誤身。窮途政似不龜手，〔馮註〕《莊子・逍遥遊篇》：宋人有善爲不龜手之藥者，世世以洴澼絖爲事，客聞之，請買其方百金。與世〔六三〕羞爲西子顰。如今惟有談天口，〔馮註〕《史記》：騶衍之術，迂大而閎辯；奭也文具難施；淳于髡久與處，時有得善言。故齊人頌曰：「談天衍，雕龍奭，炙轂過髡。」雲夢胸中吞八九。世間萬事寄黄粱，〔馮註〕《呂純陽集》：洞賓隨雲房同憩一肆中，雲房自起執炊。洞賓入夢，備極富貴寵榮，爲相數十年，忽被罪譴，籍沒家資，分散妻孥，路值風雪，僕馬俱瘁，一身無聊，方興浩歎，恍然夢覺，雲房炊黄粱尚未熟也。雲房笑曰：「子適來之夢，升沉萬態，榮悴多端，五十年間一頃耳。」且與先生〔六四〕說烏有。

葛延之贈龜冠〔六五〕

〔查註〕葛立方《韻語陽秋》云：東坡在儋耳時，余三從兄諱延之，自江陰擔簦萬里，絶海往見，留一月。坡嘗誨以作文之法，吾兄拜其言，而書諸紳。嘗以親製龜冠爲獻，坡受之，而贈以詩「南海神龜三千歲」云云。今集中無此詩，余嘗見其親筆。又費補之《梁溪漫志》云：東坡在儋耳，嘗爲作《龜冠》詩送其行，葛以語胡蒼梧理。《詩話總龜》亦云然。據此，其爲先生海外作無疑。【誥案】此詩諸集不載，查註收入續採中，今改編入集。

南海神龜三千歲，〔合註〕《史記·龜策傳》：龜游三千歲，不出其域。兆協朋從生慶喜。〔合註〕「朋從」見《易經》。此用龜從之意。智能周物不周身，未免人鑽〔六六〕七十二。誰能用爾作小冠，岣嶁〔六七〕耳孫創其製。〔合註〕《前漢書·惠帝紀》「耳孫」，註辨甚詳，玄孫之曾孫也。君今此去寧復來，欲慰相思時整視。

次韻子由贈吴子野先生二絶句

〔施註〕子野昔從李士寧縱遊京師，與藍喬同客曾魯公家甚久，故子由詩云：慣從李叟遊都市，久伴藍喬醉畫堂。蓋謂是也。【誥案】時子野以報公内遷，再渡儋耳。今已詳案中。〔案〕總案元符三年五月，有「吴復古再渡海，報公内遷，出子由循州所贈諸什以示公」條。

其　一

馬迹車輪滿四方，〔王註〕《仙傳拾遺》：周穆王少好神仙之道，欲使車轍馬迹遍於天下。〔施註〕《左傳·昭公十二年》：昔穆王欲肆其心，周行天下，將皆必有車轍馬迹焉。若爲閉著〔六八〕小茅堂。〔合註〕子由原作云「暑雨無時水及堂」，則先生詩「著」字作「暑」亦可。又子由詩：三間浰水小茅屋。韋孟《在鄒》詩：翳茅作堂。仙心〔六九〕欲捉左元放，〔王註〕《後漢書》：左慈，字元放。曹操因坐上欲收殺之，慈乃却入壁中。或見於市者，又捕之，而市人皆變形與慈同，莫知誰是。後人逢慈於陽城山頭，因復逐之，遂入走羊羣，莫知所取。癡疾〔七〇〕還同顧長康。

其二

江令蒼苔圍故宅，〔施註〕江淹《青苔賦序》：余鑿山楹爲室，有苔焉。賦云：崎屈上生，斑駁下布。又云：寂兮如何，苔積網羅。謝家語燕集華堂。〔王註次公曰〕江令，江總也，爲陳中書令。謝家，謝安之族也。劉禹錫《金陵五題》，其一《江令宅》云：南朝詞臣北朝客，歸來惟見秦淮碧。池臺竹樹三畝餘，至今人道江家宅。其一《烏衣巷》云：朱雀橋邊野草花，烏衣巷口夕陽斜。舊時王謝堂前燕，飛入尋常百姓家。先生笑説江南事，只有青山繞建康。〔施註〕《九域志》：江寧府，天禧二年爲建康軍節度。

和陶始經曲阿〔七一〕

【誥案】合註題作：和陶始作鎮軍參軍經曲阿。此詩聞赦而作，乃和陶最後之一首也。施註乃編和陶上卷之末，殊不可解，查編庶幾近是。

虞人非其招，欲往畏簡書。〔施註〕《毛詩·小雅·出車》：豈不懷歸，畏此簡書。穆生責醴酒〔七二〕，先見我不如。江左古弱國，强臣擅天衢。〔施註〕《後漢》孔融《薦禰衡表》曰：龍躍天衢。淵明墮詩酒，遂與功名疎。我生值良時〔七三〕，朱金義當紆。〔施註〕《揚子》：使我紆朱懷金，其樂不可量也。天命適如此，〔施註〕陶淵明《責子》詩：天運苟如此，且進杯中物。幸收廢棄餘。獨有〔七四〕愧此翁，大名難久居。不思犧牛龜，〔施註〕《莊子·列禦寇篇》：子見夫犧牛乎，衣以文繡，食以芻菽，及其牽而入于太廟，雖欲爲孤犢，其可得乎？《外物篇》：神龜能見夢於元君，而不避余且之網，知能七十二鑽而無遺筴，不能避刳腸之患。兼取〔七五〕熊掌魚。北郊有大賚，南冠解囚拘。〔施註〕《論語·堯曰》引《尚書》：周有大賚，善人是富。【誥案】元祐七年冬，合祭天地於圜丘，此公在禮部所定議也。哲宗親政，力反元祐，遂改祀北郊。公既極以北郊爲非，而合祭乃萬古不易之論，豈肯於詩中自反其説耶。此乃因新恩得赦，而或以赦爲幸，即有哲宗崩之一層，在公所不忍出諸口也。詩意借郊賚爲辭，適欲用南冠，就便以北郊爲對，不必是年定有郊也。乃查註考北郊方丘之位，及徽宗朝曾布主北郊之説，而謂是年無郊祀，合註又謂查引《宋史》紀、志互異。徒滋訟説，皆删。眷言羅浮下，白鶴返故廬。【誥案】羅浮下即指惠州，返故廬，即指白鶴新居也。施註引羅浮山白鶴觀並誤，已删。

歸去來集字十首〔七六〕并引

予喜讀淵明《歸去來辭》。因集其字爲十詩，令兒曹誦之，號《歸去來集字》云〔七七〕。【誥案】此十詩非海外作，編年本亦不載，考王註惟和陶未嘗分類，而十詩已在其中，是海外編和陶時已列入之矣。查註編此，尚存公之遺意，今從之。

其一

命駕欲何向，欣欣春木榮。世人無往復，鄉老有將迎〔七八〕。〔合註〕《莊子·知北遊篇》：惟無所傷者，爲能與人相將迎。【詰案】方集字時，本借淵明以自道，及詩成，皆如代淵明語，公亦不自覺其然也。雲内〔七九〕流泉遠，風前飛鳥輕。相攜就衡宇，酌酒話交情。【詰案】氣味醇茂之甚，所謂外枯而中腴者是矣。

其二

涉世恨形役，告休成老夫。良欣就歸路，不復向迷途。【詰案】此四句，渾然無迹，深得《歸去來》意。去去徑猶菊〔八〇〕，行行田欲蕪。情親有還往，清酒引樽壺〔八一〕。

其三

與世不相入，膝琴聊自歡〔八二〕。風光歸笑傲，雲物寄游觀。言話〔八三〕審無倦，心懷良獨安。東皋清有趣，植杖日盤桓。【詰案】公謂朱康叔云：舊好誦陶潛《歸去來》，近輒微加增損，作《般涉調哨遍》。雖微改其詞，而不改其意，請以《文選》及本傳考之，方知字字皆非創入也。此六首亦同時在齊安作。可見其致力於斯文者久矣。

其四

雲岫不知遠，巾車行復前。僕夫尋老木，童子引清泉。矯首獨傲世，委心還樂天〔八四〕。農夫〔八五〕告春事，扶老向良田。【詰案】此詩王註作第四首，邵註、查註、合註作第五首，今據石刻列於前。

其五

世事非吾事，駕言歸路〔八六〕尋。向時迷有命，今日悟無心。庭内〔八七〕菊歸酒，窗前風入琴。寓形知已老，猶未倦登臨。【誥案】此詩王註作第五首，邵註、查註、合註作第四首，今列於後。【誥案】以上五句，究竟是集字之作。

其六

富貴良非願，鄉關歸去休。攜琴已尋壑，載酒復經丘。翳翳景將入，涓涓泉欲流。老農〔八八〕人不樂〔八九〕，我獨與之游。〔合註〕《金石粹編》載東坡《集歸去來辭六首》行書石刻，一「命駕」云云，二「涉世」云云，三「與世」云云，四「雲岫」云云，五「世事」云云，六「富貴」云云。前刻眉山軾書，後刻元豐四年九月二十二日。【誥案】合註所引石刻，信公書也，晚香堂石刻小字本，其前六首次敘，與元豐大字本同，與和陶本不合。

其七

觴酒命童僕，言歸無復留。輕車尋絶壑，孤棹入清流。乘化欲安命〔九〇〕，息交還絶游。琴書樂三徑，老矣亦何求。【誥案】李太白《尋陽紫極宫感秋作》詩：陶令歸去來，田家酒應熟。真有此種風味。

其八

歸去復歸去，帝鄉安可期。【誥案】信筆出之，純是淵明本色。鳥還知已倦，雲出欲何之〔九一〕。【誥案】

通幅皆佳，而此二句尤勝，置陶集中，不可辨矣，豈尚有刻劃之迹哉。入室還攜幼〔九二〕，臨流亦賦詩。春風吹獨往〔九三〕，【詁案】「獨往」，王註、外集作「獨斷」，七集、邵註、查註作「獨立」。合註以淵明原文無「斷」、「立」二字，疑爲「往」字之譌。「往」字甚當。但晚香堂石刻，其字迹信出公手，亦作「立」字，似係誤用也。不是傲親知。

其九

役役倦人事，來歸車載奔。征夫問前路，稚子候衡門。【詁案】元遺山《集陶》諸作，讀之如新脱口，然究是用陶成句，遺山能充之以氣耳。如此詩，亦若陶之成句，所以爲難。入息〔九四〕亦詩策，出游〔九五〕常酒樽。交親書已絶，雲壑自相存。

其十

寄傲疑今是〔九六〕，求榮感〔九七〕昨非。聊欣樽有酒，不恨室無衣。丘壑世情遠，田園生事微。【詁案】字字輳泊，斷非集字。柯庭〔九八〕還獨眄〔九九〕，時有鳥歸飛。【詁案】晚香堂石刻，公所書小字本，十首皆全。青浦趙逢源宗遠來守高涼，過韻山堂，爲言公晚香堂帖，舊係華亭本，凡二十八卷，木版已泐，舊搨珍祕之甚，與今所傳石刻十二卷不同，此當是本諸成都《西樓帖》三十卷者，惜未能一較耳。

眞一酒歌并引

布算以步五星，不如仰觀之捷；吹律以求中聲，不如耳齊之審。〔合註〕徐幹《中論》：聖王之造曆數也，原星辰之迭中布算以追之。《史記·律書》：吹律聽聲。鉛汞以爲藥，〔查註〕《金丹訣》：還丹交媾，不出於火水金木土，丹基在一，但辨得真鉛真汞二物，真陰真陽大道也。又云：修至藥，須用真鉛汞修丹，不悟真一之理，互説金石爲藥，又不得節符火候，還丹因何以立乎？策易以候火，〔查註〕《金丹訣》：夫託易象，藥不須斤，立三百八十四銖，象月兩弦，上下對望二八十六，故立一十六兩，剩少即不合爻象，節符用事也。又云：起伏法，象陽符陰符，藥物並不得逾斤，故合大衍一周，周而復始，乾坤大理，運軸大數，又合乾策二百一十六，坤策百四十四，總喻合天符行度之數。即火符自然五日一候，足當用五爻，十符。十日兩候，足當用十爻，二十符。十五日三候，足當用十五爻，三十符。終亥起子，進退加爻藏伏，時節乃合，天道參同自然，須依更漏用火，即合符不差。不如天造之真也。是故神宅空樂出虛蹈踔者以氣升〔一〇〇〕，孰能推是類以求天造之藥乎？於此有物，其名曰真一。〔查註〕《雲笈七籤》：《三元真一經》云：變氣布結，神得以靈，衆真歸一，而元功成焉。此元氣之根始也。遠遊先生〔查註〕遠遊即吴子野，本集有《吴子野絶粒不睡》詩。方治此道，不飲不食，而飲此酒，食此藥，居此堂。予亦竊其一二，故作《真一之歌》。其詞曰〔一〇一〕：

空中細莖插天芒〔一〇二〕，〔邵註〕麥熟頭昂，故芒可云插天也。此詩通首皆指麥言之。不生沮澤生陵岡。〔施註〕《漢·匈奴傳·遺高后書》曰：生於沮澤之中。《莊子·外物篇》：青青之麥，生於陵陂。涉閱四氣更六陽，〔王註子仁曰〕麥以九月種，四月熟。涉閱四氣者，謂九月霜降、立冬，十月小雪、大雪也。更六陽者，謂自十一月一陽生，至四月爲六陽也。此以通言麥凡經歷八月而熟耳。森然不受螟與蝗。〔王註〕王充《論衡》：穀之多蟲者，粢也，稻時有蟲，麥與豆無蟲。〔施註〕《爾雅》：食苗心曰螟，食葉曰螣，食根曰蟊，食節曰賊，四者蝗蟲類也。《廣雅》：螽，蝗也。飛龍御月作秋涼，〔王註次公曰〕稻以八月、九月爲秋。《書・盤庚上》曰：若農服田力穡，乃亦有秋。是也。而麥則以四月熟時爲秋。《禮記・月令》：孟夏之月，麥秋至。是也。《乾卦》：九五飛龍在天。飛龍御月，則五月也。〔子仁曰〕按《卦氣圖》：十一月復卦爲乾之初九，十二月臨卦爲乾之九二，正月泰卦爲乾之九三，二月大壯卦爲乾之九四，三月夬卦爲乾之九五，故四月爲正陽之月，乃純乾卦也。乾九五飛龍在天，則飛龍御月者，指三月也。是時麥欲秋矣，故下有「蒼波改色屯雲黄」之句。蒼波改色屯雲黃。〔王註次公曰〕麥青謂之波。柳子厚詩：麥芒際天摇青波。稍老則謂之蒼波，稍熟則又如黄雲之屯也。《列子・周穆王篇》：望之若屯雲。〔合註〕梁簡文帝《與蕭臨川書》：蒼波無極。天旋雷動玉塵香，〔王註次公曰〕《論衡》云：日月五星，隨天而西，譬若蟻行磨上，則磨可以言天旋也。〔合註〕《論衡・説日篇》原文云：其喻，若蟻行於磑上，日月行遲，天行疾，天持日月轉，故日月實東行而反西旋。〔王註次公曰〕《天文志》：天無雷而有聲，謂之雲磨，則磨可以言雷動也。起溲〔一〇三〕十裂照坐光。蹴趺牛噍安且詳，〔王註次公曰〕噍，音昨笑反。《楞嚴經》云：有牛哃病，同吐而噍也。〔施註〕《楞嚴經》：橋梵鉢提於過去劫輕弄沙門，世世生有牛哃病。《緣覺經》：佛在祇洹，有一比丘，患牛哃病，爲長者輕笑。佛爲置數珠，令密誦呪，長者子後遇之，知其誦經，遂絶輕笑。動摇天闕出瓊漿。壬公飛空丁女藏，〔王註次公曰〕《黄庭經》言：口爲天闕，瓊漿以言華池之水矣。壬公言水也，丁女言火也，既出華池之水，則壬水飛而在上，丁火伏而在下矣。〔施註〕《黄庭經》：三關之中精氣微，口爲天關精神機。《楚辭》宋玉《招魂章》：華酌既陳有瓊漿。又引韓退之《陸渾火》詩。三伏遇井了不嘗。釀爲真一和而莊，三杯儼如侍君王。湛然寂照非楚狂。〔施註〕《列仙傳》：陸通者，楚狂接與也。好養性，游諸名山。嘗遇孔子而歌，曰：鳳兮鳳兮，何德之衰。終身不入無功鄉。〔查註〕按此詩大意，取道家三一還丹之訣，借題以寓言。「空中細莖插天芒」以下六句，言麥得四時之氣以成，故性温和也。「天旋雷動玉塵香」二句，屑麥造麴法也。「蹴趺牛噍安且詳」

至末，雜記燕米釀酒，及釀成後，品格香味飲之可解渴而不可醉也。通篇大指如此，但前後錯落，如羚羊挂角，無迹可求耳。

汲江煎茶〔一〇四〕

活水還須活火烹〔一〇五〕，〔公自註〕唐人云：茶須緩火炙，活火煎〔一〇六〕。〔施註〕《因話録》：活火，謂炭之焰也。〔查註〕《螢溪詩話》：唐趙璘述《因話録》載：其家兵部，性嗜茶，能自煎，嘗謂人曰：「茶須緩火炙，活火煎。」坡有「活水還須緩火煎」，恐亦用此。施氏原註亦引此條，末云：「活火，謂炭之焰也。」自臨釣石取深清〔一〇七〕。大瓢貯月歸春甕，小杓分江入夜瓶。茶雨〔一〇八〕已翻煎處脚，〔王註次公曰〕烹茶論脚者尚矣。《茶譜》：袁州之界橋，其茶名甚著，不若湖州之研膏、紫筍，烹之有緑脚垂下也。〔施註〕《茶録》：凡茶，湯多茶少則脚散，湯少茶多則脚聚。松風忽作瀉時聲。枯腸未易禁三椀，坐聽荒城〔一〇九〕長短更。〔王註次公曰〕言其撾數之寡者爲短，多者爲長也。〔查註〕楊誠齋極賞此詩，謂一篇之中，句句皆奇，一句之中，字字皆奇。【誥案】紀昀曰：細膩而出以脱灑，細膩易於粘滯，如此脱灑爲難。

別海南黎民表

〔查註〕《苕溪漁隱叢話·前集》卷四十引《冷齋夜話》云：余游儋耳，及見黎民表，爲余言：東坡無日不相從，嘗從乞園蔬，出其臨別歸海北詩「我本海南民」云云。其末云：新釀甚佳，求一具理漫寫此詩，以折菜錢〔一一〇〕。〔合註〕《詩話總龜》云：余游儋耳，見黎民表出東坡別海北詩，曰「我本儋耳民」云云。又謁姜唐佐，見其母，余問：「識蘇公乎？」曰：「然。無奈好吟詩，嘗杖而至，有包燈心紙，公以手拭開，書滿紙。」余案讀之，醉墨攲傾，曰：張睢陽生猶罵賊，嚼齒穿齦；顔平原死不忘君，握拳透爪。【誥案】此詩王、施本不載，查註收入續採中，今改編入集。

我本海南民，〔合註〕海南，外集作儋耳，題作《別海北贈黎君》，疑誤。寄生西蜀州。忽然跨海去，譬如事遠游。平生生死夢，三者無劣優。知君不再見，欲去且少留。

儋耳

〔馮註〕《漢·地理志》：自合浦、徐聞南入海，得大州，東西南北方千里，武帝元封元年，以爲儋耳珠厓郡。【誥案】此詩施編不載，查註從邵本補編。

霹靂收威暮雨開，〔馮註〕《甘氏星經》：霹靂在雷電南，皆北方水府之精，而娵訾爲天門，故其神棲焉。《唐書》吳武陵與孟簡書云：子厚之斥十二年，殆半世矣。霆砰電射，天怒也，不能終朝。聖人在上，安有畢世而怒人臣耶？公起句，暗用其意。〔合註〕《星經》：霹靂五星，在雲雨北，主天威，擊擘萬物。獨憑闌檻倚崔嵬。垂天雌霓雲端下，〔馮註〕《埤雅》：虹常雙見，鮮盛者雄，其闇者雌。沈約賦：雌霓連蜷。《漢書註》：蜺，讀曰齧。《說文》：霓，屈虹，青赤或白色，陰氣也。快意雄風海上來。野老已歌豐歲語，除書欲放逐臣回。殘年飽飯東坡老，一壑能專萬事灰。〔查註〕按《漢書·敘傳》：漁釣於一壑，則萬物莫奸其志。王介甫用其意，作詩曰：我亦暮年專一壑。陳後山詩，亦有「他日入東專一壑」之句。〔合註〕晉陸雲《逸民賦序》：古之逸民，輕天下，細萬物，而欲專一丘之懽，擅一壑之美，豈不以身勝於宇宙，而心恬於紛華者哉。

余來儋耳，得吠狗〔一一〕曰烏觜，甚猛而馴，隨予遷合浦，過澄邁，泅而濟，路人皆驚，戲爲作此詩

〔合註〕《説文》：汓，浮行水上也，或從泅。《列子·説符篇》：勇於泅。

烏喙本海獒，〔王註援曰〕《爾雅·釋畜篇》：狗四尺爲獒。幸我爲之主。食餘已瓠肥，〔王註〕《史記》：張蒼身長大，肥白如瓠。〔次公曰〕黄帝之犬名盤瓠。終不憂鼎俎。晝馴識賓客，夜悍〔一二〕爲門户。〔王註〕杜子美《重過何氏》詩：犬迎曾宿客。〔施註〕魏賈岱宗《大狗賦》：其所折伏，敬主識人，晝則無窺窬之客，夜則無姦淫之賓。知我當北還，掉尾喜欲舞。跳踉趁童僕〔一三〕，吐舌喘汗雨。長橋不肯躡，徑渡〔一四〕清深浦。拍浮似鵝鴨，登岸劇虓虎。盜肉亦小疵，〔王註〕《漢·蒯通傳》：里母曰：「昨莫夜，犬得肉。」鞭箠當貫汝〔一五〕。再拜謝厚恩〔一六〕，天不遺言語。〔施註〕引元微之《望雲騅歌》，見《前和叔盎畫馬》詩註。何當寄家書，黄耳定乃祖。

澄邁驛通潮閣二首

〔查註〕《太平寰宇記》：澄邁縣，在舊崖州西九十里，隋置縣，以邁山爲名。按《志》，縣西又有澄江，故名。《名勝志》：通潮閣，乃澄邁驛閣也。《舊志》：通潮閣，一名通明閣，在澄邁縣西。

其一

倦客愁聞歸路遥，眼明〔一七〕飛閣俯長橋。〔施註〕《文選》班孟堅《西都賦》：修除飛閣。貪看白鷺横秋浦，不覺青林没晚潮。〔王註〕《冷齋夜話》云：余游儋耳，登望海亭，柱間有擘窠大字，曰：貪看白鳥横秋浦，不覺青林没暮潮。

其二

餘生欲老海南村，帝遣巫陽招我魂。〔王註葉思文曰〕王逸《楚辭章句》曰：帝，謂天帝也，女曰巫陽。按《山海經》，開明、東巫、彭巫、陽巫，凡皆神醫也。〔施註〕《楚辭》宋玉《招魂》：帝告巫陽曰：「有人在下，我欲輔之，魂魄離散，汝筮與之。」巫陽對曰：「掌夢，上帝其命難從，若必筮予之，恐後之謝，不能復用巫陽焉。」乃下招曰云云。杳杳天低鶻没處〔一八〕，青山一髮是中原。〔施註〕韓退之《寄元十八》詩：乘潮簸扶胥，近岸指一髮。【誥案】紀昀曰：神來之句。

洞酌亭〔一九〕并引

瓊山郡東，〔查註〕《九域志》：廣南西路瓊州瓊山郡軍事，去東京八千五百里，西南至昌化軍四百三十里，東北至雷州五百五十里，西北至海十三里。衆泉觱發，然皆冽而不食。丁丑歲六月，南遷過瓊，始得〔二〇〕雙泉之甘於城之東北隅，以告其人。自是汲者常滿。泉相去咫尺而異味。庚辰歲六月十七日，遷於合浦，復過之。太守承議郎陸公，求泉上之亭名與詩。名之曰洞酌，其詩曰：

洞酌彼兩泉〔一二〕，挹彼注兹。〔王註〕《詩·大雅·洞酌》：洞酌彼行潦，挹彼注兹。一瓶之中，有澠有淄。【誥案】《水經》：淄水出泰山萊蕪縣原山。《春秋釋例》：澠水，出臨淄縣北。〔施註〕《列子·仲尼篇》：口將爽者，先辨淄、澠。張湛曰：淄、澠水異味，既合則難別也。以瀹以烹，〔合註〕《説文》：瀹，漬也。《玉篇》：瀹，煮也。衆喊莫齊。〔王註次公曰〕喊，音胡感切。字出《揚子》：「狄牙能喊，狄牙不能齊，不齊之口。」喊者，嘗其味也。〔合註〕狄牙，儀狄、易牙也。原註作易牙，誤，今校正。自江徂海，浩然無私。豈弟君子，江海是儀。【誥案】是海南品泉語。既味我泉，亦嚌我詩。〔王註次公曰〕嚌，音霽，飲不盡也。《儀禮疏》：嚌，謂至齒嘗之。

六月二十日夜渡海〔一三〕

〔查註〕《王氏交廣春秋》：朱崖儋耳，大海中極南之外，對合浦徐聞縣，清朗無風之日，遥望朱崖州如囷廩大。從徐聞對渡，北風舉帆，一日一夜而至。周圍二千餘里，徑渡八百里。《太平寰宇記》：朱崖去雷州徐聞縣，隔一小海。

參横斗轉欲〔一三〕三更，〔王註〕曹子建《善哉行》：月没參横，北斗闌干。【誥案】海外測星與中原異，蓋天水一體，皆高於北，而南去則低也。中原不見南極，必出海始見之，而北極亦不見，以皆爲地角遮蔽故也。今自閩廣放舶南去，雖萬里甚易，而其歸則甚難，此水有上下順逆之分，正與天混一也。由此觀之，譚天文者七家，只能用渾天，而釋氏須彌四部之説，爲尤可笑矣。粤中六月下旬，至天將旦，中庭已見昴畢升高，而東望則觜參亦上。若以此較，六月二十日海外之二三鼓時，則參已早見矣。凡此類，公非精覈不下，而此句與内地不合，故詳論之。苦雨終風也解晴。〔王註次公曰〕《左傳·昭公四年》：申豐論藏冰，曰：「秋無苦雨。」又《纂要》：雨久曰苦雨。《詩》有《終風篇》。【誥案】紀昀曰：比也。雲散月明誰點綴，【誥案】問章惇也。天容海色本澄清。【誥案】公自謂也。凡此種聯句，必不可傅會，典實註繁，則詩旨反爲所晦。乃王、施註紛然引載，史、文、釋語，無不入之，此非詩人之箋詩也。今盡删。空餘魯叟乘桴意，粗識〔一二四〕軒轅奏樂聲。九死南荒吾不恨，〔王註〕《楚辭·離騷經》：亦余心之所善兮，雖九死其猶未悔。【誥案】紀昀曰：九死，猶曰瀕死也。兹游奇絶冠平生。【誥案】此詩，人皆知爲北歸作者。

自雷適廉，宿於興廉村淨行院

〔查註〕《宋史》：元符三年正月，徽宗即位，四月，蘇軾等徙内郡。傅藻《紀年録》：庚辰五月，被命移廉州安置。《元和郡縣志》：今廉州，即漢合浦郡理。《唐書》：貞觀八年，更越州爲廉州，以本大廉洞地。《宋朝會要》：開寶五年，移廉州治於長沙場。太平興國八年，廢州，置太平軍於海門鎮。咸平元年，復爲廉州。《舊志》：東漢費貽爲合浦守，莅政清簡，民懷其德。合浦江山皆名廉者，以貽之故也。【誥案】淨行院，距雷州府城四十五里，自雷赴廉陸路之所經也。查註誤，已删。

荒涼海南北，〔施註〕李賀《金人辭漢歌》：攜盤獨出月荒涼。佛舍如雞棲。〔王註次公曰〕借用朱伯厚之車，如雞棲也。忽行〔一二五〕榕林中，〔王註〕《嶺表録異》：榕樹葉如冬青，秋冬不凋。跨空飛栱枅。〔合註〕《爾雅》：杙大者爲栱。《説文》：枅，屋櫨也。當門冽碧井，〔施註〕《周易·井》：井冽寒泉。洗我兩足泥。高堂磨新磚，洞户分角圭。〔施註〕韓退之《青龍寺》詩：刻畫圭角出崖窾。倒牀便甘寢，鼻息如虹霓。童僕〔一二六〕不肯去，我爲半日稽。晨登一葉舟，〔王註〕白樂天詩：波上一葉舟。醉兀十里溪。〔施註〕白樂天《對酒》詩，終年醉兀兀。醒來知何處，歸路老更迷。〔施註〕杜子美《佐還山後寄》詩：山晚黃雲合，歸時恐路迷。

雨夜〔二七〕宿淨行院

【誥案】此詩施編不載，查註從邵本補編。

芒鞋不踏利名場，一葉輕舟〔二八〕寄淼茫。林下對牀聽夜雨，靜無燈火照凄涼〔二九〕。

廉州龍眼，質味殊絕，可敵荔支

龍眼與荔支，異出同父祖。〔王註〕《本草》：陶隱居云：廣州別有龍眼，似荔支而小。又，《廣志》：龍眼，樹葉似荔支，蔓延緣木。〔施註〕《番禺雜編》：龍眼，子、樹、葉俱似荔支，但子圓小，止淡黃一色，廣人多呼爲亞荔支。〔查註〕《南方草木狀》：龍眼，樹如荔支，但枝葉梢小，殼青黃色，肉白而帶漿。一朶五六十顆，作穗，如葡萄然。荔支過卽龍眼熟，故謂之荔支奴。魏文帝詔：南方果之珍異者，有龍眼、荔支，令歲貢焉。端如甘與橘，〔查註〕韓彥直《橘録序》云：橘生溫郡，柑乃其別種。柑自別爲八種，橘又自別爲一十四種。未易相可否。〔查註〕按「否」字，《廣韻》載四紙者，符鄙切。載有韻者，方久切。未有入七麌者。考之他人詩亦然，不知先生何據。異哉西海濱，琪樹羅玄圃。〔王註〕《淮南子》：禹以息土填洪水，以爲名山，掘崑崙虛以下，地中有層城九重，珠樹玉樹在其西，玄圃在崑崙閶闔之中。〔施註〕《唐文粹》李華《含元殿賦》：瑤城粉野，琪樹森列。纍纍似桃李，一一流膏乳。〔施註〕《嶺表録異》：龍眼肉白帶漿，其甘如蜜。坐疑星隕空，〔王註〕《春秋·莊公七年》：夏四月辛卯，夜中，星隕如雨。又恐珠還浦。圖經未嘗説，〔施註〕韓退之詩：願借圖經將入界，每逢佳處便開看。玉食遠莫數。獨使皺皮生〔一〇〕，〔邵註〕皺皮，指荔支。〔合註〕《廣韻》：皺，七倫切。《説文》：皮細起也。《本草》註：荔支殼有皺紋如羅。弄色映琱俎。蠻荒非汝辱，幸免妃子污。〔王註次公曰〕楊貴妃好荔支，歲取於涪州，以致漁陽之難，則於荔支爲污矣。〔施註〕《楊妃外傳》：嗜生荔支，南海勝於蜀者，每歲馳驛以進。【誥案】紀昀曰：寓意作結。

梅聖俞之客歐陽晦夫，使工畫茅菴，己居其中〔一一〕，一琴横牀而已。曹子方作詩四韻，僕和之云

〔施註〕東坡以元符三年，詔移廉州，四月移永州。五月始被移廉之命，六月離儋耳，七月四日至廉。三爲歐陽晦夫賦詩，晦夫又以匹紙求字，爲書《乳泉賦》及跋《梅聖俞詩稿》。以簡與晦夫云：餞行詩輒跋尾，四紙亦作數百字。軾再拜晦夫推官。又云：《乳泉賦》切勿示人，切懇切懇。賦與簡皆題爲七月十三日。晦夫，蓋文忠公之族，當是爲此州推官爾。坡在廉得永州之命，故留連幾兩月也。宿以此賦刻石淮東庾司。〔查註〕《困學紀聞》：晦夫，名闢，桂州人。梅聖俞有詩送之云：我家無梧桐，安可久棲鳳。東坡南遷至合浦，晦夫時爲石康令，出其詩稿數十幅。事見《桂林志》。

寂寞王子猷，回船剡溪路。超遥〔一二〕戴安道，雪夕誰與度。〔施註〕《文選》顔延年《秋胡》詩：超遥行人遠。杜子美《懷鄭虔》詩：歲月誰與度。倒披王恭氅，半掩袁安户。應調折絃琴，自和撚鬚句。〔王註次公曰〕《談苑》載盧延讓詩，其播人口者，有《寄人》詩：吟安一箇字，撚斷幾莖鬚。先生又嘗云：一夜撚鬚吟。

歐陽晦夫惠琴枕〔一三〕

中郎不眠仰看屋，得此古椽圜尺竹。〔王註〕伏滔《蔡邕長笛賦序》曰：蔡邕避難江南，宿於柯亭，柯亭之館，以竹爲椽，邕仰而盼之曰：「良竹也。」取以爲笛，奇聲獨絶，歷代傳之。〔施註〕《漢・蓋寬饒傳》：在許伯坐，寬饒仰視屋而歎。輪囷濩落非笛材〔一四〕，剖作袖琴〔一五〕徽軫足。流傳幾處到淵明，臥枕綸巾酒新漉。《孤鸞》、《别鵠》〔一六〕誰復聞，〔王註次公曰〕《孤鸞》、《别鶴》，古琴曲名。〔子仁曰〕陶淵明詩：知我故來意，取琴爲我彈。上絃驚《别鶴》，下絃離《孤鸞》。〔施註〕《琴操》：《别鵠》，商陵牧子作。鼻息齁齁自成曲。〔施註〕《酉陽雜俎》：許州有一老僧，自四十夏以後，每寢熟，即喉聲如鼓簧，自成均節。許州伶人伺其寢，即譜其聲，按之絲竹，皆合古奏。僧覺，亦不自知。

琴　枕

【誥案】此詩施編不載，查註從邵本補編。

清眸作金徽，素齒爲玉軫。〔馮註〕謝惠連《目箴》：氣之清明，雙眸善識。《文選・七發》：皓齒蛾眉。《西京雜記》：趙后有寶琴曰鳳凰，以金玉隱起，爲龍鳳螭鸞之象。嵇康《琴賦》：絃以園客之絲，徽以鍾山之玉。〔合註〕梁元帝詩：金徽調玉軫。響泉竟何用，〔馮註〕陳暘《樂書・琴論》：黄帝之清角，齊桓之號鐘，楚莊之繞梁，相如之緑綺，以至玉牀、響泉之類，名號之别也。金帶常苦窘。〔合註〕《文選・洛神賦註》：「魏東阿王求甄逸女不遂。黄初中入朝，帝示植甄后玉鏤金帶枕，植見之，不覺泣下。」或即用此，但不切琴。又「苦窘」字未詳。【誥案】以琴爲枕，故曰苦窘，題無實典可使，詩以二句合爲琴枕也。斕斑漬珠淚，〔馮註〕《述異記》：南海之外，有鮫人水居如魚，不廢機織，其眼能泣出珠，又《博物志》有鮫人賣綃泣珠事。宛轉堆雲鬟。〔馮註〕《左傳・昭公二十八年》：昔有仍氏生女，黰黑而甚美，光可以鑑。君若安七絃，〔馮註〕《學記》：不學操縵，不能安絃。〔合註〕嵇康詩：但當體七絃。應彈卓氏引。〔馮註〕彈琴九引，一曰列女引，二曰伯妃引，三曰貞女引，四曰思歸引，五曰霹靂引，六曰走馬引，七曰箜篌引，八曰秦引，九曰楚引。《漢・司馬相如傳》：臨邛令前奏琴，曰：「竊聞長卿好之，願以自娛。」相如辭謝，爲鼓一再行。是時，卓王孫有女文君新寡，好音，故相如繆與令相重，而以琴心挑之。【誥案】此二句釣渡「枕」字以爲戲，枯題之法也。

合浦愈上人，以詩名嶺外，將訪道南岳，留詩壁上云：閑伴孤雲自在飛。東坡居士過其精舍，戲和其韻

〔施註〕此詩墨迹後題：元符三年八月十日。〔查註〕《輿地廣記》：廣南西路廉州，領縣二，其一爲合浦。

孤雲出岫豈求伴，錫杖凌空自要飛。〔王註〕《傳燈録》：鄧隱峰，擲錫空中，飛身而過。〔施註〕柳子厚《登仙人山》詩：仙山不屬分符客，一任凌空錫杖飛。爲問庭松尚西指，不知老奘幾時〔一七〕歸。〔施註〕《大唐新語》：玄奘法師，西域取經，以手摩靈巖寺松樹，曰：「吾西去，汝可西長，若吾歸，卽東向，使吾弟子知之。」及去，其枝年年西指，長數丈。一年，忽東向。弟子曰：「吾師歸矣。」乃迎之，果至，後號爲摩頂松。〔查註〕《舊唐書》：玄奘姓陳氏，偃師人。大業末出家，貞觀初，往遊西域，經百餘國，撰《西域記》十二卷，十九年，歸京師。

歐陽晦夫遺接䍦琴枕，戲作此詩〔一三八〕謝之

攜兒過嶺今七年，晚途〔一三九〕更著黎衣冠。〔王註次公曰〕黎，謂生黎也。儋州之俗，呼山嶺爲黎，而人居其間，號曰生黎。見地志所載。今云黎衣冠，言生黎所服之衣冠也。〔查註〕《太平寰宇記》：海南風俗，男子則髽首插梳，帶人齒爲瓔，飾績木皮爲衣。女人以五色布爲帽，以斑布爲裙，號曰都籠。〔合註〕《晉書·會稽文孝王道子傳》：桓温晚途欲作賊。白頭穿林要藤帽，〔施註〕《番禺雜編》：生黎人用藤織裹頭，謂之麗顆子。赤脚渡水須花縵〔一四〇〕。〔王註〕杜子美《早秋苦熱堆案頻仍》詩：南望青松架短壑，安得赤脚蹋層冰。〔施註〕《西域記》：西域國人，首冠花縵，身衣瓔珞。不愁故人驚絶倒，〔王註〕《晉書》：衛玠，字叔寶。王澄每聞玠言，輒歎息絶倒。時爲之語曰：「衛玠談道，平子絶倒。」但使俚俗相恬安。〔合註〕《漢書·嚴安傳》：其性恬安。見君合浦如夢寐，〔施註〕杜子美《羌村》詩：相對如夢寐。挽鬚握手俱汍瀾。〔王註〕《後漢·馬援傳》：以爲當握手，歡如平生。〔施註〕《漢·息夫躬傳·絶命辭》：涕泣兮汍瀾。妻縫接䍦霧縠細，兒送琴枕冰徽寒。無絃且寄陶令意，倒載〔一四一〕猶作山公看。我懷汝陰六一老，〔施註〕歐陽《六一居士傳》：將退休於潁水之上，更號六一居士。客有問曰：「六一何謂也？」居士曰：「藏書一萬卷，集録金石遺文一千卷，有琴一張，有棋一局，而常置酒一壺，以吾一翁，老於五物之間，是豈不爲六一乎？」眉宇秀發如春巒。〔施註〕《唐·元德秀傳》：字紫芝。房琯曰：「見紫芝眉宇，使人名利之心都盡。」《文選》左太冲《蜀都賦》：王褒暐曄而秀發。羽衣鶴氅古仙伯，岌岌兩柱〔一四二〕扶霜紈。〔合註〕《離騷》：高余冠之岌岌兮。沈約《謝絹啓》：霜紈雪委。至今畫像作此服，凜如退之加渥丹。〔王註〕魏泰《東軒集録》：晏公一日見韓愈畫像，語坐客曰：「此貌大類歐陽修，安知非愈後身也？」《詩·秦風·終南》云：顔如渥丹。爾來前輩皆鬼録，我

亦帶脱巾攲寬。作詩頗似〔一四三〕六一語，往往亦帶梅翁〔一四四〕酸。〔王註次公曰〕梅公聖俞也。〔施註〕東坡《題梅詩集後》云：先君與二丈游時，某與子由年甚少，公獨深知之。南遷過合浦，見其門人歐陽晦夫，出其詩稿數十幅云。

留別廉守

〔查註〕傅藻《紀年録》載廉守張左藏而逸其名，當是從武職改知州者。【誥案】張左藏，卽仲修使君也。見本集《題清樂軒壁》。清樂軒，在廉州署内。已詳案中。〔案〕總案引本集《題廉州清樂軒》云：浮屠不三宿桑下。東坡蓋三宿此矣。去後，仲修使君當復念我耶？庚辰八月二十四日題。

編萑〔一四五〕以苴豬，〔王註次公曰〕編萑，緻茅也。《左傳》：或取一編菅焉。苴，塞也。《漢・賈誼傳》云：不以苴履也。墐塗以塗之。〔王註〕《禮記・内則篇》：炮取豚，若將刲之、刳之，實棗於其腹中，編萑以苴之，塗之，以謹塗炮之。註云：謹當爲墐，聲之誤也。〔邵註〕《禮記・内則註》：將，音牂。萑，蘆葦之類。苴，裹也。謹，當爲墐，黏土也。〔合註〕《内則註》：墐塗，塗有穰草也。疏云：以此墐塗而泥塗之。小餅如嚼月，〔王註〕《言行録》：丁晉公與楊大年拋令。大年云：有酒如線，遇針則見。晉公云：有餅如月，遇食則缺。中有酥與飴。懸知合浦人，長誦〔一四六〕東坡詩。好在真一酒，爲我醉宗資。〔合註〕先生初移廉州安置，故用以比例也。

瓶笙〔一四七〕并引

庚辰八月二十八日〔一四八〕，劉幾仲餞飲東坡。中觴聞笙簫聲，杳杳若在雲霄間，抑揚往返，粗中音節。徐而察之，則出於雙瓶，水火相得，自然吟嘯。蓋食頃乃已。坐客驚歎，得未曾有，〔施註〕《維摩經》：得未曾有。請作《瓶笙》詩記之。〔查註〕傅藻《紀年録》：先生於庚辰七月到廉，八月被命授舒州團練副使，移永州安置。

孤松吟風細泠泠，〔施註〕東方朔《七諫》：上葳蕤而防露兮，下泠泠而來風。獨繭長繅女媧笙。〔王註縯曰〕《神仙傳》：園客養蠶成五色，獨蠒繅之，經月不絶。〔次公曰〕《禮記·明堂位篇》云：女媧之笙簧。〔查註〕《禮記·明堂位疏》：女媧氏風姓，承庖犧制度，始作笙中簧。陋哉石鼎逢彌明，蚯蚓竅作蒼蠅聲。瓶中宫商自相賡，昭文無虧亦無成。東坡醉熟呼不醒，但云作勞吾耳鳴。〔王註〕《晉書·載記》：石勒力耕，每聞鞞鐸之聲，歸告其母，母曰：「作勞耳鳴，非不祥也。」【誥案】紀昀曰：歷落有奇逸之致。

卷四十三校勘記

〔一〕時聞　施乙、類丙「時」作「詩」，查註謂「詩」訛。

〔二〕北流　類丙作「故流」。何校：「故流」。

〔三〕驗二首　集本、集丁、類本無「二首」二字。

〔四〕劉須溪曰　「劉」上原有「王註」二字，今據類丁校刪。

〔五〕逢人日　類本作「經人日」。何校：「經人日」。

〔六〕莫認家山作本元　類本「元」下自註云：「言雖寄旅於海上，不必以家山方是本元也。」合註謂此乃註家箋釋之語。集本、集丁、施乙無此註。

〔七〕庚辰歲正月十二日云云　此二首之第二首，七集續集重收，題作「嘗天門冬酒」。

〔八〕濃芬　類本作「奇芬」。合註謂「奇」訛。

〔九〕麴米　集本作「淘米」。集丁作「麴米」。「淘」，疑誤。

〔一〇〕杜子美詩云聞道雲安麴米春蓋酒名也　原缺，據集本、類本補。集本「麴」作「淘」，今從類本。

〔一一〕花漠漠　類丙作「雲漠漠」。

〔一二〕向詩　類本、七集續集作「向時」。查註謂「時」訛。

〔一三〕因酒　查註、合註：「酒」一作「醉」。

〔一四〕泛溢　七集續集「溢」作「鷁」。

〔一五〕淮南子云云　施乙無此條自註。

〔一六〕追和戊寅歲上元　集本「元」後有「一首」二字，集丁無。七集續集重收此詩，題作「示過」；題下原註：「并跋」。跋文與題下王註畧同，今校其異文於後：跋「在儋耳」作「余寓儋耳」，「不眷婦子」作「并婦子」，「悵然感之」作「惻然憫之」，「又復」作「而又復」，「末章」作「季章」，「故復有」作「故有」，「悲君亡而喜予存也」作「悲君之亡而喜余在此也」，「看余面勿復感懷」作「看了勿復感愴切切」。

〔一七〕春鴻　原作「賓鴻」。今從集本、集丁、施乙、類本、七集續集。

〔一八〕白板扉　七集續集作「玉板扉」。

〔一九〕蠨蛸　查註作「蚺蛸」；原校：「蚺」一作「蠨」。

〔二〇〕五色雀　集本、七集「雀」後有「一首」二字，集丁無。
〔二一〕祝曰　集本、集丁、施乙、類本作「祝之曰」。
〔二二〕真臞儒　七集作「直臞儒」。
〔二三〕題過所畫枯木竹石三首　集本、集丁無「三首」二字。
〔二四〕小坡今與石傳神　張道《蘇亭詩話》卷一：文湖州引此句，「今」字作「解」字，「石」字作「竹」字。類本「與石」作「與竹」。何校：「與竹」。合註謂「竹」訛，非。
〔二五〕嶺表録異　類丙「録異」作「異録」。本卷《自雷適廉宿於興廉村淨行院》「忽行」句下，類丙註文「録異」亦作「異録」。
〔二六〕猗猗　集本、集丁、類本作「依依」。施乙作「漪漪」；原校：一作「依依」。
〔二七〕安期生　集本「生」後有「一首」二字，集丁無。
〔二八〕終不肯受　類甲、類乙無「受」字。
〔二九〕隆準公　查註、合註：「公」一作「翁」。
〔三〇〕寧挹　類乙作「寧揖」。查註：「挹」，疑當作「揖」。合註：「挹」、「揖」，通。
〔三一〕飄然　查註：「飄」一作「漂」。清施本作「漂」，合註謂「漂」訛。施乙作「飄然」。
〔三二〕望祖　施乙作「望祀」。
〔三三〕答海上翁　外集作「答玉師」。
〔三四〕山翁　查註：「山」一作「仙」。

〔三五〕不復　外集作「不見」。

〔三六〕疑是　合註：「疑」一作「恐」。

〔三七〕和陶郭主簿二首　集戊在卷二之十，施乙在卷四十一之十五，施丙在卷上之十五。查註無此題，以此詩之引爲題。

〔三八〕并引　七集無此二字。

〔三九〕聲節　盧校：「音節」。

〔四〇〕悵焉　集戊作「悵然」。

〔四一〕二篇　集戊作「此二篇」。

〔四二〕所寓　集戊作「所遇」。

〔四三〕却去　七集作「却念」。

〔四四〕鄰里　集戊作「閭里」。

〔四五〕君何　集戊作「公何」。查註、合註：「君」一作「翁」。

〔四六〕雀鷇　施乙、施丙作「崔鷇」，疑誤。

〔四七〕靜節　施乙、施丙作「靖節」。

〔四八〕全首　集戊、施乙、施丙作「全篇」。

〔四九〕猶如　集戊作「獨爲」。七集作「猶爲」。

〔五〇〕司命宮楊道士息軒　外集「司」前有「書」字，「楊」作「陽」。

〔五一〕似兩日　外集作「是兩日」。

〔五二〕幾時　外集作「不可」。

〔五三〕三千　外集作「三十」。

〔五四〕速如駒　外集作「速於車」。合註：「如」一作「於」。

〔五五〕目送　外集作「日送」。

〔五六〕未能　外集作「未得」。查註、合註：「能」一作「成」。

〔五七〕寄屋壁　外集作「記屋壁」。

〔五八〕兕彦威　外集無「彦」字。合註：王本無「兕」字。

〔五九〕濩落　外集作「瓠落」。

〔六〇〕戟枝　外集作「戟支」。

〔六一〕肯學班超苦兒女　外集作「肯效班超若兒女」。

〔六二〕結襪猶堪　外集作「結髮曾堪」。

〔六三〕與世　外集作「舉世」。

〔六四〕與先生　外集作「共相如」。

〔六五〕葛延之贈龜冠　此詩，見《詩話總龜·後集》卷二十二用事門。四部叢刊初編影印明刊本「君今」作「今君」。

〔六六〕入鑽　查註、合註：《詩話總龜》「入」作「一」。

〔六七〕峋嶁　查註：當作「勾漏」。

〔六八〕閉著　施乙作「閑著」。查註：「著」一作「暑」，訛；合註謂可通，見註文。

〔六九〕仙心　集本、集丁、施乙、類本作「仙心」，今從。原作「安心」。

〔七〇〕癡疾　查註、合註：「疾」一作「絶」。

〔七一〕和陶始經曲阿　集戊在卷四之十八，施乙在卷四十一之二十二，施丙在卷上之二十二。

〔七二〕醴酒　集戊作「酒醴」。

〔七三〕值良時　集戊作「信良時」。

〔七四〕獨有　章校：《鑑》作「猶有」。

〔七五〕兼取　集戊作「兼收」。

〔七六〕歸去來集字十首　施乙未收。王昶《金石萃編》（以下簡稱《萃編》）卷一百二十八有此十首之前六首，《陝西金石志》卷二十二謂此六詩石刻在西安碑林。

〔七七〕予喜讀淵明歸去來辭因集其字爲十詩令兒曹誦之號歸去來集字云　類本無「讀」、「其」字，無「令兒曹」以下十二字。《萃編》石刻作「予喜淵明《歸去來辭》，因集字爲詩六首」。七集無此引。外集有此引。

〔七八〕有將迎　七集作「有逢迎」，外集作「有時迎」，《萃編》石刻「有」作「自」。合註謂淵明原篇無「逢」字，則作「逢」者訛。又謂今從王本作「將」。按，類本作「有將迎」。

〔七九〕雲内　七集作「雲外」。合註謂淵明原篇無「外」字，則作「外」者訛，今從王本、外集本作「内」。按，類本作「雲内」。

〔八〇〕猶菊　七集作「有菊」，原校：「有」一作「猶」。

〔八一〕樽壺　七集作「罇壺」。《萃編》石刻作「觴壺」。

〔八二〕聊自歡　類本、《萃編》石刻作「聊盡歡」。

〔八三〕言話　類本、外集、《萃編》石刻作「言語」。合註謂「語」訛。

〔八四〕還樂天　《萃編》石刻作「懷樂天」。

〔八五〕農夫　合註：「夫」一作「人」。

〔八六〕歸路　類本、《萃編》石刻作「鄉路」。

〔八七〕庭内　類本、外集、《萃編》石刻作「亭内」。

〔八八〕老農　七集作「農夫」。

〔八九〕不樂　《萃編》石刻作「未樂」。

〔九〇〕欲安命　類本作「亦安命」。

〔九一〕欲何之　外集作「亦何之」。

〔九二〕還攜幼　類本、外集作「常攜幼」。

〔九三〕獨往　類本作「獨斷」。七集、查註、合註作「獨立」。合註：考淵明原篇，「斷」、「立」二字皆無，不知先生當日所用何字，或「往」字之訛，惜無善本可考。合註又謂外集亦作「獨斷」，查明萬曆刊本外集，作「獨斷」，「斷」或爲「斷」之訛。

〔九四〕入息　類本作「入室」。

〔九五〕出游　類丙作「少遊」，類甲缺文。合註：淵明原序有「少」字。

〔九六〕疑今是　類本、外集作「知今是」。

〔九七〕榮感　類本、外集作「勞定」。合註謂「定」訛。

〔九八〕柯庭　類丙作「庭柯」，類甲缺文。

〔九九〕獨眄　合註：「眄」一作「盼」。合註：《南史》、《文選》載淵明原篇，皆作「盼」，《陶集》、《晉書》俱作「眄」，是「眄」、「盼」二字俱可用；至七集本、補施註本作「睡」，原篇無此字，查云訛。按，七集作「眄」。

〔一〇〇〕氣升　合註：一作「升氣」。

〔一〇一〕其詞曰　合註：一本無此三字。

〔一〇二〕插天芒　盧校：「抽天芒」。

〔一〇三〕起溲　集本、集丁、類本作「起搜」。

〔一〇四〕汲江煎茶　集本「茶」後有「一首」二字。

〔一〇五〕活水還須活火烹　類本「還須」作「仍須」。施乙「活火烹」作「活火煎」。

〔一〇六〕唐人云茶須緩火炙活火煎　原缺，據集本補。查註、合註疑非自註，蓋未見集本耳。

〔一〇七〕取深清　類丁作「汲深清」。

〔一〇八〕茶雨　原作「雪乳」。今從集本、施乙、類本。清施本查慎行校：別本作「茶乳」，不如「雨」字更與「煎處脚」有關會。

〔一〇九〕坐聽荒城　集本、施乙、類本作「坐數荒村」。類丁作「卧聽山城」。何校：「坐數荒村」。

〔一一〇〕查註云云　「苕溪漁隱叢話前集卷四十」原作「詩話總龜」，今校改。删去此註之後合註引《詩話總龜》「余遊儋耳」云云末「與查註所引少異」七字。註文中「具理」之「理」，據《蘇詩查註補正》補；具理，南荒人瓶罌。

〔一一一〕吠狗　合註：「吠」一作「犬」。

〔一一二〕夜悍　集乙作「夜捍」。合註謂「捍」訛。按：「捍」亦可通。

〔一一三〕童僕　集本、類本作「僮僕」。

〔一一四〕徑渡　集本作「徑度」。

〔一一五〕貫汝　七集作「貫汝」。「貫」，疑誤刊。

〔一一六〕厚恩　集本、類本作「恩厚」。

〔一一七〕眼明　查註、合註：「明」一作「前」。

〔一一八〕鵲没處　類丁原校：「鵲」一作「鴻」。

〔一一九〕洞酌亭　集本「亭」後有「詩」字。

〔一二〇〕南遷過瓊始得　集本、類本「南」前有「軾」字，類丁有「余」字。類本無「始」字。

〔一二一〕洞酌彼兩泉　章校：《鑑》無「洞」字。施乙無「彼」字。

〔一二二〕六月二十日夜渡海　七集續集重收此詩，題作「過海」。查註、合註：「六」一作「九」，查註謂「九」訛。

〔一二三〕轉欲　七集續集作「落轉」；原校：一作「轉欲」。

〔一二四〕粗識　七集續集作「無復」，原校：一作「粗識」。

〔一二五〕忽行　集本、類本作「忽此」。

〔一二六〕童僕　集本、施乙、類本作「僮僕」。

〔一二七〕雨夜　類乙、類丙作「夜雨」。

〔一二八〕輕舟　類乙、類丙作「虛舟」。七集原校：「輕」一作「虛」。

〔一二九〕淒涼　查註、合註：一作「僧房」。

〔一三〇〕獨使皴皮生　合註：「使」一作「有」，「皴」一作「皺」。

〔一三一〕已居其中　「已」原作「已」，今從施乙。類丙無「已」字。

〔一三二〕超遥　合註：「超」一作「迢」。

〔一三三〕歐陽晦夫惠琴枕　七集續集重收此詩，題作「琴枕」。

〔一三四〕笛材　集本、施乙、類本作「笛用」。

〔一三五〕剖作袖琴　七集續集作「破作細琴」。

〔一三六〕孤鸞別鵠　類本作「孤鸞別鶴」。七集續集作「鷩鸞別鶴」。

〔一三七〕幾時　集本、施乙作「幾年」。施註云：此詩墨迹，在玉山汪氏；集本云：「不知老奘幾時歸」，墨迹作「幾年」。

〔一三八〕作此詩　類本無「此」字。

〔一三九〕晚途　類本作「逸途」。查註：「晚」一作「遠」。

〔一四〇〕須花縵　類本作「愁花縵」。
〔一四一〕倒載　集甲作「倒戴」。
〔一四二〕兩柱　集甲作「兩拄」。
〔一四三〕頗似　類本作「頗作」。
〔一四四〕梅翁　類本作「梅公」。
〔一四五〕編萑　集本、施乙、類本作「编藿」，查註謂「藿」訛。施註引《禮記·内則》亦作「藿」。
〔一四六〕長誦　類本作「常誦」。
〔一四七〕瓶笙　集本「笙」後有「詩」字。
〔一四八〕二十八日　類本作「二十二日」。

蘇軾詩集卷四十四

古今體詩三十五首

【誥案】起元符三年庚辰九月，自鬱林下端江，十月留廣州，十一月至湞陽，得邸報，復朝奉郎提舉成都玉局觀，在外州軍任便居住，專使赴永請告，遂罷行，十二月，抵韶州，至南雄道中度歲作。

次韻王鬱林

〔查註〕《輿地廣記》：鬱林州，古蠻夷之地。秦立桂林郡，開寶七年，廢黨、牢二州，入鬱林。《九域志》：廣南西路鬱林郡軍事治南流縣，西南至廉州二百里。

晚途流落不堪言，海上春泥手自翻〔一〕。漢使節空餘皓首，〔王註〕李陵《與蘇武書》：丁年奉使，皓首而歸。故侯瓜在有頹垣。平生多難非天意，〔施註〕杜子美《奉送嚴公入朝》詩：四海猶多難。此去殘年盡主恩。〔施註〕《法帖·何氏書》：投老殘年，西崦已逼。【誥案】紀昀曰：五六詩人之言。誤辱使君〔二〕相抆拭，〔查註〕《漢書·朱博傳》：爲左馮翊。長陵大姓尚方禁，少時嘗盜人妻，被斫，創著其頰，府功曹受其賂，白除禁調守尉。博聞知，以他事召見，視其面，果有瘢。博辟左右，問禁是何等創也？禁自知情得，叩頭伏狀。博笑曰：「大丈夫固時有是，馮翊欲灑卿耻，拔拭用禁，能自效不？」禁且喜且懼，對曰：「必死。」博因親信之，以爲耳目。註云：拔拭，摩也。寧聞老鶴更乘軒。

藤州江上夜起對月，贈邵道士〔三〕

〔王註十朋曰〕先生《送邵道士彦肅還都嶠》詩，即此人。〔合註〕《金石粹編》有元符三年九月東坡《書贈都嶠邵道士》石刻。【誥案】邵彦肅自容州從至蒼梧，始別公歸。

江月照我心，江水洗我肝。端如徑寸珠，〔查註〕《雲笈七籤》：真人之心，如珠在淵。衆人之心，若瓢在水。墮此白玉盤。我心本如此，〔施註〕寒山偈：吾心似秋月，碧潭清皎潔。月滿江不湍。起舞者誰歟，莫作三人看。〔施註〕李太白《月下獨酌》詩：我歌月徘徊，我舞影凌亂。嶠南瘴癘〔四〕地，有此江月寒。乃知天壤間，〔施註〕《史記》：魯仲連《與燕將書》曰：名與天壤相弊。何人不清安。牀頭有白酒，盎若白露溥。〔王註〕《古樂府》張率《白紵歌》：秋風蕭瑟白露溥。獨醉還獨醒，〔施註〕《楚辭》屈原《漁父章》：衆人皆醉我獨醒。夜氣清漫漫。〔王註〕《史記·鄒陽傳》應劭註載甯戚歌曰：長夜漫漫何時旦。仍呼邵道士，取琴月下彈。相將乘一葉，夜下蒼梧灘。〔查註〕《漢書·地理志》：蒼梧，越地，元封五年置十三州刺史，交州部七郡，蒼梧其一。《名勝志》：藤江在藤縣，原出交阯，至邕州，左右江至此與繡江合，又東流至番禺入海。蘇子瞻繫舟藤城下，即此處也。有鴉兒灘，在縣南，金環灘，在峽内。【誥案】紀昀曰：清光朗澈，無復筆墨之痕，此爲神來之筆。

徐元用使君與其子端常邀〔五〕僕與小兒〔六〕過同游東山〔七〕浮金堂，戲作此詩

〔施註〕元用名疇。〔查註〕東坡倅杭時，疇爲仁和令，姓名載《咸淳臨安志》中。此詩起四句，正記錢塘事，而稱使君，意此時徐爲藤守也。【誥案】本集《與歐陽元老書》云：少游至藤，傷暑困臥，啓手足於江亭之上。徐守甚照管其喪。此乃徐元用卽藤守之確證也。查謂疇當作璹，誤。已更正。〔查註〕《名勝志》：東山在藤縣東一里，鐔江在縣東南。唐武德初，有宣撫使至此，艤舟游慈聖寺。以金杯挹井水，杯墮井中。汲水至乾，不見杯，得一龜，長一尺二寸。宣撫解紅勒帛，繫其腰，放之井，祝曰：「爾若有靈，當漲杯出。」及歸，至寺門，見龜踴躍塘內。次日，游乾亨寺，忽見前杯自澗流出。是夜，風浪忽起，舟中有一寶劍浮水而去，乃名其地曰鐔津，亦曰劍江。

昔與徐使君，共賞錢塘春。愛此小天竺，〔王註次公曰〕杭州佛寺，有上下兩天竺。意者今浮金堂之景稍似之，故有小之稱也。時來中聖人。松如遷客老，酒似使君醇。〔王註〕《梁書》：顧憲之爲建康令，清儉强力，甚得民和。故京師飲酒者得醇旨，輒號爲「顧建康」，言醑清且美焉。繫舟藤城下，弄月鐔江濱。〔王註次公曰〕藤州之縣，名曰鐔津。江月夜夜好，雲山〔八〕朝朝新。〔王註〕陳後主詩：璧月夜夜好，瓊樹朝朝新。使君有令子，〔王註〕《南史》：褚淵嘗謂任昉父遥曰：「聞卿有令子，相爲喜之，所謂百不爲多，一不爲少。」〔施註〕《北史·高琳傳》：母夢人謂曰：「必生令子。」真是石麒麟。我子乃散材，有如木輪囷。二老白接䍦，兩郎烏角

巾。醉卧松下石，〔王註〕李太白《白毫子歌》詩：夜卧松下石，飢餐石中髓。扶歸江上津。浮橋半没水，揭此碧鱗鱗。〔王註次公曰〕揭，音憩。

送鮮于都曹歸蜀灌口舊居

〔王註〕《成都古今記》：秦昭王以李冰代蜀守，鑿離堆，辟沫水之害，穿二江成都中，於是沃野千里，號爲陸海。民思其惠，立廟在灌口山。〔查註〕《成都記》：江水出羊膊山，北連甘松，至於灌口。《永康軍志》：春耕之際，需之如金，號曰金灌口。李膺《益州記》：湔水路西七里灌口山，古所謂天彭闕也。

鑈盡霜鬚照碧銅，〔王註次公曰〕鑈，讀如鑷。碧銅，鏡也。〔合註〕《廣韻》：鑈，鉗也。依然春雪在長松。〔王註次公曰〕言白鬚雖去，而白髮猶在，故言依然也。朝行犀浦催收芋，〔王註次公曰〕犀浦在郫縣。〔子翬曰〕《青城山記》云：李冰琢五石犀以壓水，一在青城，二在犀浦，一在成都市橋，一在江中。號犀浦爲沉犀浦。〔查註〕杜子美《秋日夔州詠懷》詩：紫收岷嶺芋。夜渡繩橋看伏龍。〔王註次公曰〕繩橋，在灌口，引繩架之，故云繩橋。昔李太守之子，禁龍於此，今山上有伏龍觀焉。〔養源曰〕白樂天《蠻子朝》云：泛皮船兮渡繩橋。〔施註〕杜子美《入奏行》：運糧繩橋壯士喜。〔查註〕《吴船録》：橋之廣十二丈，繩長一百二十丈，上布竹笆，每數木，以一架挂橋於半空，大風過之，如漁人晒網，染家晾彩布之狀。又須捨輿疾步，稍從容，則震掉不可行。《方輿勝覽》：繩橋前有翠圍山。范石湖《離堆詩·序》：沿江兩岸中斷，李冰鑿此，以分江水，上有伏龍觀，是冰鎖孽龍處。莫歎倦游無駟馬，要將老健敵千鐘。子雲三世惟身在，〔施註〕《漢·揚雄傳》：字子雲，蜀郡成都人也。歷成、哀、平三世，不徙官。爲向西南説病容。

送邵道士彦肅還都嶠

〔王註〕《洞天福地記·三十六小洞天記》：第二十都嶠山洞，周回一百八十里，名寶玄之天，在容州〔九〕。〔查註〕司馬子微《天地宮府圖序》云：都嶠山洞，在容州普寧縣，仙人劉根治之。《名勝志》：都嶠山，在梧州容縣南。山有八峰，有南北二洞，南洞寬廣平坦，北洞差狹，爲星壇者八。中峰絶頂，有中宫院。

乞得紛紛擾擾身，〔合註〕《甕牖閑評》引此句，「紛紛」作「膠膠」。結茅都嶠與仙鄰。少而寡欲〔一〇〕顔常好，老不求名語益真。許邁有妻還學道，〔王註〕《晉書·許邁傳》：字遠游。父母尚存，往來茅嶺之洞室。父母既終，乃遣婦孫氏還家，遂攜其同志，遍遊名山焉。陶潛無酒亦從人。〔王註〕《晉書·陶潛傳》：羊松齡、龐遵等或有酒，要之共至酒坐，雖不識主人，亦欣然無忤，酣醉便返。相隨十日還歸去，萬劫清游結此因。〔施註〕《傳燈録》：船子和尚偈：一句合頭語，萬劫繫驢橛。《廣實志》：釋謂之劫，道謂之塵。

書韓幹二馬

赤髯碧眼老鮮卑，〔施註〕《後漢·鮮卑傳》：東胡之支也。别依鮮卑山，故因號焉。《晉·明帝紀》：乘巴滇駿馬，微行至於湖陰，㝔王敦營壘。敦晝寢，驚起曰：「此必黄須鮮卑奴來也。」〔合註〕張説《虬髯客傳》：赤髯如虬。回策如縈獨善騎。〔翁方綱註〕《晉書》：王湛乘其兄子濟馬，姿容既妙，迴策如縈，善騎者無以過之。赭〔一一〕白紫騮俱絶世，〔施註〕《文選》顔延年《赭白馬賦》：乘輿赭白。李太白《紫騮馬》詩：紫騮行且嘶，雙翻碧玉蹄。馬中湛岳〔一二〕有妍姿。〔施註〕《晉·夏侯湛傳》：美容觀，與潘岳友善，每行止同輿接茵，京都謂之連璧。白樂天《上崔中丞》詩：提攜增善價，拂拭長妍姿。

將至廣州，用過韻，寄邁迨二子〔三〕

〔合註〕《斜川集》有《將至五羊先寄伯達、仲豫二兄》詩，卽先生所用韻也。【誥案】本集《與鄭靖老書》云：與邁約令般家，至梧相會，中子迨亦至惠矣。此廉州所作書也。時邁、迨方自惠移家來，迎遇於廣州，查註謂迨時在常州，誤。已删。

皇天遣出家，臨老乃學道。北歸爲兒子，破戒堪一笑。披雲見天眼，〔查註〕《釋典》：五眼，一肉眼，二天眼，三慧眼，四法眼，五佛眼。回首失海潦。蠻唱與黎歌，餘音猶杳杳。大兒牧衆稺〔四〕，四歲守孤嶠。【誥案】此聯謂邁留家於惠者，凡四年也。次子病學醫〔五〕，三折乃粗曉。〔施註〕《左傳·定公十三年》：晉范氏、中行氏將伐公。齊高彊曰：「三折肱知爲良醫，惟伐君爲不可。」【誥案】此聯謂迨居陽羨，因病學醫也。小兒耕且養，〔王註〕《前漢·藝文志》：古之學者耕且養，三年而通一藝。〔施註〕《揚子》：古者之學耕且養。得暇爲書繞。我亦困詩酒，〔施註〕杜子美《謁文公上方》詩：久遭詩酒汙，何事忝簪裾。去道愈茫渺。紛紛何時定，〔施註〕《漢·陳平傳》：天下紛紛，何時定乎。所至皆可老。莫爲〔六〕柳儀曹，〔王註次公曰〕《職林》：魏有儀曹郎，唐改爲禮部。《唐書·柳宗元傳》：貞元中，爲禮部員外郎，貶永州司馬。元和中，徙柳州刺史。〔合註〕劉禹錫詩中，每稱柳儀曹。詩書教氓獠〔七〕。〔王註〕韓退之《柳子厚墓志》云：衡湘以南爲進士者，皆以子厚爲師，其經承子厚口講指畫爲文詞者，悉有法度可觀。又爲《羅池柳侯廟碑》云：柳侯不鄙夷其民，動以禮法云。【誥案】永州愚溪上柳子厚祠，榜其門曰柳聖，而黔苗奉祀孔明，其神主曰孔明天子之位。人心愛戴，歷久弗替，至是，殆未可以理折之也。亦莫事登陟，〔王註次公曰〕子厚在永州，有西山而下八記，其在柳州，又有記柳州山水近治可遊者。溪山有何好。安居與我游，閉户淨灑掃。【誥案】紀昀曰：刻意擺脱，直而不剽。

和孫叔靜兄弟李端叔唱和〔一〕

【誥案】此題乃孫叔靜出觀近年唱和諸什，公有所感，卽自道一詩，就便以和其唱和爲題，故詩中毫不管顧唱和一層，并不知何處唱和也。題字並無脱誤，紀氏疑題與詩不類，故云題有脱誤字，此是其周密處也。〔施註〕孫叔靜名鼛，錢塘人，徙江都。年十五，遊太學，老蘇先生亟稱之。哲宗擢提舉廣東常平。二子娶晁无咎、黄魯直女。黨事起，家人危之，叔靜一無所顧。平生篤於行義，君子人也。微時，與蔡京善，察其人，常曰：「蔡子貴人也，然才多而德薄，志大而行不副，若不能謹守，恐貽天下憂。」京還朝，遇諸途。京曰：「我若用，願助我。」叔靜曰：「公能以正論輔人主，節儉以先百吏，而絶口不言兵，鼛何爲者！」京默然。後卒如其言。仕爲太僕卿，殿中少監，以顯謨閣待制知曹州、單州。靖康二年卒，年八十六，謚通靖。【誥案】公在惠州時，提舉廣東常平，乃蕭世京也。施註云：東坡居惠州，極意與周旋。其説誤。《宋史·孫鼛傳》亦誤，蓋因本集《與李端叔書》有「荷叔靜諸人照管，不至失所」之語，遂譌作在惠州事也。此書作於發廣州日，叔靜追餞數十里外舟中，公和作此詩時，書猶未作也。今删其註中謬句。查註、合註所引論，均無謂，並删。

病骨瘦欲折，〔施註〕杜子美《簡諸子》詩：杜陵野老骨欲折。霜髯籋更疎。喜聞新國政，〔王註次公曰〕《周禮·秋官》：刑新國，用輕典。新國，指言建中靖國時也。兼得故人書。〔王註〕杜子美《酬韋韶州見寄》詩：深慚長者轍，重得故人書。〔施註〕杜子美《寄岑嘉州》詩：不道故人無素書。【誥案】此句謂孫叔靜代致李端叔書也。公後作報書，亦交叔靜遞去，合詩題考之，故人卽端叔無疑也。秉燭真如夢，傾杯不敢餘。天涯老兄弟，懷抱幾時攄。〔王註〕杜子美《雨過蘇端》詩：濁醪必在眼，盡醉攄懷抱。【誥案】紀昀曰：渾老有情，不用空調。

往年，宿瓜步，夢中得小絶，錄示謝民師〔一九〕

〔查註〕本集有《與謝民師推官尺牘》。〔合註〕《獨醒雜志》：東坡嶺南歸，謝民師袖書及舊作遮謁。東坡覽之，大見稱賞，謂民師曰：「子之文如上等紫磨黃金，須還子十七貫五百。」遂留語終日。民師著述極多，今其族摘坡語，名曰《上金集》者，蓋其一也。《宋詩紀事》：謝舉廉字民師，新喻人。政和間，以進士知南康，受知東坡，有《藍溪集》。《斜川集》有《次韻謝民師》詩，似自儋耳赦歸時作。參以《獨醒雜志》，則先生録示此詩，亦當在北歸時也。【誥案】此詩施編不載，查註據外集編入海南，誤。時謝民師方官羊城，公始遇之時也。今改編於此，餘詳案中。〔案〕總案云：時謝民師爲廣州推官。又據《斜川集·次韻謝民師》詩，有「豈知雷雨來新渥，歸路江山宛如昨」句，亦廣州相遇作也。今改編於此。

吴塞蒹葭空碧海，〔合註〕劉禹錫《西塞山懷古》詩：今逢四海爲家日，故壘蕭蕭蘆荻秋。隋宫楊柳只金堤，〔合

註〕《隋書・食貨志》：自板渚引河，達於淮海，謂之御河。河畔築御道，樹以柳。李義山《隋宮》詩：終古垂楊有暮鴉。【誥案】此二句，比小人雖得志一時，而終必身敗名裂也。春風自恨〔三〇〕無情水，吹得東流竟日西。【誥案】公後遇廣帥朱行中於湞陽，且以民師爲託，有班斤郢斵之譽，亦甚愛重之矣。詳玩此詩，乃患民師年少，或恐才美而不進於德，故托爲舊夢以勉之，蓋欲引之爲清流也。公自後爲詩，多有意深晦，不容探討，不可不知。

廣倅蕭大夫借前韻見贈，復和答之，二首〔三一〕

〔查註〕《龍泉舊志》：蕭世範字器之。嘉祐癸卯進士，通判虔州、廣州，遷廣西轉運判官。其在廣州，蘇文忠公與之游，有《酬廣倅蕭大夫》詩。

其一

生還粗勝虞，〔查註〕先生雖遠謫，猶得生還，故曰勝虞也。虞翻事，見前《庚辰歲人日》詩註。早退不如疏。〔施註〕《漢・疏廣傳》：與兄子受，並爲太子師傅。在位五歲，廣謂受曰：「吾聞知足不辱，知止不殆，今宦成名立，如此不去，懼有後悔，豈如父子相隨出關，歸老故鄉，以壽命終，不亦善乎。」受叩頭曰：「從大人議。」即日，俱移病乞骸骨，上皆許之。垂死初聞道，〔施註〕《論語・里仁》：朝聞道。《莊子》：晚聞大道。平生誤信書。〔王註〕柳子厚詩：信書成自誤，經事漸知非。風濤驚夜半，〔三二〕疾病送災餘。賴有蕭夫子，〔施註〕《唐・蕭穎士傳》：人稱爲蕭夫子。憂懷〔三三〕得少攄。【誥案】此首自謂，下首述贈答之意，皆指蕭也。

心閑詩自放，筆老語翻疎。贈我皆强韻，〔施註〕《南史》：王筠爲詩，能用强韻，每公宴並作，詞必妍靡。知君得異書。〔施註〕《抱朴子》：時人疑蔡邕得異書，搜其帳中，果得王充所作《論衡》。滔滔沮叟〔二四〕是，綽綽孟生餘。【誥案】此聯舊註引《論》、《孟》事。一笑滄溟側，應無憤可攄。〔合註〕蔡邕《瞽師賦》：撫長笛以攄憤。

其二

周教授索枸杞，因以詩贈，録呈廣倅蕭大夫〔二五〕

【誥案】此詩施編不載，查註從邵本補編。

鄴侯藏書手不觸，嗟我嗜書終日讀。短檠照字細如毛，怪底昏花〔二六〕懸兩目。〔馮註〕《楞嚴經》：瞪以發勞，則於虛空別見狂華。〔合註〕杜子美《奉先劉少府新畫山水障歌》詩：怪底江山起烟霧。扶衰賴有王母杖，名字於今掛仙録〔二七〕。荒城古塹草露寒〔二八〕，碧葉叢低紅菽粟〔二九〕。春根夏苗秋著子，〔合註〕《本草》：枸杞，冬采根，春夏采葉，秋采莖實。盡付天隨恥充腹〔三〇〕。〔馮註〕《唐書》：陸龜蒙，字魯望。居松江甫里，時謂江湖散人，或號天隨子。所居前後皆樹杞菊，以供杯案。蘭傷桂折緣有用，爾獨何損〔三一〕丹其族。〔馮註〕揚雄《解嘲》：客徒欲朱丹吾轂，不知一跌，將赤吾之族也。贈君慎勿比薏苡，采之〔三二〕終日不盈匊。〔馮註〕《詩·小雅·采緑》：終朝采菉，不盈一匊。外澤中乾非爾儔，〔合註〕《甘澤謠》：許雲封曰：「竹生未期而伐，外澤中乾，受氣不全。」斂藏更借秋陽曝〔三三〕。雞壅〔三四〕桔梗一稱帝，〔查註〕《本草》：芡，一名雞壅。陶弘景《别録》：桔梗，名梗草，葉與薺苨相似。《莊子·徐無鬼篇》：藥也，其實堇也，桔梗也，雞壅也，豕零也，是時爲帝者也，何可勝言。陸佃釋云：此言貴賤更事也，當其時，所需則貴，雖用而緩則賤。堇也雖尊等臣僕。〔查註〕《本草》：堇，毒草也，乃烏頭之苗。時復論功不汝遺，異時謹事東籬菊。

跋王進叔所藏畫五首〔三五〕

〔查註〕本集《跋峽中詩後》云：庚辰歲，過南海見部刺史王公進叔。據此，進叔時爲嶺南監司。【誥案】此五首，曉嵐謂各寓託諷，其一自寓，其二刺小人，其三鄉思，其四刺小人之乘時得進，其五怨而太怒。但是時，三司常有燕集，既會，則出藏弆鑑別，因以求題。故公與叔靜屢過進叔，其所題見於集者，尚有《王太尉峽中詩刻跋》、《唐咸通湖州刺史牒跋》、《石延年詩筆跋》、《書進叔所藏琴事》諸篇，凡此皆隨手酬應之作，未必專於此五詩寓諷刺也。姑記於此，以待有識。餘詳案中。〔案〕總案引《王太尉峽中石刻跋》等文。茲不録。

徐熙杏花

〔查註〕《事實類苑》：國初布衣江南徐熙，與僞蜀翰林待詔黃筌，皆以善畫著名。後江南平，熙至京師，送圖畫院。黃妙在傅色，用筆極細，殆不見墨迹。熙以墨筆畫之，畧施丹粉，別有生動之意。筌惡其勝己，言熙畫粗惡不入格，罷之。

江左風流王謝家，〔王註次公曰〕指言王進叔也。〔子仁曰〕《南齊書》：王儉嘗謂人曰：「江左風流宰相，惟有謝安。」

杜子美《壯遊》詩：王謝風流遠，闔閭丘墓荒。盡攜書畫到天涯。却因梅雨丹青暗，〔王註次公曰〕廣南有黃梅雨，最損書畫。洗出徐熙落墨花。〔施註〕《圖畫見聞志》：徐熙意出古今。徐鉉曰：落墨爲格，雜彩逼之，迹與色不相隱映也。

趙昌四季

〔王註堯祖曰〕《圖畫見聞志》：趙昌工畫花果，名推獨秀，技亦難偕。

芍藥〔三六〕

倚竹佳人翠袖長，天寒猶著薄羅裳。揚州近日紅千葉，〔查註〕《志林》：揚州芍藥爲天下冠。蔡繁卿爲守始作萬花會，以御愛紅爲第一。自是風流時世妝。〔王註次公曰〕《因話録》：崔樞夫人治家整肅，貴賤皆不許時世妝，而時世妝之狀，則斜紅不暈也。白樂天有詩云：時世妝，時世妝，自出城中傳四方。

躑躅

楓林翠壁楚江邊，〔王註〕宋玉《九辨》：江水湛湛兮上有楓。阮籍《詠懷》詩：湛湛長江水，上有楓樹林。躑躅千層不忍看。〔王註次公曰〕躑躅，山石榴也。其花深紅，蜀人號映山紅，荆楚山壁間最多。韓退之詩：躑躅紅千層。〔查註〕白樂天詩：山石榴，一名山躑躅，一名杜鵑花。開卷便知〔三七〕歸路近〔三八〕，劍南樵叟〔三九〕爲施丹。〔王註次公曰〕趙昌自號劍南樵客〔四〇〕。〔施註〕范蜀公《東齋記》：趙昌自稱劍南樵人。【誥案】紀昀曰：此首獨用賦體，但寓鄉心，並無別意。

寒　菊

輕肌弱骨散幽葩，真是青裙兩髻丫。便有佳名配黄菊，〔施註〕韓退之《木芙蓉》詩：佳名偶自同。應緣霜後苦無花。〔查註〕白樂天詩：不是花中偏愛菊，此花開後更無花。

山　茶

遊蜂掠盡粉絲黄，落蕊猶收蜜露香。〔合註〕梁簡文帝《南郊頌》：朝葉與蜜露共鮮。待得春風幾枝在，年來殺菽有飛霜。〔王註次公曰〕山茶開於雪中，其至春時，在者能幾，而有殺菽之霜，爲可歎矣。〔合註〕此乃寓言因有殺菽之霜，故不能多枝留待春時，以比遭謫之人，不能再被春和也。【誥案】所論亦不確。

韋偃牧馬圖〔四二〕

〔王註〕張彦遠《名畫記》：韋偃工畫山水、高僧、奇士、老松、異石，筆力勁健，風格高舉。〔查註〕朱景玄《名畫録》：韋偃，京兆人。寓蜀，善畫山水、竹樹、人物，以戲筆點綴鞍馬，千變萬態，曲盡其妙，韓幹之匹也。吴若《杜詩註》：「偃」作「鶠」。《東觀餘論》：韋鶠十馬後，有元和李吉甫題字。少陵有《韋鶠畫馬》詩。

神工妙技帝所收，〔施註〕《文選》曹子建《七啓》：才人妙技，遺風越俗。江都曹、韓逝莫留。〔王註次公曰〕江都王、曹霸、韓幹三人，皆畫馬之妙，具見於杜詩，繼則有韋偃焉。〔施註〕杜子美《曹將軍畫馬引》：國初已來畫鞍馬，神妙獨數江都王。將軍得名三十載，人間又見真乘黃。曹子建詩：羲和逝不留。**人間畫馬惟韋侯，當年爲誰掃驊騮。至今霜蹄踏長楸，**〔施註〕杜子美《韋偃畫馬歌》：韋侯別我有所適，知我憐君畫無敵。戲拈禿筆掃驊騮，欻見騏驎出東壁。一匹齕草一匹嘶，坐看千里當霜蹄。〔查註〕曹子建詩：鬬雞東郊道，走馬長楸間。《文選註》：古人種楸於道，故曰長楸。**圉人困臥沙壠頭。**〔王註〕《周禮·夏官》：圉師掌教，圉人養馬。**沙苑茫茫蒺藜秋，**〔查註〕《水經注》：洛水東逕沙阜北。《元和郡縣志》：沙苑，一名沙阜，在同州馮翊縣南，其地宜六畜，置沙苑監。《唐六典》：沙苑監，掌牧隴右牛馬。《太平寰宇記》：沙苑古城，在朝邑縣，南從馮翊縣東界，沿洛水南岸入朝邑界南，至渭水城，廣四十八里。《太平寰宇記》：白蒺藜，產同州沙苑。**風鬉〔四二〕霧鬣寒颼颼。龍種尚與駑駘遊，**〔施註〕杜子美《李鄠縣胡馬行》：一聞說盡急難材，轉益愁向駑駘輩。始知神龍別有種，不比俗馬空多肉。**長稭短豆豈我羞。八鑾六轡非馬謀，**〔施註〕《毛詩·烝民》：八鸞鏘鏘，我馬維駒，六轡如濡。〔合註〕《周禮·冬官記》：輈人，進則與馬謀。**古來西山與東丘。**〔王註續曰〕西山，伯夷也。東丘，盜跖也。《莊子·駢拇篇》：伯夷死名於首陽之下，盜跖死利於東陵之上。【誥案】紀昀曰：語頗遒潔，後半純是寓言。

廣州何道士衆妙堂〔四三〕

〔王註甄曰〕先生有記云：眉山道士張簡易教小學，常百人，予從之三年。謫居南海，一日夢至其處。其徒誦《老子》曰：「玄之又玄，衆妙之門。」余曰：「妙一而已，容可衆乎？」道士笑曰：「一已陋矣，何妙之有。若審妙也，雖衆可也。」〔查註〕何道士，名德順，即崇道大師也。《廣州志》：城西玄妙觀，卽唐開元觀也。宋大中祥符間，改天慶觀。觀內有衆妙堂。

湛然無觀古真人，〔查註〕《傳燈録》：不離當處常湛然，覓卽知君不可見。我獨觀此衆妙門。夫物芸芸各歸根，〔王註〕《老子》：夫物芸芸，各歸其根。衆中〔四四〕得一道乃存。道人晨起開東軒，趺坐一醉扶桑暾。〔王註〕《楚辭註》謂：日始出東方，其容暾暾，而盛貌也。東方有扶桑之木，其高萬仞，日下浴於暘谷，上拂於扶桑也。餘光照我玻璃盆〔四五〕，倒射窗几清而溫。欲收月魄餐日魂〔四六〕，我自日月誰使吞〔四七〕。〔施註〕《黃庭內景經》：出日入月呼吸存。註云：日月者，陰陽之精也，左出右入，身有陰陽之氣，法象天地，出爲呼，入爲吸，呼吸之間，心乃存之。又，上清紫虛吞日月氣法，呪曰：日魂珠景，照韜緑映，月魄暖芬，艷翳寒婉〔四八〕。

和黃秀才鑑空閣〔四九〕

〔查註〕《洪容齋續筆》：余遊南海西歸之日，泊舟金利山下，登崇福寺，有閣枕江流，標曰鑑空，東坡詩牌揭其上，蓋當時臨賦處也。據此，鑑空閣當在廣州。【誥案】黃秀才，卽黃明逵也。餘詳案中。〔案〕總案引本詩「我登鑑空閣」四句，云：此乃使者去後，月上復入，而秀才亦出也，當在十一月初五六日，卽公發廣州日之夜也。又云：卽以靈峰山石刻論，當爲十月二十五六日之缺月。又云：秀才，名洞，公有與洞書。

明月本自明，無心孰爲境。〔施註〕柳子厚《禪室》詩：心境本同如，鳥飛無遺迹。挂空〔五〇〕如水鑑，〔施註〕《文選》謝希逸《月賦》：柔祇雪凝，圓靈水鏡。〔查註〕《容齋續筆》：月中空處水影也。寫此山河影。〔王註〕《酉陽雜俎》載佛氏言：月中所有，乃大地山河影也。我觀大瀛海，巨浸與天永〔五一〕。九州居其間，無異蛇盤鏡。

〔王註〕《前定録》：袁孝叔見一老父遺書云：「但受一命，即開一幅。」後每之任，視書無差。後歸閿鄉别墅，因晨起欲就巾櫛，忽有物墮鏡中，類蛇而有四足。孝叔驚仆，數日卒。其妻閱留書，猶餘半軸，乃開視之，惟有空紙數幅，畫一蛇而盤照中。空水兩無質，相照但耿耿。妄云桂兎蟆，俗説皆可屏。〔施註〕梁庾肩吾《望月》詩：星流夜入暈，桂長欲侵輪。《史記·龜策傳》：日爲德而君於天下，辱於三足之烏，月爲刑而相佐，見食於蝦蟆。《酉陽雜俎》：舊傳月中有桂、有蟾蜍，故異書言月桂高五百丈，下有一人，常斫之。長慶中，有人八月十五夜玩月，光屬於林中如匹帛，尋視之，見一金背蝦蟇，疑是月中者。張衡《靈憲》曰：月者，陰精之宗，積而成獸，象兎。見《後漢·天文志註》。我遊鑑空閣，缺月正凄冷。黄子寒無衣，對月句愈警。〔合註〕司空圖詩：千載幾人搜警句。借君方諸淚，〔王註纘曰〕方諸，方鑑也。古者以陽燧取明火於日，以方諸取明水於月。〔施註〕《淮南子》：陽燧見日熯而爲火，方諸見月津而爲水。一沐管城穎。誰言小叢林，〔查註〕《祖庭事苑》：梵語貧婆，此云叢林。《禪林寶訓》：衆僧所止之處。草不亂生曰叢，木不亂長曰林，言其内有規矩法度也。案，叢林即《容齋續筆》所云崇福寺也。清絶冠五嶺。〔查註〕《水經注》：湘水過零陵縣東，嶠水南出越城之嶠，即五嶺之西嶺也。耒水出桂陽郴縣南山，又西黄水注之，水出縣西黄岑山，山則騎田之嶠，五嶺之第二嶺也。鍾水出桂陽南平縣都山，即都龍之嶠，五嶺之第三嶺也。馮水出臨賀郡馮乘縣，又合萌渚之水，水出萌渚之嶠，五嶺之第四嶺也。溱水東至曲江縣，西南與連水合，出南康縣涼熱山、連溪山，即大庾嶺也。五嶺之最東矣，故曰東嶠。《猗覺寮雜記》：五嶺説多不同。《後漢·吴祐、劉表傳註》：西自衡山之南，東至於海，一山之限，標名有五。裴氏《廣州記》：大庾、始安、臨賀、桂陽、揭陽，是爲五嶺。衆説不同，録以備考。【誥案】紀昀曰：空靈超妙，不減前藤州江上作。

題靈峰寺壁〔五三〕

【詁案】靈峰山距金利山二十里，一小海子也。山當其中。其地乃三水下游，故於附近設三江司。又潮汐之所入，洪波浩渺，環繞四匝，頗稱雄觀。山有望氣樓，以郭璞得名，自公題此詩後，人因建妙高臺其上，勒石臺中，遂以靈峰爲小金山。每當落日之際，遥林遠岫，鬱然深黑，而海水變赤，滔滔滾滾，與雲霞激射，流金四散，炫燿奪目，宛若洋工油繪，最爲絶勝，因名金山落照，乃羊城八景之一也。三十年前，詁嘗於此觀落日，登臺訪遺墨，和公詩數章。其後弭櫂山下，與山翁野衲游憩寺中，或張琴而絃，釃酒爲笑，蓋不知凡幾度矣。近有寺僧過韻山堂，言山下忽亘一沙，直達彼岸。夏則四面皆海，而冬則一面爲陸，游人已能陸行至山。久則漲益高闊，將有田疇林阜之變，謀剗去之，而功用不逮，欲求方畧。因曉之曰：「浮丘山舊在海中，今何以四面皆居民闤闠？從古陵谷變易，天實爲之，殆未可以人力勝也。王遠自云海中行復揚塵，僅以付之一慨，吾與若既已見之，姑爲遠也可矣。」特載於此，以爲靈峰事實。

靈峰山上〔五三〕寶陀寺〔五四〕，〔查註〕《廣州志》：靈峰山，一名靈洲山，在城西六十五里，鬱水出其下。《唐志》謂南海名山靈洲，名川鬱水，以此。其上有寶陀院、妙高臺，以院中有寶陀佛，故名焉。〔翁方綱註〕「寺」，石刻作「院」，石刻在本寺中，今存者，元泰定二年重刻也，後題元符三年十月。白髮東坡又到來。前世德雲今我是，【詁案】此句公用題金山舊事，故下云「依稀猶記」，蓋以靈峰比金山也。「今我是」者，謂前世有德雲，而今我亦復如是，此「前世」作前古解，不作前身解，無論德雲非靈峰僧，并非金山僧也。乃查註據《名勝志》「公泊舟於此，夢前身爲德雲和尚」，而反以王註爲非；合註又謂《寓惠集》德雲乃寶陀院示寂僧。皆可笑。今寺僧於祖龕中，首列德雲，而大書其上曰：本寺堂上開山德雲老和尚之位。日則香之，臘則祭之，供奉如其平日。嘗令亟去之。僧曰：「亦嘗有人言，此且明知其誤，但歷來奉祀，已數百載，游人時有訪德雲師事迹，瞻顧而作禮者，姑聽之以狥流俗。」是亦查註之見解也。依稀猶記妙高臺。〔王註次公曰〕德雲比丘，居勝樂國妙峰山之上，事見《華嚴經》。今南都有妙峰亭，而子由詩云「我登妙峯亭，欲訪德雲師」，潤州金山有妙高臺，而先生詩曰「中有妙高臺，雲峰自孤起」，又曰「何須尋德雲，即此比丘是」，則二山之亭與臺所以得名者，皆以其孤峰，遂取勝樂之妙峰名之耳。惟其得妙峰、妙高之名，故二公詩又遂用德雲爲事實耳。【誥案】紀昀曰：後二句，乃詩家掉筆語。有此一註，此詩轉成淺拙。蓋《名勝志》本因此詩而附會，註家又採之以解詩，輾轉葛藤，都無是處。又案，原引《名勝志》，已删。

何公橋〔三五〕

〔查註〕《洪容齋三筆》：英州小市，江水貫其中，舊架木爲橋，每不過數年，輒爲湍潦所壞，郡守建安何智甫，始疊石爲之。方成，而東坡還自海外，何求文以記，坡作四言詩一首，凡五十六句，今載後集第八卷。予侍親居英，與僧希賜遊南山，步過橋上，讀詩碑。希賜曰：「真本藏於何氏，此有石刻，經黨禁亦不存，今以板刻之。」乃希賜所書也。賜因言：何公初請記時，坡爲賦此詩。既大書矣，而未遣送郡，何復來謁。坡曰：「軾未到橋所，難以想像落筆。」何即命具食，拉公偕往。坡曰：「使君是地主，宜先升車。」何謝不敢，乃並轎而行。既至，坡曰：「正堪作詩。」抵暮送與之。坡公作詩時，建中靖國元年辛巳。予聞希賜語時，紹興十七年丁卯，相去四十六年。云云。〔合註〕《一統志》：通遠橋，舊名何公橋。鄭俠《西塘集》有《和英州太守何智翁次韻馮仲禮麻江橋詩二首》，當亦指此也。【誥案】此篇本集作《何公橋銘》，故王註不載，施註以題爲《何公橋詩》，非公之舊也。今删去詩字。公南遷，不出應酬文字，於外必無作。《何公橋銘》事，查註既引《容齋三筆》，復編南遷道中，尤爲矛盾。今改編於此。餘詳案中。〔案〕總案云：洪説與詩意甚合，其爲北歸作，確無疑。

天壤之間，水居其多。人之往來，如鵜在河。順水而行，雲馳〔五六〕鳥疾。維水之利，千里咫尺。亂流而涉，過膝則止。維水之害，咫尺千里。沔彼濫觴，蛙跳儵游。溢而懷山，神禹所憂。豈無一木，支此大壞。〔合註〕《世説》：和嶠曰：「元裒如北夏門拉攞自欲壞，非一木所能支。」舞於盤渦，〔合註〕郭璞《江賦》：盤渦谷轉。冰折雷解。坐使此邦，畫爲兩州。雞犬相聞，胡越莫救。〔查註〕《玉篇》、《廣韻》，救字皆去聲，無叶平韻者。今與州字叶，不知何據。〔合註〕《詩·谷風篇》，救與求同韻。周武王《盤銘》，亦與游同韻。《甕牖閑評》引《毛詩》及武王《盤銘》，與余説同。又云：詩「救」字，可音居尤切。《淮南子》：自其異者視之，肝膽胡越。允毅何公，甚勇於仁。始作石梁，其艱其勤。〔合註〕韓退之《越裳操》：其艱其勤。將作復止，更此百難。公心如鐵，非石則堅。公以身先，民以悦使。老壯負石，如負其子。疏爲玉虹，隱爲金隄。〔合註〕司馬相如《子虚賦》：媻姗勃窣而上乎金隄。直欄横檻，百賈所栖。我來與公，同載而出。讙呼填道，抱其馬足。〔合註〕韓退之詩：争觀雲填道。《後漢書·班超傳》：超還至于寘，王侯以下皆號泣，曰：「依漢使如父母。」互抱超馬脚，不得行。我歎而言，視此滔滔。未見剛者，孰爲此橋。願公千歲，與橋壽考。持節復來，以慰父老。如朱仲卿，食於桐鄉。我作銘詩，子孫不忘。

次韻鄭介夫二首

〔施註〕鄭介夫名俠，福清人。少爲王安石所知，秉政，問以所聞。介夫曰：「青苗、免役、保甲數事，與邊鄙用兵，在俠心不能無區區。」安石不答。以書言之，不聽，而數使其子雱與其客諭，意欲用之。介夫曰：「果欲援俠而成就，取所獻利民便物之事，行其一二，使進而無愧，不亦善乎？」是時，自熙寧六年秋七月不雨，至七年之三月，人無生意。介夫時監京師安上門，父年老，將獻言，自知必遭屏斥，取決於父。父慨然許之，誓不以生死爲恨。乃以東北流民扶攜塞道口，繪所見爲圖，上之，且曰：願取有司斂掠不道之政，一切罷去。今臺諫默默充位，左右輔弼，貪猥近利。如陛下行臣之言，十日不雨，即乞斬臣首，以正欺君之罪。疏奏，神宗反覆觀圖，長吁數四，袖以入，是夕寢不能寐。翼日，命體放免行錢，察市易，發常平，具熙河所用兵諸路上民物流離之故，青苗、免役權息追呼，凡十有八事，下詔責躬，民間歡呼相賀。越三日大雨，遠近霑洽，輔臣入賀。帝示以所進圖狀，且責之，安石上章求去。吕惠卿、鄧綰言於帝曰：「陛下美政用狂夫之言，罷廢殆盡。」相與環泣於前，於是新法一切如故。介夫復上書指切惠卿，惠卿奏爲謗訕，編管汀州。又追還對獄，惠卿欲置之大辟。帝曰：「俠所言，非爲身也，忠誠亦可嘉，豈宜深罪，但徙英州。」哲宗立，蘇子由爲諫官，爲言介夫流放十年，屢經大赦，終不得牽復，父日益老，而俠無還期，有志之士爲之涕泣。由是始得歸。東坡與孫覺又表言，其略曰：「今朝廷復舊官，而俠終不赴吏部，考其終始出處之大節，合於古之君子殺身成仁難進易退之義，若不少加優異，則恐其浩然江湖，往而不返。」乃以爲泉州教授。元符初，再竄於英。徽宗立，還故官，又爲蔡京所奪。自是布衣糲食，屏處田野，一言一話，未嘗忘君。宣和初卒，年七十九。紹興初，贈朝奉郎，官其孫。東坡南遷，始識介夫，北歸至英，介夫在焉，和其二詩。嘉定六年賜謚曰介〔三七〕。〔合註〕《續通鑑長編》：熙寧七年四月，鄭俠上《流民圖》，詔劾俠擅發馬遞之罪。六月，又上書，請罷王安石。又請黜呂惠卿，用馮京爲相。惠卿大怒白上，勒停編管汀州。俠既竄汀，人多憐之，或資其行。惠卿欲藉俠以排去京，并及王安國，白上曰：「俠前後所言，皆京使安國導之。」御史張琥劾奏京，詔舒亶乘驛追俠於陳州，索其橐中文字，又掠治捕送獄。僧曉容善相，出入京家，亟收繫考驗，取京門歷閲視，無俠名，獄久不決。俠素與安國同非新法，俠上書，安國索其草，俠不與。俠詣登聞檢院，丁諷延與坐啜茶，稱奬之，其逐也，王克臣遺以白金三十兩，於是臺司鞫諷等。安國初不承，俠見安國，笑曰：「平甫居常自負剛直，今乃效小人詆讕邪？」安國即承。獄既具，罷京政事，俠改英州，諷等皆得罪，曉容勒歸本貫。元祐元年閏二月，詔俠特放逐便，仍除落罪名，先註舊官與合入差遣。元符元年九月，以看詳訴理所言，追毀出身已來文字，除名勒停，依舊英州編管，永不量移。〔查註〕鄭介夫原作詩云：聞説天南受賜深，傳方施藥每揮金。看天風格樽前態，妙國胸懷枕上心。草木亦蒙銓品力，山川難載頌歌音。如今收拾知何用，衣被華夷有傳霖。其二：昔向東坡覽古文，長嗟篇策鎖風雲。那知日月歸元首，立見夔龍遇放勳。夷夏生靈真久困，聖賢膏澤有前聞。栟櫨天地期功業，妙畫奇書請暫焚。又劉後村《題坡公贈鄭介夫》詩三首云：玉座見圖歎，纍纍菜色民。如何崔白輩，只寫蔡奴真。其二：向來與相國，投分自鍾山。不入翹材館，甘爲老抱關。其三：下吏語尤硬，投荒身轉輕。不然玉局老，肯喚作先生。

其一

一落〔五八〕泥途迹愈深，〔王註〕《左傳·襄公三十年》：絳縣人或年長矣。趙孟曰：「吾子辱在泥途久矣，武之罪也。」尺薪如桂米如金。〔王註〕《戰國策》：蘇秦謂楚王曰：「楚國之食貴如玉，薪貴如桂。」長庚到曉空陪月，太歲今年合守心。〔王註次公曰〕太歲守心，豐歲之祥也。唐權德輿有頌。《後漢·郎顗傳》：順帝時上書，其三事畧云：《孝經鉤命決》曰，歲星守心年穀豐。〔施註〕引註云：歲星守心爲重華，故年豐也。相與齧氈持漢節，何妨振履出商音。〔翁方綱註〕句兼用《漢書》鄭尚書履聲事。孤雲倦鳥空來往，〔合註〕何焯曰：暗用石燕事。自要閑飛不作霖。〔王註〕「閑飛」以言倦鳥，「不作霖」以言孤雲。〔施註〕《尚書》高宗《説命》曰：若歲大旱，用汝作霖雨。

其二

一生憂患萃殘年，心似驚蠶未易眠。海上偶來期汗漫，葦間猶得見延緣〔五九〕。良醫自要經三折，老將何妨敗兩甄。〔施註〕《晉·周訪傳》：擊賊率杜曾。使李恒督左甄，許朝督右甄。訪自領中軍，令其衆曰：「一甄敗，鳴三鼓，兩甄敗，鳴六鼓。」自旦至申，兩甄皆敗。訪親鳴鼓，將士皆騰躍奔赴，曾遂大潰。〔合註〕此聯言鄭之屢遭折挫也。收取桑榆種梨棗，祝君眉壽似增川。〔王註〕《詩·七月》云：以介眉壽。又《天保》云：如川之方至，以莫不增。〔合註〕第二首不同韻，竊疑唱和本皆三首，而各亡其一也。

次韻韶守狄大夫見贈二首

〔查註〕《太平寰宇記》：嶺南道韶州，秦屬南海郡，三國吴置始興郡，隋開皇九年，改爲韶州，以州北八十里韶石爲名。《九域志》：廣南東路韶州，南至英州一百九十五里，東北至南安軍三百三十里。狄大夫，名咸。見本集《九成臺銘・叙》中。又後詩中有「誰知南岳老」之句，當是衡州人。

其一

華髮蕭蕭老遂良，〔公自註〕褚河南帖云：即日遂良，須髮盡白。蓋謫長沙時也〔六〇〕。一身萍挂海中央。無錢種菜爲家業，有病安心〔六一〕是藥方。才疎正類孔文舉，〔王註〕《後漢・孔融傳》云：融負其高氣，志在靖難，而才疎意廣，迄無成功。癡絶還同顧長康。萬里歸來空泣血，七年供奉殿西廊。〔公自註〕邇英閣，在延和殿西廊下〔六二〕。〔查註〕《東京記》：崇政殿西，有邇英閣。〔合註〕末二句，指哲宗晏駕，故用「泣血」字。先生自元豐八年哲宗卽位之十二月入侍延和，至元祐八年九月出知定州，中間除五六兩年不在京師外，前後統計，正七年也。

其二

森森畫戟擁朱輪，坐詠梁公覺有神。〔王註援曰〕梁公，狄仁傑也。〔李註〕《唐書》：狄仁傑封梁國公，此借用指韶州。白傅閑游空誦句，〔公自註〕事見白樂天《吴郡詩石記》〔六三〕。〔王註次公曰〕白樂天爲蘇州時，有《旬宴詩刻序》云：「韋在此州，歌詩甚多。有《郡宴》詩云：『兵衛森畫戟，宴寢凝清香。』最爲警策。今刻此篇於石，傳貽將來，因以余《旬宴》一章，亦附於後。」誦句則誦其「森戟」、「凝香」之句也。拾遺窮老敢論親。〔公自注〕事見子美《贈狄明府詩》〔六四〕。〔王註〕杜子美《寄狄博濟》詩云：「梁公曾孫我姨弟，不見十年官濟濟。」東海莫懷疏受意，西風幸免庾公塵。爲公過嶺傳新唱，催發寒梅一信春。

昔在九江，與蘇伯固唱和。其略曰：「我夢扁舟浮震澤，雪浪橫空〔六五〕千頃白。覺來滿眼是廬山，倚天無數開青壁。」蓋實夢也。昨日又夢伯固手持乳香嬰兒示予，覺而思之，蓋南華賜物也。豈復與伯固相見於此耶？今得來書，知已在南華相待數日矣。感歎不已，故先寄此詩

扁舟震澤定〔六六〕何時，滿眼廬山〔六七〕覺又非。春草池塘惠連夢，上林鴻雁子卿歸。〔王註〕《漢書·蘇武傳》：昭帝即位，匈奴與漢和親。漢求武等，匈奴詭言武死。後漢使復至匈奴，常惠教使者謂單于，言：「天子射上林中，得雁足，有係帛書，言武等在某澤中。」單于視左右而驚，召武官屬隨武還。水香知是曹溪口，〔王註次公曰〕此句正以言南華矣。天監元年，有婆羅門智藥者，南游至曹溪口，掬水聞香，云：「此必勝地，可建道場。」故於是有南華寺也。眼淨同看古佛衣。〔王註次公曰〕《維摩經》云：「遠塵離垢，得法眼淨。」故先生屢用此字。如云「水洗禪心俱眼淨」，又云「眼淨不覷登伽女」是也。〔李註〕《傳燈錄》：五祖黃梅弘忍大師，以衣鉢潛付六祖，今衣猶傳寺中。古佛衣，

即指此。〔查註〕劉禹錫《曹溪第二碑》：初，達摩與佛衣俱來，得道傳付，以爲真印。至大鑑置而不傳。《翻譯名義·屈眴》：此云大細布。緝木棉花心織成，其色青黑，即達摩所傳袈裟。【誥案】鉢爲前明一傖父委鬼所碎，此衣至今猶存，即如來所傳之衣也。**不向南華結香火，**〔王註〕白樂天詩：本結菩提香火社，爲嫌煩惱電泡身。**此生何處是真依。**

追和沈遼贈南華詩〔六八〕

【誥案】《宋史》：沈遼字叡達，遘之弟。熙寧初，分審官建西院，以爲主簿。時方重此官，出則奉使持節，故受知於王安石。至是當國，更張法令，遼與之議論，寖咈意，日益見疎。於是坐與其長不相能，罷去。作爲文章，雄奇峭麗，尤長於歌詩，曾鞏、蘇軾、黄庭堅皆與唱酬相往來。元豐末卒，年五十四。其至粤踪迹不載。〔查註〕案沈遼所著《雲巢集》中有《贈別子瞻》詩。

善哉彼上人，〔馮註〕《禪宗要覽》：瓶沙王，呼佛弟子爲上人。內有德智，外有勝行，在人之上，故名上人。**了知明鏡臺。歡然不我厭，肯致遠公杯**〔六九〕。〔馮註〕《高僧傳》：晉義熙間，僧慧遠居廬山，與劉遺民等十八賢，同修淨土，中有白蓮池，因號蓮社。〔合註〕《廬阜雜記》：遠師結白蓮社，以書招陶淵明。陶曰：「弟子性嗜酒，若許飲，即往矣。」遠許之，遂造焉。**莞爾**〔七〇〕**無心雲，胡爲出岫來。一堂安寂滅**〔七一〕，〔馮註〕《隋書·經籍志》：涅槃譯言滅度，亦言常樂我淨。**卒歲扃蒼苔**〔七二〕。

曹溪夜觀《傳燈錄》，燈花落一僧字上，口占〔七三〕

〔查註〕《釋氏稽古略》：吳僧道原，集釋迦世尊初祖迦葉以至東土禪宗傳嗣諸祖機緣，爲《景德傳燈録》三十卷，真宗嘉賞，勅翰林學士楊億等刊正撰序，頒入大藏。【誥案】此詩施註原編在遺詩中，查註補編。

山堂〔七四〕夜岑寂，燈下看《傳燈》〔七五〕。不覺燈花落，茶毗〔七六〕一箇僧。〔李註〕《釋典》：天竺第九祖入滅，衆以香油旃檀闍維真體。闍維，即茶毗，焚燒也。〔合註〕九祖事見《傳燈録》。又《傳燈録》：釋迦牟尼入涅槃，諸弟子以香薪競茶毗之。又讚曰：請尊三昧火，闍維金色身。

次韻韶倅李通直二首

【誥案】李通直名公寅，字亮工，乃公麟之弟也。王註、查註作李惟熙，誤。

其一

一篇瀧吏可書紳，〔李註〕韓退之《瀧吏》詩，有云：往問瀧頭吏，潮州尚幾里？瀧吏垂首笑，官何問之愚。瓨大瓶罌小，所任自有宜。官何不自量，滿溢以取斯。不知官在朝，有益國家不？得無虱其間，不武亦不文。仁義飾其躬，巧姦敗羣倫。叩頭謝吏言，始慚今更羞。大指皆嘲憤之詞也。【誥案】瀧河，在韶州府樂昌縣，由是赴郴州度嶺，乃入楚孔道也。凡西北巨賈，必經此途，而河淺艱澁難行，舵工刁惡，土豪把闌，時有爭鬪截殺之事。蓋此河，利之所聚，故姦民藉此資生者多。此自嶺南通洋之後，其弊已如此矣。公寅判韶瀧河，乃其專轄，此必有別事在，詩乃借用退之事也。莫向長沮更問津。老去常憂伴新鬼，〔王註〕《左傳·文公二年》：夏父弗忌爲宗伯，尊僖公，且明見曰：「吾見新鬼大，故鬼小。」歸來且喜是陳人。曾陪令尹蒼髯古，又見郎君白髮新。〔王註次公曰〕令尹，指李倅之父也。郎君，言李倅也。古人於識其父而又識其子，則謂爲郎君，如李義山《與令狐綯》詩，郎君官貴施行馬。回首天涯一惆悵，却登梅嶺望楓宸。〔王註次公曰〕楓宸，天子之殿廷也。《文選》何平叔《景福殿賦》：芸若充庭，槐楓被宸。〔查註〕《史記索隱》：豫章三十里，有梅嶺，當古驛道，相傳以梅將軍名。《越絶書》：越王子孫姓梅氏，秦併六國，越王踰零陵，往南海，越人梅鋗從至臺嶺，家焉。鄉人因謂臺嶺爲梅嶺，又名大庾嶺。〔合註〕《説文解字》：楓木，漢宫殿中多植之，故稱楓宸。

其二

青山祇在古城隅，〔王註次公曰〕青山，指言舒州之山也。萬里歸來卜築初。會見四山朝鶴駕，〔李註〕《一統志》：龍眠山，在桐城縣。又，舒州有灊山，左慈修煉處。皖山，天柱山，道書稱司玄洞天。漢武帝嘗登封於此，以代南岳，或即指此數山也。〔查註〕《皖山圖序》云：灊山一名皖。伯臺有四峰，曰飛來、石榴、師子、三台，在灊山縣西北二十里。唐明皇《送玄洞真人李抱朴謁舒州灊山司命真君祠》詩：歸期千載鶴，春至一來朝。更看三李〔七七〕跨鯨魚〔七八〕。〔查註〕王明清《揮麈三録》：元祐中，舒州有李亮工者，以文鳴縉紳間，與伯時、元中號龍眠三李，同年登進士，出處相若，其後仕俱不顯。欲從抱朴傳家學，〔查註〕《神異録》：明皇勅玄洞先生諫議大夫李抱朴賫御額爲九天司命，塑像於舒州灊山。初至，忽殿後石壁裂，中有泥五色，即取以竣事。按，明皇又有《送玄洞真人李抱朴謁司命真君》詩。應怪中郎得異書。待我丹成馭風去，〔王註〕李白詩：待吾還丹成，投迹歸此地。借君瓊珮與霞裾。〔公自註〕

僕昔爲開封幕〔七九〕，先公爲赤令，暇日相與論内外丹，且出其丹示僕。今三十年，而見君曲江，同游南華，宿山水間數日，道舊感歎，且勸我卜居於舒，故詩中皆及之。〔王註〕韓退之詩云：乞君飛霞珮，與我相頡頏。〔李註〕《詩·鄭風·有女同車》：珮玉瓊琚。

狄韶州煮蔓菁蘆菔羹〔八〇〕

〔李註〕《唐本草》：萊菔，卽蘆菔也。陶弘景《别録》：蘆菔根，可食，葉不中啖。陸佃《埤雅》：萊菔能制麪毒，是萊牟之所服，故名。案，蔓菁、蘆菔，諸家皆作二物，惟陸璣《草木蟲魚疏》謂葉是蔓菁，根是蘆菔，則一物矣。〔合註〕《埤雅》：菘，其紫華者，謂之蘆菔，一名萊菔，所謂温菘是也。又云：菘菜北種，初年半爲蕪菁，二年菘種都絶。蕪菁南種亦然。無「能制麪毒」句。惟李時珍《本草》云：陸佃乃言萊菔能制麪毒。〔査註〕《詩》《釋文》《草木疏》：葑，蕪菁也。郭璞云：今菘菜也。《困學紀聞》：江南有菘，江北有蔓菁，相似而異。《爾雅·釋草》：葖蘆，葩。郭璞註云：葩，宜作菔。孫愐《廣韻》：秦人名蘿蔔。王禎《農書》：秋曰蘆蔔，冬曰土酥。

我昔在田間，寒庖有珍烹。常支折脚鼎，〔王註次公曰〕支，薦也，乃支牀龜之支。自煮花蔓菁。〔合註〕《廣志》：蕪菁有紫花者，有白花者。中年失此味，想像如隔生。誰知南岳老，解作東坡羹。〔王註次公曰〕東坡羹，先生自名其羹云耳。先生有造羹之法，且有頌，見集中。〔査註〕本集《東坡羹引》云：東坡居士所煮菜羹，不用魚肉五味，有自然之甘。其法以菘若蔓菁、若蘆菔、若薺，揉洗去汁，下菜湯中，入生米爲糝，入少生薑，以油盌覆之其上，炊飯如常法，飯熟，羹亦爛可食。中有蘆菔根，尚含曉露清。勿語貴公子，從渠醉羶腥〔八一〕。

題馮通直明月湖詩後〔八二〕

〔合註〕本集《書馮祖仁父詩後》云：河源令齊參祖仁，出其先君子詩七篇，燦然有唐人風。當即指此詩也。〔查註〕《梁溪漫志》：元豐官制，中允、贊善、中舍、洗馬，並階通直郎。【誥案】馮祖仁，時家曲江，查註編此詩英州，乃施註之誤。今改編。

老衍清篇墨未枯，〔王註績曰〕老衍，謂馮衍也。小馮新作語尤姝〔八三〕。呼兒淨洗涵星硯，爲子賡歌墮月湖。〔施註〕《尚書·益稷》：乃賡載歌。聞道牂江空抱珥〔八四〕，〔公自註〕南詔有西珥河，即古牂牁江〔八五〕也。河形如月抱珥，故名之西珥云〔八六〕。〔王註堯祖曰〕事出魯直《滲水遺文》。〔施註〕《漢·西南夷傳》：蜀枸醬，道西北牂牁江，江廣數里，出番禺城下。〔查註〕《漢書·天文志》：暈適背穴，抱珥虹蜺。註云：抱，氣向日也；珥，形點黑也。凡氣食在旁，直對爲珥；在旁如半環，向日爲抱。年來合浦自還珠。請君多釀蓮花酒，準擬王喬下履舃。

李伯時畫其弟亮工舊隱宅圖〔八七〕

〔查註〕《輿地紀勝》：飛霞亭，乃李公寅隱居處，其兄伯時爲作舊宅圖。亭在尉署後〔八八〕。

樂天早退今安有，摩詰長閑古亦無。五畝自栽池上竹，十年空看輞川圖。〔王註厚曰〕王維字摩詰。隱居輞川，自畫爲圖。〔子來曰〕《唐書·王維傳》：畫思入神，繪工以爲天機所到，學者不及也。別墅有華子岡、欹湖、竹里館、柳浪、茱萸沜、辛夷塢。〔查註〕《國史補》：王維立性高致，得宋之問輞川別業，山水絕勝。《雍録》：輞川在藍田縣西南二十里。按《廣川畫跋》：古傳輞水如車輞頭，因以得名。王維自罷官至輞口者十年，此圖想像得之。其後維捨此地爲浮屠居，今清源寺也。〔合註〕《圖畫見聞志》：王維於清源寺壁，畫《輞川圖》。近聞陶令開三徑，應許揚雄寄一區。【誥案】時公麟以疾告歸，而亮工勸公居龍舒，故有此聯。合前詩公自註以觀，可見李通直卽李亮工也。晚歲與君同活計，如雲鵝鴨散平湖。〔王註〕杜子美《得房公池鵝》詩：房相西亭鵝一羣，眠沙泛浦白於雲。

書堂嶼

〔查註〕案舊《志》，書堂嶼有三：一在梧州，一在韶州曲江縣，一在仁化縣，未詳孰是？考《水經》：湘水出零陵始安縣。註云：湘、灕同源，分爲二水，南爲灕水，北則湘川。今詩云「北出湘水百餘步」，當是梧州之書堂嶼矣。〔合註〕《名勝志》：曲江、仁化俱作書堂巖。至梧州之書堂嶼，《志》不載。【誥案】梧州，乃灕江之委也，其地距湘源千餘里，公僅至梧州，焉得有湘水百步之句？曲江，亦名湘江。此詩施編不載，查註從邵本編梧州，誤。今改編。

蒼山古木書堂嶼，北出湘水〔八九〕百餘步。誰爲〔九〇〕往來虧世界〔九一〕，至今人指安禪〔九二〕處。〔馮註〕《釋典》：初禪修五法四禪，離八災患名不動地，是爲安禪。豈無驚蛇〔九三〕與飛鳥，後來那復知其趣。不知我身今〔九四〕是否，空記名稱在常住〔九五〕。〔馮註〕《楞嚴經》：了然自知，獲本妙心，常住不滅。

卷四十四校勘記

〔一〕手自翻　類本作「不自翻」，疑誤。

〔二〕使君　原作「使臣」。今從集本、施乙、類本。

〔三〕藤州江上夜起對月贈邵道士　集本、施乙「江上」作「江下」。集本「士」字後有「一首」二字。

〔四〕瘴癘　集本、施乙作「瘴毒」。

〔五〕常邀　類丙作「嘗邀」。

〔六〕小兒　類本作「兒子」。

〔七〕東山　類本作「金山」，查註謂「金」訛。

〔八〕雲山　原作「山雲」。今從集本、施乙、類本。

〔九〕王註洞天福地記三十六小洞天記第二十都嶠山洞云云　施註無「三十六小洞天記」七字，餘同王註。《三十六小洞天記》，或爲《洞天福地記》中之一篇。

〔一〇〕寡欲　集本、施乙作「寡慾」。

〔一一〕赭　查註：一作「赬」，訛。

〔一二〕湛岳　集本、施乙、類本作「岳湛」。

〔一三〕將至廣州用過韻寄邁迨二子　施乙無「二子」二字。按，宋刻《方輿勝覽》卷三十五引此詩「蠻唱與黎歌，餘音猶杳杳」二句，繫於「寒翠亭」條下，謂「東坡留題」。

〔一四〕收衆稗　原作「收衆稗」。今從集本、施乙、類本、查註。合註亦作「收衆稗」，疑誤刊。

〔一五〕學醫　查註、合註：「學」一作「藥」。

〔一六〕莫爲　集本、施乙、類本作「莫學」。

〔一七〕氓獠　類本作「蠻獠」。

〔一八〕和孫叔静兄弟李端叔唱和　集本「唱和」後有「一首」二字。紀校：題有脱誤字。

〔一九〕得小絶録示謝民師　七集「小絶」作「小詩」，無「謝」字。

〔二〇〕自恨　外集作「似恨」。

〔二一〕復和答之二首　集本無「二首」二字。

〔二二〕夜半　類本作「半夜」。

〔二三〕憂懷　集本、類本作「幽懷」。

〔二四〕沮叟　類本作「沮溺」。

〔二五〕録呈廣倅蕭大夫　外集無此七字。

〔二六〕昏花　外集作「空花」。

〔二七〕仙録　外集作「仙籙」。

〔二八〕草露寒　外集作「霜露寒」。

〔二九〕紅蔌粟　外集作「綴紅蔌」。

〔三〇〕恥充腹　外集作「取充腹」。

〔三一〕何損　外集作「何負」。

〔三二〕采之　外集作「采采」。

〔三三〕秋陽曝　查註、合註：「曝」，一作「暴」。

〔三四〕雞壅　外集作「雞蘇」。

〔三五〕跋王進叔所藏畫五首　集本、類本題作「王進叔所藏畫跋尾五首」。施乙「進叔」作「晉叔」。

〔三六〕芍藥　此二字原爲「自是」句下自註。今從集本、施乙、類本，以此二字爲《趙昌四季》之分題，另起一行，移此。以下「躑躅」、「寒菊」、「山茶」三詩，並同。

〔三七〕便知　紀校：「知」字疑「如」字之誤。

〔三八〕路近　類乙、類丁作「客路」。類甲作「客路近」，衍「客」字或「近」字。

〔三九〕樵叟　集甲、施乙作「樵客」。

〔四〇〕趙昌自號劍南樵客　類丙此條註文無註者姓氏，或爲自註。

〔四一〕韋偃牧馬圖　集本「圖」後有「一首」二字。

〔四二〕風騣　類甲、類丙作「風騌」。類乙作「風駿」，疑誤。

〔四三〕廣州何道士衆妙堂　集本、施乙、類本無「廣州何道士」五字。集本「堂」後有「一首」二字。七集續集重收此詩，題同底本。

〔四四〕衆中　類甲、類乙作「衆中」，類丙作「妙中」。七集續集作「衆中」；原校：「衆」一作「妙」。

〔四五〕玻璃盆　類甲、類丙作「玻璃杯」。

〔四六〕餐日魂　七集續集作「飧日魂」。

〔四七〕誰使吞　七集續集作「誰吐吞」；原校：「吐」一作「使」。

〔四八〕施註……又上清紫虛吞日月氣法云云　合註引施註作「又上清紫虛天曰〇〇法咒曰日餡〇〇月

魄暖」。今據施乙補足。施乙與合註所引施註有出入。

〔四九〕和黄秀才鑑空閣　集本「閣」後有「一首」二字。

〔五〇〕挂空　類甲作「桂空」。查註、合註：「挂」一作「懸」。

〔五一〕與天永　合註：「永」一作「並」。

〔五二〕題靈峰寺壁　集本「壁」後有「一首」二字。此詩石刻搨本，藏北京圖書館，卽翁方綱註文所言之石刻。

〔五三〕山上　類本作「山下」。

〔五四〕寶陀寺　石刻搨本「寺」作「院」。

〔五五〕何公橋　《東坡後集》卷八收此詩，題作「何公橋詩」。七集續集卷十三收此詩，題作「何公橋銘」；題下原註：「英州。」

〔五六〕雲馳　集乙、施乙作「雲駛」。

〔五七〕施註鄭介夫名俠云云　此條施註，原有殘缺，查註據《宋史》補註，合註、集成因之。今據施乙校訂，以復原貌。

〔五八〕一落　原作「一路」。各本作「一落」，今從。「路」當爲誤刊。

〔五九〕延緣　集本、類本作「寅緣」。類註引《莊子》：漁父與孔子既言而别，乃刺船而往，寅緣葦間。

〔六〇〕褚河南帖云云　施乙此註文，無「東坡云」字樣。類甲無「褚」字，「褚」字處有「□」號。

〔六一〕安心　施乙、類本作「安身」。

〔六二〕 邇英閣云云　類本爲厚註註文。

〔六三〕 事見白樂天吴郡詩石記　施乙此註文，無「東坡云」字樣。集本、類本無「白」字。集本「記」作「敍」，類本作「序」。

〔六四〕 事見子美云云　施乙此註文，無「東坡云」字樣。

〔六五〕 横空　集本作「横江」。

〔六六〕 定　合註：一作「家」。

〔六七〕 廬　合註：一作「盧」，訛。

〔六八〕 追和沈遼贈南華詩　此詩不見《東坡後集》、施乙、類本；見七集續集、外集。七集續集「遼」後有「頊」(又類「頙」字)字。外集「華」後有「老」字，「詩」作「韻」。

〔六九〕 遠公杯　七集續集作「遠公材」。

〔七〇〕 莞爾　外集作「莞彼」。

〔七一〕 安寂滅　外集作「人寂滅」。

〔七二〕 卒歲扃蒼苔　外集作「終歲局蒼苔」，「局」，疑誤。

〔七三〕 曹溪夜觀傳燈録燈花落一僧字上口占　外集題作「夜宿曹溪，讀《傳燈録》，燈花偶燒一僧字，戲作」。施乙「落」作「燒」，「口」作「戲」。

〔七四〕 山堂　外集作「曹溪」。

〔七五〕 看傳燈　外集作「讀傳燈」。

〔七六〕茶毗　查註、合註：一作「闍維」。
〔七七〕三李　七集作「二李」。
〔七八〕跨鯨魚　集本、施乙作「控鯨魚」。
〔七九〕僕昔爲開封幕　施乙作「昔爲開封幕時」。
〔八〇〕狄韶州煮蔓菁蘆菔羹　集本「羹」後有「一首」二字。
〔八一〕醉䭷腥　原作「嗜䭷腥」。今從集本、施乙。
〔八二〕題馮通直明月湖詩後　集本、七集「後」有「一首」二字。
〔八三〕小馮新作語尤姝　「姝」原作「殊」，今從集本、施乙、類本。合註謂「姝」訛。按，姝，姝麗，用以贊小馮之詩，遺辭新穎。詩貴形象，若「殊」，則無此意境。
〔八四〕抱珥　集乙作「珥珥」。
〔八五〕牂牁江　原作「牂牱江」。卷三十九《連雨江漲二首》其一作「牂牁江」，「牂牁」、「牂牱」，通。今統一作「牂牁」。又本篇「牂江」之「牂」，亦改「牂」。
〔八六〕故名之西珥云　施乙作「故名西珥」。
〔八七〕李伯時畫其弟亮工舊隱宅圖　集本、施乙、類本「亮工」作「亮功」。集乙無「隱」字。施乙無「宅」字。集本「圖」後有「一首」二字。
〔八八〕輿地紀勝云云　查註引文，與原著有出入。原著（卷四十五）云：「飛霞亭，在舒城，乃李公寅隱居之所。蘇公軾曾爲賦詩，相傳軾爲之揭名。今在尉廳。

〔八九〕湘水　沈欽韓《蘇詩查註補正》：「《書堂嶼》，此北還至韶州所作。《方輿紀要》：書堂巖，在韶州府東南二十里，巖洞豁然，泉清而潔，爲張九齡讀書處。詩中『湘水』，當是『湞水』之誤。」按，詩中內容，與張九齡無涉，沈説似未確。七集、外集作「湘川」。

〔九〇〕誰爲　外集作「誰云」。

〔九一〕虧世界　外集作「傾世界」。

〔九二〕安禪　外集作「安期」。

〔九三〕驚蛇　外集作「煩花」。

〔九四〕身今　外集作「今身」。

〔九五〕在常住　七集作「作常住」。

蘇軾詩集卷四十五

古今體詩四十八首

【誥案】起徽宗建中靖國元年辛巳，正月度嶺至虔州，四月抵當塗，五月自金陵過儀真，六月歸毘陵，請老，以本官致仕，止七月作。

東坡居士過龍光，求大竹作肩輿，得兩竿。南華珪首座，方受請爲此山長老。乃留一偈院中，須其至，授之，以爲他時語錄中第一問〔一〕

〔翁方綱註〕宋廬陵曾達臣敏行《獨醒雜志》：東坡北歸，至嶺下。偶肩輿折杠，求竹於龍光寺。僧惠兩大竿，且延東坡飯。時寺無主僧，州郡方令往南華，招請未至，公遂留詩以寄之。【誥案】此題此詩，本集載在偈類，不以詩論也。王、施註並載入詩，題曰《贈龍光長老》，查註始改用原題，合註仍之，今如其舊者，用以誌度嶺踪迹耳。龍光寺，當在南安軍嶺下，故求竹作肩輿，又曰，持歸嶺北也。

斫得龍光竹兩竿，持歸嶺北萬人看。竹中〔二〕一滴曹溪水，〔王註次公曰〕此詩因竹以寓禪也。【誥案】珪首座將自南華至此開堂，故句用曹溪，述其淵源，非公此時尚在韶州也。王本次公誤註，已删。漲起西江十八灘。〔王註次公曰〕虔州西江有十八灘。〔查註〕《輿地紀勝》：貢水，東江也。章水，西江也，會於豫水而爲豫章水〔三〕。

贈嶺上老人

〔合註〕《宋詩紀事》引《娛書堂詩話》，題作《大庾嶺村居題壁》。〔查註〕《欒城集·子瞻贈嶺上老人次韻代老人答》詩云：嶺頭廬老一爐灰，長短根莖各自栽。輕賤已消先世業，知君海上去仍回。

鶴骨霜髯心已灰，青松合抱手親栽。問翁大庾嶺頭住，曾見南遷幾箇回？〔翁方綱註〕《獨醒雜志》：東坡還至庾嶺上，少憩村店，有一老翁出，問從者曰：「官爲誰？」曰：「蘇尚書。」翁曰：「是蘇子瞻歟？」曰：「是也。」乃前揖坡，曰：「我聞人害公者百端，今日北歸，是天祐善人也。」東坡笑而謝之，因題一詩於壁間。「合抱」作「夾道」。

贈嶺上梅

梅花開盡百花〔四〕開，過盡行人君不來。〔王註〕盧仝詩：鶯花爛漫君不來，及至君來花已老。不趁青梅嘗煮酒，要看細雨熟黃梅。

余昔過嶺而南，題詩龍泉鐘上，今復過而北，次前韻〔五〕

〔王註〕卽前過大庾嶺詩。〔查註〕按《志》：大庾嶺之支曰南源，飛泉百丈，下有龍湫潭，深不可測。有寺曰雲封，唐名梅山院，俗名掛角寺。有六祖大鑑禪師塔，左有卓錫泉，疑卽龍泉也。【誥案】掛角寺在嶺巔石巷南口，卽張九齡開闢通道處也。其山一旁，適有缺處，卽掛角寺踞其上，亦甚湫隘，無他處可更建寺也。龍泉寺鐘，卽掛角寺鐘無疑，龍泉卽錫杖泉，似當日猶存也。此乃絶名勝處。無論公當留攬少息，卽篙工自嶺北竭蹶而上者數里，必一氣奔過石巷，至掛角寺之下歇脚，游人又當歷數十級登寺，公捨此亦無處題舊詩也。偶憶查初白詩云：梅花笛裏三關戍，錫杖泉邊六祖盂；朱彝尊竹垞詩云：自來北至無鴻雁，從此南飛有鷓鴣；杭世駿堇浦詩云：衰草亂侵蕭勃壘，陣雲遥墮尉佗宮。皆過此所題，如聞鄉音也。其人才質情性淺深，並如其詩，附記於此。

秋風〔六〕卷黄落，〔王註〕《月令》：季冬之月，草木黄落。漢武帝《秋風詞》：草木黄落兮雁南歸。朝雨洗緑淨〔七〕。〔王註〕韓退之詩：瞰臨眇空闊，緑淨不可唾。人貪歸路好，節近中原正。下嶺〔八〕獨徐行，艱險〔九〕未敢忘。遥知叔孫子，已致魯諸生。〔王註〕《漢書》：叔孫通爲博士，説上曰：「臣願徵魯諸生，與臣弟子共起朝儀。」於是通使徵魯諸生三十餘人，魯有兩生不肯行，云云。通笑曰：「若真鄙儒，不知時變。」遂與所徵三十人西。〔次公曰〕此言建中靖國之初，當新天子卽位，必定新禮儀也。〔李註〕按陸游序云：建中初，韓、曾二相得政，盡收用元祐人，其不召者，亦補大藩，惟東坡兄弟猶領宫祠。末句蓋寓所謂不能致者二人，意深而語緩。

過嶺二首〔一〇〕

其一

暫著南冠〔一一〕不到頭，〔王註〕柳子厚《六字》詩云：一生判却歸休，爲著南冠到頭。却隨北雁與歸休。平生不作兔三窟，〔王註〕《戰國策》：馮讙謂孟嘗君曰：「狡兔有三窟，僅得免其死耳。」今古何殊貉一丘。〔王註〕《前漢書》：楊惲曰：秦時但任小臣，竟以滅亡。令親任大臣，即至今耳。古與今如一丘之貉。當日無人送臨賀，〔王註次公曰〕《唐書》：楊憑貶臨賀尉，姻友無往候者，獨徐晦至藍田慰餞。宰相權德輿謂曰：「君送臨賀誠厚，無乃爲累乎？」晦曰：「方布衣時，臨賀知我，今忍遽棄邪？有如公異時爲姦邪譖斥，又可爾乎？」德輿歎其直，稱之於朝。李夷簡遽表爲監察御史，曰：「君不負楊臨賀，肯負國乎？」至今有廟祀潮州。〔王註次公曰〕韓退之責潮州，潮人爲之立廟，先生嘗爲作記也。劍關西望七千里，〔查註〕《元和郡縣志》：小劍故城，在利州益昌縣西南五十一里，去大劍戍四十里，連山絶險，飛閣通衢，謂之劍閣道。自縣西南踰小山，入大劍口，即秦使張儀、司馬錯伐蜀所由路也，亦謂之石牛道。乘輿真爲玉局游。〔王註〕按《天師二十四化記》：玉局在益州城南門西回百步。漢桓帝永壽元年正月七日，天師與老君自鶴鳴山來息此化時，地上忽湧出玉局玉牀，方廣一丈，老君升座，重述道要，却自升天，玉局陷入地中，因成洞宫，其徑莫窮。〔查註〕《雲笈七籤》云：成都玉局洞，與青城第五洞天相連，天師以爲玉局上應鬼宿，不宜開穴通氣，將不利分野，乃刻石閉之。《太平寰宇記》云：玉局壇，在成都城南柳堤玉局觀内，張道陵得道之地，其一也。

其二

七年來往我何堪，〔王註〕《年譜》：公以紹聖元年，自定州貶惠州，凡四年，再貶儋耳，明年改元元符，至三年，乃量移廉州，凡七年。又試曹溪一勺甘。夢裏似曾遷海外，醉中不覺到江南。〔王註次公曰〕江南，則虔州也。【誥案】真乃吉祥文字。波生濯足鳴空澗，霧繞征衣滴翠嵐。誰遣山雞忽驚起〔一二〕，半巖花雨落毿毿。【誥案】紀昀曰：此言機心已盡不必相猜之意，非寫景也。〔查註〕李端叔《姑溪集·次韻東坡還自嶺南》詩云：憑陵歲月固難堪，食蘖多來味却甘。時雨纔聞遍中外，卧龍相繼起東南。天邊鶴駕瞻仙袂，雲裏詩箋帶海嵐。重見門生應不識，雪髯霜鬢兩毿毿。《欒城集·和子瞻過嶺》詩云：山林瘴霧老難堪，歸去中原茶亦甘。有命誰令終返北，無心自笑欲巢南。蠻音慣習疑傖語，脾病縈纏帶嶺嵐。手挹祖師清淨水，不嫌白髮照毿毿。

留題顯聖寺〔一三〕

〔查註〕《名勝志》：浮石去南安府南康縣西三十里，形如覆鐘，水環其外，爲上游勝概，有唐顯聖院。宋建中靖國辛巳，子瞻檥舟訪元師，題院壁詩云云。《南安志》以爲南唐保大中建。

渺渺疎林集晚鴉〔一四〕，孤村烟火〔一五〕梵王家。幽人自種千頭橘，遠客來尋百結花。〔王註〕《首楞嚴經》：阿難白佛言，世尊此寶疊華緝績成巾，雖本一體，如我思惟如來一綰得一結名，若百結成，終名百結。〔若拙曰〕江南人謂丁香爲百結。浮石已乾霜後水，焦坑〔一六〕閑試〔一七〕雨前茶。〔查註〕《名勝志》：焦溪在南康縣西三十五里，源出鍋坑，至浮石，入章水。《學林新編》：火前謂寒食前，雨前謂穀雨前。祇疑〔一八〕歸夢西南去，翠竹江村〔一九〕繞白沙〔二〇〕。

予初謫嶺南，過田氏水閣，東南一峰，豐下鋭上，俚人謂之〔一〕雞籠山，予更名獨秀峰。今復過之，戲留一絶

〔查註〕《南安志》：南康縣治東七十步，有蘇步坊，蘇子瞻南遷經此，過田如蘁六經堂留題，因名。坊側有井深而冽，石底如盤，九竅，泉自中湧出。《志》又云：獨秀峰，在縣東南二十五里，俗名雞籠山，下有龍湫。

倚天巉絶玉浮圖〔二〕，〔王註次公曰〕李太白《江上望皖公山》詩：青冥皖公山，巉絶可人意。浮屠，佛之名，而浮圖，佛氏言塔也。今先生之詩，以山比塔，當是「浮圖」字。〔李註〕韓退之詩：倚天更覺青巉巉。肯與彭郎作小姑。〔王註縯曰〕《摭遺》：江南有兩山，孤迥出於江中，古傳爲二孤山。後人譌之，卽以大者爲大姑，小者爲小姑，立祠，卽以婦人之名配之。洞庭之下，有洲，風濤激之，則隱隱有聲，古傳爲猛浪磯，後之譌者，則曰彭郎磯，又以爲小姑之婿也。〔潘曰〕《同安志》：小姑山在宿松縣東南一百二十里，又江州有澎浪磯，語轉爲彭郎磯，遂有小姑嫁彭郎之語。獨秀江南知有意，要三二別四三壺〔三〕。〔王註厚曰〕《左傳·定公四年》：自小別至於大別。註云：《禹貢》，漢水至大別南入江。然則此二別，在江夏界也。〔李註〕《一統志》：大別山在漢陽府城東北，小別山在漢川。王子年《拾遺記》：三壺，海中三山也。一曰方壺，則方丈也；二曰蓬壺，則蓬萊也；三曰瀛壺，則瀛洲也。此三山上廣中狹下方，皆如工製，猶華山之似削成。《列子·湯問篇》：渤海之東，有大壑焉。其中有山，一曰岱輿，二曰員嶠，三曰方壺。〔查註〕《燕丹子》云：高欲令四三王，下欲令六五伯。《困學紀聞》云：四三墳，六五典，三二曜，六五緯。先生此詩，結句正同此解。

鬱孤臺〔二四〕

〔公自註〕再過虔州，和前韻〔二五〕。

吾生如寄耳，嶺海〔二六〕亦閑游。贛石三百里，〔王註〕孟浩然詩：贛石三百里，沿洄千嶂間。《國史補》：蜀之三峽，南康之贛石，皆險絶之所。〔查註〕《虔州志》：贛州水在府城北，章貢二水會處，北流至萬安縣，其間有九灘，若上水之信豐、寧都，石磧尤險，故俗稱上下三百里贛石。寒江尺五流。楚山微有霰，〔王註次公曰〕《詩·小雅·頍弁》：先集維霰。蓋雪之微者耳。越瘴〔二七〕久無秋。〔合註〕詩言天暖無涼秋氣候也，非有秋也。望斷橫雲嶠〔二八〕，〔合註〕《爾雅》：山銳而高曰嶠。魂飛吒雪洲。〔王註次公曰〕橫雲嶠以言五嶺，吒雪洲以言瓊、崖、儋、萬四州也。《漢書·賈捐之傳》云：儋耳、珠崖，皆在南方海中洲居。南越地炎瘴而無雪，有雪則以爲希吒也。曉鐘時出寺，暮鼓各鳴樓。歸路迷千嶂，勞生閲百州。不隨猿鶴化，〔王註〕《抱朴子》：周穆王南征，久而不歸，一軍皆化，君子爲猿鶴，小人爲蟲沙。甘作賈胡留。祗有貂裘在，〔王註〕《史記》：蘇秦衣敝黑貂裘，出遊數歲，大困而歸。猶堪買釣舟。〔王註次公曰〕杜牧詩：終南山下拋泉洞，陽羨溪中買釣船。

虔守霍大夫、監郡許朝奉見和，復次前韻〔二九〕

〔查註〕《虔州志》：霍漢英字子侔。紹聖間知虔州。〔合註〕《清波雜志》云：淮西憲臣霍漢英奏：乞應天下蘇軾所撰碑刻，並一例除毀。詔從之。時崇寧三年也。據此，似漢英由淮西移虔，見先生赦歸，復和詩修好。真不足取矣。【誥案】崇寧三年，公下世已四年矣，合註凡似此誤駁查註及自爲誤解者不乏，王註舛譌本集事實，尤不可勝計，誥爲删去，不皆註明，特偶存一二條，以見非妄删也。

大邦安静治，小院得閑游。贑水雨已漲，廉泉春未流。同烹貢茗雪，一洗瘴茅秋。秋思生蓴鱠〔三〇〕，寒衣待橘洲。揚雄未有宅，【誥案】公是時方擬卜居龍舒，而子由又相約歸潁，正飄泊未定時也。王粲且登樓。老景〔三一〕無多日，歸心夢幾州。敢因逃酒去，〔王註〕《漢書》：劉章爲高后行酒，諸呂一人亡酒。端爲和詩留。舊篋藏新語，清風自滿舟。

贈虔州術士謝晉臣〔三二〕

屬國新從海外歸，君平且莫下簾帷。前生恐是盧行者，〔查註〕《高僧傳》：慧能姓盧氏。往韶陽，遇劉志畧。劉有姑，恒讀《涅槃經》，能聽之，即爲尼辨析中義，尼深歎服，號爲行者。後學過呼韓退之。死後人傳戒定慧，〔王註次公曰〕《傳燈録》：法海禪師初見六祖，問曰：「即心即佛，願垂指喻。」師云：「聽吾偈曰，即心名慧，即佛乃定，定慧等持，意中清淨。」蓋佛氏謂戒生定，定生慧也。生時宿直斗牛箕。〔王註子仁曰〕先生蓋自謂生時與退之相似，蓋命宫在斗牛間，而身宫亦在焉。憑君爲算行年看，〔王註次公曰〕杜詩：憑君爲算小行年。〔合註〕此張籍《贈任道人》句，非杜詩也。便數生時到死時。〔查註〕案此詩五六聯，分承三四兩句，末一句又總結五六，章法遒緊。

虔州景德寺榮師湛然堂〔三三〕

〔查註〕《輿地紀勝》：景德寺，劉宋建，舊名安天寺，在虔州州治東南隅。地勢夷曠，瞰覽城南山水。梵宇壯麗，以間計者二千六百，佛像萬餘。黄山谷詩：城東寶坊金碧重。即此也。

卓然精明念不起，〔王註〕《楞嚴經》曰：妙精明心。又曰：精明靜妙。〔合註〕《漢書・刑法志》：上聖卓然。兀然灰槁照不滅。〔查註〕按，卓然精明而念不起，兀然灰槁而照不滅，二法相反，當融爲一：黄雎道人語也。〔合註〕晉劉伶《酒德頌》：兀然而醉。方定之時慧在定，定慧照寂〔三四〕非兩法。〔查註〕《楞嚴經》註：即寂而照曰妙明，即照而寂曰明妙，寂則三諦俱寂，明則三諦俱照。妙湛總持不動尊，〔查註〕《楞嚴經》註：妙湛，贊真諦般若德也；總持，贊俗諦解脱德也；不動，贊中諦法身德也。即三而一，故曰妙湛；即一而三，故曰總持；非三非一，故曰不動。默然真入不二門。語息則默非對語，此話〔三五〕要將《周易》論。〔王註次公曰〕蓋聲發則爲語聲，止則爲默，非語者終不默，非默者終不語，此二者本不相對也。諸方人人把雷電，〔王註次公曰〕「把雷電」，言各擅其權也，禪家謂掣電之機是已。不容細看真頭面。欲知妙湛與總持，更問江東三語掾。

次韻陽行先〔三六〕

〔公自註〕用鬱孤臺韻〔三七〕。〔查註〕《宋史》：陽孝本字行先，贛州人。學博行高，隱於城西通天巖。蘇軾自海外歸，過而愛焉，號之曰玉巖居士。隱遯二十年，崇寧中舉八行，解褐，以直祕閣歸。

室空〔三八〕惟法喜，心定有天游。摩詰原無病〔三九〕，〔王註〕《維摩經》：維摩詰言，如我此病，非真非有。須洹不入流。苦嫌尋直枉，坐待寸田秋。雖未麒麟〔四〇〕閣，〔王註〕《漢書·蘇武傳》：甘露二年，單于入朝，帝思股肱之良，乃圖畫其人於麒麟閣。已逃鸚鵡洲。〔王註〕《玉泉子》云：劉允章怒皮日休曰：「君何以薄穆判官乎？鸚鵡洲在此，卽黄祖沉禰衡之所也。」舉席爲之懼，日休雨涕而已。〔李註〕《輿地志》：鸚鵡洲在武昌府城南，卽黄祖殺禰衡處。酒醒風動竹，〔王註〕唐李益詩：開簾風動竹，疑是故人來。夢斷月窺樓。衆謂元德秀，〔查註〕《唐書》：元德秀，字紫芝。母亡，以不及親在而娶，不肯婚。人以爲不可絶嗣，答曰：「兄有子，先人得祀，吾何娶焉。」田汝成《志餘》曰：陽行先平生不娶，東坡直造其室，嘗以元德秀呼之。居士曰：「某乃陽城之裔。」故坡詩「衆謂元德秀，自稱陽道州」，皆謂其無妻也。自稱陽道州。〔王註〕《唐書》：陽城字亢宗，爲道州刺史。拔葵終相魯，〔王註〕《史記》：公儀休爲魯相，食茹而美，拔其園葵而棄之。辟穀會封留。〔王註〕《前漢·張良傳》：漢封功臣，帝曰：「運籌策帷幄中，決勝千里外，子房功也。自擇齊三萬户。」良曰：「始臣起下邳，與上會留，此天以臣授陛下，願封留足矣。」良性多疾，卽道引，不食穀。用舍俱無礙，飄然不繫舟。

乞數珠〔四一〕贈南禪湜老

〔查註〕《翻譯名義》：鉢塞莫，或曰阿唎吒迦二合，此云數珠。《木槵子經》云：當貫木槵子一百八箇，常自隨身志，心稱南無佛陀，達摩僧伽乃過一子，具如彼經。按，本集有《虔州崇慶院藏經記序》，湜長老創建寺，南禪卽崇慶也。考《志》，亦名廉泉院。

從君覓數珠，老境仗消遣。未能〔四二〕轉千佛，且從千佛轉。〔王註〕《傳燈録》：法達禪師誦《法華經》，及三千部，六祖曰：「心迷法華轉，心悟轉法華。」〔查註〕《翻譯名義》：轉佛，心中化他之法，度入他心，名轉法輪。儒生推變化，乾策數大衍。〔王註〕《易·繫辭》：大衍之數五十，其用四十有九。又曰：凡天地之數五十有五，此所以成變化而行鬼神也。道士守玄牝，龍虎看舒卷。〔王註〕《金晶論》：夫龍虎者，金木也。金爲虎，木爲龍。虎之異名真鉛，金水也。龍之異名真汞，木火也。我老安能爲，萬劫付一喘。〔李註〕《楞嚴經》：心能記憶八萬四千恒河沙劫，周遍了知，得無疑惑。默坐閱塵界，往來八十反〔三〕。〔王註次公曰〕釋氏書有大劫、小劫。如饑饉、疾疫、刀兵增減，此皆小劫之異名。統二十增減，爲一住劫，此名中劫。又有成、壞、空劫，皆中劫也。時量各經二十增減，與住劫等。統此成、住、壞、空，計短長之量，經八十增減，名一大劫。〔合註〕《法苑珠林》：一壞、二空、三成、四住，此四時中，各分二十小劫，總爲八十小劫，始爲一大水火劫。區區我所寄，蹙縮蠶在繭。適從海上回，蓬萊又清淺。

再用數珠韻贈湜老〔四〕

嗣宗雖不言，叔寶猶理遣。〔王註〕《晉書》：衛玠字叔寶。東坡但熟睡，一夕一展轉。南遷昔虞翻，却掃今馮衍。古佛既手提，〔王註〕《傳燈録》：手提諸佛，直見本來面目，諸方尊宿，無能出其右。諸方皆席卷。〔李註〕《傳燈録》：百丈禪師侍馬祖，言下省悟。次日，馬祖升座，衆纔集，百丈出卷却席，祖便下座。當年清隱老，〔查註〕本集《崇慶禪院新經藏記》畧云：吾南遷，過虔州，訪廉泉，入崇慶院，於江南壯麗爲第一，其費二千餘萬。前長老曇秀始作之，幾於成而寂，今長老惟湜嗣成之。先生又有《湜長老真贊》云：道與之貌，天與之形，雖同乎人，而實無情。彼真清隱，何殊丹青，日照月明，風動雷行。夫孰非幻，忽然而成，此畫清隱，可謂雨晴。〔合註〕先生又有《清隱堂銘》云：已去清隱，而老崇慶。鶴瘦龜不喘〔四五〕。〔王註〕白樂天《贈王山人》詩：夜後不聞龜喘息，秋來惟長鶴精神。和我彈丸詩，百發亦百反。耆年日彫喪，但有犢角〔四六〕繭。〔合註〕《西京雜記》：長安儒生惠莊，聞朱雲折五鹿充宗之角，乃歎曰：「繭栗犢反能爾耶。」時來窺方丈，共笑虎毛淺。〔王註〕《爾雅·釋獸篇》：虎竊毛謂之虥貓。註云：竊，淺也。疏云：虎之淺毛者，別名虥貓。又《管子·幼官篇》註云：保獸，謂淺毛之獸，虎豹之屬也。〔查註〕《詩·大雅·韓奕》：鞹鞃淺幭。傳：淺，虎皮淺毛也。

和猶子遲贈孫志舉

〔查註〕案，孫立節字介夫。二子，一名勰，字志康；一名勴，字志舉。見《虔州志》。〔合註〕《斜川集》中屢有《次韻孫志康》詩。【誥案】時志舉自感化來見，志康不至，似服官於外也。

軒裳大爐鞲，陶冶一世人。〔王註次公曰〕軒，車；裳，服也。爐，所以熾火；鞲，所以扇風也。陶，所以埏土爲器；冶，所以鑄金爲器也。〔合註〕陶淵明詩：軒裳逝東崖。從横〔四七〕落模範，〔李註〕《揚子》：師者，人之模範。以木曰模，以竹曰範。誰復甘饑貧。可憐方回癡，初不疑嘉賓。〔王註〕《晉書·郗愔傳》：字方回。子超，字嘉賓。超實黨桓氏，以愔忠於王室，不令知之。將亡，出一箱書付門生，曰：「我亡後，若大損眠食，可呈此箱。」及超死，愔果哀悼成疾。門生依旨呈之，悉與温往反密計。愔於是大怒，曰：「小子死，恨晚矣。」頗念懷祖黠，嗔兒〔四八〕與兵姻。〔王註〕《晉書·王述傳》：字懷祖。子坦之，爲桓温長史。温欲爲子求婚於坦之。及還家，省父，而述愛坦之，雖長大猶抱置膝上。坦之因言温意。述大怒，遽排下，曰：「汝竟癡耶，詎可畏温面而以女妻兵也。」失身墮浩渺，投老無涯垠。〔王註次公曰〕先生詩意，謂人皆樂富貴，如郗超預桓温之謀，王坦之從桓温之婚，皆爲趨富貴耳。而超之父，以癡而後怒其謀，坦之之父，以黠而早不從其請，然其爲惡桓温一也，奈何二子本意在圖富貴乎！因以自言其不善謀富貴而至於流落耳。回看〔四九〕十年舊，誰似數子真。孫郎表獨立，霜戟交重闉。〔合註〕杜子美《魏將軍歌》詩：五年起家列霜戟。楊炯詩：烽火集重闉。深居不汝覿，豈問親與鄰。連枝皆秀傑，英氣推伯仁。〔李註〕《晉書·周浚傳》：三子顗、嵩、謨，顗別有傳。伯仁，顗字。〔合註〕《斜川集》有《孫志康銘》，云：先君知貢舉，志康擢置第六人，廷試，復居第六。先生詩中伯仁，蓋指志康也。【誥案】熙寧間，志康已從公於杭矣。我從海外歸，喜及崆峒春。〔王註次公曰〕崆峒，虔州，今贛州也。〔查註〕《虔州志》：崆峒山，在城南六十里，一名空山，章、貢二水夾以北馳，一郡之望也。山麓周回百里。新年得異書，西郭有逸民。〔公自註〕陽行先以《登真隱訣》見借。〔查註〕《舊唐書·經籍志》：《登真隱訣》二十五卷，陶弘景撰。小孫又過我，歡若平生親。清詩五百言，句句皆絶倫。養火雖未伏，要是丹砂銀。〔王註〕案古嵩子《丹砂行伏丹訣》：丹砂五兩，結汞爲砂子，養火七日，爲玉笥，消之爲銀。又《大銅鍊真寶經》曰：將丹砂修鍊伏火後，鼓成白銀，名之爲一返也。將白銀化出砂，令伏火鼓之，乃成黄銀，名之爲二返也。我家六男子，〔王註次公曰〕六男子，謂邁、迨、過、遲、适、遠也。朴學非時新。詩詞各璀璨，老語徒周諄。〔王註〕《左傳·襄公三十一年》：穆叔曰：「趙孟年未五十，而諄諄焉如八九十者。」願言敦宿好，〔李註〕陶淵明詩：詩書敦宿好。永與竹林均。六子豈可忘，從我屢厄陳。〔王註任曰〕〔五〇〕《莊子·讓王篇》：孔子曰：陳蔡之隘，於丘其幸乎。〔合註〕《漢書·儒林傳》：畏匡戹陳。

南禪長老和詩不已，故作《六蟲篇》答之

鳳凰覽德輝〔五二〕，〔王註〕賈誼《弔屈原文》：鳳凰翔於千仞兮，覽德輝而下之。遠引不待遣。〔合註〕馬融《長笛賦》：又象飛鴻，長鶩遠引。鷾鴯戀庭宇，〔王註〕《莊子·山木篇》：鳥莫知於鷾鴯。疏云：鷾鴯，燕也。倏忽來千轉。〔合註〕《莊子·田子方篇》：千轉萬變而不窮。那將坐井蛙，〔王註〕《莊子·秋水篇》：埳井之蛙，擅一壑之水，而跨跱埳之樂。而比談天衍。蠹魚著文字，槁死猶遺卷。老牛疲耕作，見月亦妄喘。〔王註〕《風俗通》：吳牛望月則喘，彼之苦於日，見月怖，亦喘之矣。《世說》：滿奮畏風。在晉武帝坐，北窗作琉璃屏，實密似疎，奮有難色。帝笑之，奮答曰：「臣猶吳牛，見月而喘。」劉孝標註云：今之水牛生江淮間，故謂之吳牛。南土多暑，而此牛畏熱，見月疑是日，所以見月則喘。東坡方三問，南禪已五反。老人但目擊，侍者應足繭。〔王註〕《淮南子》：楚欲攻宋，墨子聞而悼之，自魯趨，而十日十夜，足重繭而不休息，至於郢，見楚王。杜子美《觀公孫大娘弟子舞劍器行》詩：足繭荒山轉愁寂。最後《六蟲篇》，深寄恨語淺。〔合註〕江淹表：彌感深寄。〔查註〕題云「六蟲篇」，而詩中止及五種，豈以鳳凰爲二耶？

明日，南禪和詩不到，故重賦數珠篇以督之，二首

其一

未來不可招，已過那容遣。中間見在〔五三〕心，〔王註次公曰〕此亦維摩詰所謂「過去生已滅，未來生未至，現在生無住」之意，而詩語之勢，則《金剛經》「過去心不可得，見在心不可得，未來心不可得」也。一一風輪轉。〔王註〕

《維摩經》云：是身無作，風力所轉。自從一生二，巧歷莫能衍。〔王註〕《莊子·齊物論篇》：一與言爲二，二與一爲三，自此以往，巧歷不能得，而况其凡乎。不如袖手坐，六用都懷卷。風雷〔三〕生謦欬，萬竅自號喘。詩人思無邪，孟子内自反。大珠分一月，細綆合兩繭。〔王註次公曰〕孟郊詩：亦知同心樂，雙繭抽作[illegible]。此亦兩繭之義也。纍然〔四〕挂禪牀〔五〕，妙用夫豈淺。

其二

朝來取飯化，乃是維摩遺。全鋒雖未露，〔王註〕羅山示衆云：全鋒敵勝，罕遇知音，同死同生，萬中無二。《傳燈録》：僧問大茅和尚：「如何是大茅境？」師云：「不露鋒。」僧云：「爲什麽不露鋒？」師云：「無當者。」半藏已曾轉。〔王註次公曰〕有一媼，詣趙州求轉藏經，趙州起繞禪牀。媼曰：「何故只轉半藏？」於是復繞一匝。說有陋裴頠，〔王註〕《晉書·裴頠傳》：頠深患王衍之徒，聲譽太盛，位高勢重，不以物務自嬰，遂相放效，風教陵遲，乃著《崇有論》以釋其蔽。談無笑王衍。〔王註〕《晉·王衍傳》：魏正始中，何晏、王弼等祖述老莊。立論，以爲天地萬物，皆以無爲本，無也者，開物成務，無往不存者也。衍甚重之，惟裴頠以爲非，著論以譏之，而衍處之自若。看經聊爾耳，遮眼初不卷。三咤故自醒，〔王註〕《尚書·顧命》：三宿三祭三咤。註云：至齒而不飲曰咤。一吷何由喘。〔王註次公曰〕吷，吹也，言一吹之間，未至於喘也。請歸視故櫝，静夜珠當反。〔李註〕《韓非子》：楚人有賣其珠於鄭者，爲木蘭之櫃，薰桂椒之櫝，綴以珠玉，鄭人買其櫝而還其珠，此可謂善賣櫝矣，未可謂善鬻珠也。安居三十年，古衲磨山繭。〔查註〕《翻譯名義》：蟲衣，謂用野蠶絲綿作衣。東天竺有國名烏陀，粳米欲熟，葉變爲蟲，蟲則食米，人取蒸以爲綿也。持珠尚默坐，豈是功用淺。

用前韻再和霍大夫

文字先生飲，〔公自註〕謂劉執中。〔合註〕《宋史》：劉彝，字執中，福州人。熙寧初言新法不便，罷知虔州。江山清獻遊。〔王註次公曰〕清獻，趙閱道也。劉、趙二公，皆知虔州。〔查註〕《虔州志》：趙抃，西安人。嘉祐六年，爲右司諫，極論内侍，出知虔州。按《清獻集·章貢臺記》畧云：予嘉祐六年夏，以言事出守虔州，始至視事，屬歲穰盜息，英僚嘉賓，間爲遊觀。集中又有《虔州卽事》、《鬱孤臺》、《章貢臺》諸什。典刑傳父老，樽俎繼風流。【誥案】此句入霍子侔。度嶺〔三六〕逢梅雨，〔王註〕周處《風土記》云：夏至前雨，名黄梅雨，霑衣服皆敗黦。又《坤雅》云：今江湘二浙，四五月間，梅欲黄落，則水潤土溽，柱礎皆汗，蒸鬱成雨，謂之梅雨。還家指麥秋。〔王註次公曰〕蔡邕《月令章句》云：百谷各以初生爲春，熟爲秋，故麥以孟夏爲秋也。今云「指麥秋」，則言四月末也。【誥案】此句兼述霍子侔將去，已於四句安根。自慚鴻雁侶，争集稻粱洲。〔王註次公曰〕鴻雁事多使。「稻粱」祖出《戰國策》。又《廣絶交論》「分雁鶩之稻粱」，而庾信《詠雁》詩「稻粱俱可戀，飛去復飛還」，故杜子美《重簡王明府》詩云「君聽鴻雁響，恐致稻粱難」，又《同諸公登慈恩寺塔》云「君看隨陽雁，各有稻粱謀」也。野闊横雙練，〔王註次公曰〕雙練，言章貢二水也。謂之練者，取謝玄暉詩也。城堅聳百樓。〔王註〕《後漢·公孫瓚傳》云：兵法，百樓不攻。行看鳳尾詔，〔王註〕《紀聞譚》：晉元帝踐祚，凡諸侯箋奏，批之曰言諾，而草書若字之尾如鳳形，故謂之鳳尾詔焉。却下虎頭州。〔王註祖可曰〕《松陵集》皮、陸詩：君批鳳尾詔，我住虎頭巖。〔查註〕《元和郡縣志》：晉南康郡，宋南康國，隋改虔州。熊克《中興小歷》云：紹興二十三年，校書郎董德元上言，虔州號虎頭城，非佳名也。今天下舉安，獨此郡有小警，意其名有以兆之。既廷臣議，亦謂有虔劉之議，遂改州名贛，因古縣名。按，虎頭州卽虔州也。趙清獻《守虔州》詩：虎頭城裏人烟鬧，馬祖巖前氣象豪。君意已吳越，我行無去留。歸途應食粥，乞米使君舟。【誥案】王註次公誤以常州爲虎頭州，須溪已正其非，邵註又辨之，至查註復詳載出處。然此數句詩意，始終未明也。蓋是時霍漢英罷虔州，將赴泰和聽後命，似尚有別故，而代者江公著，亦卽到虔，特告未下耳。自「行看」句下，皆指此事，意謂當與漢英同發，故結入「使君舟」也。讀者照本案，三復自知。其諸註，分別存删。

用前韻再和許朝奉

高門元世舊，〔合註〕沈約《彈王源文》：高門降衡。客路晚追遊。清絶聞詩語，疏通豈法流。〔王註縯曰〕《前漢·藝文志》：法家者流，蓋出於理官，信賞必罰，以輔禮制。傳家有衣鉢，〔王註次公曰〕今指言其家傳之學耳。斷獄盡春秋。〔王註次公曰〕斷獄，如《漢書》雋不疑斷戾太子事是也。〔子仁曰〕《前漢·五行志》：上使呂步舒治淮南獄，以《春秋》誼顓斷於外，不請。邂逅陪車馬，尋芳謝朓洲。〔王註〕謝朓詩：芳洲採杜若。〔合註〕姚合詩：尋芳行不困。凄涼望鄉國，得句仲宣樓。〔王註次公曰〕梁元帝詩云：朝出屠羊縣，夕返仲宣樓。凡詩四句，以第一句對第三句，以第二句對第四句，謂之扇對，蓋出於《白氏金針》云。梅聖俞作《續金針》，引前人詩云：昔時花下留連飲，暖日夭桃鶯亂啼；今日江邊容易別，淡烟衰草馬頻嘶。今此兩聯，卽其格矣。〔查註〕胡仔曰：杜少陵《哭鄭少監》詩：得罪台州去，時危棄碩儒。移官蓬閣後，穀貴歿潛夫。則前此已有之，不始於白氏矣。恨賦投湘水，悲歌祀柳州。何如五字律，相與一樽留。更約登塵外，〔王註次公曰〕塵外，亭名，虔州勝景也。歸時月滿舟。

〔王註〕《傳燈録》：慧禪師唱曰：夜静水寒魚不食，滿船空載月明歸。

用前韻再和孫志舉

人衆者勝天，天定亦勝人。鄧通豈不富，〔王註〕《漢書·佞幸傳》：文帝使善相人者相鄧通，曰：「當貧餓死。」上曰：「能富通者在我，何説貧。」於是賜通蜀嚴道銅山，得自鑄錢，鄧氏錢布天下，其富如此。郭解安得貧。〔王註〕《漢書·游俠傳》：及徙豪茂陵也，郭解貧，不中訾。吏恐，不敢不徙。衛將軍爲言：「郭解家貧，不中徙。」上曰：「解布衣，權至使將軍，此其家不貧。」驚飛賀廈燕，〔王註〕《淮南子》：大廈成而燕雀來賀。劉禹錫《哭王僕射》詩：歌堂忽暮哭，賀燕盡驚飛。走散入幕賓。〔王註次公曰〕《晉書》：桓温懷不軌，郗超爲之謀。謝安與王坦之嘗詣温論事，温令超卧帳中聽之。風動帳開，安笑曰：「郗生可謂入幕之賓矣。」醉眠中山酒，夢結〔五七〕南柯姻。寵辱能幾何，悲歡浩無垠。回視人間世，了無一事真。〔王註〕《法華經》言：惟此一事實，餘餘卽非真。灑掃古玉局，香火通帝闉。〔王註次公曰〕先生自言其已得玉局之命也。我室思無邪，我堂德有鄰。〔王註次公曰〕先生蓋取《詩三百》之義以名其齋，取德不孤之義以名其堂。【誥案】齋、堂，並在惠州白鶴新居，手書二榜猶存，而德有鄰堂，本集不及其事，惟見此詩中。所至爲鄉里，事賢友其仁。〔王註〕韓退之詩：我來亦已幸，事賢友其仁。之子富經術，蔚如井大春。〔王註〕《後漢書》：井丹字大春。通《五經》。京師爲之語曰：《五經》紛綸井大春。蜿蟺楚南極，淑氣生此民。〔王註〕韓退之《送廖道士序》：郴之爲州，又當中州，清淑之氣，蜿蟺扶輿，磅礴而鬱積，意必有魁奇忠信材德之民生其間。唱高和自寡，非我誰當親。譬彼嶰谷竹，剪裁待伶倫。俗學吁可鄙，紙繒配芻銀。〔王註次公曰〕以紙爲繒，以芻爲銀，言俗學之無實。〔合註〕疑即用紙錢意，故下云癡鬼也。聊將調癡鬼，亦復爭華新。顧子事篤實，浮言掃譫諄。〔王註次公曰〕譫，音占，病而狂言曰譫，字出《素問》。窮通付造物，得喪理本均。期子如太倉，會當發陳陳。

崔文學甲攜文見過，蕭然有出塵之姿，問之，則孫介夫之甥也。故復用前韻，賦一篇，示志舉

〔查註〕《虔州志》：孫立節，寧都人。皇祐進士。王安石行新法，欲以爲條例司，立節曰：「當求勝我者，若我輩人，不肯爲是官矣。」蘇文忠作《剛説》遺之。【誥案】朱子《剛説跋》謂：寧都主簿鄭載德，得公遺迹於介夫家內。故誥亦以爲寧都人。但《斜川集·孫志康墓誌》載世爲虔州感化人，似由感化徙寧都也。〔合註〕崔甲字次之。見《年譜》。

象服盛簪珥，豈是邢夫人。敝衣破冠履，可憐范叔貧。君看崔員外，晚就〔五八〕覲國賓。〔王註〕杜子美《奉贈韋左丞丈》詩：甫昔少年日，早充覲國賓。當年頗赫赫，翁嫗〔五九〕爭爲姻。〔公自註〕見退之《贈崔員外詩》〔六〇〕。〔王註〕韓退之《寄崔立之》詩曰：連年收科第，若摘頷下髭。又曰：老婦願嫁女，不約論財資。老翁不量分，累月笞其兒。〔查註〕崔員外名斯立，字立之。蹭蹬阻風水，〔王註次公曰〕言如巨魚欲縱，爲風水所阻，而乃蹭蹬焉。杜子美《奉贈韋左丞丈》詩：蹭蹬無縱鱗。橫斜挂邊垠。〔王註次公曰〕言如餘星之零落，不當天心，而挂於邊角也。青衫映白髮，今似梅子真。道存百無害，甘守吴市闠。自言總角歲，慈母爲擇鄰。邦人〔六一〕

驚似舅，〔王註〕《宋書》：桓玄聞義軍起，大懼曰：「劉裕一世之雄。何無忌，劉牢之外甥，酷似其舅。共舉大事，何爲無成。」矯矯惡不仁。詩文非他師，〔合註〕《漢書·云敞傳》：更名他師。註云：更以他人爲師。家法乃富春。〔合註〕《三國·吳志》：孫堅世仕吳，家於富春。此以指介夫也。豈非空同秀，〔王註次公曰〕空同，虔州山名。爲國産雋民。挺然齊魯生，近出姬姜親。〔王註次公曰〕齊魯生，依傍叔孫通。《傳》云：齊魯諸生也。〔合註〕《叔孫通傳》：徵魯諸生。無「齊」字。但考《甕牖閑評》引《揚子法言》云：徵先生於齊魯，所不能致者二人。據此，則作齊魯諸生，亦可。爲文不在多，一頌了伯倫。〔王註〕《晉書》：劉伶字伯倫。未嘗厝意文翰，爲著《酒德頌》一篇。清詩要鍛煉〔六二〕，乃得鉛中銀。〔王註〕《寶藏論》云：銀有一十七件，惟有至藥銀、山澤銀、草砂銀、母砂銀、黑鉛銀是。餘皆非。〔李註〕《管子》：上有鉛，下有銀。蘇頌《本草圖經》：銀在鉚中，與銅相雜，土人采得，以鉛再三煎鍊方成。又，鉛銀最難得，今時燒鍊家，每一斤鉛止得一二銖。〔合註〕此用司空圖《詩品》「猶鑛出金，如鉛出銀，超心鍊冶，絶愛淄磷」意也。自我遷嶺外，七見槐火新。〔王註次公曰〕言七見清明也，蓋清明取火於榆槐，而句法則杜甫《秋日荆南述懷》「九鑽巴噀火」之意。〔李註〕《周禮·夏官註》：春取榆、柳，夏取棗、杏，季夏取桑、柘，秋取柞、楢，冬取槐、檀也。著書已絶筆，一默含千諄。蕢〔六三〕桴和葦籥〔六四〕，〔王註〕《禮記·明堂位》：蕢、桴、土鼓、葦、籥，伊耆氏之樂也。〔查註〕《禮記·禮運》：蕢、桴而土鼓，猶若可以致其敬於鬼神。疏云：蕢讀爲凷，謂摶土凷爲桴。桴，擊鼓之物也。天節〔六五〕非人均。〔王註次公曰〕天節，自然之樂也。人均，人爲之樂也。字出《樂志》。時時自娱嬉，豈爲俗子陳。〔王註次公曰〕司馬遷書：可與智者道，難與俗人言也。

畫車二首〔六六〕

〔合註〕《蓉塘詩話》：自鎮江以東，有獨輪小車，一人挽於前，一人推於後，謂之羊頭車。書籍未見載此名者，獨張文潛《輪麥行》云「羊頭車子毛布囊」，始見詩人用之。【誥案】此車，今名二把手車，江北所在皆是。至查註所謂串車者，其説支離不類。誥於衡山道中見此車，則上懸布帆，乘風而行，若三楚渡艇然，此又與江北不同也。其來累數十輪，魚貫如列陣，誥詩有「車帆匝地來」句，蓋紀實也。今附載於此，以備考。

其一

何人畫此隻輪車〔六七〕，〔王註〕《公羊傳·僖公三十三年》：晉人敗秦師於殽，匹馬隻輪無反者。〔查註〕《東京夢華録》：獨輪車，前後二人把駕，兩旁兩人扶拐，前有驢拽，謂之串車，以不用耳子轉輪也。便是當年攲器圖。〔王註〕《家語》：孔子觀於魯桓公之廟，有攲器焉，問守廟者：「此何器？」對曰：「此蓋宥坐之器。」孔子曰：「吾聞宥坐之器，虚則攲，中則正，滿則覆，明君以爲至誡。」上易下難須審細，左提右挈免疎虞。〔王註〕《前漢·張耳傳》：廝養卒説燕曰：「以一趙尚易燕，况以兩賢王左提右挈，而責殺王，滅燕易矣。」

其二

九衢歌舞頌王明，誰惻寒泉獨自清。〔王註〕《易·井卦》：九三，井渫不食，爲我心惻。可用汲，王明並受其福。〔王註〕先生《易傳》曰：渫，潔也。九三，居得其正，井潔者也。井潔而不食何哉？不中也。不中者，非邑居之所會也。故不食井，未有以不食爲戚者也，凡爲我惻者，皆行道之人耳。故象曰「行惻」，行惻者，明人之惻我而非我之自惻也，是井則非弊漏之甕所容矣。故擇其所用汲者。曰：孰可用者哉，其惟器之潔者乎？器之潔，則王之明者也，器潔王明，則受福者，非獨在我而已。賴有千車能散福〔六八〕，化爲膏雨滿重城。【誥案】此二詩乃晝車運水入城也。

寄題〔六九〕潭州徐氏春暉亭

【誥案】此詩施編不載，查註從外集補編。

曈曈曉日上三竿，客向東風競倚欄〔七〇〕。穿竹鳥聲驚步武，〔合註〕《國語》：不過步武尺寸之間。入簷花影落杯盤。勿嫌步月〔七一〕臨玄圃，〔馮註〕《晉·陸機傳》：後葛洪著書，稱機文猶玄圃之積玉，無非夜光焉。一作縣圃。冷笑乘槎向海灘。勝概直應吟不盡，〔合註〕岑參詩：勝概日相與。憑君寄與畫圖看。

次韻江晦叔〔七二〕二首

〔合註〕晦叔事，見前《送江公著知吉州》題註。【誥案】江公著，時代霍漢英知虔州。已詳案中。〔案〕總案建中靖國元年二月，有「江公著來爲守，霍漢英赴太和聽命」條。

其一

人老家何在，龍眠雨未驚。酒船回太白，稚子候淵明。〔王註援曰〕陶淵明《歸去來辭》：僮僕歡迎，稚子候門。又詩：歸人望燈火，稚子候簷隙。幸與登仙郭，〔王註〕引李、郭同舟事，見前《次韻德麟見懷》詩註。同依坐嘯成。小樓看月上，劇飲到參橫〔七三〕。〔王註〕杜子美《送嚴侍郎到綿州同登杜使君江樓宴》詩：城擁朝來塔，天横醉後參。

其二

鐘鼓江南岸，歸來夢自驚。浮雲時事〔七四〕改，〔王註厚曰〕《中興間氣集》杜位《哭長孫侍御》詩：落日生涯盡，浮雲世事空。孤月此心明。〔查註〕案《苕溪漁隱叢話》云：東坡嶺外歸，其詩云「浮雲世事改，孤月此心明」，語意高妙，如參禪悟道之人，吐露胸襟，無一毫窒礙。【誥案】王應麟《困學紀聞》云：「更無柳絮隨風舞，惟有葵花向日傾。」見司馬公之心。「浮雲世事改，孤月此心明。」見東坡公之心。又云：坡公晚年所造深矣。雨已傾盆落，詩仍翻水成。二江争送客，木杪看橋横〔七五〕。

次韻江晦叔兼呈器之

〔查註〕《宋史》：劉安世，魏人。少時持論有識，文彦博歎奬其堅正。登第，不就選，從司馬光，咨盡心行己之要。光入相，薦爲祕書正字，擢右正言，進諫議大夫，目曰殿上虎。《東都事畧》：宣仁后問可爲臺諫於吕公著，以安世對，除右正言。紹聖初，落職，知南安軍，三年貶新州。初擢言路，將以親辭，其母曰：「不可以閫門之私辭君命。」及南遷，母怡然曰：「兹事固知如此。」有集二十卷。張子韶《盡言集序》云：温公之門多君子，一傳而得劉器之，在諫垣時，專攻王氏黨，扶持正道，亦云切矣。《邵氏聞見後録》：器之與東坡，元祐初同朝，至元符末，歸自嶺南，相遇於道，始交歡。

橫空初不跨鵬鼇，但覺胡牀步步高。〔公自註〕器之言：嘗夢飛，自覺身與所坐牀〔七六〕皆起空中。一枕晝眠春有夢，扁舟夜渡海無濤。〔王註次公曰〕先生渡海北還，以三更發瓊州，晚到遞角場。歸來又見顛茶陸，〔公自註〕往在錢塘，嘗語晦叔：陸羽茶顛，君亦然〔七七〕。多病仍逢止酒陶。〔公自註〕陶淵明有《止酒》詩。器之少時飲量無敵，今不復飲矣〔七八〕。〔王註〕《元城先生語録》云：某初到南方，有一高僧教某，南方地熱而酒性亦熱，今嶺南烟瘴之地，更加以酒，必大發疾。故某過嶺，卽合家斷酒，雖遍歷水土惡弱他人必死之地，某合家十口，皆無恙。今北歸已十年矣，無一患瘴者，此其效也。笑説南荒底處所，衹今榕葉下庭皐〔七九〕。〔王註次公曰〕榕葉，廣南多有之。柳惲詩：亭皐木葉下，隴首秋雲飛。【誥案】粤中榕樹，至虔而止，虔以南所在皆是。拱把者，不出十年，可數人合圍，其根上下糾纏，久而固結，或成榕屏，或成榕山，或成榕洞，無不可者。遇他樹，則附爲寄生，久則榕包於外，上及枝椏而滅其頂，則本樹死矣。又見羅浮山巨榕，爲墮峰所壓，既倒地矣，則四面根株，卽包此峰而上，復成株幹，亦有累包至數峰者，並無一定也。此物至賤，但自虔以下，卽不能生，此又不可解也。

寒食與器之游南塔寺寂照堂

城南鐘鼓鬭清新，端爲投荒洗瘴塵。〔查註〕《宋史·劉器之傳》：章惇用事，貶新州別駕，安置英州。投荒七年，甲令所載遐惡地，無不歷之。總是鏡空堂上客，〔王註次公曰〕或云鏡空堂，張安道之堂也。但先生有《和聰上人》詩：一悟鏡空老，始知圓澤賢。誰爲寂照境中人。〔王註〕《楞嚴經》：湛然寂照。紅英掃地風驚曉，〔合註〕沈約《郊居賦》：抽紅英於紫蔕。緑葉成陰雨洗春。記取明年作寒食，杏花曾與此翁鄰。〔王註〕韓退之《杏花》詩云：居鄰北郭古寺空，杏花兩株能白紅。明年更發應更好，道人莫忘鄰家翁。

絶句

【誥案】此詩施編不載，查註從邵本補編，載《劉壯輿是是堂》詩後，誤。今移編於此。

柴桑春晚思依依，屋角鳴鳩雨欲飛。昨日已收寒食火，【誥案】此句乃清明節後所作詩也。吹花風起却添衣。

器之〔一〇〕好談禪，不喜遊山〔一一〕，山中筍出，戲語器之可同參玉版長老，作此詩〔一二〕

〔王註〕《冷齋夜話》云：先生邀器之食筍，味勝，問：「此何名？」東坡曰：「即玉版師，此老善說法。」器之乃悟其爲戲。坡公大笑，作偈。〔查註〕《苕溪叢話》：東坡嘗與劉器之同參玉版和尚，器之欣然從之。至廉泉，燒筍而食，器之覺筍味勝，問：「此何名？」曰：「名玉版。此老僧善說法要，令人得禪悅之味。」於是器之方悟其戲。此詩盡用禪家語形容，可謂善於游戲者也。山谷云：此老於《般若》，横說竪說，百無剩語，非其筆端有舌乎？

叢林真百丈，〔王註〕《傳燈録》：洪州百丈山懷海禪師住大雄山，以居處巖巒峻極，故號之百丈。法嗣有横枝。〔公自註〕玉版，横枝竹筍也。〔王註次公曰〕禪宇謂之法嗣，而禪家旁出，謂之横枝。《傳燈録》：黄梅弘忍謂道信師曰：「莫是和尚他後横出一枝佛法否？」師曰：「善。」不怕石頭路，來參玉版師。〔李註〕《前燕録》：石季龍使人采藥上華山，得玉版。先生詩則借以喻筍也。聊憑柏樹子，與問籜龍兒。瓦礫猶能說，〔王註次公曰〕《莊子·知北遊篇》：道在瓦礫。又如《傳燈録》：有僧問如何是佛？文殊答云：「牆壁瓦礫亦能說法意則如清煥。」師曰：「佛說，衆生說，大地山河一時說，無有間斷也。」此君那不知。

王子直〔三〕去歲送子由北歸，往返百舍，今又相逢贛上，戲用舊韻，作詩留別

〔李註〕先生有《贈王子直秀才》詩。【誥案】王原字子直。公前詩在惠州卷中。

米盡無人典破裘，送行萬里一鄒游。〔王註〕顏魯公《與蔡明遠帖》云：聞鄒游與明遠同來，欲至采石，計其不久，亦合及吾於淮泗之間，脱若未到，見之，宜傳此意。解舟又欲攜君去，〔王註〕《晉書·張翰傳》：賀循赴命，入洛，經吳閶門，於船中彈琴。翰初不相識，乃就循言談，便相欽悅。問循，知其入洛。翰曰：「吾亦有事北京。」便同載即去，而不告家人。歸舍聊須與婦謀。聞道年來丹伏火，不愁老去雪蒙頭。剩買山田添鶴口，〔王註次公曰〕以王子直住鶴田山故也。〔子仁曰〕魏野《閑居即事》詩：成家書滿室，添口鶴生孫。廟堂新拜富民侯。〔王註〕《漢書》：武帝拜田千秋爲丞相，封富民侯。

戲贈虔州慈雲寺鑑老〔四〕

〔查註〕《輿地紀勝》：慈雲寺，在贛州城東南，舊名景德寺〔五〕。《冷齋夜話》：東坡自海外歸，至虔上，以水涸舟不得行。時過慈雲寺浴長老明鑑，魁梧如世所畫慈恩然，叢林以道學與之，坡作

詩戲之。【誥案】此詩施編在遺詩中，查註補編。

居士無塵堪洗沐〔六〕，〔查註〕《傳燈録》：石梯和尚，因侍者請浴，師曰：「既不洗塵，亦不洗體，汝作麽生。」道人有句借宣揚。〔合註〕王筠《約法師碑文》：顯證一乘，宣揚三慧。窗間但見蠅鑽紙，門外惟聞〔七〕佛放光。〔查註〕《傳燈録》：古靈行脚遇百丈開悟，却迴本寺，受業師遂遣執役。一日，因澡身，命靈去垢。靈乃拊背曰：「好所佛殿，而佛不聖。」其師回首視之。靈曰：「佛雖不聖，且能放光。」遍界難藏真薄相，一絲不挂且逢場。〔查註〕《傳燈録》：南泉問陸亘：「十二時中作麽生？」陸曰：「寸絲不挂。」【誥案】此句謂浴於慈雲也。却須重説圓通偈，〔馮註〕《楞嚴偈》：根選擇圓通，入流成正覺。〔查註〕《楞嚴經跋》：陀娑羅佛問圓通，如我所證，觸因爲上。千眼〔八〕熏籠是法王。〔李註〕《釋典》：菩薩千手目與一手目同。又十六開士於浴堂證悟本因，於熏籠焙浴具，得大安樂《法華經》、法王無上尊《圓覺經》。註：佛爲萬法之王，又曰空王。

虔州呂倚承事，年八十三，讀書作詩不已，好收古今帖，貧甚，至食不足〔九〕

〔查註〕石刻題云：呂夢得承事，年八十三，讀書作詩，手不釋卷。室如懸罄，但貯古今書帖而已，作詩以示慈雲老師。〔王註〕《潘子真詩話·補遺》：呂倚夢得，維揚人。少有場屋聲。善屬對，喜收書畫。蹭蹬不偶，老，始以恩補虔州瑞金簿，致仕，貧無以歸。年八十餘，惟有一女，嫁贑人，因居焉。與王禹玉有舊，元豐間，餉錢二萬，酒十壺。夢得作啓致謝，隔句中，用「白水真人」、「青州從事」爲對，禹玉極歎賞之。其後東坡過虔，以詩遺之云。〔查註〕承事，其官階也。《職官分紀》：寄禄文散官承事郎。【詰案】《宋史·職官志》有監承事，不皆承事郎。

揚雄老無子，〔王註次公曰〕揚雄以童烏之死，其後竟無子。馮衍終不遇。不識孔方兄，但有靈照女。〔王註縯曰〕龐蘊女靈照，父子皆深造禪理。〔查註〕《傳燈録》：龐居士有女名靈照，常隨製竹漉籬，令鬻之，以供朝夕。家藏古今帖，墨色照箱筥。飢來據空案，一字不堪煮。枯腸五千卷，磊落相撑拄。吟爲蜩蚻〔九〇〕聲，〔翁方綱註〕石刻「出爲蜩蚻吟」，刻本作「吟爲蜩蚻聲」，石刻「蚻」字旁加圈，而自註其後曰：蚻當作蛩。石刻在《姑熟帖》。時有島、可句。〔王註次公曰〕賈島、可明二人之詩，皆清而苦。爲語里長者，德齒敬已古。如翁有幾人，薄少可時助。〔王註〕韓退之《贈盧仝》詩：俸錢供給公私餘，時致薄少助祭祀。

永和清都觀道士〔九一〕，童顔鬒髮〔九二〕，問其年，生於丙子，蓋與予同，求此詩

〔查註〕《泰和志》：距縣東北八十里，有晉置東昌城，隋省入西昌，今之永和鎮，即其地也。《吉安志》：萬安縣有三鄉，曰永和、曰誠信、曰龍泉。《廬陵志》：清都觀，在吉州城南十五里儒林鄉永和鎮。南唐保大間，有石基，號曰西臺。宋興國初，道士蕭德元結茅於臺，賜額西臺觀，治平中，改今名。蘇軾南歸，嘗游焉，爲書清都臺三字。本集有《清都謝道士真贊》。道士姓謝字子和。《廬陵志》載宋單暐《游清都觀記》，畧云：永和鎮距城十餘里，有觀曰清都，予愛其寬閑清曠。詢於主觀道士謝子和，蓋肇於南唐保大間，卜相啓闢，實自子和訖工。

鏡湖勅賜老江東，未似西歸玉局翁。羈枕〔九三〕未容〔九四〕春夢斷，清都宛在默存中。〔查註〕《列子·周穆王篇》〔九五〕：王執化人之祛，騰而上者中天，王實以爲清都紫微鈞天廣樂，帝之所居。既寤，王問所從來？左右曰：「王默存耳。」每逢佳境攜兒去，試問行年〔九六〕與我同。自笑餘生消底物，半篙清漲百灘空。〔公自註〕予與劉器之同發虔州，江水忽清漲丈餘，贛石三百里〔九七〕，無一見者。至永和，器之解舟先去，予獨游清都，作此詩。

贈詩僧道通

〔查註〕《詩人玉屑》及《石林詩話》皆作惠通。〔合註〕道通、惠通俱失考。【誥案】《周益公題跋》作道通，并云是北歸所作詩。本集無可致疑。

雄豪而妙苦而腴，〔王註〕劉禹錫《答柳子厚書》云：新文吟而繹之，顧其辭甚約，而味奫然以長，端而曼，苦而腴。祇有琴聰與蜜殊。〔公自註〕錢塘僧思聰，總角善琴，後舍琴而學詩，復棄詩而學道。其詩似皎然而加雄放。安州僧仲殊詩，敏捷立成，而工妙〔九八〕絶人遠甚〔九九〕。殊辟穀，常啖蜜〔一〇〇〕。語帶烟霞從古少，〔公自註〕李太白云：他人之文，如山無烟霞，春無草木〔一〇一〕。氣含蔬筍到公無〔一〇二〕。〔公自註〕謂無酸餡氣也。〔查註〕《石林詩話》：近世僧學詩者極多，皆無超然自得之趣，往往掇拾摹傚士大夫所殘棄。又自作一種體，格律尤俗，謂之酸餡氣。子瞻詩云：語帶烟霞從古少，氣含蔬筍到公無。嘗語人云：「頗解蔬筍語否？」爲無酸餡氣也。聞者無不失笑。香林乍喜聞薝蔔，古井惟愁〔一〇三〕斷轆轤。爲報韓公莫輕許，從今島、可是詩奴。〔王註次公曰〕島，賈島也。初爲浮屠，名無本。可，則可明也。韓退之《贈無本》詩而稱之，故言「莫輕許」。詩奴，則杜牧作《李賀詩集序》所謂「奴僕命騷」

之意。

張競辰永康所居萬卷堂〔一〇四〕

〔王註〕張熙明也。〔合註〕華陽張德遠之父，見《揮麈後録》。

君家四壁如相如，卷藏天禄吞石渠。〔王註次公曰〕天禄、石渠，皆漢閣名，乃藏書處也，今卷吞之，則張侯所藏爲富矣。豈惟鄴侯三萬軸，家有世南行祕書。〔王註〕《國朝雜事》：唐太宗出幸，有司請載書以從。帝曰：「不須。虞世南在此，行祕書也。」兒童拍手笑何事，笑人空腹談經義。〔合註〕何焯曰：空腹談經，言新學也。【誥案】自此流入南宋，皆空腹談經義者，惟元晦稱淹博，然工言理而不工言事，一涉數典，則處處縮手，且紛然錯誤矣。未許中郎得異書，且共〔一〇五〕揚雄説奇字。〔合註〕何焯曰：説奇字，嗤《字説》也。清江縈山碧玉環，〔王註〕劉禹錫詩：竹含天籟清商樂，水繞亭臺碧玉環。下有老龍千古閑。知君好事家有酒，化爲老人夜扣關。留侯之孫書滿腹，〔王註〕杜子美《吾宗》詩：經書滿腹中。玉函寶方何用讀。〔王註〕次公引《酉陽雜俎》開元中大旱，祈雨，龍化老人，求救於孫思邈事。又，〔次公曰〕或曰：張氏實有逢龍化老人之事，亦借此用之。濠梁空復五車多，圯上從來一編〔一〇六〕足。

劉壯輿〔一〇七〕長官是是堂

〔查註〕《宋史》：劉義仲字壯輿。父恕卒七年，《資治通鑑》成，追録其勞，官義仲郊廟齋郎。政和中，自汝州召爲編修官。至京師，不謁權要。未幾致仕歸廬山，一時公卿賦詩，三世濟美，尤不易云。晁以道《嵩山集》云：劉壯輿家於廬山之陽，自其祖父凝之以來，遺子孫惟圖書也。陳後山《是是堂記》畧云：劉子羲仲佐鉅野，架屋以居，名曰是是之亭。其大父凝之，仕不合而去，老於廬山之下。其父道原面數人短長，不避權貴，卒窮以死，而天下歸重焉。今劉之博覽偉辨，刻身苦思，既嗣其世，向善讐惡，亦不減其二父云。

閒燕〔一〇八〕言仁義，〔王註〕《國語·齊語》：管子曰：「昔聖王之處士也，使就閒燕，閒燕則父與父言義，子與子言孝。」《漢書·貨殖傳》：士相與言仁誼於閒燕。是非安可無。非非義之屬，是是仁之徒。非非近乎訕，是是近乎諛。〔王註次公曰〕是是近乎諂，非非近乎訕，不幸而過，寧訕無諂。此歐陽永叔《非非堂記》也。當爲感麟翁，善惡分錙銖。〔李註〕「感麟翁」二句，指仲尼作《春秋》。抑爲阮嗣宗，臧否兩含糊。〔合註〕《舊唐書·陸贄傳》：朝廷每爲含糊，未嘗窮究曲直。劉君〔一〇九〕有家學，三世道益孤。陳古以刺今，〔王註厚曰〕《詩·大車》：陳古以刺今大夫不能聽男女之訟焉。紬史行天誅。〔王註次公曰〕紬，音去聲。皎如〔一一〇〕大明鏡，百陋逢一姝。鶚立時四顧，〔合註〕李太白《贈宣城趙太守悅》詩：鶚立重飛翻。何由攫羣狐。作堂名是是，自說行坦途。〔李註〕韓退之詩：近來自說尋坦途。孜孜稱善〔一一一〕人，不善自遠徂。〔王註〕《左傳·宣公十六年》：羊舌職曰：「吾聞之禹稱善人，不善人遠。」願君置座右，〔王註〕後漢崔瑗有《座右銘》。此語禹所謨。〔王註次公曰〕意謂劉壯輿之以是名堂，異乎歐陽子之非非，其說乃以游乎坦途不與物齟齬而已。先生於是勉之曰，當學禹也。

予昔作《壺中九華》詩，其後八年，復過湖口，則石已爲好事者取去，乃和前韻以自解云〔一二〕

〔查註〕晁補之《雞肋集》：元符己卯九月，貶上饒，艤石鍾山寺下。僧言壺中九華奇怪，而正臣不來，余不暇往。庚辰七月，遇赦北歸，至寺下首問之，則爲當塗郭祥正以八十千取去累月矣。然東坡先生將復過此，李氏室中，嵁崒森聳，殊形詭觀者尚多，公一題之，皆重於九華矣。〔翁方綱註〕《山谷集》中有《次韻》詩，其序曰：湖口人李正臣，蓄異石九峰，東坡先生名曰壺中九華，并爲作詩。後八年自海外歸，過湖口，石已爲好事者所取，乃和前篇以爲笑。實建中靖國元年四月十六日。

江邊陣馬走千峰，〔合註〕唐杜牧之《李賀詩歌集序》：風檣陣馬，不足爲其勇也。問訊方知冀北空。尤物已隨清夢斷，〔公自註〕劉夢得以九華爲造物一尤物〔一三〕。〔查註〕劉禹錫《九華山歌》：九華山，自是造化一尤物，焉能籍甚乎人間。真形猶在畫圖中。〔公自註〕道藏有《五岳真形圖》〔一四〕。歸來晚歲同元亮，却掃何人伴敬通。賴有銅盆修石供，仇池玉色自璁瓏。〔公自註〕家有銅盆，貯仇池石，正緑色，有洞穴〔一五〕達背。予又嘗以怪石供佛印師，作《怪石供》一篇。

次韻郭功甫觀予畫雪雀有感二首〔一六〕

〔王註子仁曰〕功甫觀先生畫雪雀有感，作詩寄惠州云：平生才力信瑰奇，今在窮荒豈易歸。正似雪林枝上畫，羽翰雖好不能飛。後先生北歸，又用前韻寄詩云：秋霜春雨不同時，萬里今從海外歸。已出網羅毛羽在，却尋雲迹帖天飛。〔查註〕郭功甫，名祥正，當塗人。

其一

早知臭腐卽神奇，海北天南總是歸。【誥案】公真有此意，非徒見之語言文字也。九萬里風安稅駕，雲鵬今悔不卑飛。〔王註次公曰〕蓋先生悔悟自歎之詞。

其二

可憐倦鳥不知時，空羨騎鯨得所歸。玉局西南天一角，萬人沙苑看孤飛。〔王註〕引徐佐卿化鶴事，見前《白鶴峰新居欲成》詩註。

次韻法芝舉舊詩一首〔一七〕

〔查註〕法芝名曇秀。唱和詩，見揚州、惠州卷中。

春來何處不歸鴻，〔王註次公曰〕建中靖國之初，皆起諸公之廢者，先生又得請歸常州，此詩蓋以興也。非復羸牛踏舊踪。〔王註次公曰〕先生舊有詩與法芝云：團團如磨牛，步步踏陳迹。故今云非復如牛也。但願老師心似月，〔一八〕〔王註次公曰〕先生與法芝又云：老芝如雲月，炯炯時一出。故今再云爾。誰家甕裏不相逢。〔合註〕任註《山谷集》引《高僧傳·醋頭和尚頌》：揭起醋甕見天下，天下元來在甕中，甕中元來有天下。《五燈會元》：遵古禪師曰：

「大悲菩薩甕裏坐。」

次舊韻贈清涼長老

〔查註〕先生南遷過金陵，有《贈清涼和長老》詩，在三十七卷。

過淮入洛地多塵，舉扇西風欲污人。但怪雲山不改色，〔王註次公曰〕此以言清涼長老也。杜子美《初月》詩「河漢不改色」，而意則以在多塵之中見之，故可怪也。豈知江月解分身。〔王註次公曰〕《傳燈録》：僧問龍光和尚：「賓頭盧一身，爲什麽赴四天下供？」師曰：「千江共一月，萬户盡逢春。」安心有道年顔好〔二九〕，〔合註〕方干詩：風流不合問年顔。遇物無情句法新。送我長蘆舟一葉，〔合註〕此則專用達摩葦渡事也。【誥案】此句言將去金陵至儀真也，公南遷已有《過長蘆三絶》，合註非是。笑看雪浪〔三〇〕滿衣巾。

戲贈孫公素〔三一〕

〔合註〕《侯鯖録》云：孫公素畏内，衆所共知。嘗求坡公書扇，坡題「披扇當年」一首。公素昔爲程宣徽門賓，後娶程公之女，性極妒悍，故云。毛滂《東堂集·雙石堂記》云：韓魏公客齊安，孫賁公素爲衢州，劚土得二石峰，爲書告福建轉運判官文勛安國曰，吾當以雙石名堂，君有篆名，請爲書之。又云：公頃爲陽翟，裕陵召對延和，將以爲御史。公杜門遠權勢，故不果用。又郭功甫《青山集》有《中秋泛月至歷陽訪太守孫公素》詩，中有「昔從赤縣守儀真」之句。是公素爲黄州人，曾任陽翟令，爲衢州、真州、歷陽守。歷陽，今之和州。先生此詩，當是北歸江行時途次所贈，其爲公素在真州或歷陽，則無可考矣。【誥案】時傅質守真州，或公素在歷陽也。此詩施編在遺詩中，查註從外集編海南，毫無依據，今改編於此，仍俟詳考。

披扇〔一三二〕當年〔一三三〕笑温嶠，握刀〔一三四〕晚歲戰劉郎。〔王註〕《三國志·法正傳》：孫權以妹妻先主。妹才捷剛猛，有諸兄之風，侍婢百餘人，皆親執刀侍立。先主每入，衷心常凛凛。不須戚戚如馮衍，便與〔一三五〕時時説李陽。〔李註〕《世説》：王夷甫婦，郭泰寧女，才拙而性剛，夷甫患之而不能禁。時其鄉人幽州刺史李陽，京都大俠，郭氏憚之。夷甫驟諫之，乃曰：「非但我言卿不可，李陽亦謂卿不可。」郭氏爲之小損。

睡起，聞米元章冒熱〔一三六〕到東園送麥門冬飲子〔一三七〕

【誥案】東園在真州，廣約百畝，水木環繞，臺館四匝，可資游矚。蓋真州爲東南水會，江淮、兩浙、荆湖發運使之治所。此乃使者施正臣以監軍廢營地改築，事詳歐陽修《東園記》中。公以五月泊舟真州，六月感疾，時猶未歸，而舟中熱甚，因憩息於此園。據《東園記》，則舟檝固可通也。《年譜》、《紀年録》並云：五月歸常州。查註遂有東園在常州之説，皆謬甚。今考《周必大題跋》云：六月自潤還常州。何薳《春渚紀聞》載錢濟明語：六月自儀真避疾臨江。蓋公乃得疾後又旬餘，始渡江至京口也。翁方綱註引米元章《挽詞》「季夏相值東園」之題、「六月相逢萬里歸」之詩，與誥改定甚合。〔翁方綱註〕米元章《寶晉英光集·蘇東坡挽詩序》曰：辛巳中秋，聞東坡以七月二十八日畢此世〔一三八〕，季夏相值白沙東園云。〔李註〕《本草别録》：麥門冬，葉如韭根，似麥而有鬚，凌冬不凋，故又名忍冬。

一枕清風直萬錢，〔合註〕此翻用李太白《襄陽行》詩「清風明月不用一錢買」意。又先生《與米元章書》云：某兩日病不能動，口亦不欲言，但困卧耳。今日當遷往通濟亭泊，且就快風活水，一洗病滯。無人肯買北窗〔二九〕眠。開心暖胃門冬飲，〔合註〕《本草》：麥門冬，主治心腹結氣胃絡脉病。知是東坡手自煎。

夢中作寄朱行中

〔類本題下原註〕〔三〇〕舊傳先生本敍云：前一日夢作此詩寄朱行中，覺而記之，自不曉所謂，漫寫去，夢中分明用此色紙也。〔查註〕《宋史》：朱服字行中，烏程人。進士甲科。紹聖初，爲中書舍人，謫萊州，再爲廬州，徙廣州，又坐與蘇軾游，貶海州團練副使，蘄州安置。《吳興備志》載：朱服所著書有《文集》十三卷、《較定六韜》六卷、《孫子》三卷、《司馬法》三卷、《吳子》二卷、《三畧》三卷。其子彧，有《蘋洲可談集》。

舜不作六器，〔王註次公曰〕《周禮·春官·大宗伯》：以玉作六器，以禮天地四方。《書·舜典》：修五禮五玉。註：五等諸侯所執之玉也。誰知貴璵璠。〔王註次公曰〕《逸論語》註：一則理勝，一則膚勝。《春秋》書陽虎竊寶玉大弓。解者謂寶玉卽此璵璠也。哀哉楚狂士，抱璞號空山。相如起睨柱，頭璧與俱〔三一〕還。何如鄭子產，有禮國自閑。雖微韓宣子，鄙夫亦辭環。〔王註〕《左傳·昭公十六年》：晉韓宣子有環，其一在鄭商。宣子謁諸鄭伯，子產弗與，曰：「大國之求，無理以斥之，何饜之有。」宣子私覲於子產，曰：「子命起舍夫玉，是賜我玉，而免吾死也，敢不藉手以拜。」至今不貪寶，凜然照塵寰。〔王註次公曰〕先生臨終而夢中作此詩，蓋若言其平生所存之大節，可以意悟。〔查註〕曾端伯《百家詩選》云：東坡《寄朱行中》一篇，北歸時絶筆也。又朱弁《風月堂詩話》云：朱行中知廣州。東坡自海南歸，留廣甚久。坡還嶺北，聞行中在任，士大夫頗以廉潔少之。至毘陵《寄行中》詩「至今不貪寶，凛然照塵寰」，其愛行中至矣。蓋不欲正言其事，故假夢中作以諷之耳。

答徑山琳長老〔一三〕

〔合註〕自第三十三卷《次韻西湖席上》詩起至此詩止，五註本、七集本皆在《東坡後集》各卷中。〔王註堯祖曰〕案徑山長老無畏大士維琳，湖之武康人也。其常州《與東坡問疾》詩云：扁舟駕蘭陵，自援舊風日。君家有天人，雄雄維摩詰。我口吞文殊，千里來問疾。若以默相酬，露柱皆笑出。〔合註〕《宋詩紀事》：維琳，武康沈氏子，好學能詩，東坡請住徑山。宣和元年，崇右道教，詔僧爲德士，皆頂冠，師聚徒説偈而逝。毛澤民《東堂集》與琳老倡和詩甚多，即其人也。【誥案】厲鶚《宋詩紀事》謂東坡倅杭請住徑山，誤。今删去倅杭二字矣。

與君皆丙子，各已三萬日。〔王註飛卿曰〕《年譜》：先生生於景祐三年丙子，卒於常州，乃建中靖國元年辛巳，實二萬三千四百六十日，今云三萬日，舉成數耳。一日一千偈，〔王註〕《晉書》：鳩摩羅什從師受經，日誦千偈。〔查註〕《晉書》：鳩摩羅什，天竺人。年七歲，出家，日誦千偈，偈有三十二字，凡三萬二千言，義亦自通。電往那容詰。大患緣有身，無身則無疾。〔王註〕《老子》：吾所以有大患者，爲吾有身，及吾無身，吾有何患。【誥案】此二句用《思無邪齋銘》，但以疾字易去病字耳。平生笑羅什，神呪真浪出。〔王註次公曰〕《晉書》：鳩摩羅什未終，少日，覺四大不愈，乃口出三番神呪，令外國弟子誦之以自救，未及致力，轉覺危殆，於是力疾與衆僧告别。此詩蓋先生示疾時，琳老以偈與之，而和琳老者也。故用羅什將終時事。〔查註〕《紀年録》：七月，公疾頗革，徑山老維琳來説偈，答云：平生笑羅什，神呪真浪出。二十八日，公薨，年六十六。葬汝州郟城縣釣臺鄉上瑞里嵩陽峩眉山。

附米黻所作挽詩五首〔一三三〕

【誥案】合註所引翁方綱註米元章《寶晉英光集·蘇東坡挽詩》五首，原載《送麥門冬飲子》題下，今改列於後。

其一

方瞳正碧貌如圭，六月相逢萬里歸。口不談時經噩夢〔一三四〕，心常懷蜀俟秋衣。可憐衆熱能偏捨，自是登真限莫違。書到鄉人望還舍，晉陵玄鶴〔一三五〕已孤飛。梓路使者薛道祖書來云：鄉人父老，咸望公歸也。

其二

淋漓十幅草兼真，玉立如山老健身。夢裏赤猿真月紀，羅浮嘗見赤猿，後數入夢〔一三六〕。輿〔一三七〕前白鳳似年辰。將尋賀老船虚返，余約上計回過公。欲近要離烈可親。忍死來還天有意，免稱聖代殺文人。【誥案】一結，如元章大草，可謂力透紙背。

其三

小冠白氎步東園，元是青城欲度仙。六合著名猶似窄，八周禦魅訖〔一三八〕能旋。道如韓子頻離世，文比歐公復並年。我不銜恩畏清議，束芻難致淚潸然。【詰案】元章攀附甚殷，公未嘗以片言薦之，此不能無觖望也。然銜恩者，後皆廢黜以死，而元章獨附蔡京以進，公固有其道矣。

其四

平生出處不同塵，末路相知太息頻。力疾來辭如永訣，公別於真閘屋下，曰：待不來，竊恐真州人俱道〔一三九〕放著天下第一等人米元章不別而去也。古書跋贊許猶新。公立秋日於其子過書中批云：謝跋在下懷〔一四〇〕。荊州既失三遺老，是年蘇子容、王正仲皆卒矣。【詰案】子容乃宰相蘇頌，正仲乃執政王存也。碧落新添幾侍宸〔一四一〕。公簡云：相知三十年，恨知公不盡。余答曰：更有知不盡處，修楊許之業，爲帝宸〔一四二〕碧落之遊，異日相見乃知也。今思之，皆訣別之語。若誦《子虛》真異世，酒傭屍佞是何人。

其五

招魂聽我楚人歌，人命由天天奈何。昔感松醪聊墮睫，今看麥飲〔一四三〕發悲哦。見公送麥飲詩。長沙論直終何就，北海傷豪忤更多。曾借南窗逃蘊暑，西山松竹不堪過。南窗，乃余西山書院也〔一四四〕。【詰案】五詩皆切當。「韓歐」、「賈孔」二聯，尤確不可易。此元章加意作也。內惟「出處不同」句，謬。當元章墮地之歲，公已登制科，判鳳翔矣，且元章以母故敘官，卻與制科較量，出處大可笑也。

卷四十五校勘記

〔一〕東坡居士云云　集本、施乙、類本題作「贈龍光長老」。集本題末有「一首」二字。施乙、類本「東坡居士」云云爲題下註文，其畧異處：施乙「東坡居士」作「舊傳先生」，「爲此山」作「作此山」；類本「東」前有「舊傳先生詩本題云」八字。

〔二〕竹中　施乙作「箇中」。

〔三〕查註輿地紀勝……會於豫水而爲豫章水　「會於豫水而爲豫章水」原作「一名豫章水」，今據《輿地紀勝》卷三十二校改。

〔四〕百花　集本、施乙作「雜花」。

〔五〕余昔過嶺云云　七集續集重收此詩，題作「北歸次韻」。

〔六〕秋風　集本、施乙作「春風」。

〔七〕緑淨　七集續集作「淥淨」。

〔八〕下嶺　施乙作「下領」。

〔九〕艱險　集本、類本作「艱嶮」。七集續集作「艱難」；原校：「難」一作「嶮」。

〔一〇〕過嶺二首　此二首之第二首，七集續集重收，爲《過嶺寄子由三首》之第一首。外集亦收此二首之第二首，題作「用過嶺韻寄子由」。

〔一一〕南冠　合註謂一作「黄冠」，訛。

〔一二〕驚起　施乙作「飛起」。施註引劉禹錫《題甘露寺》詩：山禽忽驚起，衝落半巖花。案，據此，「飛」字似爲誤刊。

〔一三〕留題顯聖寺　集本「寺」後有「一首」二字。施乙題下原註：「石本題云：泊舟顯聖寺下，長老元公求詩，爲留一首。」七集續集重收此詩，題作「焦坑寺」。

〔一四〕晚鴉　查註、合註：「晚」一作「曉」。

〔一五〕烟火　七集續集作「燈火」；原校：「燈」一作「烟」。

〔一六〕焦坑　合註：「坑」一作「溪」。

〔一七〕閑試　七集續集作「聊試」。

〔一八〕祇疑　查註、合註：一作「不如」。

〔一九〕江村　查註、合註：「村」一作「邊」。

〔二〇〕繞白沙　集本、施乙作「繚白沙」。

〔二一〕俚人謂之　「俚人」原作「里人」，今從集本、施乙、類本。集本、類丙無「之」字。

〔二二〕浮圖　集本、施乙、類本作「浮屠」。施註引《釋氏要覽》：浮屠，梵語塔婆，此云高顯；今畧稱塔，亦云浮屠。與「倚天」句下次公註文「浮屠佛之名」云云有異。

〔二三〕要三二别四三壺　集本、施乙「四三」作「四方」。類甲、類乙作「要令人别四方壺」，合註謂訛。類丙作「要令人别四方壺」，「要令」疑爲「要令」之誤。

〔二四〕鬱孤臺　七集續集重收此詩，題作「建中靖國元年正月，復過虔，再次前韻」。

〔二五〕再過虔州和前韻　施乙此註文，無「東坡云」字樣。

〔二六〕嶺海　類本、七集續集作「嶺外」。

〔二七〕越瘴　何校：「越毒」。

〔二八〕横雲嶠　施乙原校：「横」，石本作「行」。

〔二九〕見和復次前韻　集本、類本「和」後有「此詩」二字，施乙無「前」字。

〔三〇〕蕁鱠　施乙作「蕁膾」。

〔三一〕老景　集本、施乙、類本作「老境」。

〔三二〕贈虔州術士謝晉臣　集本、施乙「謝晉臣」作「謝君」。施乙題下原註：謝君名晉臣。

〔三三〕虔州景德寺榮師湛然堂　集本「堂」後有「一首」二字。

〔三四〕照寂　集本、施乙作「寂照」。施註引《楞嚴經》云：淨極光通達，寂照含虚空。

〔三五〕此話　施乙作「此語」。

〔三六〕次韻陽行先　集本題作「和陽行先一首」。施乙題作「和陽行先用鬱孤臺韻」。

〔三七〕用鬱孤臺韻　施乙無此條自註。

〔三八〕室空　施乙作「空室」。

〔三九〕原無病　集本、施乙、類本作「元無病」。

〔四〇〕雖未麒麟　查註：《虔州志》「雖未」作「未入」。集甲「麒麟」作「騏驎」。

〔四一〕乞數珠　集本「珠」後有「一首」二字。

〔四二〕未能　集本、施乙作「未敢」。

〔四三〕八十反　類本作「八十返」。

〔四四〕再用數珠韻贈湜老　集本、施乙無「再」字，「老」前有「長」字。

〔四五〕鶴瘦龜不喘　類甲作「龜瘦鶴不喘」，疑誤。

〔四六〕犢角　類甲、類乙作「獨角」。

〔四七〕從横　集本、施乙作「從衡」。

〔四八〕嗔兒　集本、施乙、類本作「瞋兒」。

〔四九〕回看　施乙作「回首」。

〔五〇〕王註任曰　「任」原作「次公」，今從類丙。合註「王註任」作「五註宋」。

〔五一〕覽德輝　施乙作「鑒德輝」。

〔五二〕見在　施乙作「現在」。類註引《金剛經》作「見在」，施註引《金剛經》作「現在」。「見」、「現」通。

〔五三〕風雷　類甲、類乙作「風雲」，疑誤。

〔五四〕纍然　類甲、類乙作「累然」。

〔五五〕禪牀　原作「禪林」。集本、施乙、類甲、類丙、查註作「禪牀」，今從。合註作「禪林」，不知所本。類乙作「禪庵」。

〔五六〕度嶺　集甲、施乙作「渡嶺」。

〔五七〕夢結　原作「結夢」。今從集本、施乙、類本。

〔五八〕晚就　施乙作「晚歲」。

〔五九〕翁媼　集本、施乙作「翁媪」。

〔六〇〕見退之贈崔員外詩　施乙註文引韓退之寄崔立之詩，無「東坡云」字様。集本「見」前有「事」字。

〔六一〕邦人　集乙作「邗人」。

〔六二〕鍛煉　施乙作「陶鍊」。集甲、類本作「淘鍊」。

〔六三〕蕢　集甲作「塊」。

〔六四〕和葦籥　合註：「和」一作「如」。

〔六五〕天節　類丙作「大節」，疑誤。

〔六六〕畫車二首　集本「車」後有「詩」字。

〔六七〕隻輪車　查註、合註：「隻」一作「觭」。

〔六八〕散福　施乙作「致福」。

〔六九〕寄題　七集無「寄」字。

〔七〇〕競倚欄　七集作「竟倚欄」。查註謂「竟」訛。

〔七一〕步月　外集作「踏月」。

〔七二〕江晦叔　集乙「江」作「王」。章校：《鑑》「江」作「王」。查註謂作「王」訛。施註云：「江晦叔，名公著，桐廬人。東坡守杭，賦詩送晦叔知吉州。坡以建中靖國元年正月至虔，寓豐樂禪院。太守乃霍大夫漢英。晦之繼來爲守，以二月十九日交事。坡留至春晚，始與劉器之同發。詩云『幸與登仙閣，同依坐嘯成』者，謂器之、晦叔也。」作「江」是。

〔七三〕到參横　類本作「致參横」。

〔七四〕時事　集本、類本作「世事」。

〔七五〕看橋横　施乙作「見橋横」。

〔七六〕所坐牀　「所」字據集本、施乙補。

〔七七〕往在錢塘云云　集本無此條自註。施乙此註文，無「東坡云」字樣。施註引《茶録》云：陸羽嗜茶，時人謂之茶顛。類本有此條自註。

〔七八〕陶淵明有止酒詩器之少時飲量無敵今不復飲矣　集本無此條自註。施乙自註無「陶淵明有止酒詩」二句，「飲量」作「飲酒」。

〔七九〕庭皐　集本、施乙作「亭皐」。類丙作「庭皐」，類丙註文引柳惲詩作「亭皐」。施註引柳子厚《柳州榕葉落》詩：山城雨過落花盡，榕葉滿庭鶯亂啼。「庭」、「亭」當通。

〔八〇〕器之　類本「器」上有「劉」字。

〔八一〕遊山　類本無「山」字。

〔八二〕作此詩　類本無此三字。

〔八三〕王子直　類本「直」作「立」。邵氏《王註正譌》、查註、合註謂「立」訛。施乙「剩買」句下註云：「以王子直住鶴田山故也，趙彦材以爲先生先自註云爾。」類丙「剩買」句下次公註文作「直」。「立」爲誤刊。

〔八四〕戲贈虔州慈雲寺鑑老　施乙題作「贈虔州慈雲寺鑒老浴」。外集題作「虔州慈雲寺浴罷贈鑒長老」。類本無「戲」字。七集續集重收此詩，無「戲」字。

〔八五〕查註輿地紀勝慈雲寺云云　《輿地紀勝》未見。查註多處引《輿地紀勝》，或者出入甚大，或者不見原著。《輿地紀勝》晚出，查氏蓋轉引也。

〔八六〕堪洗沐　外集原校：「堪」一作「猶」。

〔八七〕惟聞　施乙作「誰聞」。外集作「時聞」；原校：「聞」一作「惟」。

〔八八〕千眼　類甲作「手眼」。

〔八九〕虔州呂倚承事年八十三讀書作詩不已好收古今帖貧甚至食不足　七集續集重收此詩，題作「呂倚夢得承事，借示古今書一軸，作詩代跋尾，倚年八十一」。集乙「承事」作「承奉」。

〔九〇〕蝸蚕　施乙作「蝸蜑」。集本作「蝸蜑」；翁方綱註謂石刻作「蝸蜇」，石刻於「蜇」旁加圈，謂當作「蜑」。按：石刻未足爲據，作「蜇」、「蜑」，誤。參卷十七「蝸蜑」條校記。卷十七《張安道見示近詩》集甲作「蝸蜑」，此作「蝸蜑」，「蜑」爲誤刊。

〔九一〕道士　集本「道」上有「謝」字。

〔九二〕鬚髮　集乙作「鬢髮」。按，《正字通》：「鬢」，同「鬚」。「鬢」，誤。

〔九三〕鬅枕　原作「攲枕」。今從集本、施乙、類本、查註。合註作「攲枕」，不知何本。

〔九四〕未容　合註：《名勝志》「未」作「暫」。

〔九五〕列子周穆王篇　原作《穆天子傳》，誤，今校改。

〔九六〕行年　集本、施乙作「流年」。

〔九七〕三百里　類甲、類乙作「二百里」。

〔九八〕工妙　集乙作「巧妙」。

〔九九〕遠甚　類丙無此二字。

〔一〇〇〕常啖蜜　施乙「蜜」後有「云」字。

〔一〇一〕李太白云云　施乙此註文，無「東坡云」字樣。施註引李白《上安州裴長史書》：郡都督馬公謂長史李京之曰：諸人之文，猶山無煙霞，春無草樹；李白之文，清雄奔放，名章俊語，絡繹間起，光明洞徹，句句動人。

〔一〇二〕到公無　施乙作「到君無」。

〔一〇三〕惟愁　原作「惟慚」。今從集本、施乙。

〔一〇四〕張競辰永康所居萬卷堂　西樓帖有此詩，題作「熙明張侯永康所居萬卷堂一首」，另行書「眉山蘇軾」，詩後有「□□□示□公并別山中諸道友，軾上」等字。

〔一〇五〕且共　原作「且與」。今從集本、施乙、西樓帖。

〔一〇六〕一編　集本、類甲、類乙、西樓帖作「一篇」。

〔一〇七〕劉壯輿　集乙作「劉壯與」，疑誤。

〔一〇八〕閒燕　集本、施乙、類本作「間燕」。查註、合註作「閒燕」。「王註」引《漢書・貨殖傳》釋「閒燕」。按，師古註：「閒讀曰閑」。又，《漢書・蔡義傳》：願賜清閒之燕。師古註：「燕，安息也。閒讀曰閑。」又《漢書・蕭望之傳》亦有「願賜清閒之宴」語，師古亦註「閒讀曰閑」。又，集甲、施乙無「閒」

字，如卷三十三《予去杭……》，「閒居」皆作「閑居」，卷三十四《臂痛……》「清閒」皆作「清閑」，卷三十四《葉待制……》「百年閒」，皆作「百年間」。集甲、施乙此處之「閒」、「間」當通。參看卷三十八「聞燕」條。

〔一〇九〕劉君　施乙作「劉郎」。

〔一一〇〕皎如　原作「皎皎」。今從集本、施乙、類本。

〔一一一〕稱善　類丙作「善稱」。

〔一一二〕以自解云　類甲、類乙「云」作「也」。

〔一一三〕劉夢得以九華爲造物一尤物　施乙此註文，無「東坡云」字樣，註文與查註同。類本「造物」作「造化」。

〔一一四〕道藏云云　施乙此註文，無「東坡云」字樣。施註云：道士張素卿於青城丈人觀，畫五岳真形。

〔一一五〕洞穴　原作「洞水」。今從集甲、施乙、類本。

〔一一六〕次韻郭功甫觀予畫雪雀有感二首　集本、施乙、類本無「觀予畫雪雀有感」七字。此詩，七集續集重收，無「郭」字，餘同底本。此詩見施乙卷三十九，删去誥案「此詩施編不載，查註據邵本補編」一條十三字。

〔一一七〕次韻法芝舉舊詩一首　此詩，七集續集重收，題作「舉舊詩次今韻呈曇秀」。施乙無「一首」二字。

〔一一八〕心似月　原作「真似月」。今從施乙。施註云：「寒山偈：吾心似秋月。坡舊詩云：老芝如雲月，炯炯時一出。今蓋申言之也。」

〔一一九〕年顔好　類本作「年顔少」。
〔一二〇〕雪浪　集乙作「雲浪」。
〔一二一〕戲贈孫公素　類本、七集無「贈」字。
〔一二二〕披扇　合註：「披」一作「投」，訛。
〔一二三〕當年　七集作「昔年」。
〔一二四〕握刀　合註：《侯鯖録》「握」作「挽」。
〔一二五〕便與　施乙作「但與」。合註：《侯鯖録》「便」作「但」。
〔一二六〕冒熱　集本無此二字。
〔一二七〕飲子　集本「子」後有「一首」二字。
〔一二八〕聞東坡以七月二十八日畢此世　「以」前原有「間」字，今删去。詳本卷〔一三三〕條校記。
〔一二九〕北窗　七集作「此窗」。
〔一三〇〕類本題下原註　原作「王註十朋曰」。類本此條註文，無註者姓氏。今改。
〔一三一〕與俱　集本、施乙作「相與」。
〔一三二〕答徑山琳長老　類本無「琳」字。
〔一三三〕附米黻所作挽詩五首　此五詩，在《湖北先正遺書》(以下簡稱《遺書》)本《寶晉英光集》卷四。詩題作「蘇東坡輓詩五首」。詩序爲：「辛巳中秋，聞東坡以七月二十八日畢此世，季夏相值白沙東園，云，羅浮嘗見赤猿，後數入夢。」序文與翁方綱註所引略有異。翁註見本卷《睡起……》詩題下。

〔一三四〕經疆夢　《遺書》本作「驚」。

〔一三五〕玄鶴　「玄」原作「弔」，今從《遺書》本。

〔一三六〕赤猿云云　《遺書》本無此註。

〔一三七〕輿　《遺書》本作「輿」，誤。

〔一三八〕訖　《遺書》本作「尚」。

〔一三九〕竊恐真州人俱道　原作「切恐真州人道」。今從《遺書》本。

〔一四〇〕下懷　《遺書》本不脫「下」字，刪去譜案「原註脫下字」云云一條十四字。

〔一四一〕幾侍宸　「宸」原作「晨」，今從《遺書》本。

〔一四二〕帝宸　「宸」原作「晨」。此「晨」字與上條「晨」字，翁方綱謂「疑當作『宸』」。《遺書》本作「宸」，今從。

〔一四三〕麥飲　《遺書》本作「麥飯」，此句下自註「麥飲」亦同。

〔一四四〕西山書院也　《遺書》本無「也」字。

蘇軾詩集卷四十六

帖子詞口號六十五首

【誥案】本集以帖子詞、樂語爲類，而口號又樂語一部内之一種也。查註、合註統作今體詩六十五首，並非，今改爲《帖子詞口號》六十五首。〔翁方綱註〕施顧原本第四十卷《翰林帖子》五十四首，則端午在前，春日在後，當是舊本如此。〔合註〕七集本《帖子詞》皆列入《内制集》，春帖子在卷第五，端午帖子在卷八，均係元祐三年，未審施、顧本何以端午帖子在前也？【誥案】施註原編第四十卷載《翰林帖子詞》五十四首〔一〕。邵註删去，查註從全集採出各詞并口號十一首共爲一卷，合註仍之。但内制致語口號，皆教坊詞，後有勾合曲、勾小兒隊、隊名、問小兒隊、小兒致語、勾雜劇、放小兒隊，及勾女童隊、隊名、問女童隊、女童致語、勾雜劇、放女童隊各詞，與致語口號，合爲一部。致語口號者，乃排場之始，敍此日之樂也。口號既畢，而後勾合曲。勾者，勾出之也。既奏勾合曲，而後教坊合樂，樂畢，勾小兒隊。小兒入隊，而後演其隊名，且問其入隊之來意，故小兒又致語。蓋因問以陳此日之頌辭與前之致語，合成章法也。既訖事，始勾雜劇，雜劇出而無所不有，科諢戲謔，寓諷寓諫，皆教坊主之。及終，則放小兒隊，謂放之使還而樂終也。如或勾女童隊，則又再起，合兩部爲一部也。故凡集中所載教坊各詞，乃一部之綱領，而教坊之般演，並不在此，惟是日之所以爲樂，而因之提唱，則系乎此也。樂語乃翰林之文，而敷奏則教坊之口，凡致語所稱「忝與賤工叨塵法部」，皆代教坊之語，非翰林自道也。其法，凡朝政缺失與情不便，皆得以達天子，故致語皆以下采民言謳謡擊壤等意爲指歸。又口號雖似七言律，而在樂府，爲《瑞鷓鴣》曲，自有聲調節奏，與詩不同。施、顧二家在南宋日，習見此種排場，故僅收帖子詞，而不敢折動口號，彼非不知口號可作近體詩也。所謂排場者，如公載明「中和化育萬壽排場」是也。查註全不解此，乃抹殺其各題之教坊詞字樣，而割截致語口號二種，若各卷之詩敍與詩一式登載，以口號爲詩，而致語爲敍，故凡讀者，皆以樂人所稱「臣等法部賤工」諸語，誤爲公之自道，不大謬哉。若《齋日致語口號》，不用隊舞雜劇，故無勾放等詞。《黄樓寒食致語口號》，乃公徐州自爲宴樂，但作此，令樂人歌之，而非教坊供奉内廷可比，故亦無勾放等詞，然亦樂人口吻，故自稱知府學士。合註指爲他人贈公之作，誤入本集，此乃全未知其原委，而自爲臆説，宜其從查誤而不知也。《趙母王氏致語口號》，則并無樂人，公但作此見意，或自爲歌之，用樂語之體段而已。以上各詞，並載帖子詞後，均謂之今體詩，殊有未協。詁不難一概編年，改列案中，自守家法，緣此卷二註分疏，頗極詳贍，如或不載，則四十五卷之註悉已匯收，而此獨遺之，是爲不終，故不欲没其善也。今但正其題字，而教坊詞之有勾放各作者，附載口號之後，俾讀者究其全云。

春帖子詞

〔公自註〕元祐三年〔二〕。【誥案】凡此皆本集自註，查註均改作舊註，誤。今一概更正。〔合註〕七集本總題作：元祐三年春帖子詞。〔查註〕本集《元日立春》詩，公自註云：立春日，翰林學士供詩帖子。

皇帝閣六首〔三〕

其一

靄靄〔四〕龍旂色，〔合註〕陸雲詩：輶軒靄靄。琅琅木鐸音。〔查註〕《尚書·胤征》：每歲孟春，道人以木鐸，狥於路。傳云：遒人，宣令之官。木鐸，金口木舌，所以振文教。數行寬大詔，〔查註〕《後漢書》：立春之日，下寬大詔，曰，制詔三公，方春東作，敬始慎微。又《侯霸傳》：光武徵霸拜尚書令，條奏前世善政法度有益於時者，皆施行之。每春下寬大之詔，奉四時之令，皆霸所建也。四海發生心。〔查註〕《爾雅》：春爲青陽爲發生。王冰《素問》註：六氣十八候，皆青陽布發生之令，故養生者，必謹奉天時。

其二

暘谷賓初日，〔查註〕《尚書·傳》：暘，明也。日出於谷，而天下明，故稱暘谷。賓，導也。東方之官，敬導出日，平均次序東作之事，以務農也。清臺告協風。〔查註〕陸雲詩：協風應律。鄭若庸《類雋》：協風，立春融風也。〔合註〕《漢書·律曆志》：雜候上林、清臺，課諸曆疎密。《國語》：瞽告有協風至。願如風有信，長與日俱中。〔合註〕用日再中之意。

其三

草木漸知春，萌芽處處新。〔查註〕《月令》：天氣和同，草木萌動。從今八千歲，合抱是靈椿。〔合註〕《列子·湯問篇》：上古有大椿者，以八千歲爲春，八千歲爲秋。

其四

聖主憂民未解顏，天教瑞雪報豐年。蒼龍挂闕農祥正〔五〕，〔查註〕《漢書·天文志》：東宮蒼龍，房，心。左角，理；右角，將。《中華古今注》：蒼龍闕，畫蒼龍。《漢書·天文志》：農正房星，農事之候。韋昭註云：立春日晨中於午。〔合註〕《漢書·天文志》無此條，見《國語》「農祥晨正」句韋昭註。老稚〔六〕相呼看藉田。〔查註〕《宋史·禮志》：藉田之禮，宋初歲不常講。雍熙四年，始詳定儀注，除耕田爲先農壇，以郊後吉亥，皇帝親享先農，備三獻，行三推之禮。景德以後，因制損益，更鏺麥殿爲思文殿。

其五

昨夜東風入律新，〔查註〕《月令疏》：律中太簇，惟主正月之氣，宜與東風解凍，文次相連。角是春時之音律，審正月之氣，音由氣成，以其音氣相須，故律角同處。言正月之時，候氣之管，中於太簇，陽管爲律，陰管爲呂。〔合註〕《十洲記》：月支國使者曰：「國有常占，東風入律。」玉關知有受降人。聖恩與解河湟〔七〕凍，共得中原草木春。【誥案】青唐事，詳後註。

其六

翰林職在明光裏，〔查註〕張籍詩：良人執戟明光裏。行樂詩成拜舞中。〔查註〕李太白有《宫中行樂詞》。又杜子美《宿昔》詩：宫中行樂秘。不待驚開小桃杏，始知天子是天公。

太皇太后閤六首

〔查註〕《宋史》：宣仁聖烈高皇后，英宗成婚濮邸，神宗立，尊爲皇太后，哲宗立，尊爲太皇太后。

其一

琱刻春何力，〔合註〕《揚子》：或問雕刻衆形者，匪天歟？【誥案】公用剪刻尤多。欣榮物自知。發生雖有象〔八〕，覆載本無私。

其二

小殿黄金榜，〔查註〕小殿，即延和殿，註詳下。杜子美《宣政殿退朝晚出左掖》詩：天門日射黄金榜。珠簾白玉鈎。一聲雙日蹕，〔查註〕《宋史·禮志》：哲宗即位，太皇太后權同聽政。每朔、望、六參，帝御前殿，百官起居，班退，詣内東門進榜子。雙日御延和殿垂簾，日參官起居太皇太后，移班少西起居皇帝。春色滿皇州。〔合註〕此句全用謝朓詩。

其三

仗下春朝散，宮中晝漏稀。〔查註〕《宋史》：太皇太后所居崇慶宮。【誥案】後哲宗以宣仁太后有立二王意，欲追廢之，時向太后方寢，聞之，不及納履，號哭而起，曰：「吾日事崇慶，曷嘗聞此語。」所指崇慶卽此。兩廂休侍御〔九〕，應下讀書幃。

其四

五日占雲十日風，〔合註〕五風十雨，詩似倒用，或係譌刊。憂勤〔一〇〕終歲爲三農。春來有喜何人見，好學神孫類祖宗。〔合註〕《宋史・哲宗本紀》：皇太后垂簾於福寧殿，諭王珪等曰：「皇子性莊重，從學穎悟，自皇帝服藥，手寫佛書祈福。」因出以示珪等，所書字極端謹。

其五

共道十年無臘雪，且欣三白壓春田。【誥案】是年正月大雪，見本集奏狀。盡驅南畝扶犁手，稍發中都朽貫錢。〔查註〕按《宋史・本紀》：哲宗元祐三年春正月，復廣惠倉。雪寒，發京西穀五十餘萬石，損其直以紓民。罷上元游幸。此首卽記此事。〔合註〕《漢書・賈捐之傳》：都內之錢，貫朽而不可校。

其六

不獨清心能省事，應緣克己自銷兵。【誥案】本集《內制》：元祐二年九月二日，《熙河蘭會路賜种誼銀合茶藥及撫問犒設漢番將校口宣》云：汝等受成元帥，問罪種羌，既俘凶渠，倍見忠力。又，《告神宗永裕陵》云：吏士用命，争酬未報之恩；聖靈在天，難逃不漏之網。頡利成擒，郅支授首。詩言克己銷兵，謂勦撫兼施也。以上皆百十餘日內，朝廷所行近事，故詩中及之，餘詳後註。傳聞塞外千君長，欲趁新年賀太平。

皇太后閤六首〔一〕

〔查註〕《宋史》：欽聖憲肅向皇后，宰相敏中曾孫也。神宗於潁邸，封安國夫人。卽位，立爲皇后，哲宗立，尊爲皇太后。

其一

寶冊瓊瑤重，〔查註〕《宋史》：尊號之册，命大臣撰册文及書册寶，遣官告天地祖宗社稷。皇太后册禮，天子稱嗣皇帝，餘概如尊號儀。新庭松桂香。雪消春未動，碧瓦麗朝陽。

其二

瑞日明天仗，仙雲擁壽山。倚欄〔三〕春晝永，〔查註〕按「倚欄」，墨迹石刻作「猗蘭」，兩存備考。〔合註〕《洞冥記》：景帝改芳蘭閣爲猗蘭殿。後，王夫人誕武帝於此殿。金母在人間。〔查註〕《西王母傳》：金母生於神洲伊川，以主陰靈之炁，理於西方，亦號王母。

其三

朝罷金鋪掩，〔合註〕司馬相如《長門賦》：擠玉户以撼金鋪兮。人閑寶瑟塵。〔合註〕《漢書·金日磾傳》：行觸寶瑟。欲知慈儉德，書史樂青春。

其四

仙家日月本長閑，送臘迎春亦偶〔一三〕然。翠管銀罌〔一四〕傳故事，〔查註〕杜子美《臘日》詩：口脂面藥隨恩澤，翠管銀罌下九霄。《困學紀聞》云：東坡春帖用「翠管銀罌」，出老杜《臘日》詩，而註者改爲銀鈎，此邢子才所以有日思誤之語也。金花綵勝作新年。

其五

彤史年來不絕書，〔查註〕按《唐書》，宫官有彤史二人，正六品。三朝德化婦承姑。〔查註〕《詩·大雅·大明》：纘女維莘。疏傳正義曰：婦之所繼，維繼姑耳，繼姑而言維行，故知能行太任之德也。《晉書·庾皇后傳》：坤德尚柔，婦道承姑。《宋史》：哲宗立，尊欽聖憲肅向皇后爲皇太后。宣仁命葺慶壽故宫以居后。后辭曰：「安有姑居西而婦處東，是瀆上下之分，不敢從。」遂以慶壽後殿爲隆祐宫居之。宫中侍女減珠翠，〔查註〕李太白《大獵賦》：六宫斥其珠玉，百姓樂於耕織。雪裏貧民得袴襦。〔合註〕《宋史·向皇后傳》：聞愛民崇儉之事，則喜形於色。與此二句可以相證。

其　六

邊庭無事羽書稀，【誥案】元祐二年八月，岷州將种誼復洮州，執鬼章〔一五〕青泥吉，百官稱賀。公上「稱賀太速，論西羌夏人事宜，乞詔邊吏無進取」四劄。朝廷從之，以鬼章爲陪戎校尉。先是，熙寧中鬼章數爲邊患，神宗屢欲生致而不可得，故此云「邊庭無事羽書稀」也。閑遣詞臣進小詩。共助至尊歌喜事，【誥案】本集《内制・百寮宣答詞》云：凶狡就俘，羌戎一震。既增吏士之氣，亦寬戍守之勞。靖寇息民，與卿等同喜。此云歌喜事者，指此。今年春日得春衣。

皇太妃閣五首〔一六〕

〔查註〕《宋史》：欽成朱皇后，開封人。熙寧初入宫，生哲宗，累進德妃。哲宗立，尊爲皇太妃，時宣仁、欽聖二太后，皆居尊，故稱號未極。元祐三年，宣仁詔，春秋之義，母以子貴，於是輿蓋伏衛冠服，悉侔皇后。

其　一

葦桃〔一七〕猶在户，〔查註〕《風俗通》：上古時，神荼與鬱壘兄弟二人，性能執鬼。於度朔山桃樹下，簡閲百鬼。無道妄爲人禍害，縛以葦索，執以食虎。於是縣官常以臘除夕，飾桃人，垂葦茭，畫虎於門，皆追效於前事，冀以衛凶也。今世畫神像於版上，以元日置之門户，即其遺意。椒柏已稱觴。〔查註〕庾信《謝正日賜酒》詩：柏葉隨銘至，椒花逐頌來。

歲美風先應〔一八〕，朝回日漸長。〔查註〕《隋書·天文志》：高祖踐極，張胄元言日長之瑞。開皇十九年，袁充復奏曰：隋興以復，日景漸長。

其二

甲觀開千柱，〔查註〕《宋史》：朱皇后即閤建殿，出入由宣德東門，百官上箋稱殿下，名所居爲聖瑞宫。〔合註〕《漢書》：成帝生甲觀畫堂。飛樓擢九層〔一九〕。〔合註〕《西王母傳》：九層玄室，紫翠丹房。雪殘鳥鵲喜，翔舞下觚稜。

其三

孝心日奉東朝養，〔查註〕按《漢書》：惠帝東朝長樂宫，時呂太后居長樂。後世稱太后爲東朝，其義本此。儉〔二〇〕德應師大練〔二一〕風。〔查註〕《後漢書·馬皇后紀》：常衣大練裙，不加緣。註云：大練，厚繒也。太史新年瞻瑞氣〔二二〕，四星明潤紫宫中。〔查註〕《漢書·天文志》：中宫天極星，其一明者，太一之常居也。後句「四星」，末大星正妃，餘三星，後宫之屬也。環之匡衛十二星，藩臣。皆曰紫宫。《晉書·天文志》：文昌六星，在北斗魁星前，明潤大小，齊天臻瑞。

其四

九門挂月未催班，清禁風和玉漏閑。〔合註〕蘇味道詩：玉漏莫相催。崇慶早朝銀燭下，【誥案】此指朱太妃詣崇慶早朝也。〔合註〕鮑照《芙蓉賦》：輝葱河之銀燭。珮環聲在五雲間。

其五

東風弱柳萬絲垂，的皪殘梅尚一枝。繭館乍欣蠶浴後，〔查註〕《三輔黄圖》引《宫闕疏》云：蠶所曰繭館。《禮記·祭義》：卜三宫夫人世婦之吉者，使入蠶於蠶室，奉種浴於川。疏云：近川而爲之者，取其浴蠶種便也。奉種浴於川者，言蠶將生之時，而又浴之。禖壇猶記燕來時。〔查註〕《禮記·月令》：仲春之月，玄鳥至。至之日，以太牢祀於高禖。註云：燕以施生時來巢人堂宇，而孚乳娶嫁之象也。《宋史·禮志》：高禖，仁宗詔有司築壇南郊，春分之日，以祀青帝，本《詩》「克禋以祓」之義，以禖從祀，報古爲禖之先也。政和新儀，以簡狄姜嫄從配。按：哲宗，朱太妃所出，故以玄鳥生商事比之。

夫人閣四首〔三〕

〔查註〕《宋史》：馮賢妃，東平人。初封郡君，養女林美人，得幸神宗，生燕、越二王，進婕妤。按，元祐初，二人俱在宫中，未詳孰是？〔合註〕《宋史》：仁宗苗貴妃，元祐六年薨。周貴妃，徽宗時，年九十三薨。卽神宗之武賢妃，亦大觀元年薨。則元祐初皆在宫中，查氏何以專舉馮、林二人也？

【誥案】以各内制考之，此是皇太后殿夫人，信爲林婕妤也。餘賢妃、貴妃皆非是。

其一

綵勝鏤新語〔四〕，酥盤滴小詩。〔查註〕黄庭堅詩：酥滴花枝綵剪幡。〔合註〕任註《山谷集》引元絳《春帖子詞》：

幡字玲瓏玉，花房點滴酥。昇平多樂事，應許外庭知。〔合註〕賈島詩：從前禮絶外庭人。

其二

細雨曉風柔，春聲入御溝。〔查註〕春深「深」字，石刻作「聲」，當從之。〔合註〕七集本亦作「聲」。【誥案】「深」字誤刊，無論與上句不合，即立春供帖子，亦斷不用「春深」字。已漂新荇没，猶帶斷冰流。

其三

扶桑初日映簾昇，已覺銅瓶暖不冰。七種共挑人日菜，〔查註〕《荆楚歲時記》：正月七日爲人日，以七種菜爲羹。千枝先剪上元燈。〔查註〕鄭嵎《津陽門》詩註：韓國爲千枝燈臺，高八十尺，每上元夜則然之，千光奪目，百里之内，皆可望見焉。【誥案】是年閏十二月立春，據此二句，立春在正月初八九之間也。

其四

雪消鴛瓦已流澌，風暖犀盤尚鎮帷。縹緲紫簫明月下，璧門桂影夜參差。〔查註〕杜牧詩：月上白璧門，桂影涼參差。按：石刻作「璧門」，正引用詩語，集本作「壁」從土者譌，今改正。〔合註〕七集本作壁。

端午帖子詞〔三五〕

〔公自註〕元祐三年〔三六〕。〔合註〕七集本總題作：元祐三年端午帖子詞。

皇帝閣六首

其一

盛德初融後，〔查註〕《月令》：孟夏之月，某日立夏，盛德在火。潛陰未姤時。〔查註〕按《易》，一陰伏五陽之下，名爲姤，夏至之卦。侍臣占易象，明兩作重離。〔查註〕《易·離卦》：象曰：明兩作離，大人以繼明照於四方。

其二

采秀擷羣芳，争儲〔三七〕百藥良。〔合註〕《藝文類聚》引《夏小正》：此日蓄採衆藥，以蠲除毒氣。太醫初薦艾，〔查註〕《後漢書》：少府所屬有太醫令。《荆楚歲時記》：端午日採艾，爲人懸門户上，以禳毒氣。子由詩云：太醫争獻天師艾。庶草騐蕃昌。〔查註〕《尚書·洪範》：五者來備，各以其敍，庶草蕃廡。疏云：須風則風來，須雨則雨來，各以次序，則衆草木蕃滋而豐茂矣。

其三

微涼生殿閣，習習滿皇都。〔查註〕按《藝苑雌黄》云：東坡詩「微涼生殿閣」，原其意，蓋欲聖君推南風之德，以及於黎庶也。唐文宗與柳公權聯句，東坡以公權有美而無箴，因續四句，又作《端午帖子詞》，用此意也。試問吾民愠，南風爲解無。

其四

西檻新來玉宇風，侍臣茗椀得雍容。〔查註〕宋制，侍講侍讀官，例賜酒、賜茶，本集《侍立邇英》詩，有「上樽初破早朝寒，茗椀仍沾講舌乾」之句。庭槐似識天顏喜，舞破清陰作兩龍。〔查註〕子由《入侍邇英》詩：槐龍對舞覆衣冠。自註云：邇英閣庭前有雙槐甚高，而柯葉覆地如龍蛇，講官進對其下。

其五

講餘〔六〕交翟轉迴廊，〔查註〕《宋史》：凡經筵，歲以仲春至端午，仲秋至長至，講讀官輪直。或便殿，或邇英閣，或間日，或每日，無長制。《播芳大全》載《集英殿致語》云：輦出房而雷動，扇交翟以雲開。謂雉羽扇也。始覺深宮夏日長。揚子江心空百鍊，〔查註〕《異聞集》：天寶中，揚州進水心鏡，背有盤龍。鏡匠吕輝，移爐以五月五日於揚子江心鑄之。後大旱，祀之得雨。白樂天《百鍊鏡》詩：江心波上舟中鑄，五月五日日午時。〔合註〕《太平廣記》引《國史補》云：揚州舊貢江心鏡，五月五日揚子江所鑄也。或言無百鍊者，六七十鍊則止。只將《無逸》鑑興亡。〔查註〕《播芳大全》載《集英殿致語》云：誦《書·無逸》，法中宗之不敢康。

其六

一扇清風灑面寒，應緣飛白在冰紈。〔查註〕《唐書》：太宗謂長孫無忌、楊師道曰：「五日舊俗，必用服玩相賀，朕今各賀君飛白扇二枚，庶動清風，以揚美德。」坐知四海蒙膏澤，沐浴君王德似蘭。〔查註〕《大戴禮》：浴蘭湯兮沐華芳。〔合註〕《藝文類聚》上引《大戴禮》「五月五日蓄蘭爲沐浴」，下引《楚辭》「浴蘭湯兮沐芳華」。查氏引《楚辭》而作《大戴禮》，當是刊刻脱誤。

太皇太后閤六首

其一

漸臺通翠浪，〔查註〕《史記·孝武本紀》：作建章宫，度爲千門萬户。前殿度高未央。其東則鳳闕，高二十餘丈。其西則唐中，數十里虎圈。其北治大池，漸臺高二十餘丈，名曰泰液。註云：漸，浸也，臺在池中，爲水所浸。暑殿轉清風。〔查註〕劉禹錫詩：奉君清暑殿。簾卷東朝散，金烏未遽中。〔合註〕《淮南子》：日中有踆烏。註：踆，趾也，謂三足烏。劉楨賦：上棲金烏。

其二

日永蠶收簇，〔查註〕揚雄《元后誄》：蠶於繭館，躬筐執曲，帥導羣妾，咸循蠶簇。秦處度《蠶書》：屈藁長二尺者，自後茨之以爲簇，以居繭蠶。風高麥上場。朝來藉田〔三九〕令，〔查註〕《山堂考索》：藉田令，周爲甸師。漢文帝始開藉田，置令丞，掌耕國廟社稷之田。東漢及魏缺，晉復置，宋元豐三年改藉田令，隸太常寺。菰黍獻時芳。〔查註〕《風土記》：午日以菰葉裹稻米爲粽，以象陰陽相包裹未分散也。

其三

舞羽諸羌伏，銷兵萬彙蘇。〔合註〕曹子建《獻裘履表》：萬彙昭蘇。只應黄紙詔，便是赤靈符。〔查註〕

《抱朴子》：五月五日作赤靈符，著心前。王珪《端午》詩：心前笑指赤靈符。

其四

令節陳詩歲歲新，從官何以壽吾君。願儲醫國三年艾，〔合註〕《國語》：上醫醫國。不作沉湘《九辯》文。〔合註〕《文選註》：《九辯》者，宋玉之所作也。辯者，變也，九者，陽數，道之綱紀也，謂陳説道德以變説君也。宋玉，屈原弟子，閔惜其師忠而放逐，故作《九辯》以述其志也。

其五

忠臣諒節今千歲〔三〇〕，〔查註〕忠臣指屈原。孝女孤風滿四方。〔查註〕孝女指曹娥。不復巫陽占郢夢，空餘仲御扣《河章》〔三一〕。〔查註〕《晉書·夏統傳》：母病，詣洛市藥。會三月上巳，士女如雲，統並不顧。賈充怪而問之。徐答曰：「會稽夏仲御也。」充使問其土俗，又謂曰：「卿能作土地間曲乎？」統曰：「孝女曹娥，年甫十四，其父墮江不得尸，娥仰天哀號，便投水而死，父子喪尸，後乃俱出。國人哀其孝義，爲歌《河女之章》。今欲歌之。」於是以足扣船，引聲喉囀，清激慷慨，大風應至，雷電晝冥。諸人相顧曰：「聞《河女》之音，不覺涕淚交流，卽謂伯姬高行在目前也。」

其六

長養恩深動植均，只憂貪吏尚殘民。外廷〔三二〕已拜梟羹賜，〔查註〕《史記·樂書註》：五月五日爲梟羹，賜百官，以惡鳥故食之也。〔合註〕見《史記·孝武本紀》及《漢書·郊祀志》。應助吾君〔三三〕去不仁。〔查註〕子由

《端午帖子詞》：百官却拜梟羹賜，凶去方知舜有功。與詩意同。【誥案】本集《劄子》云：廣東妖賊岑探反，將官童政，賊殺平民數千，止降一差遣，温杲誘殺平民十九人，止降監當。若不窮究，小人得志，天下之亂，可坐而待。

皇太后閣六首

其一

露簟琴書冷，〔合註〕白樂天詩：露簟色似玉。瑚盤餈餌新。〔查註〕《開元天寶遺事》：宮中端午，造粉團角黍，貯瑚盤中，以小角弓射之，中者得食。孫愐《唐韻》：餈，諸延切，厚粥也。〔合註〕《玉篇》：餈，同饘。《荀子》：酒醴餈鬻。又，《集韻》：旨善切，義同。深宮猶畏日，應念暑耘人。

其二

萬歲〔三四〕菖蒲酒，〔查註〕《王氏彙書評註》：端午日，以菖蒲或縷爲屑泛酒。千金琥珀杯。〔合註〕杜子美《鄭駙馬宅宴洞中》詩：春酒杯濃琥珀薄。年年行樂處，新月挂池臺。

其三

翠筒初裹楝〔三五〕，〔查註〕《苕溪漁隱叢話》：「新筒裹練明」，唐明皇《端陽》詩也。按，唐仲子陵《五絲續命賦》：楝葉結，綵絲襭。註云：五月五日祭屈原，竹筒貯米，以楝葉塞其上，綵絲縛之。先生正用此事。薌黍復纏菰。〔查註〕《禮記·曲禮下》：黍曰薌合。疏云：穀，秫者爲黍，秫既軟而相合，氣息又香，故曰薌合也。水殿開冰鑑，〔合註〕江淹

表：職宜冰鑑。瓊漿凍玉壺。

其四

秘殿扶疎夏木深，雨餘初有一蟬吟。應將嬴女乘鸞扇，〔查註〕劉禹錫詩：團扇復團扇，奉君清暑殿。秋風入庭樹，從此不相見。上有乘鸞女，蒼蒼蟲網遍。明年入懷袖，別是機中綫。更助南風長棘心。〔查註〕《詩·凱風》云：凱樂之風，從長養之方而來，吹彼棘木之心，故棘心得盛長以興。寬仁之母，以慈愛之情養我七子之身，故七子皆得少長。

其五

上林珍木暗池臺，〔查註〕《漢書·上林賦註》：此雖賦上林，博引異方珍奇，不係於一也。合此詩四句觀之，正用此意。蜀産吴包萬里來。不獨盤中見盧橘，時於粽裏得楊梅。〔查註〕歐陽修詩：彩索盤中結，楊梅粽裏紅。〔合註〕《蠡莊漫録》：《玉臺新詠》徐君蒨《共内人夜守歲》詩：酒中喜桃子，粽裏覓楊梅。今人未見以楊梅爲粽，東坡以角黍爲午日之饌，故借言之耳。

其六

閔楚〔三六〕遺風萬古情，沅湘〔三七〕舊俗到金明。〔查註〕《宋史》：天子歲時遊豫，首夏幸金明池，觀水嬉。翠輿黄繖何時幸，畫鷁飛鳬盡日横。〔查註〕《淮南子》：龍舟鷁首。註云：鷁，水鳥也，畫其像著船首。王子年《拾遺記》：泛蘅蘭雲鷁之舟。或作鶂，音義同。張正見詩：黃雲迷鳥路，白雪下鳧舟。

皇太妃閤五首

其一

午景簾櫳靜，薰風草木酣。【詰案】押「酣」字從「薰」字出，可謂醍醐貫頂，力透重關。若渡海作「萬谷酣笙鐘」，則又純用空靈矣。誰知恭儉德，綵縷出親蠶。〔查註〕《宋史·禮志》：先蠶之禮久廢。真宗詔有司檢討故事。禮院言，《周禮》「蠶於北郊」，以純陰也，漢蠶於東郊，以春桑生也，請約附故事，築壇東郊。政和禮局請倣古制於先蠶壇側，築蠶室二十七，別構殿一區，爲親蠶之所。詔從其議，命親蠶殿以無斁爲名。

其二

雨細方梅夏，風高已麥秋。〔查註〕白樂天詩：洛下麥秋日，江南梅雨時。〔合註〕唐明皇《端午宴羣臣詩序》：喜麥秋之有登，玩梅夏之無事。應憐百花盡，綠葉暗紅榴。

其三

辟兵已佩靈符小，〔查註〕《裴玄新語》：五月五日，繫五采繒，謂之辟兵符。續命仍縈綵縷長。不爲祈禳得天助，【詰案】凡本集内制、青詞、朱表齋文、祝文，告於天地社稷宗廟園陵宮觀寺院者甚衆，半皆祈禳之事，而放賜宗親勳舊宰執文武臣寮聖節開啓罷散道場口宣尤繁。蓋自有僧道以來，設官統衆，列爲編氓之一。上既以爲禳災集福之用，而下亦以申報恩祝國之忱，在天地間，亦屬不可少之一事。故自唐以後，已必不可廢矣。其言理學而必欲與僧道禁絶語言文字者，此惟漢儒能之。漢以後皆暱情而販假，反不若僧道之真也。本集兼及佛老，不諱祈禳，亦明知後世必不能廢也。然其中分寸甚嚴，如論大道，卽無不詆排及之矣。要令〔三八〕風俗樂時康。

其四

玉盆沉李〔三九〕灩清泉，〔查註〕魏文帝書：沉朱李於寒水。金鴨嘘空裊細烟。〔合註〕《香譜》：塗金爲狻猊、麒麟、鳧鴨之狀，空其中以然香。自有梧楸障畏日，仍欣麥黍報豐年。〔查註〕《月令》：孟夏農乃登麥，季夏農乃登黍。

其五

良辰樂事古難同，繡繭〔四〇〕朱絲奉兩宮。〔查註〕《玉燭寶典》：端午節，文繡金縷帖畫，貢獻所尊。王珪詩：仙艾垂門緑，朱絲繞户長。仁孝自應禳百沴，艾人桃印本無功。〔查註〕《續漢書》：劉昭曰，桃印本漢制，所以制惡氣。〔合註〕《續漢書·禮儀志》：五月五日，朱索五色桃印爲門户飾，以止惡氣。

夫人閣四首

其一

肅肅槐庭午，沉沉玉漏稀。【誥案】《周禮·夏官》：挈壺氏，掌漏刻之官。《説文》：漏，以銅壺受水刻節，晝夜百刻，亦取漏下之意。今粤中銅壺，是元時所遺，其制度與《説文》無異。然古時有聲，而今則無之，豈未盡其法耶？皇恩樂佳節，鬭草得珠璣。〔查註〕《歲時記》：五日有鬭百草之戲。歐陽修《端午詞》：共鬭今朝勝，盈襜百草香。

其二

節物荆吴舊，嬉游禁掖閑。【誥案】此二句言宫禁節物，必有所謂，非專指荆楚歲時也。仙風隨畫箑，〔合註〕《方言》：扇自關而東，謂之箑。【誥案】《世本》：武王始作箑。潘岳《秋興賦》：屏輕箑，釋纖絺。拜賜落人間。

其三

五綵縈筒秫稻香，千門結艾鬢髯張。旋開寶典尋風物，〔查註〕《隋書·經籍志》：杜臺卿《玉燭寶典》二十卷。要及靈辰共祓禳。〔合註〕揚雄《甘泉賦》：協靈辰。

其四

欲曉銅瓶下井欄，鏗鍠金殿發清寒。【誥案】鏗，金石聲也；鍠，金聲也。二字從「瓶」、「欄」生出，謂未曉之時，宫禁静寂，雖金殿亦聞之，而因以發其清寒也。此從「殿角生微凉」更進一層，所謂有美而有箴，合讀下二句，其意自見。似聞人世南風熱，日上牆東問幾竿。

坤成節集英殿宴教坊詞致語口號〔四一〕

〔公自註〕元祐二年七月十五日。【誥案】本集樂語，有勾放各作者，統謂之教坊詞。無勾放各作者，謂之致語口號。查註删去教坊詞字樣，又删去致語，改作并致語，註於題下，而專以口號爲題，非也。今概以致語口號爲題，其有勾放各作者，仍載明教坊詞，庶幾不紊。〔查註〕《汴京宫室考》：大慶殿北有紫宸殿，西有垂拱殿，次西有皇儀殿，又次西有集英殿——宴殿也。《宋史·禮志》：宴饗，凡春秋季仲聖節及國有大慶，皆大宴。其日殿庭設山樓排場，爲羣仙隊仗，宰相以下升殿進酒，各就位。酒九行，更衣賜花有差。《宋史》：聖節立名，自唐千秋節始，宋因之，太皇太后臨朝，亦立節。《哲宗本紀》：詔以太皇太后生日七月十六日，爲坤成節。【誥案】本集《劄子》云：上件教坊致語等文字，準令合於燕前一月進呈，是十五日，非撰文之日也，或樂奏十五日，故自註及之耳。

臣聞視履考祥，既占懷月〔四二〕之夢；〔合註〕《漢書·元后傳》：初，李親任政君在身，夢月入其懷。對時育物，必有繼天之功。方大火之西流，屬陰靈之既望。帝於是日，誕降仁人。意使斯民，咸歸壽域。共慶千秋〔四三〕之遇，得生二聖之朝。式燕示慈，與民同樂。恭惟皇帝陛下，文思天縱，濬哲〔四四〕生知。力行禹、湯〔四五〕之仁，常恐一夫之不獲；躬蹈曾、閔之孝，故得萬國之歡心。恭惟太皇太后陛下，道契天人，德超載籍。知人則哲，蓋帝堯之所難；修己安民，雖虞舜其猶病。風雲從而萬物覩，日月照而四時行。自然動植之咸安，莫知天地之何力。三宫交慶，羣后駿奔。寶鄰通四牡之歡，航海致重譯之贐。洞庭九奏，始識咸池之音；靈岳三呼，共獻後天之祝。【詰案】本集《乞罷秋宴劄子》云：臣近準鈐轄教坊所關到撰秋燕致語等文字。此翰林代教坊撰詞之證也。自「臣聞」起連下之「臣等」，皆教坊般演，口中自道，故其後小兒致語，亦稱臣等，女童致語，又稱妾等，皆一轍也。即口號亦教坊之口號，與自進詩帖子全別。查註以唐人口號皆近體詩，爲論誤矣。臣等叨居法部，輒采民言。上瀆宸聰，敢陳口號。

三朝遺老九門前，又見承平大有年。【詰案】三朝，謂仁宗、英宗、神宗也。觀次句，即知首提三朝之故，蓋特意推本仁宗也。文母憂勤初化俗，【詰案】此以孔子比宣仁，蓋宣仁至是簾聽三載，詩謂三年有成也，其用初化之意如此。曾孫仁孝已通天。【詰案】哲宗於仁宗爲曾孫，句承「三朝」，謂宣仁復行仁宗之政也。其後以宣仁爲謚，亦是此意。史書元祐三千牘，樂奏坤成第一篇。【詰案】是年三月，神宗大祥，徹饌除座。六月一日，文彦博等表請舉樂，不許。公批答云：禫而不樂，古人非以求名；琴不成聲，君子以爲知禮。哀既未泯，樂何從生，再閲來章，徒增感慕。時禫除猶缺二日也。四日，再請舉樂，不許。公批答云：遏密之制，雖盡於三年；追懷之私，豈論於歲月。此則禫除之後矣。九日，再請舉樂，不許。公批答云：卿等忠誠確然，開喻至矣，惟反求諸心而弗得，故欲行其言而未能。推之人情，當識朕意。蓋六月猶未舉樂，至七月聖節，始舉樂。故詞云「樂奏坤成第一篇」也。此爲元祐第一樂章，既欲排篹，即應首列，而查註亂編於後，今一概改定，并記於此。欲采蟠桃歸獻壽，蓬萊清淺半桑田。〔合註〕《續通鑑長編》：元祐四年五月，蔡確辨所作《車蓋亭》詩，言古今詩句用海變桑田者稍多。只如近年蘇軾作《坤成節大宴》詩語，亦云「欲采蟠桃歸獻壽，蓬萊清淺半桑田」，蓋祝壽之辭猶用之，何得謂之用此故事尤非佳句。先是安燾嘗語同列曰：「海變桑田事，蘇軾亦嘗用作聖節樂語。」於是確果以軾爲言，衆皆疑燾實密風之也。

【誥案】本集《坤成節集英殿宴教坊詞勾合曲》：秋風協應，生殿閣之微涼；廣樂具陳，韻金絲而間作。欲觀鳥獸之率舞，願聞笙磬之同音。上奉宸顏，教坊合曲。《勾小兒隊》：朱干玉戚，本以象功，白叟黃童，皆知頌聖。盍命髫髦之侶，來陳舞勺之儀。上侑皇歡，教坊小兒入隊。《隊名》：願同千歲樂，長奏太平謠。《問小兒隊》：鎬京廣燕，方雲集於縉紳；沂水游童，忽鳧趨於庭廡。雖云小技，必有可觀。咫尺天顏，悉言汝志。《小兒致語》：臣聞功存社稷，慶鍾高密之門；澤及本枝，天胙太任之德。候西風之入律，藹瑞氣之盈庭。嘉與四方，同稱萬壽。恭惟皇帝陛下，文思稽古，濬哲在躬，日奉東朝之歡，率用家人之禮。以謂慈儉之化，無德而能名；保祐之功，如天之難報。惟流傳於歌舞，庶彷佛其儀刑。臣等雖在弱齡，久陶孝治，敢率垂髫之侶，共陳振萬之儀。不敢自專，伏取進止。《勾雜劇》：鸞旗日轉，雉扇雲開。暫回綴兆之文，少進俳諧之技。來陳善戲，以佐歡聲。上樂天顏，雜劇來歟。《放小兒隊》：青衿旅進，雖末枝而畢陳；黃屋天臨，知下情之無壅。既成文於綴兆，爰整袂以徘徊。再拜天階，相將好去。《勾女童隊》：彤壺漏箭，隨雞唱以漸移；絳節綵髦，聞鳳簫而自舉。宜召散花之侶，來陳回雪之姿。上奉宸歡，兩軍女童入隊。《隊名》：金風回翠袖，玉琯倚清歌。《問女童隊》：鳳歌諧律，方資燕俎之歡；鷺羽分庭，忽集壽山之下。低鬟有待，振袂欲前。密邇天階，悉陳來意。《女童致語》：妾聞塗山啓夏，來玉帛於萬邦；摯仲興周，祚本枝於百世。嘉辰共樂，壯觀一新。恭惟皇帝陛下，舜孝自天，堯仁浹物。膺昊穹之成命，席累聖之詒謀。惟地勢坤，永載無疆之德；以天下養，躬持胥樂之觴，六樂在庭，百工奏技。妾等親逢盛旦，獲望嚴宸。藝雖愧於驚鴻，心已先於儀鳳。願陳舞綴，上奉天顏。未敢自專，伏取進止。《勾雜劇》：風清羽蓋，日轉槐庭。欲資載笑之歡，必有應諧之妙。暫回舞綴，少進詼辭。上悅天顏，雜劇來歟。《放女童隊》：八音間作，既成皦繹之文；萬舞畢陳，曲盡回翔之態。望彤闈而却立，斂翠袂以言歸。再拜天墀，相將好去。【誥案】以上勾放各詞補全後皆同。

集英殿秋宴教坊詞致語口號〔四六〕

〔合註〕《續通鑑長編》：元祐二年九月丁卯，大宴集英殿。【誥案】本集元祐三年八月二十日《魏王在殯乞罷秋宴劄子》云：臣竊意陛下篤於仁孝，必罷秋宴。據此，則信爲二年作也。

臣聞天無言而四時成，聖有作而萬物覩。清淨自化，雖仰則於帝心；豈弟不回，亦俯同於衆樂。屬此九秋之候，粲然萬寶之成。吾王不遊，何以勞農而休老；君子如喜，則必大烹〔四七〕以養賢。恭惟皇帝陛下，孝通神明，仁及草木。行堯、禹之大道，守成、康之小心。華夷來同，天地並應。以爲〔四八〕福莫大於無事，瑞曷〔四九〕加於有年。南極呈祥，候秋分而老人見；西夷慕義，涉流沙而天馬來。嘉與臣工，肅陳燕俎。禮元侯於三夏，諧庶尹於九成。宣示御觴，聳近臣之榮觀；臚傳天語，溢兩廡之歡聲。臣等親覩〔五〇〕昌辰，叨塵法部。采謡言於擊壤，助矇瞍之陳詩。仰奉威顔，敢進口號。

霜霏碧瓦尚生烟，日泛彤庭已集仙。靄靄四門多吉士，熙熙萬國屢豐年。高秋爽氣明宫殿，元祐和聲入管絃。菊有芳兮蘭有秀，從臣誰和《白雲篇》。〔查註〕杜子美《贈獻納使起居田舍人》詩：晴窗檢點《白雲篇》。按詩意，蓋用漢武《秋風辭》。

【誥案】本集《集英殿秋宴教坊詞勾合曲》：西風入律，問歌秋報之詩；南籥在廷，備舉德音之器。絃匏一倡，鐘鼓畢陳。上奉宸嚴，教坊合曲。《勾小兒隊》：皇慈下逮，罄百執以均歡；衆技畢陳，示四方之同樂。宜進垂髫之侣，來修秉翟之儀。上奉威顔，教坊小兒入隊。《隊名》：登歌依頌磬，下管舞成童。《問小兒隊》：大君有命，肆陳管磬之音；童子何知，入簉工師之末。欲詳來意，宜悉奏陳。《小兒致語》臣聞天行有信，歲得秋而萬寶成；君德無私，日將旦而羣陰伏。清風應律，廣樂在庭。占歲事於金穰，望天顔之玉粹。沐浴膏澤，詠歌升平。恭惟皇帝陛下，天縱聰明，日躋聖知。

無一物之失所，得萬國之歡心。雖擊壤之民，固何知於帝力；而後天之祝，亦各抒於下情。臣等幸以齠齔之年，得居仁壽之域。詠舞雩於沂水，久樂聖時；唱銅鞮於漢濱，空慚郢曲。願陳舞綴，少奉宸歡。未敢自專，伏候進止。《勾雜劇》：朱絃玉琯，屢進清音；華翟文竿，少停逸綴。宜進詼諧之技，少資色笑之歡。上悅天顔，雜劇來歟。《放小兒隊》：回翔丹陛，已陳就日之誠；合散廣庭，曲盡流風之妙。歌鐘告闋，羽籥言旋。再拜天階，相將好去。《勾女童隊》：錦薦雲舒，來九成之丹鳳；霞衣鱗集，隱三疊之靈鼉。上奉宸嚴，教坊女童入隊。《隊名》：香雲浮繡扆，花浪舞彤庭。《問女童隊》：清禁深嚴，方縉紳之雲集；仙音嘽緩，忽簪珥之星陳。徐步香茵，悉陳來意。《女童致語》：妾聞鈞天廣樂，空傳帝所之游；閶闔清風，理絶庶人之共。夫何仙聖，廓隔塵凡。仰瞻八采之威，共慶千齡之運。恭惟皇帝陛下，乾健而粹，離明而文。規摹六聖之心，人將自化；儀刑文母之德，天且不違。樂玆大有之年，申以宗慈之會。虞韶既畢，夏籥將興。妾等分綴以須，審音而作。願俟工歌之闋，少同率舞之歡。未敢自專，伏取進止。《勾雜劇》：絃匏迭奏，干羽畢陳。洽聞舜樂之和，稍進齊諧之技。金絲徐韻，雜劇來歟。《放女童隊》：羽觴湛湛，方陳既醉之詩；鼉鼓淵淵，復奏言歸之曲。莪鬟佇立，斂袂却行。再拜天階，相將好去。

興龍節集英殿宴教坊詞致語口號〔五一〕

〔公自註〕元祐二年。〔查註〕《宋史·哲宗本紀》：十二月初七日，帝生日也，避僖祖忌辰，以次日爲興龍節。

臣聞帝武造周，已兆興王之迹；日符祚漢〔五二〕，實開受命之祥。〔合註〕《漢書·外戚傳》：景帝王皇后，男方在身時，夢日入其懷。非天私我有邦，惟聖乃作神主。仰止誕彌之慶，集於建丑之正。瑞玉旅庭，爰講比鄰之好；【誥案】比鄰卽寶鄰，皆指契丹也。凡遇聖節，契丹必遣使。虎臣在泮，復通西域之琛。【詰案】時于闐黑汗王來貢，詳詩註。式燕示慈，與人均福。恭惟皇帝陛下，睿思冠古，濬哲自天。煥乎有文，日講六經之訓；述而不作，思齊累聖之仁。夷夏宅心，神人協德。卜年七百，方過歷以承天；有臣三千，咸一心而戴后。彤庭振萬，玉座傳觴。誦干戈載戢之詩，作君臣相悦之樂。斯民何幸，白首太平。臣猥以〔五三〕微生，親逢盛日〔五四〕。始慶猗蘭之會，願賡《擊壤》之音。下采民言，上陳口號。

凜凜重瞳日月新，四方驚喜識天人。共知若木初升旦，〔合註〕《淮南子》：若木在建木西末，有十日，其華照下地。且種蟠桃莫計春〔五五〕。請吏黑山歸屬國，〔合註〕《史記・大宛傳》：西南夷請吏入朝。《山海經》：流沙西南入海，黑水之山。《漢書・霍去病傳》：因其故俗爲屬國。【詰案】此詞作於十一月，據本集，元祐二年十二月十一日，行《于闐國黑汗王進奉登位勅書》云：卿守藩西極，慕義中華，遠聞踐祚之新，來致梯山之貢。蓋其時，于闐將至也。給扶黃髮拜嚴宸。〔查註〕《南史・袁憲傳》：以功封建安縣伯，除侍中太子詹事。袁請解職，不許，尋給扶二人。《唐書》：玄宗遣徐嶠邀張果至郡，辭還山，給扶侍二人。《宋史・文彦博傳》：元祐初，司馬光薦宿德元老，宜起以自輔。乃命平章軍國重事，六日一朝，一月兩赴經筵，恩禮甚渥。紫皇應在紅雲裏，試問清都侍從〔五六〕臣。

【詰案】本集《興龍節集英殿宴教坊詞勾合曲》：祝堯之壽，既罄於歡謡；象舜之功，願觀於備樂。羽旄在列，管磬同音。上奉宸嚴，教坊合曲。《勾小兒隊》：魚龍奏技，畢陳詭異之觀；齠齔成童，各效回旋之妙。嘉其尚幼，有此良心。仰奉宸慈，教坊小兒入隊。《隊名》：兩階陳羽籥，萬國走梯航。《問小兒隊》：工師在列，各懷自獻之能；侲子盈庭，必有可觀之技。未知來意，宜悉奏陳。《小兒致語》：臣聞生民以來，未有祖宗之仁厚；上帝所眷，錫以聖神之子孫。孚佑下民，篤生我后。瞻舜瞳之日月，望堯顙之山河。若帝之初，達四聰於無外；如川方至，傾萬宇以來同。恭惟皇帝陛下，齊聖廣淵，剛健篤實。識文武之大者，體仁孝於自然。歌《詩·思齊》，見文王之所以聖；誦《書·無逸》，法中宗之不敢康。誕日載臨，輿情共祝。神筴授萬年之算，洛書開五福之祥。臣等嬉遊天街，沐浴皇化。欲陳舞蹈之意，不知手足之隨。未敢自專，伏取進止。《勾雜劇》：金奏鏗純，既度九韶之曲；霓衣合散，又陳八佾之儀。舞綴暫停，伶優間作。再調絲竹，雜劇來歟。《放小兒隊》：遊童率舞，逐物性之熙怡；小技畢陳，識天慈之廣大。清歌既闋，疊鼓屢催。再拜天階，相將好去。《勾女童隊》：垂髫在列，斂袂稍前。豈知北里之誠，敢獻南山之壽。霓旌坌集，金奏方諧。上奉威顔，兩軍女童入隊。《隊名》：君臣千載遇，歌舞八方同。《問女童隊》：摻撾屢作，旌旆前臨。顧游女之何能，造彤庭而獻技。欲知來意，宜悉奏陳。《女童致語》：妾聞瑞鳦來翔，共紀生商之兆；羣龍下集，適同浴佛之辰。佳氣充庭，和聲載路。輦出房而雷動，扇交翟以雲開。喜動人天，春還草木。恭惟皇帝陛下，凝神昭曠，受命穆清。三后在天，宜興王之世有；四人迪哲，知享國之無窮。乃眷良辰，欲均景福。庭設九賓之禮，樂歌《四牡之章》。妾等幸覩昌期，獲瞻文陛。雖乏流風之妙，願輸率舞之誠。未敢自專，伏候進止。《勾雜劇》：清淨自化，雖莫測於宸心；詼笑雜陳，示俯同於衆樂。金絲再舉，雜劇來歟。《放女童隊》：分庭久立，漸移愛日之陰；振袂再成，曲盡回風之態。龍樓却望，鼉鼓屢催。再拜天階，相將好去。

興龍節集英殿宴教坊詞致語口號〔五七〕

〔合註〕此篇，集中不標何年。考元祐四年正月，詔罷回河，而三年中范百禄諸人已皆言北流順利，河不可回，先生亦主北流之議。此篇致語，有「河行地中」句，當是三年十二月作也。【誥案】此詞作於十一月，公惟元年、二年、三年十一月，皆在翰林學士任。元年不樂，二年樂語已載，四年三月，已罷去矣。此不問而知，爲三年十一月作也。合註謂十二月作，誤。

臣聞天所眷命，生而神靈。惟三代受命之符，萃於茲日；實萬世無疆之福，延及我民。候南極之祥輝，交北鄰之瑞節。【誥案】北鄰，猶比鄰，亦指契丹也。同趨鎬燕，爭頌華封〔五八〕。恭惟皇帝陛下，稽古温文，乘乾剛粹。體生知而猶學，藏妙用於何言。故得六聖承休，〔合註〕六聖，指神宗以上六帝也。三靈眷佑。德隆星晷，齊六符而泰階平；河行地中，錫九疇而彝倫正。屬誕彌之令旦，履長發之嘉祥。夙設九賓於庭，遍舞六代之樂。日無私於臨照，葵藿自傾；天有信於發生，勾萌必達。臣等濫塵〔五九〕法部，獲造彤墀。下采民言，得三萬里之謡誦〔六〇〕；登歌壽斝，以八千歲爲春秋。不度蕪音，敢進口號。

風卷雲舒合兩班，〔查註〕《宋史·職官志》：《唐六典》，中書、門下、尚書，三省合一。元豐五年，中書、門下始分。元祐初，司馬光請令合班奏事，分省治事。曈曈瑞日映天顔。觀書已獲千秋鏡，〔查註〕《唐書·張九齡傳》：初，千秋節王公並獻寶鑑。九齡上《事鑑》十章，號《千秋金鑑》，以申諷諭。積德長爲萬歲山。〔合註〕杜牧之詩：君王謙讓泥金事，蒼翠空高萬歲山。臘雪未消三務起，〔合註〕《左傳·襄公四年》：民狎其野，三務成功。註云：春夏秋三時之務。壬人不用五兵閑。〔查註〕《禮記》：五戎。註：弓矢殳矛戈戟也。見《月令》。相逢父老爭相賀，却笑華胥是夢間。

【誥案】本集《興龍節集英殿宴教坊詞勾合曲》：笙磬同音，考中聲於神鼓；鳥獸率舞，浹和氣於敷天。上奉宸歡，教坊合曲。《勾小兒隊》：衆技旅庭，振歡聲於無外；游童頌聖，陶至化於自然。上奉皇威，教坊小兒入隊。《隊名》：壤歌皆白髮，象舞及青衿。《問小兒隊》：跳踉廣陌，初疑竹馬之遊；合散彤墀，忽變驚鴻之狀。欲知來意，宜悉敷陳。《小兒致語》：臣聞流虹啓聖，非人力所致之符；湛露均恩，與天下共享其樂。旁行海宇，外薄戎夷。咸欣載夙之辰，共獻無疆之祝。恭惟皇帝陛下，神武不殺，將聖多能。天生德於予，既稟徇齊之質；人樂告以善，輔成經緯之文。法慈儉於東朝，紬詩書於西學。載臨誕日，俯答輿情。非爲靡曼之觀，庶備太平之福。臣等微生齠齓，學樂父師。就列紛紜，雖無殊於鳥獸；赴音俯仰，亦少效於涓塵。未敢自專，伏候進止。《勾雜劇》：樂且有儀，方君臣之相悦；張而不弛，豈文武之常行。欲佐歡聲，宜陳善謔。金絲徐韻，雜劇來歟。《放小兒隊》：末技畢陳，下情無壅。既成文於綴兆，猶斂袂以回翔。再拜天階，相將好去。《勾女童隊》：飛步壽山，起香塵於羅襪；散花御路，泛回雪於錦茵。上奉宸顔，兩軍女童入隊。《隊名》：生商來瑞虹，浴佛降羣龍。《問女童隊》：玉座天臨，雖仙凡之有隔；翠鬟雲合，豈草木之無知。密邇天階，悉陳來意。《女童致語》：妾聞千里一曲，變澄瀾於濁河；萬歲三稱，隱歡聲於靈岳。天人並應，夷夏來同。雖云北里之微，敢獻華封之祝。恭惟皇帝陛下，睿文冠古，神智無方。同堯、舜之性仁，而能濟衆；陋成、康之刑措，猶待積年。共欣建丑之正，再覩興龍之會。桑田東海，傾壽斝而未乾；汗竹南山，書頌聲而無極。妾等幸緣賤藝，獲望威顔。振萬於庭，欲赴干旄之節；間歌以雅，庶諧笙磬之音。未敢自專，伏候進止。《勾雜劇》：舞綴暫停，歌鐘少闋。必有應諧之妙，以資載笑之歡。上悦天顔，雜劇來歟。《放女童隊》：振袂再成，曲盡回風之妙；分庭久立，漸移愛日之陰。再拜天階，相將好去。

紫宸殿正旦教坊詞致語口號〔六〕

〔公自註〕元祐四年。〔查註〕《汴京宮室考》：大慶殿北有紫宸殿，視朝之前殿也。《宋史・禮志》：大朝會，以元日、五月朔、冬至，羣臣奉賀上壽，若無事不視朝，則表賀於閤門。

臣聞行夏之時，正莫加於人統；採周之舊，王方在於鎬京。惟吉月之布和，休庶工而未作。使華遠集，鄰好交修。萃簪笏於九門，來車書於萬里。【誥案】凡遇正旦，契丹必遣使，本集《行使副口宣》云：「卿等春朝畢會，鄰聘交馳，屬徂歲之沍寒，念遠勤於行李，往煩燕衎，以重使華。」舉此，可見一斑。將與嗣歲，以樂太平。恭惟皇帝陛下，躬履至仁，誕膺眷命。法天地四時之運，民日用而不知；傳祖宗六聖之心，我無爲而自化。九德咸事，三年有成。【誥案】此指元祐元年至三年也，故下聯用范鎮新樂。始御八音之和，以臨元日之會。人神相慶，夷夏來同。臣等忝與賤工，得親壯觀。知與情之願頌，顧盛德之難形。不度荒蕪，敢進口號。

九霄清蹕一聲雷，〔查註〕道書：赤霄、碧霄、青霄、玄霄、絳霄、黅霄、紫霄、練霄、縉霄爲九霄。萬物欣榮意已開。曉日自隨天仗出，春風不待斗杓回。行看菖葉催耕籍，〔查註〕王融《策秀才文》：將使杏花菖葉，耕穫不愆，清甽泠風，述遵無廢。共喜椒花映壽杯。〔合註〕宋之問詩：酒近南山作壽杯。欲識太平全盛事，振振〔六三〕鵷鷺滿雲臺。

【誥案】本集《紫宸殿正旦教坊詞勾合曲》：東風應律，南籥在庭。餞臘迎春，方慶三朝之會；登歌下管，願聞九奏之和。上悅天顏，教坊合曲。《勾小兒隊》：工師奏技，咸踴躍以在庭；穉孺聞音，亦回翔而赴節。方資共樂，豈間微情。上奉宸歡，教坊小兒入隊。《隊名》：仙山來絳節，雲海戲羣鴻。《問小兒隊》：六樂充庭，九賓在列。何彼垂髫之侶，欲陳振袂之能。必有來誠，少前敷奏。《小兒致語》：臣聞正月上日，萬彙所以更新；羣臣嘉賓，四方於是觀禮。雪方占於上瑞，風已告於先春。及此良辰，設爲高會。恭惟皇帝陛下，子來九有，天覆兆民。煥乎其有文章，昭然若揭日月。安西都護，來輸八國之琛；南極老人，出效萬年之壽。還圭璋於鄰使，受圖籍於春朝。擊石拊金，奏鈞天之廣樂；跳毬舞索，戲平樂之都場。臣等沐浴太平，詠歌新歲。鼓舞咸韶之韻，蹌揚鳥獸之間。未敢自專，伏候進止。《勾雜劇》：以雅以南，既畢陳於衆技；載色載笑，期有悦於威顔。舞綴暫停，優詞間作。金絲徐韻，雜劇來歟。《放小兒隊》：酒闌金殿，既均湛露之恩；漏減銅壺，曲盡流風之妙。望彤墀而申祝，整翠袖以言歸。再拜天階，相將好去。

集英殿春宴教坊詞致語口號〔六三〕

〔查註〕《宋史·禮志》：春秋季仲及聖節，凡有大慶，皆大宴。太平興國後，止設春宴。淳化四年，陳靖上言，宴以禮成，賓以賢序，其有拜起失節，宴饌不潔豐，並申嚴制。咸平三年，始備設春秋大宴。學士梁顥，請以春秋大宴、小宴、賞花、行幸次爲四圖，頒下閤門遵守，從之。故事，大宴前一日，御殿閲百戲，謂之獨看。元豐八年，范祖禹言，是日進《神宗紀》草，故罷之。元祐三年六月，罷春宴，八月罷秋宴〔六四〕，以魏王出殯，翰林學士蘇軾不進教坊致語故也。按，魏王，哲宗之叔，三年因喪廢宴。此詩元祐四年作，故云第四春。

臣聞人和則氣和，故王道得而四時正；今樂猶古樂，故民心悦而八音平。幸此聖朝，陶然化國。飭三農於保介，維莫之春；興五福於太平，既醉以酒。恭惟皇帝陛下，乘乾有作，出震無私。憲章六聖之典謨，斟酌百王之禮樂。天方祚〔六五〕於舜孝，人已誦於堯言。故得彝倫敍而水土平，北流軌道；壬人退而蠻夷服，西旅在庭。稍寬中昃〔六六〕之憂，一均湛露之澤。方將麴糵羣賢而惡旨酒，鼓吹六藝而放鄭聲。雖《白雪陽春》，莫致天顔之一笑；而獻芹負日，各盡野人之寸心。【誥案】范公稱《過庭録》云：先子於河東一官員家，見東坡親墨《春宴致語》云：春爲陽中，生物各遂其性；樂以天下，聖人豈私其身。主上方麴糵羣賢而惡旨酒，鼓吹六藝而放鄭聲。下至「寸心」止，皆同，而前四句見後《小兒致語》。臣猥以賤工，叨塵法部。幸獲望雲之喜，敢陳《擊壤》之音。不揆蕪才〔六七〕，上進口號。

萬人歌舞樂芳辰，長養恩深第四春。令下風雷常有信，時來草木豈知仁。璿璣已正三階泰，〔查註〕《史記・天官書》：北斗七星，所謂「璿、璣、玉衡以齊七政」。註云：斗，第一天樞，第二璇，第三璣，第四權，第五衡，第六開陽，第七搖光。第一至第四爲魁，第五至第七爲杓，合而爲斗。玉衡屬杓，魁爲璇、璣。又《天官書》：魁下六星，兩兩相比者，名曰三能。三能色齊，君臣和。註云：泰階，三台也。又引《黄帝泰階六符經》：三階平，則陰陽和，風雨時。玉琯初知九奏均〔六八〕。〔查註〕按此，指范景仁新樂也。本集《和范景仁》詩：玉琯猶聞秬黍香。自註云：舊法以尺生律，今以黍定律，以律生尺。以《宋史》考之，范鎮請太府銅鑄律樂成，帝與太皇太后御延和殿，詔執政侍從皆往觀，乃元祐三年事。自是朝會皆用之，故先生詩云「玉琯初知九奏均」也。更欲年年同此樂，故應相繼得元臣。〔合註〕《宋史・哲宗本紀》：元祐三年四月，以呂公著爲司空同平章軍國事。末句當指此。【誥案】范鎮以元祐三年十二月上樂，樂奏三日而薨，實閏十二月一日也。此二句皆指鎮，故云相繼，謂當又有嫺於禮樂之元臣也。與呂公著之平章軍國事無涉，合註誤。

【誥案】本集《集英殿春宴教坊詞勾合曲》：太平無象，善萬物之得時；和氣致祥，喜八風之從律。大合鈞天之奏，克諧治世之音。上奉嚴宸，教坊合曲。《勾小兒隊》：斑白之老，既無負戴之憂；齠齔之童，亦遂嬉遊之樂。行歌道路，聯袂闕庭。仰奉宸慈，教坊小兒入隊。《隊名》：初成暮春服，來獻太平謠。《問小兒隊》：聚戲里閭，豈識九重之奥；成文綴兆，忽隨六樂之和。宜近彤墀，悉陳來意。《小兒致語》：臣聞春爲陽中，生物各遂其性；樂以天下，聖人豈私其身。故飲食盡忠臣心，而遊豫爲諸侯度。方遲日之無事，矧嗣歲之有年。大啓璧門，肅陳燕豆。恭惟皇帝陛下，道隆而德備，質文而性仁。總攬羣才，蓋天受之神策；澄清庶政，故民獻以寶符。顧良辰樂事之難并，宜羣臣嘉賓之並集。廣場千步，方山立於衆工；大樂九成，固海函於雜技。臣等沐浴膏澤，詠歌昇平。幸以髮髦之微，得參舞羽之末。敢干宸聽，伏俟俞音。《勾雜劇》：臚傳已久，陛楯將更。宜資載笑之歡，少進羣優之技。綴調絲竹，雜劇來歟。《放小兒隊》：清歌屢奏，蓋曲盡於下情；妙舞載陳，示不遺於小物。既畢沛風之和，稍同沂水之歸。再拜天墀，相將好去。《勾女童隊》：燕私之樂，下待於臣工；靡曼之觀，聊同於俚俗。審音而作，振袂稍前。上奉宸歡，兩軍女童入隊。《隊名》：瑞日明歌扇，仙飆動舞衣。《問女童隊》：工師奏技，侍衛聳觀。顧游女之何旋，集彤庭而有待。欲知來意，宜悉敷陳。《女童致語》：妾聞聖人授民以時，王者與衆同樂。故倉庚鳴而蠶女出，游魚躍而靈沼春。蓋良辰豈易得哉，亦賢者而後樂此。伏惟皇帝陛下，溫恭允塞，緝熙光明。學無常師，文武識其大者，仁能濟衆，堯舜其猶病諸。齊泰階之六符，走重譯之萬里。天人並應，禮樂將興。豈惟塵土之賤微，敢度乾坤之廣大。萬舞九奏，雖未象於成功；間歌三終，亦庶幾於頌德。欲殫末技，少効寸誠。《勾雜劇》：風斜御柳，既窮綺麗之觀；日轉庭槐，少進詼優之戲。再調絲竹，雜劇來歟。《放女童隊》：翠袖風回，已盡折旋之妙；文茵霞卷，尚觀顧步之餘。再拜天墀，相將好去。

齋日致語口號〔六九〕

〔合註〕《宋史》：宣仁高后，元祐八年癸酉崩，年六十二。則當生於仁宗明道元年壬申。是年正月壬申朔，又坤成節在七月，爲戊申月，至元祐四年正月，又逢壬申朔。故致語云「誕彌歲月，與元日爲三申，神后降慶當年，曾孫效誠茲旦」也。此篇當是元祐四年所作。或云：七年壬申正月甲申朔，亦可以云三申。考《續通鑑長編》：元祐六年十一月，詔以七年太皇太后壬申本命歲旦日齋，在京及天下僧尼道士女冠建道場七晝夜。似於七年更合。但玩「歲星行看兩周天」句，當自元祐四年上溯至治平四年，神宗立，尊爲皇太后，計二十三年，故云「行看」，若七年，則已過兩周天矣，不得作將屆之詞也。再考，明道元年正月壬申朔，中間惟嘉祐三年正月又逢壬申朔，元祐四年正月三逢壬申朔，故云「甲子會逢三朔旦」，益可爲確據矣。【誥案】合註此論三申三朔甚當。其後周益公用三丁，亦從此得法也。但多引「或云」《長編》二條，不能割捨，自爲牽混。六年八月，出公於潁，七年正月，公在潁州。據本集劄子，凡教坊致語等文字，皆前一月進呈，既以七年正月論，卽應作於六年十二月內，公何由撰內廷樂語，此毋庸更考也。惟四年春中，尚在翰林學士知制誥任，今定爲四年作，則三申三朔之説，不求合而自合矣。

旋復陰陽，配五支於六幹；誕彌歲月，與元日爲三申。神后降慶於當年，曾孫效誠於茲旦。不煩巧歷，自契真符〔七〇〕。道俗讙謡〔七一〕，天人協應〔七二〕。太皇太后陛下，功高任姒，德配唐虞。上推顧託之心，下布仰成之政。寶慈與儉，蹈光獻〔七三〕之成規；〔合註〕宋仁宗曹后謚光獻。却狄安邦，襲武烈〔七四〕之餘慶。〔合註〕《東都事畧》：高瓊謚武烈，宣仁后爲其曾孫女。故曰襲餘慶也。三朝順履，萬壽維新。雖絳縣之老人，難窮甲子；如楚南之靈木，莫計春秋。臣賤等草茅，心傾葵藿。采民謳〔七五〕於擊壤，效樂語之陳詩。

媧皇得道自神仙〔七六〕，〔合註〕以女媧比太皇太后也。金母長生不計年〔七七〕。甲子會逢三朔旦，歲星行看兩周天〔七八〕。消兵漸覺腰無犢，種德方知福有田。〔查註〕《法論》云：供父母曰恩田，供僧佛曰敬田，供疾病曰悲田，總名之曰福田。彤管何人書後會，椒花椿頌一時編。

趙倅成伯母生日致語口號〔七九〕

【誥案】熙寧九年九月九日，在密州作。合註引《紀年録》作於熙寧八年者誤。時趙成伯尚未到密倅任也。

昔年占夢，適當重九之佳辰；今日獻香，願祝大千〔八〇〕之遐算。慶婦姑之同日，雜茱萸〔八一〕以稱觴。殺雞已效於龐公〔八二〕，剪髮敢資於陶母。但某叨居〔八三〕樂部，忝預年家。不度蕪材〔八四〕，上塵〔八五〕口號。

今朝壽酒泛黄花，鬱鬱葱葱氣滿家。願得唐兒舞一曲〔八六〕，〔查註〕《史記·五宗世家》：長沙定王發之母唐姬，故程姬侍者。唐兒生子，因命曰發，以孝景前二年用皇子爲長沙王，以其母微無寵，故王卑濕貧國。莫嫌國小向長沙〔八七〕。〔合註〕《甕牖閑評》：《漢書註》云：後二年，諸王來朝，有詔更前稱壽歌舞，定王但張袖小舉手，左右笑其拙。上怪問之，對曰：「臣國小地狹，不足回旋。」帝乃以武陵、零陵、桂陽益焉。【誥案】《漢書·禮樂志》：《唐山夫人樂》，即《安世樂》，分奏《武德》、《文始》、《四時》、《五行》之舞。上句「唐兒舞一曲」，係兼用唐山事，本集似此串用，事實甚多，合讀其義自見。但取肉爛汁裏以氣勝之，並不計其雞豚狗彘也。亦不獨公，凡才大而法密，筆雋手不忙迫者，皆不肯逐句板用一事，以其平也。《甕牖閑評》謂舞乃長沙王發，非唐兒，東坡錯誤。此乃強作解事，今删。

寒食宴提刑致語口號〔八八〕

【誥案】元豐元年三月，李公擇罷齊州，過徐，公大宴公擇，自謂一洗儒生酸氣，因作此詞。

良辰易失，四者難并。故人相逢，五斗徑醉。況中年離合之感，正寒食清明之間。【詰案】李公擇以寒食日至徐。時乎不可再來，賢者而後樂此。恭惟提刑學士，才本天授，學爲人師。事業存乎斯民，文章蓋其餘事。望之已試於馮翊，翁子暫還於會稽。知府學士，接好鄰邦，締交册府。莫逆之契，義等於天倫；不腆之辭，意勤於地主。力講〔八九〕兩君之好，可無七字〔九〇〕之詩。欲使異時，傳爲〔九一〕盛事。

雲間畫鼓疊春雷，千騎尋芳戲馬臺。【詰案】本集《徐州上皇帝書》云：其城三面阻水，樓堞之下，以汴泗爲池，獨其南可通車馬，而戲馬臺在焉。其高十仞，廣袤百步。半道已逢山簡醉，萬人争看謫仙來。【詰案】李公擇至徐，公方出督城工，公擇爲三詩，立促公還。故答詩云：簿書鼕鼓不知春，佳句相呼賴故人。寒食德公方上冢，歸來誰主復誰賓。此聯，正道其初到情事。淮西按部威尤凜〔九二〕，【詰案】時公擇由齊州徙淮南西路提點刑獄，置司舒州，卽今之皖江也。歷下懷仁首重回。【詰案】公是日約公擇飲，詩云：齊人愛公如子産，兒啼卧路呼不還。《宋史·李常傳》：齊多盜，半歲間誅七百人，奸無所匿。還把去年留客意，折花臨水更徘徊。〔查註〕公擇在齊州，先生曾訪之，故有「去年留客」之句。【詰案】公以熙寧九年十二月，自密州徙河中府，十年正月，至齊州。

黄樓致語口號〔九三〕

【詰案】元豐元年九月九日，在徐州作。是日大合樂於黄樓，歌此詞。

百川反壑，五稼登場。初成〔九四〕百尺之樓，適及重陽之會。高高下下，既休畚鍤之勞；歲歲年年，共睹茱萸之美。恭惟知府〔九五〕學士，民人所恃〔九六〕，憂樂以時。度餘力而取羨材〔九七〕，因備災而成勝事。起東郊之壯觀，破西楚之淫名。【誥案】徐州守廨，有霸王廳，人不敢坐。公惡其淫名無實，折以蓋黄樓。賓客如雲，來四方之豪傑；鼓鐘殷地〔九八〕，竦萬目之觀瞻。實與徐民，長爲佳話。

一新〔九九〕柱石壯嚴閫，更值西風落帽辰。不用游從誇燕子，【誥案】燕子樓，在徐州，公有登燕子樓詞。直將氣燄壓波神。【誥案】熙寧十年，河決澶淵，公既完城以聞。明年，神宗降勅獎諭，賜錢發粟，因改築徐城，就城門爲大樓，堊以黄土，名之曰黄樓，以土能厭水也。山川尚遶當時國，城郭猶飄廣陌塵。〔合註〕陶淵明詩：素驥鳴廣陌。誰凭闌干賞風月，使君留意在斯民。

王氏生日致語口號

【誥案】紹聖三年春中爲王子霞作。時惟子霞從公南遷，居惠三載，此因子霞生日而作。子霞是年年三十四，至七月而病没，據致語，王氏卽子霞也。但子霞在惠，並未生子，而致語之「三山湯餅」，亦不指生子，觀口號不及生子，而以爲壽作結，信爲生日之詞矣。各註皆作王氏生子口號，本集亦作王氏生子致語口號，並誤。今改定。

人中五日，知織女之暫來；海上三年，喜花枝之未老。事協紫衙之夢，歡傾白髮之兒。好人相逢，一杯徑醉。伏以某人女郎，蒼梧仙裔，【誥案】此用王妙想事。南海貢餘。【誥案】此用盧眉娘事。憐謝端〔一〇〇〕之早孤，潛炊相助；歎張鎬之没輿，遇酒輒歡。〔合註〕《唐書·張鎬傳》：字從周，博州人。游京師，未知名，率嗜酒鼓琴自娱，人或邀之，杖策往，醉即返，不及世務。采楊梅而朝飛，擘青蓮而暮返。長新玉女之年貌，未厭金膏之掃除。萬里乘桴，已慕仲尼而航海；五絲繡鳳，將從老子以俱仙。東坡居士，罇俎千峰，笙簧萬籟。聊設三山之湯餅，【誥案】《松窗録》：王后謂明皇曰：「不記阿忠脱紫半臂爲生日湯餅耶？」《唐書》亦載。共傾九醖之仙醪。尋香而來，苒天風之引步；此興不淺，炯江月之升樓。【誥案】時寓合江樓，方營白鶴新居，未成，子霞竟没於是樓。

羅浮山下已三春，松筍穿階晝掩門。太白猶逃水仙洞，〔查註〕《續仙傳》：孫思邈隱於太白山，學道。偶出，見牧牛童子殺小蛇，已傷出血，思邈脱身救之，以藥封裹，放於草內。後月餘出行，見一白衣少年，以馬載之，偕行如飛，到一城郭，儼若王者之居。少年延思邈入，見一端正美貌，袷帽絳衣，侍從甚衆。俄頃，延入宮闈，內見中年女子領一青衣小兒出拜，曰：「此兒癡騃，爲人傷損，賴救免害。」思邈省記嘗救青蛇，卽訝此何所也？潛問左右，曰：「此涇陽水府也。」留連三日，命其子取龍宮藥方三十首與先生。此真道者，可以濟世救人。俄復命僕馬送歸山，深自爲異。紫簫來問玉華君。〔合註〕《雲笈七籤》：天皇上尊者，是上清真人之典禁主玉華仙女之母，故號玉華三元君也。天容水色聊同夜，髮澤膚光自鑑人。〔合註〕《左傳·昭公二十八年》：昔有仍氏生女，黰黑而甚美，光可以鑑。註云：髮膚光色，可以照人。萬户春風爲子壽，【誥案】嶺南有萬家春酒。口號作於春日，故又云萬户春風也。據此句，信爲生日之作。坐看滄海起揚塵。

卷四十六校勘記

〔一〕誥案施註原編第四十卷載翰林帖子詞五十四首　「首」後，有「詞缺而目録猶存」七字。案：《翰林帖子詞》五十四首，見施乙。今删去「詞缺」云云七字。

〔二〕春帖子詞公自註元祐三年　閱古樓三希堂石刻收有春帖子詞十八首，題作「元祐三年春帖子詞」，題下書「翰林學士臣蘇軾進」；詩後書「二年（指元祐）十二月五日進，後四日書以示裴維甫」，空格，書「軾」字，有「子瞻」印文。七集「帖子」作「貼子」。施乙題作「春日」。施乙、七集無「元祐三年」條自註。

〔三〕皇帝閣六首　三希堂石刻收「靄靄」、「暘谷」、「草木」、「聖主」四首。

〔四〕靄靄　施乙、三希堂石刻作「藹藹」。

〔五〕農祥正　查註、合註：「正」一作「慶」。

〔六〕老稚　施乙、三希堂石刻、七集作「父老」。

〔七〕河湟　施乙作「湟河」。

〔八〕雖有象　施乙作「須有象」。

〔九〕侍御　施乙、七集作「侍衛」。

〔一〇〕憂勤　七集作「憂懃」。

〔一一〕皇太后閣六首　三希堂石刻有此六詩，無「六首」二字。

〔一二〕倚欄　施乙、三希堂石刻作「猗蘭」。施註引《漢武故事》：景帝王后夢日入懷，生武帝於猗蘭殿。

紀校：宜從石刻。今仍其舊。

〔一三〕亦偶　三希堂石刻、七集作「豈亦」。

〔一四〕銀罌　施乙作「銀鉤」。施註引《晉書·索靖傳》：草書之爲狀也，婉如銀鉤，飄若驚鸞。三希堂石刻作「銀罌」。

〔一五〕鬼章　原作「果莊」。今復舊貌。删去此條誥案「果莊史作鬼章，本集同，今據合註遵改」十五字。

〔一六〕皇太妃閣五首　三希堂石刻有此五詩，無「五首」二字。

〔一七〕葦桃　七集作「葦排」，疑誤。施註引《後漢書·禮儀志》：先臘一日，大儺訖，設桃梗、鬱壘、葦茭，以葦戟桃杖，賜公卿、將軍、諸侯。

〔一八〕風先應　施乙作「風光應」。三希堂石刻作「風先應」。施註引謝玄暉詩：日華川上動，風光草際浮。

〔一九〕擢九層　施乙作「耀九層」。三希堂石刻作「擢九層」。

〔二〇〕儉　查註：一作「健」，訛。合註：一作「建」，訛。

〔二一〕大練　查註作「太姒」。

〔二二〕瞻瑞氣　施乙、三希堂石刻作「占瑞氣」。

〔二三〕夫人閣四首　三希堂石刻有「綵勝」、「細雨」、「扶桑」三首。

〔二四〕鏤新語　七集作「縷新語」。

〔二五〕端午帖子詞　施乙題作「端午」。

〔二六〕元祐三年　施乙、七集無此條自註。

〔二七〕争儲　施乙作「深儲」。

〔二八〕講餘　七集作「講徐」。

〔二九〕藉田　原作「耤田」,《春帖子詞·皇帝閣》其五作「藉田」,今從。按,「耤田」、「藉田」、「籍田」,通。

〔三〇〕千歲　盧校:「千載」。

〔三一〕扣河章　施乙作「和河章」。

〔三二〕外廷　施乙作「外庭」。

〔三三〕吾君　施乙作「君王」。

〔三四〕萬歲　七集作「萬壽」。

〔三五〕初裹楝　施乙、七集作「初窒楝」。查註、合註:別本「楝」作「練」。翁方綱《蘇詩補註》卷七:「宋袁質甫《甕牖閑評》:東坡《端午帖子》,《藝苑》謂『楝』當作『練』。然余家收得東坡親寫此帖子墨刻,范至能參政刊在蜀中,其『楝』字不曾改,只作此『楝』字。」

〔三六〕閔楚　施乙作「閔古」。

〔三七〕沅湘　七集作「湘沅」。

〔三八〕要令　施乙作「望隨」,七集作「要隨」。

〔三九〕沉李　查註作「浮李」,謂「疑當作『沉』」。施乙、七集均作「沉」。

〔四〇〕藹　查註、合註：一作「纏」。

〔四一〕坤成節集英殿宴教坊詞致語口號　七集無「致語口號」四字，另行書「教坊致語」四字。

〔四二〕懷月　七集作「衷月」。

〔四三〕千秋　七集作「千年」。

〔四四〕濬哲　七集作「睿哲」。

〔四五〕禹湯　查註、合註作「湯禹」。

〔四六〕集英殿秋宴教坊詞致語口號　七集無「致語口號」四字，另行書「教坊致語」四字。

〔四七〕大烹　七集作「大亨」。

〔四八〕以爲　七集作「以謂」。

〔四九〕曷　合註：查本作「無」。

〔五〇〕親覯　七集作「幸覯」。

〔五一〕興龍節集英殿宴教坊詞致語口號　七集無「致語口號」四字，另行書「教坊致語」四字。

〔五二〕祚漢　七集作「胙漢」。

〔五三〕臣猥以　「臣」原缺，七集「猥」前有「臣」字，據補。本卷《集英殿春宴教坊詞致語口號》結尾亦有「臣猥以」云云。

〔五四〕盛日　七集作「盛旦」。

〔五五〕計春　七集作「討春」，疑誤。

〔五六〕侍從　合註：一作「舊侍」。
〔五七〕興龍節集英殿宴教坊詞致語口號　七集無「致語口號」四字，另行書「教坊致語」四字。
〔五八〕華封　七集作「堯封」。
〔五九〕濫塵　七集作「歷塵」。
〔六〇〕謡誦　七集作「謡頌」。
〔六一〕紫宸殿正旦教坊詞致語口號　七集無「致語口號」四字，另行書「教坊致語」四字。
〔六二〕振振　七集作「師師」。
〔六三〕集英殿春宴教坊詞致語口號　七集無「致語口號」四字；另行書「教坊致語」四字，空格後書「中和化育萬壽排場」八字。外集同七集。
〔六四〕元祐三年六月罷春宴八月罷秋宴　「六月」二字原脱，今訂補。
〔六五〕方祚　七集作「方胙」。
〔六六〕中昃　外集作「中吴」，疑誤。
〔六七〕蕪才　外集作「無才」。
〔六八〕九奏均　七集、外集作「九奏純」。
〔六九〕齋日致語口號　外集題作「太皇太后誕日致語」。
〔七〇〕真符　外集作「真無」。
〔七一〕讙謡　外集作「讙謳」。

〔七二〕協應　外集作「協意」。

〔七三〕光獻　外集作「光憲」。

〔七四〕武烈　七集、外集作「烈武」，合註謂「烈武」訛。

〔七五〕民謳　外集作「民謡」。

〔七六〕神仙　外集作「成仙」。

〔七七〕計年　七集作「記年」。

〔七八〕兩周天　七集、外集作「百周天」。

〔七九〕趙倅成伯母生日致語口號　外集題作「密倅趙成伯室人生日致語」；題下原註：「與其婦子同日，故作戲。」

〔八〇〕願祝大千　外集作「共祝千年」。

〔八一〕茱萸　七集作「茱菊」。外集作「萸菊」。

〔八二〕龐公　外集作「龐翁」。

〔八三〕叨居　外集作「叨塵」。

〔八四〕蕪材　外集作「微才」。

〔八五〕上塵　外集作「上陳」。

〔八六〕願得唐兒舞一曲　外集作「但使唐兒歌一曲」。

〔八七〕莫嫌國小向長沙　外集作「莫嫌小國問長沙」。

〔八八〕寒食宴提刑致語口號　外集無「口號」二字。

〔八九〕力講　外集作「方講」。

〔九〇〕七字　七集、外集作「七子」。

〔九一〕傳爲　七集作「爭傳」。

〔九二〕威尤凜　外集作「威先凜」。

〔九三〕黄樓致語口號　外集題作「徐州重陽宴黄樓致語」;題下原註:時水已退。盧校:「如此稱謂,如此頌美,斷非坡公自作。趙甌江云然。愚意代樂部致詞,似亦可爾。」

〔九四〕初成　外集作「新成」。

〔九五〕知府　外集作「知郡」。

〔九六〕所恃　外集作「所侍」,疑誤。

〔九七〕羡材　外集作「羡財」。

〔九八〕殷地　七集、外集作「隱地」。

〔九九〕一新　外集作「一時」。

〔一〇〇〕謝端　七集作「謝瑞」。